ÓRFÃ, MONSTRA, ESPIÃ

MATT KILLEEN

ÓRFÃ, MONSTRA, ESPIÃ

Tradução
Fal Azevedo

Copyright © Send More Cops, Ltd., 2018
Copyright © Editora Planeta do Brasil, 2018
Todos os direitos reservados.
Título original: *Orphan Monster Spy*

Preparação: Patrícia Alves Santana
Revisão: Fabiana Medina e Juliana de A. Rodrigues
Diagramação: Anna Yue
Imagem de miolo: aopsan / Freepik
Capa e ilustração de capa: Eduardo Foresti

CIP-BRASIL. CATALOGAÇÃO NA PUBLICAÇÃO
SINDICATO NACIONAL DOS EDITORES DE LIVROS, RJ

Killeen, Matt
  Orfã, monstra, espiã : uma garota sem nada a perder é uma arma mortal / Matt Killeen ; tradução de Fal Azevedo. – São Paulo : Planeta, 2018.
  320 p.

  ISBN: 978-85-422-1399-7
  Título original: Orphan monster spy

1. Ficção inglesa 2. Judeus - Ficção I. Título II. Azevedo, Fal

18-1244   CDD 823

2018
Todos os direitos desta edição reservados à
EDITORA PLANETA DO BRASIL LTDA.
Rua Padre João Manoel, 100 – 21º andar
Ed. Horsa II – Cerqueira César
01411-000 – São Paulo-SP
www.planetadelivros.com.br
atendimento@editoraplaneta.com.br

UM

28 de agosto de 1939

Finalmente, o carro parou. Com dificuldade, Sarah abriu os olhos, piscou para clarear a vista e, erguendo a cabeça, olhou para cima desde seu esconderijo no piso do carro. Sua mãe estava tombada no banco do motorista, com a cabeça apoiada sobre o volante. Era como se ela estivesse olhando na direção de Sarah. Os olhos da mãe eram *quase* os mesmos, grandes e bonitos. As pupilas estavam tão dilatadas que Sarah podia praticamente se ver refletida nelas. Mas, agora, elas estavam vazias. Sua mãe não estava mais lá.

Sarah esticou o braço na direção da mãe, mas alguma coisa quente pingou em sua mão, e ela a recolheu. Um vermelho vivo cobria a palma, contrastando com seus dedos brancos.

Lauf, dumme Schlampe![1]

Sarah podia ouvir a voz em sua cabeça, mas os lábios da mãe não estavam mais se mexendo. Seu nariz estava entupido, e seus olhos doíam. A dor era uma neblina que encobria seus pensamentos. De novo, ela ouviu: *Lauf! Corra!* Olhou para o rosto da mãe mais uma vez, a tempo de ver a testa escorregar do topo do volante. Os olhos, ainda arregalados, agora estavam voltados para o chão. *Lauf. Apenas corra.* Sarah pensou que a voz era sua.

A maçaneta girou, mas a porta não se abriu. Ela tentou de novo. Cedeu um pouco, mas só quando Sarah forçou todo seu peso contra a porta, como se empurrasse morro acima. O sangue tornava sua mão escorregadia, então ela a esfregou contra o casaco e tentou de novo. Apoiando o ombro contra o painel da porta, conseguiu escancará-la, permitindo que a luz fria do crepúsculo invadisse o interior do carro. Engatinhou para fora. A Mercedes tinha parado dentro de uma vala ao lado da estrada e ficou com a parte da frente enterrada na cerca de um depósito.

---

1. "Corra, cadela estúpida!", em alemão. (N.T.)

Sarah olhou dentro do carro e viu o que a bala tinha feito na parte de trás da cabeça da sua mãe. Lutou contra uma onda de náusea enquanto a porta se fechava, mas não sentiu nada além disso. Ainda não.

Ela podia sentir seu coração batendo alto e rápido e o ar cortando seu nariz. Seu pescoço parecia quente. Atrás dela, os soldados do posto de controle estavam dobrando a esquina distante, onde ela e sua mãe haviam virado momentos atrás, logo antes do tiro. Havia vozes, gritos, som de passos contra o asfalto. Cães começaram a latir. Estavam se aproximando. Para onde agora? O que fazer agora?

Lauf.

Sarah subiu no capô quente e se arrastou por ele até o buraco que o carro fizera na cerca. Os estilhaços de vidro quebrado rasgavam suas mãos e seus joelhos. Ela se enfiou entre os arbustos e, então, abriu caminho engatinhando sobre lascas de madeira, espinhos e vidro quebrado.

Não olhe para trás. Continue. Ignore a dor nas mãos e nos joelhos. Lauf.

Ela deixou a voz correr solta em sua cabeça enquanto avançava através da cerca. Era sua voz? A de sua mãe? Não importava.

Agora de pé. Isso mesmo. Lauf, Lauf, corra, corra.

Ela acelerou por uma passagem entre dois prédios velhos, pisoteando a lama que transbordava das sarjetas. Olhando para cima, ela podia ver as calhas enferrujadas pendendo dos cantos do telhado, a camada de folhas que bloqueava os dutos. Estavam a cerca de dois metros de altura. Alto demais. Muito perigoso. Mas essa passagem claustrofóbica parecia não ter fim, e ela podia ouvir os cães se aproximando.

Suba ali, dumme Schlampe.

Não me chame assim.

Bom, você está parecendo uma. Que tipo de ginasta você é?

Uma ginasta judia. Sem permissão para competir.

Você será uma ginasta judia morta se não se mexer. Você é corajosa? Piedosa? Alegre? Livre?

Sarah riu do antigo ditado. O que Jahn, o pai da ginástica, pensaria de uma judia – *Deutschlands Unglück*, a desgraça da Alemanha – usando suas palavras como inspiração? Então, tomou impulso, ignorando a rigidez das panturrilhas, a dor no pescoço e a chance de escorregar, repetindo, "*Frisch, fromm, fröhlich, frei*, corajosa, piedosa, alegre, livre", sem nunca tirar os olhos da calha. Lançou-se no ar, apanhou cada lado da calha com precisão e balançou-se, movendo sem parar o corpo para cima e para a direita, o metal rangendo e chiando enquanto ela continuava. Desabou sobre o teto de metal com uma estrondo, escorregou por um segundo e parou bem na beirada do telhado.

Supere isso, Trudi Meyer. Vou ficar com a sua medalha de ouro agora, *danke*.

Permaneceu imóvel, olhando para o vasto céu prateado que escurecia, a impressão de triunfo diminuindo devagar como a luz vinda do Oeste, deixando uma sensação de frio no estômago. Se não conseguisse acalmar a respiração, eles poderiam ouvi-la. Pensou na última olhada que deu para a Mercedes, depois afastou a lembrança. Colocou-a em uma caixa especial e fechou a tampa. Ergueu os olhos para a vastidão do céu e escutou.

Acima de sua respiração pesada, conseguia ouvir os cães. Os gritos se aproximavam. Em seguida, vieram os passos abafados – um soldado caminhando entre os prédios. O barulho era muito difuso para calcular a que distância ele estava, e a respiração dela soava muito alta, alta demais. Contou dois segundos, respirou profundamente e fechou a boca. Percebeu que já conseguia ver uma estrela no lugar em que o céu estava mais escuro. Também descobriu que não conseguia respirar pelo nariz, então tudo o que podia fazer era manter os lábios grudados.

Passos, logo abaixo dela.

Uma estrela. Ou um planeta. Era Vênus? Os passos pararam. Planeta. *Estrela*.

Ouviu o movimento, o som de alguma coisa arranhando contra os tijolos. A calha rangeu. Seu peito começou a latejar, conforme a pressão aumentava. Havia respiração alta e o som de botas contra a parede. Mais pressão, mais dor, o impulso de se levantar e sair correndo. Virou a cabeça muito devagar para ver os dedos grossos e sujos agarrando-se à beirada da calha. Por dentro, Sarah começou a gritar. Ela queria abrir a boca e liberar seu grito. Queria tanto, tanto.

Naquele momento, houve um estalo, um rasgo e um guincho. A calha, os dedos sujos e a respiração pesada desapareceram em uma queda em cascata. Houve xingamentos. Gritos. Assobios. Risos. Passos retrocedendo. Barulhos abafados. Latidos distantes.

Sarah abriu a boca e deixou o ar explodir para fora de seus pulmões. Engoliu o ar frio. Seus ombros se ergueram, caíram e se elevaram de novo, porque não conseguia pará-los. Começou a soluçar baixinho.

Ela era boa no esconde-esconde. Em dias mais felizes, quando ainda podia brincar com outras crianças, era sempre a última a ser encontrada, muito depois de os outros ficarem entediados e desistirem.

Ficou ali observando as estrelas emergirem e brilharem, escutando os sons das docas. Ainda podia ouvir os cães, os soldados e os gritos, longe, mas sempre presentes, como as outras crianças correndo ao redor da casa chamando por ela.

Então, vai ficar deitada aí?, perguntou a voz, ameaçadora.

Estou esperando escurecer.

Não, você não sabe o que fazer, vangloriou-se a voz.

Sarah virou a cabeça. Ela podia ver um guindaste e a chaminé de um navio. Ao fundo, o grande lago, o Bodensee, desaparecia na noite que se aproximava. Na outra direção, os telhados de Friedrichshafen se espalhavam abaixo dela, e Sarah não podia ser vista dos pináculos distantes da igreja. Para além de seus pés, um velho armazém decadente a observava com olhos desamparados, escuro e desocupado. Esse era um bom lugar para se esconder por agora.

E então o quê? Uma judia sem documentos nem dinheiro, perdida em um porto alemão.

Sarah ignorou a si mesma. Ou sua mãe, quem quer que fosse. Não havia futuro, apenas o presente. Sua mãe tinha dirigido até ali, então devia ter um plano para cruzar o Bodensee por balsa ou algum barco particular, até a segurança na Suíça, longe das surras, da fome e do abuso. Mas tudo aquilo estava perdido. Quer dizer, se ela tivesse mesmo um plano. Fazia anos que a mãe não alcançava aquele nível de organização. Não era surpresa que a coisa toda tivesse acabado em desastre, na morte dela...

Sarah afastou o pensamento para a sua caixa. Tudo era muito recente, como a dor no seu nariz.

A caixa especial no fundo de Sarah começou minúscula, como algo em que sua mãe guardaria as joias caras. Mal tivera tempo para se sentir apavorada ou zangada nos últimos seis anos, desde que os nacional-socialistas tinham chegado ao poder, então Sarah tinha, com cuidado, trancado ali dentro cada injustiça e humilhação que sofrera. Dessa maneira, estava livre do pavor e da raiva. Mas agora a caixa era como um baú de carga, o verniz estufado e enrugado, a madeira ficando verde e o latão manchado. O que estava contido ali agora vazava sob a tampa e escorria pelas bordas. Pior ainda, ela começou a se imaginar *tornando-se* a caixa, com tudo dentro, tudo o que havia escondido, livre para se espalhar dentro dela, pronto para tomar forma e comê-la viva.

Seu coração disparou outra vez. Sarah se acalmou, imaginando que estava brincando de esconde-esconde de verdade. Estava dentro de um armário embaixo da escadaria, coberta por um casaco pendurado, mas com a porta aberta convidando outras crianças para dar apenas uma olhada rápida e superficial lá dentro. Invisível, esperando, invulnerável. A exaustão percebeu a chance e a envolveu em seus braços. Ao crepúsculo, sobre os sulcos de metal cobertos de musgo, Sarah cochilou.

Ela está caminhando ao lado do pai. Ele era alto, mas agora parece imenso. Ela deve ser muito pequena. Seu olhar sobe por seu braço, envolto pela manga vermelha, até onde a mão enorme do pai cobre a sua. O chão é macio sob seus pés, e o sol brilhante, intenso demais para olhar, banha tudo com sua luminosidade dourada.

— Consegue ver, Sarahchen?

— Ver o que, papai?

Ele ri e se inclina para tomá-la em seus braços. Ela está bem no alto, mas sente-se segura, presa ali por membros fortes como troncos de árvores.

— Consegue ver agora?

Sarah esfrega os olhos e espia o céu brilhante. A luz a incomoda, e ela tem de fazer sombra com a mão. Um zumbido baixo começa a se espalhar.

— O que é?

Outra risada.

— Espere para ver.

O barulho cresce, um zumbido se sobrepondo a outro como uma colmeia de abelhas, o som de um milhão de insetos se agitando.

— Papai, estou com medo.

— Não fique.

Os zumbidos se tornam uma pulsação e começam a bater em seu peito. Sarah agarra a jaqueta preta do pai por medo ou entusiasmo, sem conseguir decidir qual. Então ela vê.

Enorme, prateado, brilhando com a luz do sol e tomando o céu, maior que a maior coisa que já vira. Sob sua sombra, meninos correm, apontam, agitam os braços. Sarah estica o pescoço para trás para ver esse charuto gigante ondulado bloquear o sol, rugindo lá no céu.

Ela começa a rir e, então, gargalhar. Olha nos olhos do pai, que olha nos dela. Começa a rir também. Todos estão rindo...

Sarah abriu os olhos. Com um choque, lembrou-se de onde estava e entendeu o que estava acontecendo. A lua estava alta, e tudo parecia iluminado por uma geada de luz prateada. O telhado de metal estremecia, e o nariz do zepelim apontava acima dela. Não havia onde se esconder. Ficou deitada ali e deixou a enorme aeronave passar, uma garota judia em um telhado, um contorno brilhante a apenas alguns metros de olhares intrometidos.

Não estão procurando por você, estão fazendo outra coisa, vão ver você aí, e isso não significará nada, porque não estão procurando por você. *Você é apenas mais uma na multidão.*

Sarah estava perto o suficiente para ver as janelas no tecido do zepelim e a luz fraca em seu interior. Podia ver os reparos malfeitos, o nome escondido embaixo do verniz recém-repintado e os raios de luz amarela estendendo-se pela curva do balão nas janelas da cabine de comando. Agarrou-se à sua cama vibratória, *sou apenas mais uma*, repetia para si mesma, enquanto a gôndola passava.

Janelas cobriam toda a frente do *deck* de observação, e a luz elétrica quase a cegava. Lá dentro, dois vultos vigiavam, parados. Era impossível crer que eles não podiam vê-la, mas mesmo assim, quando passaram, continuaram estáticos. O volume do zumbido aumentou até que os propulsores, presos por hastes grossas, passassem, suas hélices um borrão. O corpo começou a se afinar, faltando passarem apenas as imensas aletas de cauda. Elas tinham sido pintadas de preto, mas as suásticas em seus círculos brancos ainda estavam visíveis, um lobo sob mantos de lã malfeitos, incapaz de enganar alguém.

Por fim, a aeronave passou. Sara soltou o ar de seus pulmões. Foi como se as outras crianças tivessem aberto a porta do armário sem ver alguma coisa digna de nota. Ela se sentou, os músculos das pernas e das costas reclamando. O enxame de abelhas recuou enquanto o zepelim se afastava e o telhado parava de vibrar. Enquanto o zepelim passava acima do armazém deserto, Sarah percebeu a presença de um vulto no telhado plano do prédio, visível sob a luz da lua. Havia alguém ali que observava o zepelim passar com um binóculo, como se visse um pássaro raro.

Ela observou enquanto ele seguia a estrutura curva do zepelim até chegar à traseira. Estava todo vestido de preto, a silhueta contra a escuridão brilhante do céu, pouco visível, mas definitivamente lá. Perdida em sua curiosidade, Sarah não se mexeu nem mesmo quando ele afastou o binóculo e observou o espaço vazio, além da cauda da aeronave. Por que ele estava ali? O campo de pouso devia ficar a três quilômetros.

Ele baixou os olhos e puxou o binóculo de volta para o rosto. Alguma coisa pesou no fundo do estômago dela, e Sarah prendeu a respiração.

Sarah não era invisível, e ele estava olhando direto para ela.

O homem deixou o binóculo cair devagar e, depois de um segundo, acenou.

Vá, apenas vá, resmungou para si como se voltasse à vida, rolando até a beirada do telhado e tomando impulso. Estava escuro ali fora do alcance da luz da lua, apenas uma luz prateada vinda de duas pequenas janelas de cada lado do beco. De um lado, um depósito enorme e o homem com o binóculo. À esquerda, o lado pelo qual viera: a cerca, a vala, o carro. Então rumou para a direita, obrigando suas pernas rígidas a seguirem em frente, os dedos tracejando contra os tijolos de cada lado para manter o equilíbrio. Ainda que sentisse uma névoa de dor incômoda em seu rosto, estava consciente de uma dor crescente que esfaqueava as profundezas de sua cabeça. Estava desesperadamente sedenta. Correu a língua pelos lábios. Estavam rachados e ressecados. A língua fez um barulho como a de um gato, áspera e seca. Fazia mais de um dia que tinha bebido alguma coisa. Sua mãe não quis parar no caminho para Viena, mas não tinha preparado nada para que comessem ou bebessem. Foram aterradores seiscentos e trinta quilômetros sob os olhos de toda a pátria, atravessando o local de nascimento do próprio nacional-socialismo. Parecia inconcebível que tivessem chegado tão longe.

A orla à sua esquerda estava mal iluminada, mas parecia estreita, não ampla e indistinta como imaginava. Continuou seguindo pelo labirinto de prédios à sua frente.

Apenas continue.

Para onde?

Sempre com o porquê e o onde. Concentre-se. É como uma pronúncia, uma rotina de ginástica, uma peça para piano. Concentre-se na tarefa em mãos.

Estou cansada. Não sei o que fazer.

Então, agora, vai começar a chorar como um bebezinho?

Não.

Não vai mesmo. Eu a criei sozinha para que você simplesmente desistisse?

Sarah engoliu um soluço. Havia sido a voz da mãe o tempo todo? *Oh, Mutti,*[2] murmurou para si mesma, *oh, Mutti.*

Pare.

Eu não posso. O que eu vi no carro... foi demais...

Não, PARE.

Ela congelou. Acima do zumbido distante e do barulho, podia ouvir água corrente.

Seguiu o som até uma velha porta descascada. Estava entreaberta, revelando um interior escuro. Sarah precisou usar o ombro e, enquanto terminava de abrir a porta, foi atingida pelo cheiro de amônia e esgoto. Deu um passo incerto para dentro, mas a escuridão era absoluta. Fechando os olhos para acostumar-se ao escuro e usando uma parede pegajosa como guia, arrastou os pés para dentro do cômodo em direção ao som da água. Abriu os olhos, mas não conseguia distinguir nenhum detalhe. O cômodo não podia ser tão grande, mas parecia com uma caverna ou a

---

2. "Mamãe", em alemão. (N.T.)

boca gigante de uma fera malcheirosa. *A escuridão é sua amiga*, disse a si mesma. *Grandes braços para escondê-la. Aprecie a escuridão.*

Seus dedos roçaram em alguma coisa que se moveu. Queria recolher a mão, mas resistiu e alcançou a coisa outra vez. Tocou-a, e ela desapareceu mais uma vez. Esperou e repetiu o gesto. Era uma corrente fina, com um nó em uma ponta, a outra desaparecendo acima dela. Agarrou o nó e puxou.

Houve um clique e então se acendeu uma luz tão forte que Sarah perdeu o equilíbrio. Estava em um banheiro minúsculo com uma privada quebrada em um canto, atrás de uma partição de madeira apodrecida. Uma longa gamela corria pelo comprimento da parede no nível do chão. Tudo estava imundo, mas, próxima a Sarah, uma torneira enferrujada derramava água marrom em uma pia baixa e comprida.

Ela agarrou a beirada da pia e posicionou a boca abaixo da torneira, abrindo ao máximo. O líquido era morno e tinha gosto enferrujado, mas era molhado e não parava de fluir. Sarah tomava e engolia, tomava e engolia, ignorando a sensação de asfixia quando a água entrava em seu nariz. Após um minuto, parou e esticou as costas, deixando a água escorrer pelo queixo, sentindo a vida voltar ao seu corpo.

— Ah, veja, é a menina do telhado.

A voz de um homem. Sarah congelou. *Dumme Schlampe! Você deixou a porta aberta.* O homem estava entre ela e a porta. Não havia para onde ir, nem o que fazer. Aquela impotência tirou o peso de seus ombros. Sentiu-se estranhamente calma e leve. Tão leve que se sentiu emergir acima do mar de pânico. Grunhiu uma resposta afirmativa e inclinou-se para beber outra vez, tentando não imaginar as próximas horas.

DOIS

— O que você está fazendo aqui? — perguntou o homem.

— Bebendo água — respondeu Sarah entre um gole e outro.

— O que você estava fazendo no telhado? — A voz dele calma e baixa, quase sem emoção.

Não se engane. Isso quer dizer só que você não consegue ler o que ele está sentindo.

— Estava procurando alguém. — Ela se aprumou e limpou o queixo, que parecia estar coberto por uma crosta de sujeira marrom. Evitou conscientemente encará-lo, ganhando tempo para pensar em algo sem deixar que seus olhos a entregassem.

— No telhado?

Cilada.

— Sim. — Sarah estava apenas atrasando o inevitável. O que quer que dissesse não faria diferença, e isso a fazia se sentir livre. Ousada. — Por que você estava observando o dirigível?

— Eu é que estou fazendo as perguntas. — Um pequeno traço de tensão. Nenhuma raiva.

— Sim, é você. — Ela inclinou a cabeça para o lado e esperou. O homem estava vestido de preto, tinha um gorro de lã na cabeça e uma mochila escura. Sua cara parecia estar suja. Não era o que ela estava esperando. Ele só a encarava, como se estivesse tentando pensar em alguma coisa. Sarah imaginou se conseguiria escapar dali apenas na conversa. — Bem, eu não quero tomar mais do seu tempo, então...

O homem empurrou a porta, fechando-a atrás de si. Sarah deu um passo para trás. Ele se encostou na porta e cruzou os braços.

— E aonde mesmo você pensa que vai? — A voz mais fria. Quase gelada. Sarah queria tremer.

— Para casa, agora. Eu não consegui encontrar... meu pai. Ele trabalha nas docas.

— Por que você está procurando por ele? — Isso agora com certeza era um interrogatório.

— O jantar ficou pronto.

— Às quatro da manhã?

— Ele está trabalhando de noite.

— No telhado?

— Eu estava procurando em todos os lugares.

— E o que aconteceu com seu rosto?

Sarah levou a mão ao rosto e tocou o nariz. Doeu como se tivesse levado uma bofetada. Alguma coisa quebradiça desgrudou da pele com seu toque, e ela baixou a cabeça para ver o que era. Foi então que notou que a frente de seu vestido marrom-claro estava toda manchada de um marrom-avermelhado. Seus dedos tinham desprendido sangue coagulado.

— Eu... bati em alguma coisa no escuro — tentou dizer, mas as palavras se perderam quando ela engasgou, tossiu e, finalmente, deu uma fungadela, estremecendo de dor. O homem riu. Um riso sem alegria, cheio de desprezo. Sarah encontrou, lá no fundo, um resto de raiva e coragem. Ela o encarou, uma menina à beira da transformação, coberta de sangue seco, ferrugem, mofo e folhas apodrecidas. *Seja a duquesa*, disse sua voz interior, a voz de sua mãe. *Você está no palco; eles não. Eles estão aguardando suas ordens. Estão prontos para serem convencidos. Convença.*

— Sim, eu me perdi e dei de cara com um pedaço de calha quebrada. Posso mostrar para você? — Os olhos dele eram de um azul aguado, com as bordas escuras. *Não pisque*, ela disse a si mesma.

— Qual o seu nome, menina? — perguntou ele, com sua voz mais suave. Os vincos em torno de seus olhos pareceram sorrir. Havia algo estranho em seu sotaque. Ela era da Bavária, pensou ela, mas algumas palavras soavam diferente...

— Sarah, Sarah Gold... — *Pense*. — G... Elsengrund.

Dumme Schlampe. Sarah se desequilibrou e bateu na pia. O homem riu novamente, desta vez não tão forçado.

— Ah, ah, ah, você estava indo tão bem. Você vai ter de fazer melhor que isso, Sarah Goldberg, Goldstein, Goldschmitt, quem quer que você seja.

Sarah começou a lavar o rosto, tentando esconder as lágrimas que corriam dos cantos de seus olhos. O homem se aproximou e, então, sentou na beirada da pia. Ele falou de um modo rápido.

— Lave o seu vestido, até ficar limpo, mesmo que fique molhado... e limpe seu casaco. Você é de Elsengrund, não é? Não é? — Sarah assentiu. — Serve, mantenha isso... e use Ursula ou coisa assim. Sarah – não se pode ficar mais judeu do que isso. Você tem para onde ir?

Sarah balançou a cabeça em negativa. Tinha sido descoberta, mas agora não sabia direito o que estava acontecendo.

— Sem documento? Isso é bom. Se eles estivessem carimbados, seriam inúteis na Suíça, de qualquer maneira. A balsa é sua melhor chance. Comporte-se como uma garotinha, como se você devesse estar lá. Espere o amanhecer, mas não aqui. Aquele telhado mesmo serve. — O homem fez uma pausa. — Mais uma coisa... — Ele segurou o rosto de Sarah e pegou o nariz dela. Sarah conseguiu segurar os pulsos dele, mas, antes que pudesse fazer qualquer coisa, ele puxou. Sem querer, Sarah berrou. A dor a cegava. Então, ouviu-se um estalo alto e passou. Ela cambaleou para trás, assustada demais para tocar seu rosto.

— Não toque, ele está no lugar agora... com certeza, assim chama menos a atenção. — Ele limpou as mãos nas calças — Você não sabia que estava quebrado? — As mãos de Sarah tremiam. Ela inspirou pelo nariz: estava sensível, mas limpo. A voz dentro de sua cabeça estava em silêncio. Ela ergueu os olhos do chão e viu o homem parado na porta aberta.

— E não confie em *ninguém*. Boa sorte, Sarah de Elsengrund. — E, em um instante, ele tinha desaparecido.

Sarah olhou para suas mãos. Demorou um minuto inteiro para que parassem de tremer.

O amanhecer foi frio e cinzento. Após uma noite clara, nuvens sujas tinham flutuado desde o lago, transformando o nascer do sol em uma fotografia esmaecida. Sarah aguardou nas sombras, seu vestido encharcado agarrado às suas pernas, como uma cortina bolorenta. Ele se esfregava contra os cortes nos joelhos e nas coxas, até que o incômodo ocupasse todo seu pensamento. Sarah deixou a irritação tomar conta de si, pois isso mantinha calada a voz dentro de sua cabeça. Naquele momento, era a última coisa de que ela precisava.

Lavar o sangue tinha deixado uma mancha horrível em seu vestido, que ela escondeu abotoando o casaco escuro até em cima. Em volta do pescoço, havia um pedaço de um saco escuro, que poderia se passar por um cachecol. Ele cheirava a leite azedo, mas estava seco. Era sua única peça de roupa seca. Tinha arrumado um pouco o cabelo, prendendo-o com seu último grampo e amarrado o resto para trás com um pedaço de arame. Sua aparência seria boa a distância. Mas, como um espantalho, se olhada de perto, ela não enganaria ninguém.

Sarah não tinha se permitido dormir. Toda vez que fechava os olhos, via sangue e cães a perseguindo. Acordada, conseguia controlá-los, mas, quando cochilava, eles a alcançavam e pulavam sobre ela. Acordava mal conseguindo respirar, entre soluços. Desperta, ela mantinha o pensamento no aqui e no agora.

A buzina da balsa ecoou. Era sua deixa. Sarah saiu para a luz e, ignorando a dor torturante nas pernas, saiu mancando pela estrada em direção ao porto. Podia ter quinze anos, mas era capaz de fingir ter onze ou até menos quando queria. Sempre tinha sido pequena para a sua idade, uma característica que anos de pobreza tinham acentuado, e esse era um papel no qual tinha atuado antes – manter-se pequena, discreta, infantil. As pessoas da cidade estavam começando a sair para trabalhar pelas ruas de paralelepípedos, caminhando com os olhos baixos ou emitindo o chocalho metálico das bicicletas quando passavam. Cansados, infelizes e *desinteressados*. Sarah manteve o ritmo de seus passos, resistindo à vontade urgente de sair correndo. Em vez disso, começou a cantarolar algo que tinha ouvido a *Bund Deutscher Mädel*, a Liga das Meninas Alemãs, entoando, quando marchavam perto de sua casa. Ela deixou o ritmo tomar seus pensamentos, tirando forças da sua vivacidade e emocionada por tornar sua aquela canção.

"*Uns're Fahne* aquilo aquilo, pula, pula, *uns're Fahne* alguma coisa *Zeit!*..." Ela tentava lembrar a letra. A bandeira *alguma coisa*. Ela estava quase na entrada para a balsa. "*Und die Fahne führt uns* alguma coisa alguma coisa..." Como era a próxima parte? *Sim, sim... nossa bandeira... bandeira?*

— Nossa bandeira é mais importante para nós do que a *morte*! — gritou o soldado, aparecendo de repente na frente de Sarah.

Ela gritou quando se chocou contra o peito dele e cambaleou para trás, o cheiro de suor e couro invadindo seu nariz. A figura imponente cobria todo seu campo de visão, um monstro cinza com suspensórios marrons.

— Quer dizer, o que diabos a sua líder da juventude está ensinando para vocês? — O soldado balançou a cabeça, mãos na cintura e rifle pendurado no ombro. Ele era jovem, talvez tivesse vinte anos, suas sobrancelhas erguidas em uma desaprovação teatral. Sarah se forçou a sorrir, empurrando os cantos da boca para cima até as bochechas doerem.

— ... mais importante para nós que a *morte*... que a *morte*! — gritou ela de volta e deu uma risadinha quase histérica. — Ah, ela é ótima, mesmo. Desculpe! — ela gritou por cima do ombro, acenando apressada. Ela viu o soldado sorrir, balançando a cabeça, e continuar seu caminho. — Morte... morte... — murmurou ela, tentando desacelerar as batidas descontroladas de seu coração. Esperou que mãos fortes a agarrassem pelos ombros, mas nada aconteceu.

Eles não estão procurando você, disse a voz.

Então, por que estão aqui?

Continue cantando. Continue sorrindo. A voz mudou de assunto. *Você continua atuando até chegar à coxia, a caminho do camarim. E você não para até a cortina final descer.*

A balsa flutuava em direção à doca, além dela o horizonte estava enevoado. Erguendo os olhos, Sarah podia ver as formas pontiagudas das montanhas do outro lado do lago, montanhas que significavam... liberdade? Segurança? Ela não tinha nem a mais vaga noção do que faria, ainda que conseguisse embarcar na balsa para a Suíça.

Preste atenção no espetáculo. Todo o resto – a festa, a fama – são para depois, não pare agora. O espetáculo é o momento em que você ganha o direito a elas.

À direita, uma fila de passageiros estava se formando. À esquerda, um cavalo e uma carroça estavam estacionados, esperando a chegada do barco. E, por todo lado, havia soldados e policiais checando, olhando, falando, montando guarda, observando.

Sarah diminuiu o passo. Teria de sincronizar seus movimentos com precisão. A balsa parou, cordas foram lançadas para as docas, alguns passageiros pularam da rampa. Espere. A fila começou a se mover, a carroça e o cavalo trotaram adiante. Caos momentâneo...

Chorar, meu amor, é uma arte. É tudo sobre controle. Descontrolar-se, qualquer idiota consegue. Mas armazenar dentro de você e guardar até que seja necessário, esse é o segredo. Sem vazamentos, só uma torneira que abre... e fecha.

Chorar?

Encare o horror e use-o.

Sarah recuou. Tinha mantido a distância a imagem de sua mãe no carro. Até agora.

Não.

Sim, insistiu a voz.

Não, dói muito.

Essa é a ideia. Olhe de novo para o carro.

Sarah implorou. *Mutti*, não...

OLHE PARA O CARRO, DUMME SCHLAMPE.

O sangue.

Sim, sussurrou a voz.

Tanto sangue...

As lágrimas correram pelo rosto de Sarah enquanto um vazio embrulhava seu estômago. O vômito subiu até a boca, mas ela o engoliu de volta.

Agora.

Ela correu no meio dos passageiros que esperavam, gritando, deixando que a raiva e o medo a guiassem.

— *Vati*! *Vati*! Papai! Papaaai! Onde você está! *Vati*! — A fila se embaralhou, as pessoas desconfortáveis, olhando umas para as outras. Sarah acelerou e direção à rampa. — *Vati*!

— Ei, pare, *Fräulein*. Senhorita, por favor. — O sargento deu um passo atrás, pensou se devia apontar sua arma e parou, incerto. Sarah parou, escorregando, e levou as mãos ao rosto.

— Onde está *Vati*? Ele disse que estaria aqui! — lamentou e fechou os olhos bem apertados. — Ele tem de estar aqui... *Vati*! — Ela olhou para o sargento, abrindo os olhos que ardiam, e deixando o muco escorrer pelo rosto sobre a boca aberta.

— Ele está a bordo? Está?... Só... — O sargento olhou em volta, desamparado, e seus soldados olharam de volta, mudos. Ele gritou para um policial que conversava animado do outro lado da rampa. — *Wachtmeister*! Uma ajudinha aqui!

— *Vati*! — uivou Sarah. — Ele está a bordo?

— Sei, como se eu estivesse às suas ordens, *Scharführer* — gritou o policial de volta.

O sargento olhou de volta para Sarah.

— Passagem? Quem está com seus documentos?

— *Vati*... — *Continue, continue chorando, continue gritando.*

— Mas...

— Por favor, podemos embarcar? — Vozes educadas começaram a se agitar.

— *VATI!*

— Passe, passe, está bem, vá procurar seu pai... — O sargento levantou os braços e gesticulou para Sarah, como quem espanta um cachorro. Ela passou por ele correndo e embarcou, olhando uma vez para trás, para ver o cavalo e a carroça subindo atrás dela, bloqueando sua visão. Ela esperou um momento e então correu para a escada que levava ao convés superior, limpando o nariz e a boca na manga do casaco.

Boa menina. Desculpe. Você não é idiota.

Ignorando a voz, ela mandou a colisão e a ausência de sua mãe de volta para a escuridão, recuperando o controle. Sarah continuou em direção à proa e se escondeu atrás de uma boia salva-vidas, fora de vista.

Ela se inclinou e olhou de novo para o porto, sentindo uma imensa sensação de triunfo. Isso era melhor que uma medalha de ginástica, melhor que voltar ao palco para o aplauso final, melhor que voltar para casa sem ser xingada. Finalmente, após todo esse tempo passando fome, sendo assediada e atacada, a judia suja Sarah era a *Königin*, a rainha, a dona de tudo. Os nacional-socialistas, suas marchas, seu vandalismo e seu ódio perverso podiam ir todos passear. Sarah tinha vontade de gritar para as gaivotas no céu e sair voando atrás delas.

A sensação de vitória, de satisfação nua e crua, não durou muito. Quando aquela pequena camada de paixão se exauriu, ela se sentiu estranhamente oca, como se alguém tivesse comido todos os bombons e depois embrulhado a caixa vazia novamente.

Olhou para os prédios, os pináculos gêmeos da igreja a Oeste. Ela estava olhando para seu país. *Seu* país. Estivera aterrorizada e fugindo por tanto tempo que tinha esquecido do que exatamente estava fugindo. Seu lugar era *aqui*. Ela não era um J idiota carimbado em um passaporte. Era alemã. Eles a estavam obrigando a sair de *seu* país, como a tinham obrigado a abandonar sua casa em Elsengrund e o apartamento em Berlim e, quando ela e sua mãe fugiram para a Áustria, tinham obrigado as duas a sair dali também.

A vitória agora parecia vazia e cheia de bile, rodeada de medos e dúvidas.

Ela deu uma fungadela e cuspiu sobre a amurada. Isso lhe valeu um olhar de reprovação da parte de um dos passageiros, mas Sarah não ligou. Eles não podiam mais pegá-la.

Ou podiam? Ela olhou de volta para as docas. Os soldados estavam ocupados, desorganizados, distraídos. O sargento estava discutindo com o policial. Não havia ninguém no comando, como se não soubessem o que estavam procurando.

Eles não sabiam o que estavam procurando? Uma menina, uma fugitiva judia, uma judia loira, aliás, cuja mãe tinha entrado em pânico e fugido de uma barreira na estrada, porque tudo o que ela fazia terminava em desastre. Por que não a tinham capturado? A menos que... não estivessem mesmo procurando por ela.

Sarah observou os últimos retardatários subindo a bordo e um homem correndo pelo cais. Ele usava um casaco preto longo e tinha uma bolsa de viagem pendurada no ombro. O sargento fez sinal para desviá-lo, os braços abertos. Os fumantes terminaram seus cigarros e se aproximaram da rampa.

A barreira na estrada, que sua mãe atravessara, tinha sido *inesperada*. Todo o resto tinha corrido de acordo com o plano. Havia um plano? Chegariam a uma fronteira em um carro no qual não deveriam estar, mas e depois?

Talvez sua mãe tenha contado o plano em detalhes, mas Sarah não estava ouvindo. Ela estava com raiva dos nacional-socialistas, estava com raiva até de outros judeus, pelo que quer que eles tenham feito para atrair isso sobre todos os judeus, mas reservava seu mais profundo, mais efervescente, mais reprimido ressentimento para sua mãe, por suas bebedeiras, por suas falhas, por sua inutilidade. Fugir de barreiras e ser morta, isso era *típico*.

Mas se a barreira não era para elas, se *não eram* o alvo, o que estes soldados estavam fazendo aqui? Talvez agora existissem barreiras de inspeção por toda parte...

Eles não estavam deixando o homem embarcar. Sarah se inclinou sobre a amurada para ver melhor. O policial estava mais interessado agora. O homem tirou seu chapéu e passou os dedos pelos cabelos loiros. Os balseiros começaram a desamarrar a balsa, enrolando impacientemente os cabos e observando a cena. O homem estava cercado de soldados por três lados. Ele deu um passo para trás e gesticulou em direção à cidade. Tentou pegar os documentos de volta, mas o sargento os puxou para fora de alcance. Sarah viu o tecido grosseiro do casaco de um dos soldados se esgarçando nos ombros quando ele passou sua arma para a mão direita.

Ela olhou para as montanhas além do lago. Para um local seguro, talvez. Sem visto, sem amigos, sem dinheiro, sem mãe – a Suíça não queria refugiados judeus, então ela ia precisar tomar cuidado do outro lado, mas não tinha alternativa...

Olhou novamente para o porto. Esse homem, ela se deu conta, era a razão das barreiras e dos soldados. *Caçado*. Ela sabia como era ser caçada.

O policial deu a volta por trás do homem e parou cerca de dez metros de distância, bloqueando sua retirada. Os balseiros começaram a gritar com os soldados. Atrasados. O sargento se virou para eles e gritou de volta, e neste momento o homem olhou para cima, na direção da balsa. Sarah viu seus olhos azul-aguados e o reconheceu. Ele tinha a aparência de um animal acuado, muito diferente da expressão que tinha usado na noite anterior. Um homem sem amigos. Sem escolha.

A sirene soou acima dela, anunciando a partida.

Sarah estava no alto da escada antes que o som fosse concluído. Ela escorregou pelos corrimões, apoiando cada uma das mãos de cada lado, e saiu da escada para o convés já correndo, as mãos queimando. A rampa já estava afastada, então ela tomou impulso e pulou. Viu de relance a água suja lá embaixo, que imediatamente sumiu.

— *Vati*! *Vati*! Paaa-paiiii! — gritou Sarah ao aterrissar, lançando-se sobre o grupo de soldados. Percebeu o leve brilho de reconhecimento naqueles olhos azuis e se jogou em seus braços. Ele tropeçou com o peso inesperado, então a ergueu até seus quadris, enquanto ela passava as pernas em volta de sua cintura. — Oh, *Vati*, *Vati*! — gritou Sarah.

— Oh, Ursula. Aqui está você. Calma, calma. Está tudo bem agora — murmurou ele. Ele olhou para os soldados. — Olha, será que eu posso...

— *Vati*! Para casa, agora! — gemeu Sarah.

— Olha, posso só levar minha filha para casa agora? — disse ele, estendendo a mão em direção a seus documentos — Por favor? Foi uma manhã horrível.

Sarah olhou fixamente para os ombros do homem e se obrigou a não erguer os olhos. Sabonete caro. Nenhum perfume. A buzina da balsa soou novamente.

— Carregue sempre os documentos corretos quando for a *qualquer lugar*. Faz todo mundo perder tempo à toa. Mesmo que você esteja procurando a imprestável da sua filha. Que, por sinal, você esqueceu de mencionar.

— Obrigado, obrigado. Perdão.

O homem pegou os documentos e se virou.

— E não se esqueça da passagem, seu vagabundo — disse um dos soldados. Os outros riram.

— Claro, obrigado. Com licença. — Ele começou a andar. — E onde você estava, mocinha? Eu disse para esperar na estação de trem.

— Desculpe, *Vati*.

Ele caminhou em silêncio até se afastarem da entrada do porto, já a meio caminho morro acima.

— O que você fez foi inacreditavelmente idiota — disse afinal.

— Um simples muito obrigado está bom — murmurou Sarah.

TRÊS

— Você estava segura, Sarah de Elsengrund. Lá na droga da balsa. No que estava pensando? — sussurrou ele, em tom de bronca.

Sarah também se perguntava isso. Uma razão lhe ocorreu.

— Eles não iam deixar você embarcar, iam? Sei o que eles fazem quando você é pego.

— Eu lhe disse para não confiar em ninguém.

— Sim, você me disse.

— É como carregar um boi.

— Você até que está bem.

— Você é grande demais. Ninguém carrega uma criança de dez anos desse jeito.

Sarah escorregou do quadril dele. Depois de um momento desconfortável, ela pegou a mão dele.

— Estão vamos assim — disse ela. A mão dele era macia. Não eram mãos de um operário.

— Por quê? — perguntou o homem depois de uma pausa. Sarah olhou para os sapatos, gastos, arranhados e enlameados. Ela não sabia o porquê. Tinha agido sem pensar naquilo. Uma parte sua tinha visto alguém sendo caçado, alguém perdido como ela. Ele estava certo, ela estava segura. Mas não se sentia segura de verdade. Sarah se perguntou como se sentia agora.

— Meu pai tinha um livro antigo, escrito há muito tempo, que dizia se o seu reino está sendo ameaçado por alguém..., você precisa... descobrir quem ameaça essa pessoa.

O homem bufou.

— "O inimigo do meu inimigo é meu amigo." Sim, os árabes dizem isso, também. — Sarah pôde senti-lo puxar sua mão enquanto ele acelerava o passo. — Você leu *O Arthashastra*? Um antigo manual sobre como ser rei? O que seu pai faz?

— Eu não sei. Ele deixou muitos livros quando foi embora. — De repente, Sarah se sentiu muito vulnerável. — Aonde estamos indo?

— Para Stadtbahnhof, a estação ferroviária. Está fervilhando de guardas da SS, mas, como não posso deixar a cidade de balsa, essa é a melhor opção. Agora. De novo. — Sua voz soou firme, mas Sarah sentiu o nervosismo puxar a mão dela novamente. Eles seguiam por ruelas vazias e atravessavam para a calçada oposta o tempo todo para ver se estavam sendo seguidos.

Nutra-se de seu líder. Faça as emoções dele desencadearem as suas. Se ele é um bom líder, fará o mesmo. Sarah olhou para o homem, seu rosto era uma máscara rígida, seus olhos azuis agora glaciais enquanto avançavam. *Se ele não é, você precisa ser duas vezes mais competente, duas vezes melhor, duas vezes mais bonita. Você precisa ser uma distração.* Sarah começou a balançar os braços e cantarolar para si mesma. O homem parou.

— O que você está fazendo? — Ele olhou para ela.

— Eu estou sendo uma garotinha. Por que, quem você está sendo? — Depois de um instante, ele bufou e continuou andando, permitindo que seu braço fosse balançado de um lado para o outro.

Eles dobraram uma esquina e emergiram em um espaço amplo e aberto, onde a estação ferroviária esperava, um edifício imponente decorado em tons profundos de amarelo e branco.

— Parece um *Apfelkuchen* coberto de linhas de creme. — Sarah suspirou.

— Isso é o que você vê? Uma torta de maçã? Não os caminhões militares e os carros dos oficiais? Os guardas da SS?

— Eu não como há muito tempo.

Sarah olhou para o tampo da mesa e correu os dedos pela toalha. Ela não podia confiar em si mesma para não espiar os vultos negros uniformizados andando do outro lado do vidro. Os reflexos borrados vagavam de uma ponta a outra da mesa, como nuvens de tempestade se juntando sobre o campo em um fim de tarde de verão.

Uma xícara e um pires foram deslizados na frente dela. Sarah olhou para a espuma branca e franziu a testa antes de se inclinar para cheirar. Notou um glorioso cheiro de café dourado embalado no aroma de leite quente.

— Ah — ela se alegrou. — é *melange*?

Ele balançou a cabeça.

— Não, não é vienense. É italiano. Experimente.

Ela passou as mãos em volta da xícara quente e levou-a aos lábios, deixando a fumaça quente tocar seu rosto. Seu nariz roçou a espuma, mas ela se desfez como se fosse de sabão e desapareceu em um milhão de minúsculas bolhas que estouraram. O líquido denso e escuro fluiu através da espuma, esfriando conforme as bolhas se desmanchavam e deslizou em sua boca. Ao mesmo tempo doce e amargo, forte e reconfortante, revigorante e tranquilizante, como braços fortes que carregam você em meio a uma tempestade. Luzes piscavam nos cômodos da mente dela. As dores e esfoladuras desapareceram como se as contusões e os arranhões tivessem acabado de se dissolver.

— Oh, meu Deus. — Ela riu, batendo no peito com as duas mãos. — Isso é... isso é... incrível.

O homem se inclinou e fez um gesto pedindo discrição com os dedos.

— Oh, desculpe — Sarah engasgou cobrindo a boca, com um sorriso nos olhos. Um último lamento soluçado escapou antes que ela sussurrasse: — Desculpe, desculpe, desculpe... — O careca gorducho atrás do balcão riu enquanto polia um copo e sorria beatificamente para Sarah.

— Você pode colocar açúcar, é claro, mas eu prefiro sentir o sabor de verdade — disse o homem enquanto mexia seu café. — *Espresso* é café obtido sob intensa pressão. Em seguida, você adiciona o leite aquecido e a espuma para fazer capuccino. É uma verdadeira forma de arte.

— Quero outro desse — balbuciou Sarah e empurrou a xícara vazia de um lado para o outro. Ele balançou a cabeça enquanto passava um prato sobre a mesa.

— Vamos ver primeiro como você se sai com isso. Aqui, coma a estação de trem.

Ela avançou para a torta de maçã e começou a enfiar a massa folhada na boca com os dedos melados de calda quente. O garçom riu de novo por trás de seu balcão impecavelmente brilhante e foi atender um cliente. Atrás dele, havia um quadro que mostrava um homem careca com um chapéu engraçado, erguendo o queixo com covinha, como um palhaço imitando alguém poderoso. *Homens que queriam se mostrar assim*, Sarah pensou distraída, *quase sempre eram encrenca*.

— *Scho* — murmurou ela, boca cheia, migalhas escapando dos cantos. — Focê fem um planfo?

Sarah se sentia... não segura, exatamente, mas não se sentia sozinha. A fumaça fumegante do café a envolvera, e o café, o capuccino, formigava com alegria por seus braços e fazia seu coração se sentir forte. Agora, ao reconhecer lá no fundo que não tinha o que perder, lugar nenhum para ir, nada a esperar, sentiu-se estranhamente livre. Era como se tivesse ficado na balsa.

— *Eu* vou apanhar um trem para Stuttgart. Você, você não tem documentos, parece que dormiu no mato e cheira a vômito. — Ele escondeu a boca atrás da xícara e seus olhos estavam ilegíveis.

— Então, deixe-me entender... — Sarah engoliu a torta. — Eles não estão mesmo procurando por *mim*, estão? Então, como eu disse, você tem um plano?

— Quantos anos você tem?

— Quinze — disse ela dando grande ênfase ao fato. Ele riu.

— Isso explica muito. Você parece ter onze anos na melhor das hipóteses.

— Qual o seu nome?

— Continue me chamando de *Vati*.

— Plano — repetiu ela. A cafeteria murmurou e se agitou em torno deles. Os trens distantes se arrastaram e rugiram sob a conversa sussurrada. O garçom começou a cantar, um grunhido desafinado sobre um amor perdido. Uma gaivota grasnou do lado de fora como que em resposta. Os olhos do homem, tão lindos, tão azuis, seriam frios se suas intenções não estivessem tão obviamente trancadas atrás deles, como uma casa de praia no inverno.

Ele bebeu o resto do café e acendeu um cigarro com um movimento rápido. Segurou os fósforos entre seus primeiro e segundo dedos.

— O que é isso? — perguntou ele.

— Uma cartela de fósforos — respondeu Sarah, tentando escapar da fumaça acre.

— Sim e não. — Ele abriu a cartela e dobrou o papelão para longe dos fósforos achatados de madeira. Em seguida, fez deslizar o cigarro, filtro primeiro, entre as duas abas de papelão, de modo que a extremidade acesa ficasse para fora e jogou a cartela de fósforos no cinzeiro. — E agora, o que é isso?

Para Sarah, era apenas um quadrado de papelão colorido com um longo tubo branco emergindo de uma das extremidades.

— É uma arma muito pequena? — arriscou-se ela, com um sorriso. Ele recuou e se levantou.

— Pense sobre isso. — O homem caminhou até o balcão e pediu alguma coisa. Sarah observou a ponta do cigarro lentamente se consumir. A fumaça cinzenta subiu, contorcendo-se e pareceu seguir Sarah enquanto ela se afastava. O tubo branco ficou mais curto. O brilho da brasa se aproximou do papelão.

— E então? — Ele se inclinou sobre a mesa e juntou suas coisas.

— É um fogo de artifício. Ele queima, ilumina o cartão, os fósforos pegam fogo. — Sarah sorriu para ele, mas ele não olhou para ela.

— Muito bom. Vamos.

— Qual é o plano?

— Basta fazer o que você faz. — Ele já estava a meio caminho da porta. Sarah se levantou e o seguiu, espanando migalha de torta das roupas.

— *Grazie mille*! — Ela sorriu para o homem atrás do balcão, que deu um sorriso amplo para ela.

— *Prego*. Ei, linda, o que aconteceu com seu belo rosto? — continuou ele em italiano.

— Oh, sou uma verdadeira *klutz*, tão desajeitada! — Ela riu, tocando o nariz machucado enquanto atravessava a porta. Seu companheiro deixou a porta fechar atrás dela.

— Sabe, como fugitiva judia, talvez você queira evitar usar palavras em ídiche. Só estou dizendo. — As palavras dele estavam repletas de desgosto. *Dumme Schlampe*, pensou Sarah. Ela olhou de volta através do vidro. Ninguém pareceu ter notado. *Continue com o show. Ninguém percebeu.* Às vezes, você se pergunta por que está em cena. Ela se apressou atrás do homem e começou a pensar em volta alta.

— E como você deve ser da Bavária, talvez queira eliminar essa cadência parisiense que aparece em seu sotaque toda vez que pensa que está sendo engraçado. É só... um... pens...

— Ah, sim, obrigado, *Fräulein Akzentpolizei*.

— Oh, gosto disso, gosto de ser a polícia do sotaque. Você fez de novo, a propósito.

O homem parou ao lado de uma lixeira e começou a jogar fora alguns itens de sua bolsa de viagem.

— Então, diga-me o que você vê.

Sarah virou-se para a plataforma.

— Soldados verificando os documentos de todo mundo. Não são *Bahnschutzpolizei* comuns. Eles se consideram importantes demais, como o homem da pintura. Essa é a *Schutzstaffel*, a SS? — O homem concordou com um grunhido ainda ocupado com alguma coisa atrás dela. — Mas eles não estão no comando. Há dois homens de casacos longos junto da bilheteria, e os soldados continuam olhando para eles como se precisassem que lhes dissessem o que fazer.

— Gestapo. Polícia secreta. Muito bem — disse ele ao lado dela. — Você vai me dizer adeus, então?

— Dizer adeus a você? — Ela se arrastou atrás dele. — O que isso significa? — Ele não diminuiu o ritmo.

— Continue, estou atrasado — ele a apressou por cima do ombro.

A confusão deu lugar à preocupação, e algo desagradável se instalou no estômago de Sarah. Ela acelerou e tentou se adiantar a ele. Ele pretendia deixá-la lá depois de tudo? Sarah se lembrou das últimas horas e se deu conta de como a ligação deles era frágil.

— O que estamos fazendo? — Ela começou a se sentir enganada.

— Venha comigo.

— O que...

— Documentos, por favor. — Os guardas os abordaram. Havia um oficial alto com um uniforme escuro imaculado, suas feições de raposa encimadas por um quepe impecável com um distintivo brilhante. Isso fazia sua pele parecer muito pálida, como se ele estivesse perto da morte. Estava flanqueado de ambos os lados por soldados que deixavam transparecer certa arrogância entediada, mas que mantinham as metralhadoras bem seguras em suas mãos. Sarah ergueu os olhos para o homem ao lado dela enquanto o funcionário da SS examinava os documentos dele. Seu rosto permaneceu impassível, apesar da irritação que sentia. As cortinas estavam fechadas. Ele ia ficar bem. Ele *sabia* disso.

— O que estamos fazendo? — sussurrou Sarah.

— Não agora, Ursula, seja uma boa menina. — Ele nem sequer olhou para ela.

— *Herr* Neuberger. O senhor trabalha na fábrica da Zeppelin? — O sotaque do oficial não era local.

— Sim.

— E o que faz lá?

— Como você bem sabe, não tenho permissão para falar sobre isso. — Autoridade. Arrogância.

— É mesmo? — O oficial engoliu em seco. Era como uma cobra cercando um pássaro. Ele folheou as páginas da caderneta para a frente e para trás, sem realmente ler o que havia ali. — E para onde vai? Se, claro, você puder falar sobre *isso*. — Ele sorriu. Seu sorriso era perturbador, como um gatinho que nasceu morto. Ele assumiu uma expressão séria de novo.

— Stuttgart, para uma reunião, e não, também não posso falar sobre isso. — Ele estava indo sem ela. Depois de tudo o que Sarah tinha feito, ele estava indo sem ela. A mágoa a invadiu, e ela nem tentou impedir.

— Stuttgart! Stuttgart? Sem mim? — gritou ela, batendo o pé.

Todo mundo olhou para ela. O oficial da SS. Os guardas. Os outros passageiros. Seu companheiro, um olhar de inocência indignada no rosto.

Um apito de trem pontuou a ilusão do silêncio, e o barulho do motor se fez presente por trás dele. Por um instante, Sarah viu em seus olhos apenas um breve lampejo de reconhecimento, uma fagulha de mensagem. *Continue.*

— De novo? Stuttgart mais uma vez? Oh, *Vati*, quanto tempo você ficará fora desta vez? Isso não é *justo*!

— Agora, Ursula, comporte-se. Não é por muito tempo e daí não terei de viajar de novo...

— Foi isso que você disse da *última* vez. — Sarah ergueu a voz acima do barulho do trem que se aproximava e cruzou os braços.

— Agora pare. Temos uma passagem, você não vai comigo e ponto final.

— *Herr*... — O oficial tentou se intrometer.

— *Vati*, não. *Vati*, não vá. Você *prometeu*. Sem mais viagens. — Sarah agitou os braços de forma petulante.

— Chega, Ursula. O trem chegou, você vai se despedir de mim ou não? — Ele estendeu a mão para o oficial. — Meus documentos, por favor. — Os vagões pararam na estação em meio a um estouro de vapor barulhento. O policial precisou gritar acima do barulho.

— Onde estão os documentos dela?

— O quê? — Incredulidade impaciente.

— *Vati...*

— Os documentos *dela*? — Uma fila havia se formado atrás deles.

— Ela não precisa de documentos. Ela é uma *criança*.

— Para o *trem* — disse o oficial.

— Ela não vai a *lugar nenhum*. Olha, esse é o meu trem. Documentos? — Ele estendeu a mão e deu um passo na direção da plataforma. Sarah pegou a mão dele e a puxou de volta.

— Não, *Vati*, não vá... — Ela começou a chorar. *Pense no carro... Nem pensar em ficar para trás.*

— Ursula, *pare*. Faça o que lhe mandaram fazer. — Ele soltou a mão dela e apanhou sua identificação das mãos do oficial, antes de agarrar o braço de Sarah.

— Por favor, *Herr* Neuberger. — O policial deu um passo atrás para evitar ser empurrado. Ele gesticulou para os guardas. — Bäcker, vá com ele.

Eles andaram até a plataforma. Soluçando alto, Sarah se permitiu ser arrastada na direção do trem, antes que parassem ao lado da porta do vagão. Um dos guardas acompanhava a cena com cautela. O homem se inclinou e passou os braços em volta de Sarah.

— Espere um pouco — sussurrou ele. — A qualquer segundo agora.

— Esperar pelo quê? — Sarah o abraçou mais apertado, totalmente perdida.

O trem apitou, ensurdecedoramente perto. Ele se endireitou e entrou no vagão. Então, ele se virou, inclinando-se pela abertura da porta.

— Volte para casa, para *Mutti*. Vá logo. O trem estremeceu e oscilou de leve. Sarah olhou nos olhos dele. A severa irritação desapareceu, e as frias piscinas azuis sorriram para ela. *Agora*, elas disseram.

O trem começou a se mover. Sarah deu um meio passo para a esquerda. Então, outro. Podia ver o guarda refletido no metal e no vidro, cerca de três metros de distância. Olhou de volta para os olhos dele. *O quê?* Sarah o encarou. Ele revirou os olhos e olhou para o relógio.

O clarão iluminou a lateral do vagão, destacando os vultos de Sarah e do guarda por um instante, antes que a fumaça escaldante a empurrasse para a frente. Ela caiu, então duas mãos agarraram as lapelas de seu casaco e a ergueram, um gesto contínuo que a fez passar pela porta em movimento.

Atrás dela, uma bola de fogo tomou as vigas da bilheteria, fazendo brilhar tudo num raio de cinco metros em torno da lixeira. Havia fumaça, gritaria, caos. A plataforma começou a se afastar conforme o trem acelerou, e o guarda levantou-se do chão.

Sarah foi colocada cuidadosamente no chão, e a porta do trem se fechou atrás dela.

— É óbvio que eu preciso trabalhar no meu tempo — disse ele, sorrindo —, mas acho que tudo correu muito bem.

QUATRO

Sarah estava parada na estrada, cercada de cacos de vidro e envolta pela neblina. A voz doce e poderosa de sua mãe, cantando, soava seca e próxima. Um ruído de cães vinha de dentro das brumas às suas costas.

A menina da canção era uma criada maltratada, uma escrava... Mas ela sabia de algo que seus donos não sabiam.

Sarah correu quando os cães começaram a latir no ritmo da melodia.

Algo horrível estava se aproximando.

Encontrou sua mãe em pé na ribanceira ao lado do Mercedes batido. Ela estava linda em seu casaco de pele e seu chapéu de plumas, os olhos grandes e brilhantes sorrindo enquanto cantava.

A menina era uma princesa pirata.

Ouviam-se uivos, gritos, pessoas arfando, os ruídos aumentando de volume e se aproximando.

Então, quando os piratas vieram e destruíram tudo...

Sua mãe cantou os últimos versos em um tom mais agudo, sobre o som de patas arranhando o vidro.

Os piratas perguntaram à menina... deveriam poupar alguém?

Sarah olhou de relance para as sombras se agigantando na neblina. Quando se virou de volta, o chapéu de sua mãe tinha escorregado da cabeça, revelando o horror que escondia.

A menina respondeu, sem misericórdia.

Quem sabe assim você aprende.

O primeiro cão, só músculos e dentes, surgiu da neblina e se lançou sobre Sarah.

Ela estremeceu e bateu a cabeça contra a janela do trem. Todas as vezes. Todas as vezes em que ela fechava os olhos. Ela olhou para seu companheiro de viagem, aparentemente adormecido no banco à sua frente.

— Fique acordada — disse ele sem abrir os olhos. — Eles não conseguem pegá-la se você ficar acordada.

— Quem não consegue?

— Os seus demônios.

— O que você vê quando fecha os olhos? — perguntou ela, em parte por curiosidade, em parte para replicar. Ele bufou e cruzou os braços.

— Brecht.

— Desculpe, não entendi. O quê? — respondeu Sarah.

— Você estava resmungando Brecht. Totalmente judeu-bolchevique. Você tem de parar com isso.

— Era uma canção que minha... — Sarah se interrompeu quando uma onda de perda e ausência manifestou-se como uma ânsia de vômito. Ela esperou que passasse e continuou. — Minha mãe cantou isso no palco algumas vezes.

— Sua mãe não seria bem-vinda no novo Teatro Alemão. Nem você, com essa canção.

A viagem pareceu durar uma eternidade. Quatro trens. Não, cinco. Uma peça longa e monótona, em um teatro estreito, movida a café forte e torta de maçã. O drama era pontuado por breves cenas de ação, passagens e barreiras de verificação, estações e inspetores, com Sarah representando seu papel quando necessário, mas na maior parte do tempo esperando na coxia por sua deixa. Ela ficava em silêncio, como sua mãe tinha ensinado, para que a audiência não a ouvisse. Entre uma cena e outra, o balanço gentil dos vagões marcava a lenta passagem das horas.

Seu medo, a vontade de fugir de todos que encontravam e de o tempo todo verificar os corredores do lado de fora da cabine, foi aos poucos desaparecendo, recuando, como a maré. Foi substituído por uma tensão latejante, uma monotonia enjoativa, dentes imundos e uma sujeira que coçava. Seus membros doíam, e seus olhos ameaçavam se fechar, mas a lembrança dos cães em meio à bruma era maior. A viagem era tudo, o único espetáculo na Terra. Sarah não queria pensar na cortina descendo ao final.

No começo eles *não podiam* conversar. Havia passageiros e guardas nos trens, fregueses nos cafés, olhos curiosos e ouvidos atentos por toda parte. Agora, eles estavam sozinhos, mas Sarah sentia que, se começasse a fazer perguntas, quebraria o *kischef*, o feitiço. Tudo à sua volta ruiria. E todos, seus olhos agora abertos, voltariam-se para ela imaginando por que uma judia suja estava sentada no trem.

Ainda assim, isso precisava mudar. Quanto mais fundo penetravam na Alemanha, mais distante ela ficava de qualquer segurança verdadeira. De volta para as janelas quebradas, o abuso, o medo, a fome, as prisões no meio da noite – e agora ela não tinha documentos, não tinha desculpas. As vozes que ela havia calado estavam sussurrando mais uma vez. *Você está correndo de volta para o início, de volta para o lugar de onde escapou em 1936.*

Sarah se alongou. Sentiu o rosto coçar, e a pele sob seus olhos pareceu estremecer. Ela se perguntou se era visível para outras pessoas, tentou examinar seu reflexo na janela. A Alemanha em todos os seus tons de cinza passava correndo, esmaecida pela fuligem. Respirando no vidro, ela passou o dedo pela condensação. Começou a desenhar um S, mas se conteve. E suspirou alto.

— Mudei de ideia. Vá dormir — disse ele.

— E os meus demônios?

— Não me importo mais.

O vagão escureceu quando o trem começou a ultrapassar outro, que seguia em uma velocidade menor. Sarah observou as formas escuras e atarracadas, como sapos, passando ao lado.

— Mais tanques — ela pensou em voz alta. Estavam cruzando a Alemanha sem serem incomodados, mas não viajavam sozinhos. As estações, os trens, as estradas, os bares e cafés estavam lotados de soldados, sentados, esperando, caminhando, rindo. Um exército estava em movimento.

— Você quer olhar?

— Não preciso mais — disse ele, de olhos fechados. — Acho que já sabemos o que isso significa.

As formas passavam pela janela, claro, escuro, claro, escuro.

— Você tem um plano? — murmurou Sarah.

Ele estava calado. Claro, escuro, claro, escuro. Quando Sarah estava quase achando que tinha só pensado, sem falar de verdade, ele suspirou alto.

— Sim — disse ele, inclinando a cabeça para um lado e mudando de posição.

— Eu faço parte dele?

— Você quer discutir isso agora? Aqui?

Frustrada, Sarah fez um gesto zangado apontando para o vagão vazio e abriu a boca para falar. Daí cerrou os lábios e respirou profundamente.

— Sim. Eu quero falar sobre isso agora — sussurrou com cautela. — Para onde estamos indo?

— Onde termina a viagem? Berlim.

— Por quê? — A resposta pareceu absurda para Sarah.

— Estamos indo para casa.

— Eu não tenho casa — resmungou Sarah, furiosa.

— Você é de Berlim, de Elsengrund.

— Nós nos mudamos para Viena em 1936 por causa das Leis de Nuremberg.

— Família? Amigos? — perguntou ele, irritado.

— Família não. Os outros já devem ter ido embora também ou estarão lidando com seus próprios problemas.

— Vocês não têm... amigos *cristãos*? — suspirou ele.

— Eu estava falando de amigos *cristãos* — bufou Sarah, imitando o que parecia ser o modo usual de exclamação de seu companheiro de viagem. — Nós não tínhamos nenhuma... — ela fez uma pausa, procurando o exemplo adequado — fábrica de *bagels*.

Eles se calaram enquanto alguém atravessava o vagão.

— *Herr* Neuberger. É esse seu nome? — perguntou ela.

— Se você quiser — disse ele, fechando os olhos.

— O que você faz, *Herr* Neuberger?

— Chega de conversa.

Ele cruzou os braços e apertou-os contra si. Sarah sentiu um súbito surto de raiva, mas o suprimiu. Estava ficando cada vez mais difícil se conter. Lá no fundo, de onde vinha a voz, ela estava borbulhando.

Os tanques desapareceram. O vagão se encheu de uma luz amorfa e de silêncio.

— Você não tem nada para ler? — reclamou ela. Depois de um tempo, ele grunhiu e pegou algo dentro da bolsa de viagem a seus pés. — Você tem? Que maravilha. — Ele jogou algo para ela e imediatamente fechou os olhos.

A capa do livro tinha sido arrancada, para torná-lo mais leve, e a lombada estava começando a se desfazer, como uma teia de aranha de fios brancos. Ela olhou a página do título.

— *Achtung-Panzer!*,³ de Heinz Guderian — leu ela. — É uma história?

— De certa forma. Uma história que todos vamos ouvir.

Berlim parecia maior, mais brilhante e mais grandiosa sob os holofotes e a lua cheia do que tinha parecido havia três anos. Estava mais imponente, mais severa e mais assustadora do que Sarah se lembrava, a cidade onde ela crescera agora estava irreconhecível. Colunas se lançavam para cima como se o céu fosse uma abóboda.

Sarah adormecia e acordava. Os cães perseguiam o táxi pelas ruas, e sua mãe sangrava em cada esquina. Foi carregada do trem para o táxi barulhento para a mansão de mármore verde, sua cabeça enterrada em um ombro coberto por uma capa. Ela poderia ter sido carregada para o inferno e não saberia.

As luzes do vestíbulo brilhavam, e o cheiro era de couro e verniz, as paredes retas e as lâmpadas verdes. Os pés dele não emitiam nenhum som sobre o tapete grosso que cobria o centro do aposento.

— *Guten Abend*, Ulrich — disse ele sem se deter.

— E boa noite para o senhor, *Herr* Haller... e quem temos aqui? — O porteiro correu para chegar ao elevador antes dele.

— A filha de minha irmã. Segure a porta para mim, por favor?

— Claro. Fez boa viagem?

— De jeito nenhum. As necessidades do Reich precisaram ceder lugar a problemas de família. Muito desagradável.

As portas do elevador se abriram, correndo por trilhos bem lubrificados. Eles passaram por Ulrich, que cheirava a tabaco velho.

— Boa noite, *Herr* Haller. Durma bem.

As portas se fecharam em um som suave. Sarah sentiu o chão vibrar suavemente, e, com um zumbido distante, o elevador subiu.

— *Herr* Haller? — murmurou ela.

— Se você quiser.

---

3. Livro de um teórico militar nazista que inovou a guerra com uso de máquinas e novas táticas de combate. (N.T.)

— *Onkel...*[4] — disse Sarah, rindo baixinho.

Tapetes grossos, arranjos suaves de luz e paredes lisas, listradas de sombras. O tilintar de chaves e o som abafado de uma porta se abrindo. Entraram em um grande espaço frio, na penumbra, iluminado apenas pelo luar, mais ângulos retos, tapetes espessos e mármore brilhante.

Chegaram a um espaço menor, e ela foi colocada sobre algo macio e branco que cedia sob seus ombros, seus arranhões e machucados. Esticou um braço, mas a maciez não tinha fim. Passos se afastaram, e uma voz falou da porta.

— Durma bem, Sarah de Elsengrund. E bem-vinda à sua casa.

A porta de fechou. Sarah virou a cabeça em direção ao aroma limpo de sabão em pó e se rendeu, sem se importar se os cães estavam esperando por ela.

Sarah sentou no tapete do quarto, olhando para a porta. Estava esperando.

O que ela estava esperando?

Próximo dali, alguém chorava. Dedilhava um piano e soluçava. Chorando e cantando. A voz bela e aguda, mas trêmula, tropeçava por uma canção, pulando palavras aqui e ali, entre fungadelas.

Foi bom enquanto durou, mas agora acabou...

Sarah se levantou e foi procurar pela voz.

Por que razão chorar, quando a mãe que te trouxe ao mundo

(Maria, tem piedade das mulheres!) já sabia de tudo antes de você?

Sua mãe estava inclinada sobre o teclado do piano. Na superfície negra brilhante à sua frente, Sarah viu seu próprio rosto, pequeno, confuso e preocupado. Estava distorcido nas bordas pela curvatura do grande

---

4. "Titio", em alemão. (N.T.)

piano, seu cabelo dourado escapando das fitas vermelhas, criando um halo, como em um anjo cristão.

— Ah! Sarahchen. Tenha piedade de nós mulheres, não é?

Sua mãe martelou uma nota forte e sombria, o pedal de sustentação pressionado. Então deu uma gargalhada. Não era um som de felicidade.

— Ele não vem, minha princesa. Não vem hoje... ou amanhã... — ela pegou um copo com um líquido esbranquiçado e bebeu de um grande gole. — Talvez ele não venha nunca mais. E você sabe por quê? — Sua mãe levantou as sobrancelhas.

Sarah balançou a cabeça em negativa.

Sua mãe estava linda. A pele de porcelana emoldurada por cachos vermelhos incandescentes que escapavam das ondas sobrepostas com um descuido meticulosamente estudado de sua cabeça. Havia os olhos verde-escuros muito verdes, como veios de mármore polido. Havia uma boca perfeita sob maçãs altas, tudo acompanhado por uma grossa gargantilha de brilhantes e brincos cintilantes que rodopiavam e se acendiam sob a luz das velas. Seu vestido de veludo verde sussurrava quando ela roçava o banco do piano.

Ela colocou o dedo enluvado na ponta do nariz e puxou o rosto com violência, mostrando o perfil.

— Isso. *Genética*. A perpetuação da conspiração judaica internacional — disse ela. Então, soltou o nariz e se voltou para encarar Sarah. — Nós somos a *Peste do Mundo* e o segredinho sujo de seu pai. — Ela engoliu o resto que havia no copo e procurou a garrafa.

Sarah deu um passo hesitante em direção ao piano. Sua mãe se virou e apontou para ela, com seus olhos subitamente cheios de veneno.

— E sabe o que mais, princesa? Isso serve para você também, Rapunzel com cabelos dourados... Não importa como você se parece. Lá fora, eles vão *odiar* você também.

Ela cuspiu essas últimas palavras com tanto desdém e fúria que Sarah as sentiu em sua face, em seus olhos, sentiu até na virilha. As lágrimas começaram a correr de seus olhos, e ela não conseguia fazê-las parar, nem fechando os olhos. Quando abriu os olhos de novo, sua mãe estava ao seu lado, braços cobertos de veludo envolvendo seus ombros.

— Ah, querida, desculpe, ah, Sarahchen, perdoe *Mutti*, ah, eu sou uma *dumme Schlampe*... — Sarah olhou para o rosto da mãe, também coberto de lágrimas. Ela viu o delineador se dissolvendo em córregos lamacentos. Sua mãe cheirava a almíscar, a álcool e a um vazio sem esperança. — Nós vamos ficar bem, querida. Você e eu. Não precisamos de ninguém. Quem é minha princesa?

— Eu — chiou Sarah entre arfadas.

— Sim, minha Sarahchen.

O cabelo vermelho e o veludo verde encobriram sua cabeça.

Sarah acordou no escuro, o rosto molhado. Sua mãe tinha partido. A ausência, o *buraco* que ela deixara era uma ferida aberta, como a da parte de trás da cabeça de sua mãe. A existência de Sarah parecia dominada pelo vácuo. Mas esse vazio também significava que sua mãe não podia mais lhe fazer exigências, não podia mais controlar ou pôr em perigo sua vida. Sarah lutou contra essa sensação de alívio, atolada em culpa e ingratidão, antes de capotar sob o peso amargo do vazio.

Ela tirou as roupas e se enfiou embaixo dos lençóis, puxando com força para soltá-los do colchão. Quando finalmente se soltaram, ela se enrolou neles várias vezes, antes de se abraçar em posição fetal. Quando finalmente parou, começou a chorar de novo.

Seguiu-se um sono irregular, pontuado por lágrimas, mas era um sono suave e puro.

Finalmente, seus olhos se abriram para uma luz prateada ofuscante que inundava o quarto, apagando os cantos e os detalhes e cobrindo tudo de branco. Ela se levantou, insegura, apoiada nos cotovelos. Além dos pés da cama, no qual a irradiação era mais intensa, quase perdida no brilho, estava uma pessoa com os braços estendidos. Parecia que asas gigantes haviam crescido de seus ombros, estendendo-se na distância. Sarah estava hipnotizada pela magnificência da imagem, algo que parecia ter saído dos salões de uma galeria de arte.

A pessoa balançou os braços em um floreio, e as asas voaram para longe. Ela saiu de perto das cortinas e disse:

— Vá tomar um banho. Você está cheirando mal.

CINCO

Sarah percorreu o corredor, o som de água corrente lembrando-a da sede e do pânico perto das docas. Dessa vez, havia apenas uma névoa vaporosa e espelhos cheios de gotas de água condensadas, um calor reconfortante e o suave aroma de sabão. Ela trancou a porta do banheiro.

Ele havia tirado a foto dela contra uma parede branca, uma foto de rosto e ombros em seu vestido manchado. Sarah enfiou o tecido sujo em uma pia com água morna, mas depois de uma esfregadela superficial percebeu que era impossível. Quanto mais escura ficava a água, pior ficava o vestido. Desistiu e entrou na enorme banheira que deixara enchendo. A água estava escaldante, então ficou apoiada em apenas um pé e depois no outro, esperando que a dor diminuísse à medida que a torneira de água fria cumprisse seu papel. Encarando-a, um espelho gigante que enchia a parede, e, entre os pingos, Sarah podia ver todo o seu corpo.

As pernas e os braços estavam traçados por arranhões, feridas e contusões vívidas que iam escurecendo. Os joelhos estavam tão inchados que tinham perdido a forma. Por baixo daquilo tudo, em algum lugar, estava a pele de porcelana de sua mãe, mas estava fora do alcance da visão. As contusões não conseguiam esconder os músculos, no entanto, os tendões bem marcados que Sarah gostava de ver não tinham desaparecido naqueles anos, desde que tinha sido banida da aula de ginástica. Ela não tinha desperdiçado seu tempo ao fazer flexões dependurada de cabeça para baixo nos corrimões do apartamento em Viena, afinal de contas. Queria estar pronta para o telefonema, para ouvir que tudo não passara de um erro terrível e ela deveria voltar imediatamente.

No entanto, a pátria cuidou de tudo muito bem sem você, não é? Não faltam vencedores nas Olimpíadas de 1936, não é mesmo? Ninguém sentiu falta dos mestiços, dos Mischlinge...

E quanto a Owens? Jesse Owens, o negro americano. Ela o observara. Mais rápido, melhor e mais habilidoso do que todos aqueles super-homens de cabelos loiros, olhos azuis, que se pareciam com estátuas.

A voz foi silenciada. Sarah agora podia colocar os dois pés na água e bem devagar se sentou em meio ao vapor. O resto de seu corpo era plano, sem qualquer interesse para ela, o que estava bem por enquanto. Sua cabeça estava ocupada com questões de adultos e injustiças que se acumulavam, mas ela ainda parecia uma garotinha. Algumas partes de seu corpo ganhando volume, ela ficando confusa e irritada, mais alta e pesada... Tudo aquilo poderia esperar. Ela precisava ser leve e flexível.

A água queimou seus joelhos, e ela prendeu a respiração. Ergueu os olhos uma última vez para examinar seu rosto. O nariz estava preto agora, com a bordas do hematoma começando a adquirir um tom amarelado. Com tempo para observá-lo, Sarah percebeu que parecia diferente, quase irreconhecível sob certos ângulos. Os olhos ainda tinham o mesmo tom azul-claro, mas pareciam ferozes, profundos e vivos como os da mãe. O cabelo era comprido e estava embaraçado e oleoso, mas era loiro-dourado, como uma coroa de metal precioso que tivesse caído no chão. Ela desfez as tranças, soltando o cabelo, que caiu sobre suas costas e alcançou a água.

Com aquela mistura familiar de choque, dor e extraordinário conforto, Sarah afundou, submergindo inteiramente antes de voltar à superfície. Ela se dissolveu na água com sabão e arriscou-se a permitir que sua mente vagasse livre. Os pensamentos se voltaram para Owens.

Ir ao Estádio Olímpico era uma coisa muito arriscada para uma judia, mesmo em 1936. Havia tantos trens, ônibus e lugares públicos proibidos para Sarah, onde ela poderia ter sido reconhecida ou barrada ou incomodada, mas, no fim, ela era apenas mais uma garotinha loira em meio à multidão. Em uma audiência de cem mil pessoas, ela era invisível.

Ficou claro, nos primeiros segundos da final de cem metros, que Jesse Owens era o competidor mais forte. Não havia como ignorar isso. Ele deixou para trás, com facilidade, o grupo de concorrentes arianos, ameaçado apenas por Ralph Metcalfe, outro negro americano. A multidão hesitou por um instante enquanto os membros do Partido Nazista e os rostos preocupados olhavam ao redor em busca de orientação. Como deveriam reagir à derrota da raça supostamente superior?

Mas a excitação era enorme, e logo ninguém mais conseguiu se controlar. Owens avançou, rompendo a fita de chegada, e Sarah gritou rouca junto com todos os outros.

Porém, quando Owens e seu companheiro de equipe estavam sobre o pódio fazendo uma simples saudação militar, cercados por rostos brancos e braços que diziam *Heil-Hitler*, Sarah entendeu o perigo que representavam. Não apenas para os nacional-socialistas e seus delírios, mas para ela e para aqueles que eram como ela. A humilhação sofrida pelos anfitriões era um contra-argumento potente, e a Alemanha, havia muitos anos, precisava de algo assim. Sarah quase podia sentir a necessidade de vingança se formando à sua volta, o clamor por revanche da multidão.

Aquilo a assustou, e ela escapou dali enquanto os ônibus ainda estavam meio vazios. Mas as vitórias de Owens, todas as suas quatro medalhas de ouro, emocionaram Sarah de uma maneira que ela não conseguia entender. Até agora. Compreendeu que ele era o inimigo de seu inimigo. Ele envergonhara o Partido Nazista e a nação em seu próprio quintal. Intimidou as pessoas até que elas não puderam fazer nada além de segui-lo. Sarah ansiava por uma fração desse poder.

Desligou as torneiras douradas com os pés e se deixou flutuar. Podia ouvir vozes abafadas, mas claras o suficiente para entender o que diziam.

— ... vale a pena. O que você estava pensando? — Tenso. Agitado.

— Só faça... e o mais rápido que puder. — A voz familiar, cheia de desdém.

— Você está ficando mole. Isso é perigoso. — O sotaque era pesado e difícil de ser definido. — Agora somos uma droga de uma *Underground Railroad*[5]. — Inglês. As duas últimas palavras foram ditas em inglês.

— Cale a boca! — A voz soou como um tapa. Reprovando. Advertindo. No comando.

Eles se afastaram. Uma porta bateu.

Britânico... ou americano? Não, britânico. Sarah tivera certeza de que ele seria francês. Tentou relembrar outras conversas. Ele era bom. Muito bom.

Você não faz a menor ideia de quem ele é. Não faz a menor ideia.

---

5. *Underground Railroad* é uma lendária ferrovia subterrânea que atravessa os Estados Unidos, usada para libertar escravos, com a ajuda de alguns brancos abolicionistas.

Não importa. De modo nenhum. Eu estou...
Segura? Essa é a palavra que você quer usar?
Estou bem por ora, é o que eu ia dizer.

Sarah deslizou a esponja por uma perna, removendo algumas das cicatrizes mais superficiais e deixando linhas de pele rosa nova em seu lugar. Podia ouvir a voz dele mais uma vez.

— ... sim, eu vou esperar.

Cutucou um machucado maior, a pele ficou vermelha e começou a pingar sangue na espuma. Sarah fez uma careta para si mesma.

— Sim, obrigado... Aqui é *Herr* Haller falando, sim, bom dia. Minha irmã mandou a filha para a cidade com roupas totalmente inadequadas. Vou precisar que um novo guarda-roupa seja enviado para mim o mais rápido possível... Algumas roupas de viagem, um traje formal... Ah, sim, um uniforme da *Jungmädel*[6] seria excelente... Cerca de doze anos de idade... Tamanho normal para doze anos... Se eu quisesse ir até Schöneberg com uma sobrinha malvestida, não falaria com você, não é? Você tem funcionárias que entendem desse tipo de problema? Resolva isso, *Fräulein*... sim, sim, sim... — Sarah ouviu-o intimidar e exigir, persuadir e administrar de uma posição de total ignorância. *Apenas siga em frente, aja como se como se estivesse destinado a fazer aquilo e as pessoas acreditarão.* Ele era muito, muito bom – as lições de atuação de sua mãe a tornaram sensível para isso. Sarah não podia estar mais impressionada.

Então, todas as informações que você tem sobre ele são automaticamente duvidosas.

Sim, são mesmo.

— Ursula! — A proximidade da voz fez Sarah pular. Vinha do outro lado da porta e soava bem alta. — Preciso sair. Tem comida na cozinha, suponho que a educação que sua mãe lhe deu a tenha preparado para se alimentar sozinha, não? — Uma pergunta que não esperava uma resposta.

Passos. Porta. Silêncio.

Sarah estava sozinha. Mais uma vez.

---

6. Braço feminino da Juventude Hitlerista, de participação obrigatória para todas as meninas entre dez e catorze anos. (N.T.)

Sarah crescera acostumada a algum luxo, mesmo que fosse desaparecendo, desgastando-se por toda sua vida. Isso significava que tudo tinha sido espesso. Tapetes espessos, cortinas espessas, portas espessas, vestidos espessos. Aquele apartamento era caro em todos os sentidos, mais caro que qualquer coisa que Sarah tinha visto em algum tempo, mas era diferente. Tinha a ver com a *ausência* de coisas. Mármore polido e paredes brancas, tudo intocado. Um sofá de couro com pouco uso e uma poltrona feita de tubos cromados. A mesa baixa de vidro tinha uma pequena pilha de revistas que pareciam flutuar no ar e não havia cortinas, apenas tecido branco cobrindo uma janela gigante através da qual a luz do sol, sem direção definida, inundava a sala. Até mesmo a decoração, onde existia, consistia em ângulos retos, linhas e pássaros angulares.

E dominando uma das paredes, ainda que parecesse estar bem ao lado dela, um enorme retrato do *Führer*.

Pelo menos o tecido do roupão era bem espesso. Sarah se aconchegou dentro dele para se proteger do repentino arrepio de frio.

A cozinha tinha *design* semelhante, mas mostrava sinais de presença humana. Tinha pão fresco, embutidos e queijo, que ela enfiou avidamente na boca sem realmente elaborar uma refeição. O pão estava quente e fofo; a salsicha, apimentada; e o queijo, insuportavelmente cremoso em sua língua. Uma caixa térmica guardava uma garrafa de leite, limpo, frio e coberto com creme. Sarah o engoliu, deixando-o escorrer pelos cantos dos lábios e pelo pescoço.

Investigações posteriores revelaram armários vazios, do tipo que ela vinha associando à fome lenta e à escassez. *Ele não fica muito aqui, fica?*

Sarah pegou o que sobrava do pão para ter o que mastigar e saiu em busca de portas fechadas.

O quarto principal onde ela dormira tinha um armário com portas espelhadas. Dentro havia quatro ternos, camisas e gravatas, todos idênticos. Uma fileira de sapatos com seu brilho negro. *Sem poeira, alguém faz a limpeza. Isso significa que nada revelador de verdade será encontrado com facilidade.*

Havia um pequeno cômodo, sem caixas ou janelas, apenas uma cama de campanha mal montada. Não parecia ter sido usada, então ele deve ter dobrado os lençóis. *Soldados fazem isso.*

Uma porta estava trancada. Sarah se ajoelhou e espiou pelo buraco da fechadura. Viu uma pequena sala iluminada pela luz do dia, talvez uma escrivaninha e uma cadeira. Inclinou a cabeça e examinou a fechadura. O latão brilhava como se nunca tivesse sido usado, então ela olhou para baixo e examinou a pintura abaixo dele. Não havia arranhões reveladores feitos por um molho de chaves. *Uma chave longa, a única, que ele não arriscaria perder fora de casa. Em algum lugar fácil de chegar a partir daqui, mas a salvo da faxineira.*

Sarah tinha participado desse jogo incontáveis vezes quando criança. Sozinha e entediada na grande casa em Elsengrund, enquanto sua mãe dormia durante a tarde, ela havia explorado, descobrindo onde as coisas estavam e por que, onde se escondiam as chaves e por que havia fechaduras. Ela juntava as peças do quebra-cabeça e tecia histórias sobre coisas encontradas. Não importava que nem sempre entendesse os segredos. Era suficiente que eles estivessem lá para serem descobertos.

Quando invadia casas em busca de comida, Sarah não era apenas uma ladra formidável, mas uma *voyeur* insaciável.

A poltrona ficava do outro lado da sala, e o sofá estava longe demais para servir de esconderijo e não havia mais nada na sala. Ela olhou para a fechadura que dizia, *Chubb of Wolverhampton*. Bem-feita e difícil de abrir, mesmo que ela tivesse alguma coisa com o que fazer isso. As fechaduras Chubb eram um desafio que Sarah apreciava e adorava pensar sobre elas. Apoiou a testa na porta. Talvez atrás do quadro? Muito fácil de ser achada e despertaria interesse se fosse encontrada por quem quer que fizesse a limpeza.

Sarah olhou ao longo da superfície da parede que se estendia a partir da janela. Notou que havia uma coluna ali, meramente decorativa. Uma ave bastante severa estava presa a ela, alguns centímetros distante da estrutura do gesso. Ela se aproximou, rindo. Deslizou a mão delicada na abertura entre a peça e a coluna e encontrou o que procurava no meio do caminho. A chave ficava em um gancho de borracha, mantida no lugar por aparadores laterais. Não poderia sair dali por acidente.

Sem um ruído, a chave deslizou pela fechadura, e as engrenagens bem lubrificadas se moveram lá dentro com uma elegância irresistível. As fechaduras britânicas eram excelentes, Sarah pensou, não como a maioria das péssimas fechaduras alemãs da mãe que mal abriam, mesmo com a chave certa. Cobriu a mão com a ponta da manga do roupão e girou a maçaneta polida. Não haveria manchas reveladoras para denunciá-la.

E se você não gostar do que encontrar?

Ela olhou de novo para o quadro. Você quer dizer, e se ele for mesmo um nazista, mas um dos que salvam judeus?

Ele não salvou você. Você o salvou.

Shhhh... pensou Sarah.

A porta se abriu para revelar um pequeno escritório. Era iluminado por um lustre no teto e contava com uma estante que cobria a maior parte da parede do fundo, um arquivo de metal verde e uma escrivaninha de nogueira O lugar era uma confusão de papéis, arquivos, revistas e livros abertos. Um tapetinho feio jazia jogado em um canto. Havia uma cadeira giratória de frente para a porta.

Outra garota ficaria desapontada, mas Sarah era mais esperta do que isso.

A escrivaninha estava cheia de mapas e revistas ou de livros tediosos com títulos em várias línguas, como *Physikalische Zeitschrift*, *Physical Review* e *Die Naturwissenschaften*. Não havia documentos ou chaves de identificação, nenhum bloco de anotações para xeretar, e mesmo o projeto de uma aeronave que ela encontrou escondido ali debaixo não dizia algo de novo.

O único item pessoal era uma carta, dobrada sobre um envelope em branco. Uma espiadela revelou que era de uma Lise Meitner, "com gratidão". Havia alguns desenhos que Sarah não conseguia entender, algo sobre gotas de água, cachos de uvas, flechas em zigue-zague e letras numeradas, mas, na ausência de qualquer outra informação, ela virou a primeira página e começou a ler.

Caro Helmut:

Oh-oh, pensou Sarah.

> Estou escrevendo esta carta "às claras", como acho que esse tipo de coisa é chamado, e confiando a Otto que lhe entregue pessoalmente, pois o tempo é curto. Em primeiro lugar, obrigada por me ajudar a chegar

à fronteira holandesa. Seu plano era ótimo, por isso agora estou em segurança na Suécia.

A expressão *Underground Railroad* voltou à mente de Sarah. Então ela não foi a primeira.

> Foram esses eventos que me fizeram decidir confiar essas informações a você. Foram-me negados os recursos, tempo de laboratório, dinheiro e acesso necessários para provar além de qualquer dúvida o que se segue. Sempre tive essas coisas negadas, primeiro por ser mulher, depois por ser judia

Ou seja, um alvo.

> e agora uma refugiada. Então, em vez de tentar persuadir os governos da França, da Grã-Bretanha ou dos Estados Unidos sem a prova apropriada, espero que você veja o perigo e faça alguma coisa a respeito.

Sarah olhou para o relógio. Muito tempo.

> Nós já conversamos sobre física "nuclear", Fermi, Otto Hahn, e sobre meu trabalho com detalhes, então você conhece o plano de fundo

Sarah continuou lendo, mas as palavras ficaram mais técnicas e mais complexas até que parecia que ela estava lendo uma língua estrangeira com a qual não estava familiarizada. Ela avançou mais e mais e estava prestes a largar a carta quando chegou a uma frase em letras maiúsculas e sublinhada.

> uma bomba, mais ou menos do tamanho de uma <u>TORANJA</u>, com <u>PODER DESTRUTIVO SUFICIENTE PARA ELIMINAR UMA CIDADE</u>.

Sarah recuou a leitura, mas o parágrafo anterior era impenetrável. Seguiu em frente com a leitura.

> Confie em mim quando digo que a construção de tal dispositivo será possível nos moldes que descrevi. Quando a guerra chegar e lados finalmente forem escolhidos, minha consciência não me deixará construir esse artefato, mas estou muito consciente de que a natureza humana vai se animar a exigir tal coisa de outros menos inclinados a recusar.
>
> Um desses é Hans Schäfer, que já mencionei. Ele não apenas sabe disso tudo, como agora tem acesso às anotações e aos materiais que fui obrigada a deixar com Otto. O homem não tem nenhum respeito pela academia e possui fortuna pessoal para seguir em frente com esse projeto em seu próprio tempo e tendo em vista seus próprios objetivos. Pior ainda, ele tem as conexões certas dentro da nova ordem para transformar a pesquisa em produção sob condições impossíveis em outros lugares.
>
> Tenho medo de poucas coisas... Dito isso, ele me assusta, como se eu fosse uma garotinha com um monstro embaixo da cama. Ele está às voltas com a criação de uma arma que mesmo Deus hesitaria em fazer uso em toda a sua vingança. Ele vai construí-la se permitirem que o faça.
>
> Helmut, FAÇA ALGUMA COISA. Impeça-o ou, pelo menos, diminua a velocidade da pesquisa dele, de alguma maneira.
>
> Com gratidão,
>
> *Lise Meitner.*
>
> PS: QUEIME ISSO.

Sarah cuidadosamente recolocou a carta no lugar, lutando para controlar uma excitação irritante. Cientistas malvados e experimentos obscuros. Parecia um livro de literatura barata. Mas, quando pensava em bombas, o que vinha à mente dela eram bolas de canhão e o estopim queimado dos desenhos animados. Como alguém lançaria uma bomba tão poderosa? Mergulhou em sua mente e desenterrou a lembrança de um homem falando sobre a *Weltkrieg*, a Guerra Mundial, com seus campos cheios de lama e trincheiras gigantescas.

Sarah voltou os olhos para a claraboia quando o brilho da luz se intensificou por um instante. O sol escapara de uma nuvem, e agora pequenas partículas dançavam sobre a coluna dourada. Ela tentou agarrá-las, deliciando-se com sua capacidade de escapar.

Escapar. A claraboia ficava alta demais para ela, mas ao alcance de um homem adulto que ficasse de pé sobre a escrivaninha. As pessoas que haviam começado a esconder comunistas e outros preferiam espaços no sótão, porque sempre havia uma saída para o telhado. Porões eram sepulturas.

O cabelo caiu em seu rosto quando o sacudiu de novo. Precisava de uma escova. Então, ele tinha uma rota de fuga. Ele vivia no último andar de propósito ou aquilo era coincidência?

Sarah vagou até as estantes de livros. Quando perambulava por outras casas, sempre procurava pelos livros. Assim como o conteúdo de uma escrivaninha, uma biblioteca fala sobre a pessoa. Há livros abandonados em qualquer biblioteca. Isso é quem os donos da biblioteca são. Depois, há os livros que eles acham que deveriam ter. É quem eles querem ser. Existem os livros que eles querem que *você* veja. É quem os donos da biblioteca querem que *você* pense que são. Há livros que querem acreditar que gostam e, em seguida, os livros de que realmente gostam, os segredinhos sujos. Se os livros são velhos e empoeirados o suficiente, isso diz tudo que você precisa saber sobre a mente dessa pessoa. Estava tudo lá se você apenas se preocupasse em olhar. Sarah lia de tudo, de forma voraz e indiscriminada.

Seu desejo pela palavra escrita era insaciável. Quando perdeu tudo, ainda havia alguns livros preciosos que permitiam que escapasse. Mesmo aquelas pequenas prateleiras eram uma festa para os olhos de Sarah.

Ela reconheceu alguns nomes. *Mein Kampf*; Guderian, o homem do ataque dos tanques; livros da biblioteca de seu pai, *As mil e uma noites*, *O maravilhoso mágico de Oz*, *Ben-hur: uma história dos tempos de Cristo*; livros em alemão, francês, inglês, russo, árabe... japonês? Ela correu um dedo sobre as lombadas, da direita para a esquerda. Steinbeck, Shakespeare, Scholem, Sartre, Sade... Scholem? *Aí está uma posse comprometedora*, Sarah pensou. *Não se pode ficar mais judeu do que isso,* como *Herr* Haller havia dito a ela naquele banheiro imundo há muito tempo... Ontem? Não, no dia anterior. H. G. Wells – ela puxou *A máquina do tempo* da prateleira. A maioria das cópias desse livro tinha sido queimada quando os nazistas chegaram ao poder. *The World Set Free*? Sarah não tinha lido aquele.

Era difícil de entender. A carta era incriminadora, mas recente. De resto, havia o suficiente aqui para justificar uma rota de fuga? Só se ele estivesse escondendo alguma outra coisa. Sarah teve um palpite e bateu no compensado atrás dos livros.

Nada. Apenas uma parede. Sarah riu alto e, com um pequeno salto, empurrou o livro de volta para o lugar com os outros. Desta vez, a madeira emitiu um som inconfundível.

SEIS

— Acorde.

Com o suor, o cabelo de Sarah tinha grudado sobre os olhos. Seu rosto estava pregado no couro do sofá e fez um som parecido com o de um vidro de conserva se abrindo quando ela levantou a cabeça. Sarah respirou fundo, como se tivesse enfrentado uma corrida, e se sentou, com os braços dormentes.

— Os demônios outra vez?

— Cães — resmungou ela.

O cômodo estava escuro, toda a iluminação vindo, de alguma forma, das paredes. Ele era uma sombra escura sentada na poltrona em frente ao sofá. Havia algo sobre a mesa entre eles.

Quando foi ligada, a luz era desconfortável, muito forte, vívida demais para ser encarada. Ela protegeu os olhos e arrumou o robe sobre os ombros com a outra mão. Uma irritante nuvem de fumaça saiu de trás da sombra e flutuou sobre ela. Sarah tossiu.

— Então, o que você encontrou?

Seus pensamentos estavam embaralhados de sono, por isso ela não conseguia pensar direito. Sua cabeça doía. Tinha trancado a porta e devolvido a chave ao esconderijo. Tinha mantido seu pedaço de pão fora do escritório. Tinha virado a cadeira de volta para a porta. Do que tinha se esquecido?

— O. Que. Você. Encontrou?

Ela chacoalhou levemente a cabeça e tirou o cabelo do rosto. Olhou diretamente para a escuridão, além da lâmpada incandescente.

— Você se veste de maneira igual todos os dias, sempre uma cópia limpa das mesmas roupas. Você é rico. Raramente está aqui e sempre come fora. Está acostumado a ter tudo do seu jeito. Alguém vem limpar o apartamento, para você manter sua vida em perfeita ordem e poder fingir que tem tudo, para que nada possa denunciar você. — Ela fez uma pausa.

— Continue. — Outra nuvem de fumaça cresceu sobre a lâmpada.

— Você não lê o jornal *Das Schwarze Korps*, o *Die Wehrmacht* ou o *Der Stürmer*, mas tem as edições mais recentes na mesinha de café quando está aqui. Como aquele quadro, ele é um blefe. Você não é nazista. Você tem... amigos ingleses... — Agora ela estava adivinhando, mas continuou mesmo assim: — E eles não estão felizes com a minha presença.

— E...? — Mais fumaça.

Sarah engoliu em seco. Ela precisava de água.

— E... o quê? — perguntou, tentando soar alegre e despreocupada.

— O que mais você aprendeu?

Ela estava quase mentindo, mas mudou de ideia.

— Como você descobriu?

A mão de alguém emergiu da penumbra para a luz. Entre um dedo com a unha bem cuidada e o polegar, havia algo longo, de aspecto sedoso e dourado sob a luz.

— Só um, mas um é o bastante.

Oh, *dumme Schlampe*, pensou Sarah, um coro dentro de sua cabeça concordando.

— Bem... — começou ela, com um novo entusiasmo. — Você se esforça para que ninguém entre no seu escritório, onde guarda vários livros banidos e politicamente incriminadores. Você estuda dirigíveis, revistas científicas, história militar e tecnologia. Você pode ler muito bem em, pelo menos, cinco línguas. Você tem uma amiga judia chamada Meitner, que teve sua ajuda para fugir pela fronteira da Holanda. Ela quer que você faça outro favor para ela. Ela é bonita?

— Ela é o quê? — perguntou ele, sem conseguir esconder a surpresa da voz.

— Bonita? Atraente? Por que você iria se arriscar a ajudá-la se você não fosse... quais foram as palavras? Uma *Underground Railroad*? — Ela terminou em inglês. Ele quase caiu na gargalhada.

— A professora Meitner é uma mulher formidável. Continue.

— Ela acha que você pode resolver o problema dela. Acha que é um problema para todo mundo e que essa é... "sua área de interesse".

— Mesmo? O que mais? — A voz dele novamente neutra e reservada.

— Não, isso é tudo — respondeu Sarah, parando e esperando por dois segundos. Então, acrescentou. — Exceto pelo compartimento secreto atrás da estante dos livros perigosos, onde você guarda dois revólveres, roupas escuras, facas, ferramentas, documentos para cinco pessoas diferentes, todos com a sua foto, maços de notas de valor alto de *Reichsmarks*, francos franceses, dólares americanos e uma pilha de *Krugur*... *Kruga*... moedas de ouro. Você tem um rádio com uma antena, que põe para fora pela claraboia, que também é sua rota de fuga.

— Isso é tudo? — disse ele, já sem conseguir esconder o quanto estava se divertindo.

— Tem outras coisas, mas não sei o que são. Mas você é um espião.

— É mesmo?

— Se aquelas coisas não estivessem trancadas, eu não teria certeza. Mas estavam escondidas, então são um segredo. Isso faz de você um espião.

Houve uma longa pausa. Então, a lâmpada foi direcionada para a mesa, fazendo Sarah piscar várias vezes para espantar as estrelas dos olhos.

— Muito bom. Um profissional teria dificuldade em se sair melhor. E você não tentou mentir. Nunca minta quando você puder dizer a verdade. Mentiras têm de ser planejadas com antecedência, caso contrário podem amarrar e depois destruir você. — Ele baixou a mão e apagou o cigarro. Na mesa, havia uma pequena maleta e alguns papéis, que ele recolheu e jogou suavemente para Sarah. — Nova identidade e novo passaporte, dinheiro para atravessar a fronteira. Daí encontre uma sinagoga e comece a chorar. Fuja para o mais longe da Alemanha que você puder.

Sarah abriu a carteira de identidade. Ali estava ela, em pé contra a parede do saguão, com o nome de Ursula Bettina Haller. Miraculosamente, os documentos não estavam carimbados. Não tinham um J vermelho, nem selos de comparecimento a delegacias de polícia. Ursula era alemã e não era judia.

— Por que você está fazendo isso? — Sarah sentiu alguma coisa – uma coceira no canto do olho, que a deixou sem fôlego. Demorou algum tempo para ela reconhecer a emoção, fazia muito tempo que não se sentia *agradecida*. Isso a fez se sentir vulnerável, e ela imediatamente suspeitou da sensação.

— É bem provável que você tenha salvado minha vida. Eu um dia vivi entre pessoas que gostam de imaginar que levam esse tipo de coisa muito a sério. Considere minha dívida paga.

Ela fechou os documentos. Um acordo. Fazia sentido, mas ainda restavam muitas pontas soltas.

— O que saiu errado em Friedrichshafen?

— Eu fiquei tempo demais na fábrica de zepelins. E me esqueci de levar um passaporte, uma idiotice que tornou minha saída de emergência impossível. É sempre preciso ter mais de uma saída.

— Eles estavam procurando você. — Com um ruído oco, uma peça óbvia se encaixou dentro da cabeça de Sarah, algo que ela só então percebeu que já sabia.

— Sim.

Ela não conseguia ler nada no rosto dele. Nada. Era como uma máscara de argila.

— As barreiras na estrada? Essas coisas? — Um abismo imenso se abriu dentro de Sarah.

— Sim.

— Como aquela que minha mãe encontrou? — Ela fez uma pausa para escolher as palavras. — Minha mãe foi morta *por sua causa*.

Ele olhou para baixo e não respondeu. Preparando outra máscara.

Sua mãe não teve culpa por seu fracasso.

Ah, Mutti, perdoe-me.

A culpa abriu uma ferida nas defesas de Sarah, e uma lágrima solitária desceu por seu rosto. Ela a limpou com um gesto irritado, como se espantasse uma mosca. Tinha passado meses sem chorar, mas agora estava acontecendo o tempo todo. Precisava reestabelecer alguma medida de controle.

— Agora estou entendendo. Isso é *Wergeld*. Dinheiro sujo de sangue. Não é porque eu salvei você. É porque você matou minha mãe.

Ele ainda não havia levantado a cabeça.

— Se você quiser.

— Qual o seu nome? Seu nome de verdade, não minta para mim. Mentiras podem amarrar e depois destruir você — repetiu ela, sem nenhum humor. Ele a encarou.

— Eu sou Helmut Haller.

— Seu *verdadeiro* nome — gritou ela numa explosão de raiva incontida. Sua voz ecoou pelo apartamento sem tapetes.

Com uma voz que ela ainda não tinha escutado, mais humana, mais vulnerável, e com sotaque inglês, ele por fim respondeu:

— Capitão Jeremy Floyd.

— *Capitão Jeremy Floyd*, nós *não* estamos quites. Acho que *nunca* vamos estar quites. — Sarah enunciou a última frase com uma calma extraordinária. Ela canalizou a raiva, retirando os excessos e guardando-os em sua caixinha, para uso posterior. Tinha algum controle. Podia pensar.

— Isso — continuou, jogando os documentos e o dinheiro de volta na valise — não é o bastante.

Ele era só outra *coisa* que aconteceu com ela, que aconteceu com sua mãe. Ela queria machucá-lo, como quis machucar todo mundo, mas há muito tempo já tinha aceitado que não podia. *Seria como atacar a chuva para tentar fazer a tempestade parar*, pensou.

— O que você quer?

— Eu não sei.

Mas ela começou a entender que sabia sim o que queria. Não fazia sentido, mas ao mesmo tempo fazia.

— Muito bem — disse ele, novamente na voz de Haller. — Quando você quer partir? A maleta tem roupas para uma semana ou mais. Eu destruí suas roupas velhas.

Desapontamento. Ela deveria ter ficado surpresa, mas não. Sabia o que desejava, o que o *Wergeld* tinha de ser. À distância, um piano começou a tocar. *Mas ainda não acabamos aqui*, pensou Sarah. Ela inclinou a cabeça e o encarou, obrigando-o a continuar.

— Claro que você pode ficar e trabalhar para mim.

De forma inesperada, Sarah sentiu seu estômago começar a pular, uma série de ondas de alegria, formigando como uma véspera de aniversário. Ela se sentiu traindo sua mãe, mas aí estava. Excitação. A chance de fazer coisas. Um lugar para estar.

Ela suprimiu aquela emoção.

— Para você? Como uma... espiã?

— Se você quiser chamar assim — resmungou ele.

— Contra a Alemanha, contra meu país? E me tornar uma traidora? — Ela permitiu que sua voz saísse um pouco dura. Ele soltou um grunhido de desdém.

— Sarah de Elsengrund, este não é mais seu país. Não enquanto os nazistas estiverem no poder. — Ele apontou para ela. — Você é uma judia. Você não tem direitos, não há lugar aqui para você.

— Mas eu não sou uma judia — bufou Sarah, exasperada. — Não uma judia de verdade. Eu nunca fui a uma sinagoga, não conheço as rezas, não como a comida certa, não respeito o Sabbath. Eu sou tão judia quando uma linguiça de porco. — Essa autojustificação sem fim aborrecia Sarah. Era fútil.

— Isso não importa para eles, tem a ver com o sangue. Olha só, você viu o que fizeram com os comunistas e com a oposição religiosa — disse ele, mais animado e mais emotivo do que ela jamais o tinha visto. — Quando tempo você acha que falta para que todos vocês acabem em Sachsenhausen, fazendo trabalho forçado?

— *Todos* nós? — riu Sarah. — Onde eles achariam espaço para enfiar todos nós?

— Há alguns anos, o Partido Nazista era composto apenas por uns poucos homens irritados que se encontravam em uma cervejaria. A Alemanha não tinha exército, não era *permitido* ter um exército. Não os subestime. Esse foi o erro que todo mundo cometeu.

Sarah balançou a cabeça.

— A França não os subestimou, não é? Eles fizeram aquela Linha Maginot, eu vi no cinema, tem grandes canhões e muralhas e tal... Eles estão preparados.

— Bem, vamos esperar para ver como eles se saem, certo? — zombou ele. — O ponto é: aqui você não vale nada. Ursula Haller tem valor. Como foi que você disse, do *Arthashastra*? "O inimigo do meu inimigo é meu amigo"?

— Quem é meu inimigo? — perguntou Sarah, aprumando-se no sofá.

— Os nazistas são seus inimigos, a Alemanha foi só... pega no fogo cruzado.

— E quem são os inimigos deles?

— Eu sou... ou meu país é. Ou será, quando aqueles tanques avançarem contra a Polônia daqui a algumas semanas.

— Não — Sarah se recostou. — A Polônia vai ter de se virar sozinha.

Ele comprou para ela um balão de gás. Sarah esteve prestes a protestar, mas de repente sorriu, como uma criança faria. *Mantenha-se no personagem. Você pode estar no fundo do palco, misturada no coro, mas, no instante em que deixar cair a máscara, alguém estará olhando diretamente para você. É inevitável.* Era grande e vermelho e ficava constantemente tentando voar para a liberdade, então Sarah precisou enrolar o barbante na mão duas vezes. Agora, ele dançava na brisa morna, mas não podia fugir.

— Obrigada, *Onkel* — agradeceu ela, na verdade com a intenção de fazer uma piada, mas a ilusão pareceu natural e correta.

Eles caminharam pela calçada cinzenta e sob as velhas árvores, ao longo do muro do zoológico. Inúmeros adultos cochilavam em espreguiçadeiras. À sua volta, crianças corriam, transbordando energia no calor, os barulhos distantes dos macacos se misturando aos gritos de alegria e de terror fingido. Casais passavam por eles de braços dados. O murmúrio feliz de milhares de berlinenses se aquecendo ao sol do meio-dia envolveu Sarah e suas preocupações.

Sarah balançou a cabeça. Estava perfeitamente ciente do efeito entorpecente que aquela atmosfera festiva tinha sobre ela. Será que podia realmente ser Ursula Haller? Podia simplesmente passear pelo Tiergarten?

— E se alguém me reconhecer? — indagou ela, apesar de ser difícil acreditar que algo tão ruim pudesse acontecer em um dia tão belo quanto esse.

— Vestida desse jeito? — retrucou ele. Sarah vestia o uniforme das *Jungmädel*, a blusa branca, o lenço negro e a longa saia azul-marinho. — As pessoas só enxergam o que esperam ver. Você parece uma pequena monstra ariana loira de olhos azuis, então é isso que você é.

— Então... quem eu *sou* agora? — De um jeito ou de outro, ela não podia mais ser Sarah. Sentia-se como se estivesse fechando uma porta.

— Ursula Heller, minha sobrinha. Sua mãe desenvolveu uma... fraqueza mental. Nós estamos envergonhados. Não queremos falar do assunto.

— Onde está o meu... o pai de Ursula, então?

— Ele morreu na Espanha. Nós acabamos de chegar de lá.

— Por que não tenho o sobrenome dele?

— Eu mudei para o meu sobrenome quando me tornei seu guardião. As perguntas embaraçosas sobre o assunto me incomodavam.

Sarah adorava segredos, ou melhor, adorava a estrutura dos segredos. Ela cutucou a ficção inventada pelo Capitão, mas não achou nenhuma ponta solta. Não havia por onde penetrar.

— O que ele estava fazendo na Espanha?

— Bombardeando comunistas. Se alguém disser para você que a Luftwaffe, a força aérea alemã, não teve baixas lá, olhe bem nos olhos da pessoa, diga: "Se o *Führer* disse que não, então eu devo estar enganada" e mude de assunto. — Mudando o tom de voz, ele perguntou: — Preciso repetir alguma dessas coisas?

— Não, de jeito nenhum — respondeu Sarah, entendendo que o segredo era ela. Ela se sentiu... incluída. Considerada. Parte de alguma coisa. Era inebriante. Eles andaram um pouco mais. — Então, tio, o que você faz?

— Você não sabe direito. Minhas fábricas produzem aparelhos de rádio, mas também fazem alguma coisa vital, mas muito secreta para o Reich. Eu viajo com frequência. Tenho amigos importantes e fiquei rico durante o milagre econômico do *Führer*.

Sarah parou, observando enquanto ele continuava a andar.

— Hmmm... e *você*, Capitão Floyd, o que você faz? — perguntou ela, com as sobrancelhas arqueadas.

Ele a pegou pelo braço com firmeza e a guiou para longe das espreguiçadeiras, em direção a uma árvore com vastas raízes que se espalhavam pela grama. Sentou-se em um canto do tronco, como se ali fosse uma poltrona, e apontou para um galho menor ao seu lado. Sarah sentou-se, deixando o balão flutuar de um lado para o outro quando ela movia os dedos.

— Olhe — gesticulou ele.

— Olhar o quê?

— Só olhe.

Os jardins se estendiam à sua frente, descendo até encontrarem o muro do zoológico. Uns meninos chutavam uma bola de couro entre si, discutindo sobre quem seria Hanne Sobek. Mais abaixo, um homem e uma mulher se aproximavam um do outro, deitados sobre um cobertor, fingindo estar tentando alcançar a cesta de piquenique. Abaixo deles, um restaurante ao ar livre servia chá e fofocas entre as árvores e os postes de iluminação modernos, banhado por uma luz manchada de verde e amarelo. Um acordeão começou a tocar sob um aplauso abafado, e algumas almas mais entusiásticas levantaram e foram, de mãos dadas, em direção a uma pista de dança invisível.

— Berlim se divertindo — disse Sarah. — E...?

— O que está errado nessa imagem?

Sarah olhou de novo e, sobressaltada ao ver um pato onde antes havia um coelho, soube a resposta.

Todos os homens adultos pareciam estar de uniforme. Marrom, cinza e preto bem escuro, como manchas na superfície do dia.

— O exército.

— Não só o exército — disse ele.

— O exército. A polícia. A SS... os bombeiros, os médicos, os condutores de trem. Os tratadores do zoológico. — Ela riu sem humor, encolhendo as pernas e as abraçando. Recostou a cabeça nos joelhos e olhou o mundo de lado — Eu estou vendo.

Ele se virou para ela, colocando o cotovelo sobre o joelho. Seu sotaque se tornou inconfundivelmente britânico.

— Eu não lutei contra a Alemanha na Grande Guerra, lutei contra os turcos. Eu vivi neste país, indo e voltando, por dez anos. Eu não tenho nada contra a sua *Vaterland*, a sua pátria. Mas ele... — disse, apontando para um oficial da SS a distância, em seu uniforme negro. — Ele, ele, ele — Seu dedo ia de um lado para outro. O mundo ficava mais escuro a cada movimento, e sua voz endureceu. — Eles são como mofo. Eles se multiplicaram e estão por toda parte. — Sarah seguiu o dedo que se movia. Eles *estavam* em toda parte. — E como o mofo, eles vêm desde as profundezas, não estão apenas na superfície. Estão comendo tudo de dentro para fora. Se você ama o seu país, o melhor que você pode fazer é me ajudar.

Sarah olhou para o homem que tinha causado a morte de sua mãe e então levantou seu próprio dedo.

— Se eu aceitar, você tem de sempre me dizer a verdade. — Ela balançou o dedo, para enfatizar suas palavras. — Começando agora. E não quero dizer apenas não mentir. Quero dizer que você precisa me contar tudo. Não deixar nada de fora.

— Tudo bem — respondeu ele, recostando-se.

Tinha uma coisa que ela precisava saber.

— Você foi para Friedrichshafen para ver os zepelins. Quando me encontrou naquele banheiro, por que você estava lá?

— Para matar você. Você era um ponta solta.

— Mas não me matou.

— Não.

— Por quê?

— Eu... pensei melhor.

— Talvez nós estejamos mais quites do que eu imaginava — suspirou Sarah. De certo modo, ele tinha matado Sarah, ou melhor, ela mesma tinha se matado ao pular da balsa. Aquele foi o momento decisivo, e já tinha ficado no passado.

A bola dos meninos veio quicando até eles e bateu nos joelhos de Sarah. Ela gritou e quase perdeu o equilíbrio, jogando os braços para cima para conseguir ficar sobre a raiz de árvore em que estava sentada. Então sorriu, observando a bola rolar para longe.

— *Entschuldigung*! Desculpe! — gritou um dos meninos.

Só então ela notou que o balão tinha se soltado e estava escapando através das folhas acima deles, tentando chegar ao céu. Sarah deixou que ele levasse consigo sua resistência. Sentia-se feliz e livre. Não estava sendo caçada, não estava faminta, não era odiada e agora tinha uma casa do tamanho de um país para se enraizar.

Ela colocou a traição em sua caixinha, junto com a morte da mãe, pela chance de subir ao pódio com Jesse Owens, para dizer aos governantes de seu país que eles estavam errados. A caixinha já estava bem lotada, mas fechou.

— Então, quando começamos? — perguntou ela.

SETE

A guerra começou no dia seguinte.

Os poloneses atacaram uma estação de rádio alemã na fronteira. A Wehrmacht[7] respondeu a essa agressão invadindo a Polônia. Seus tanques dominaram as debilitadas forças polonesas em cavalos e bicicletas, e logo as comunidades germânicas de Danzig e da Prússia Oriental, arrancadas da Alemanha depois da última guerra, uniram-se ao Reich.

Os franceses e os ingleses não entenderam que a pátria estava apenas se defendendo e declararam guerra à Alemanha dois dias depois, usando como pretexto o tratado que, enganado por eles, o *Führer* tinha assinado em Munique.

Todos ficaram encantados.

Sarah lutou para exibir a expressão correta em meio a toda aquela alegria. Estava pensando sobre o impressionante exército alemão, os milhares de tanques pelos quais tinha passado a caminho de Berlim. Por que os poloneses, com um exército de cavaleiros e velhos em bicicletas, instigaram uma guerra com um inimigo incrivelmente superior? Foi uma inexplicável demonstração de hostilidade que deu à Wehrmacht, em compasso de espera, toda a desculpa de que precisava. A coisa toda soava como um *Flunkerei*, um jogral em que grupos de crianças desafiam uns aos outros a contar histórias cada vez mais fantásticas.

Mas o que os poloneses significavam para ela? Todo mundo sabia que era fácil não gostar deles, e era verdade que estavam separando um pedaço da Alemanha do resto. O que isso importava? Sarah já tinha o suficiente com que se preocupar.

Suas preocupações eram como vestir um casaco em um quarto abafado. Sarah sabia que, para ficar mais confortável, só precisaria tirá-lo.

---

7. Forças armadas alemãs. (N.T.)

Mas Sarah não conhecia nenhum polonês, então como sabia que eram desagradáveis? Porque tinham dito isso a ela. Porque as pessoas diziam que, se algo estava sujo ou velho, era polonês. Porque tinha engolido essa história inteirinha, sem checar os componentes.

Com a sensação de ter deixado algo realmente importante, Sarah percebeu que estava pensando como a pequena monstra ariana que parecia ser. É assim que acontece, ela pensou. Foi assim que as pessoas deram as costas aos judeus, porque ninguém ajudou na *Kristallnacht*. As pessoas tinham o suficiente para se preocupar.

A Polônia está cheia de judeus, dumme Schlampe. De repente, eles têm muito com o que se preocupar.

Providências. Fotografias e mapas. Diagramas e planos. Noites em seu pequeno quarto, em uma cama de campanha. Refeições feitas de linguiça suculenta e pães quentinhos e crocantes. Café forte e amargo; leite espesso e cremoso e volumosos sacos de açúcar mascavo.

Sarah voltou sua atenção para a imagem granulada. A figura era quase impossível de distinguir do fundo, o rosto obscurecido pela distância. O Capitão endireitou-o contra a grade de coordenadas do mapa.

— Hans Schäfer é um cientista talentoso. Brilhante, mas cheio de suspeitas e paranoico. Sua arrogância o torna impopular, então ele lutou pelo reconhecimento acadêmico. No entanto, é rico e poderoso. Levou sua pesquisa sobre urânio para sua propriedade, perto de Nuremberg. Enormes quantidades de máquinas e todo tipo de material foram levados para lá nos últimos dois anos, e é tudo muito bem guardado. Muros, guardas militares. Eu precisaria de um batalhão de tropas para invadir.

— Então eu sou seu batalhão? — Ela sorriu.

— Sim. Uma unidade muito especial.

O Capitão fixou uma nova fotografia sobre o mapa. Esta foto estava um pouco mais clara. Uma garota loira, com um rosto muito sério, usando um uniforme e casaco do *Bund Deutscher Mädel*. Ele deu batidinhas na imagem com a ponta do dedo.

— Schäfer tem uma filha da sua idade – sua idade de verdade, quero dizer – cujos amigos têm se hospedado na propriedade. Ela frequenta uma *Nationalpolitische Erziehungsanstalt*.

— Uma *Napola*? Uma escola nacional-socialista? Você está prestes a me enviar para uma escola do *Partido Nazista*? Uma *judia*? — Sarah riu. Era muito ridículo, mas uma espiada para o rosto dele indicou que realmente falava sério.

— Você mesma disse. Você *não é* judia, não *de verdade*. É só fingimento. Você *pode* fingir, não pode?

— "Todo o mundo é um palco, e todos os homens e mulheres são meros atores" — disse Sarah em inglês, fazendo um gesto em sinal de rendição.

O Capitão sorriu mesmo sem querer fazê-lo.

— Como você faz isso?

— Como eu faço o quê?

— Shakespeare. Inglês. A mudança de sotaque. Qualquer uma dessas coisas.

— Quando as leis mudaram em 1934, minha mãe não podia mais subir nos palcos e não podia trabalhar. Perdemos todo o nosso dinheiro com as novas leis, então ela me dava aulas em casa. Idiomas, sotaques, interpretação, ouvir gravações de discursos, nada útil de verdade... Mas ela era realmente talentosa. Polonês, tcheco, inglês, francês, holandês e até *russo*. Ela era fabulosa. Só aos oito ou nove anos fui perceber que a maioria das pessoas fala apenas uma ou duas línguas. No final, foi tudo o que ela pôde fazer... — Sarah se interrompeu, sentindo calor por trás dos olhos, como se tivesse revelado coisas demais. Ela continuou: — Eu não tinha amigos. Tinha livros. Nós tínhamos uma biblioteca em nossa casa em Berlim e nada mais para fazer.

— E quanto ao seu pai?

— Não sei nada sobre o meu pai — disse ela, apressadamente. — Ele deixou muitos livros militares... De diferentes eras, os chineses, os hindus... Toda cultura parece adorar matar. Você acredita que pode conhecer pessoas por meio da biblioteca delas, Capitão Floyd?

— Eu não sei. Quem sou eu?

— Um mentiroso e trapaceiro.

— Correto. — Ele assentiu e sorriu lentamente.

Providências.

Sarah acordou quando a porta de seu quarto foi escancarada. Ao abrir os olhos, mãos ásperas puxaram-na pelos braços de sua cama de campanha e a jogaram em um canto. Ela bateu contra a parede, uma confusão de braços e pernas, desabando sobre o tapete.

Uma luz forte foi direcionada para seu rosto e fez seus olhos doerem. Ela os cobriu, mas *flashes* vermelhos ainda dançavam na escuridão de seus dedos.

— Qual é o seu nome? — A voz estava carregada de ameaça.

— O que... — murmurou, desorientada.

— Seu nome — gritou o intruso.

— S... sula. Ursula Haller — balbuciou Sarah.

A luz se apagou e, antes que ela pudesse abrir os olhos novamente, a porta se fechou, deixando-a sozinha na escuridão.

Diagramas e planos.

— Eu realmente não entendo.

Sarah balançou a cabeça diante das anotações e flechas.

— Você realmente não precisa.

Sarah trincou os dentes e tentou uma abordagem diferente.

— Tudo bem, essa bomb... *Pampelmusebombe* de Lise Meitner, a Bomba Toranja que Schäfer está fazendo. Por que você está, por que *nós* estamos, por que é importante para a Alemanha? Sempre houve bombas maiores e maiores.

— Não como essa — disse o Capitão com grande intensidade, gesticulando para enfatizar suas palavras. — Uma pequena bomba poderia destruir uma cidade. Imediatamente. Você consegue imaginar isso?

Sarah ainda não conseguia. Não podia imaginar nenhuma bomba, para falar a verdade. Então, ela se lembrou do brilho e do calor da explosão improvisada pelo Capitão na estação. Algo relacionado à memória fez com que ela quisesse recuar.

— Não. Na verdade, não.

— Olhe a situação desse modo. Se você destruiu metade de Londres, ou Paris, e se você deixar os mortos para lá — o Capitão continuou, parecendo criar a história conforme falava —, haveria... o quê? Um milhão de pessoas feridas? Como você cuidaria delas? Não há hospitais suficientes. Como você apagaria o fogo de *milhares* de lares? O país entraria em colapso em um dia.

Sarah pensou sobre isso, nas filas na frente dos consultórios médicos depois da *Kristallnacht*, quando as tropas de assalto destruíram os bairros judaicos. Ainda assim, a ideia era fantástica demais, como algo de um romance de H. G. Wells – marcianos vagando por uma Londres destruída em suas máquinas de três pernas.

— Mas uma cidade inteira? Tudo de uma vez? Com os edifícios, a população, as mulheres e as crianças... Ninguém faria isso. Como alguém poderia?

O Capitão parecia tentar se lembrar o que estava dizendo. Então, ele se levantou.

— Deixe-me mostrar-lhe algo.

De seu escritório secreto e prateleiras de livros incriminadores, ele trouxe uma revista francesa, *Cahiers d'Art*. Parou na frente de Sarah e folheou a revista enquanto falava.

— Estive na Espanha, há dois anos, durante a Guerra Civil. De um lado, os republicanos...

— Os comunistas?

— O governo eleito — respondeu o Capitão com irritação. — Do outro, os nacionalistas. Uma rebelião militar fascista. Apenas um ano depois, as coisas não estavam indo bem para os republicanos. Os fascistas chamaram a Luftwaffe, e isso foi decisivo.

— Por quê? — Sarah não ergueu os olhos. Ele estava escondendo alguma coisa, como de hábito.

— Por que o quê?

— Por que você estava na Espanha? O que você estava fazendo de verdade?

O Capitão revirou os olhos.

— Eu estava lá a negócios. Estava em uma cidade no País Basco, cerca de trinta quilômetros atrás da linha de frente. Não havia tropas republicanas posicionadas lá, então era um lugar seguro para eu me esconder por um tempo.

Ele encontrou o que procurava e entregou a revista aberta para Sarah. Ela não reconheceu a pintura nas páginas, mas o estilo estranho e anguloso lembrou-a de Picasso. Ao contrário dos músicos e dançarinos desgrenhados, coloridos e alegres dos livros de sua mãe, essa peça era dolorosamente monocromática – cinza, preta, branca e suja – e plana, como pedaços de jornal colados em um quadro. Poderia ter sido desenhado por uma criança, mas isso tornava as imagens mais inquietantes. A ordem tinha sido destruída, e o caos havia rasgado a tela em pedaços grosseiros. Os cavalos que gritavam eram pessoas, as pessoas eram touros, chorando ou morrendo, esmagadas sob o casco e o pé. Uma construção queimava, uma mãe chorando embalava uma criança morta, retorcida, gritando. Pânico, dor, medo e tristeza. Enquanto seus olhos se moviam de uma imagem terrível para outra imagem terrível, o Capitão falou, sua voz sem indicar qualquer emoção no começo.

— Era segunda-feira. Por causa da guerra, aquele não era oficialmente um dia de feira, mas os fazendeiros tinham de vender seus produtos e as pessoas da cidade precisavam comprar comida, então a praça principal estava cheia de qualquer maneira. Refugiados da luta descansavam, reunidos em torno de seus poucos pertences. Alguns soldados, que provavelmente eram desertores. No fim da tarde, os sinos da igreja tocaram, indicando um ataque aéreo. Todos se aglomeraram nos *refúgios*, pouco mais que adegas, mas ninguém estava alarmado. Por que os nacionalistas atacariam uma cidade de civis?

— Mas eles o fizeram. — O Capitão ficou menos objetivo, mais envolvido, mais comovido. — Um avião apareceu e soltou sua carga de bombas bem no centro da cidade. Todos deixaram seus abrigos e correram para ajudar. Pessoas sob escombros, presas em casas em chamas, ninguém sabia o que fazer. Fazendeiros e padres puxando os tijolos com as mãos nuas... Então, depois de alguns minutos, todo um esquadrão da Luftwaffe – italianos, Legião Condor, o que quer que fosse – fez um sobrevoo e esvaziou tudo o que tinham na cidade. Caos. As pessoas tentaram voltar para os abrigos, mas os refúgios foram destruídos pelo primeiro ataque. Chamas, poeira, barulho. Sem ter para onde ir, o pessoal corria na direção dos campos. Um estouro de boiada, os menores e mais frágeis foram pisoteados...

A voz do Capitão parecia tensa. Depois de um momento, ele continuou:

— Enquanto eles fugiam, ondas de aviões de caça desciam e os bombardeavam com balas e granadas. Homens, mulheres e crianças... perseguidos nas colheitas e abatidos como perdizes em uma caça.

— Isso é... horrível — murmurou Sarah, consciente de como aquelas palavras soavam inadequadas.

— Isso não é *nada*. — A voz dele estava cheia de sarcasmo. — Os aviões mal tinham se afastado, apenas dez ou vinte minutos de choro e gritos e tentativas de estancar o sangue com as mãos, olhando para as formas irregulares das construções envoltas em fumaça, quando ouvimos o zumbido baixo. Bombardeiros, movendo-se pelo céu em grupos de três, cruzando linhas por toda a cidade por duas horas e meia. Explosivos demoliram e pulverizaram as construções. Bombas de fogo choveram como confetes, arruinando tudo o que tocaram. Animais corriam ardendo e urrando pelas ruas. Homens em chamas como tochas cambaleavam entre os destroços, para além de qualquer ajuda. Quando terminaram, a cidade tinha desaparecido. Um esqueleto era tudo o que restava, coberto por mil e seiscentos cadáveres e novecentas pessoas mutiladas, destruídas.

— Por que eles fizeram isso? — Sarah estava enjoada. — Por que alguém faria isso?

— Para aterrorizar os bascos, destruindo sua capital. Para interromper o hiato republicano. Para testar sua nova técnica de bombardeio. Talvez estivessem tentando acertar a ponte fora da cidade e se perderam. Não importa o porquê. O que importa é que eles *queriam* fazer isso, então fizeram. É simples assim. Se alguma coisa se encaixa no propósito deles, eles irão fazê-la. — O Capitão deu um tapinha na pintura. — Foram apenas vinte e duas toneladas de explosivos. A professora Meitner acha que a bomba de Schäfer teria mais poder de destruição que quinhentas toneladas de dinamite. Uma bomba. Os sujeitos que fizeram isso, que assassinaram aquelas pessoas, eliminaram a cidade do mapa. Se pudessem destruir Paris ou Londres com uma bomba? Eles não hesitariam.

Fez-se silêncio. Sarah olhou para a pintura uma última vez e fechou a revista, selando os horrores lá dentro. Algo mais a incomodava.

— Vinte e duas toneladas de explosivos. Exatamente vinte e duas toneladas. Como você sabe disso?

O Capitão estava de costas para ela. Seus ombros se contraíram e depois ficaram imóveis.

— Eu vendi as bombas — disse ele.

Providências.

Eram quatro horas da manhã quando o Capitão abriu a porta e apontou um facho potente de luz para a cama de campanha.

Estava vazia.

De um canto escuro atrás dele veio uma voz.

— Estou entediada agora. Acho que estamos prontos.

O Capitão assentiu.

— Boa noite, Ursula — disse ele enquanto fechava a porta.

— Boa noite, *Onkel*.

OITO

4 de outubro de 1939

— Mas eu não *gosto* de outras meninas — reclamou Sarah. — Elas não gostam de mim. Esse é o furo em seu grande plano.

— Então, seja alguém que gosta de outras meninas. Seja alguém *gostável*.

— Eu poderia também ser alguém capaz de bater asas e voar.

— Apenas se concentre em transmitir uma autoconfiança arrogante. *Isso* você consegue.

Ela fez uma careta.

— É só escola — acrescentou ele, em um tom mais conciliador.

Sarah nunca tinha ido à escola. No começo, foi uma escolha. Sua mãe achava que ela era boa demais, especial demais, importante demais para se misturar com os filhos da *die ArbeiterKlasse*.[8] Depois, ela foi efetivamente proibida de se misturar com as outras crianças. Sarah não deixou de notar a ironia contida ali. No início, existiam tutores e uma governanta. Depois, quando o dinheiro foi acabando, sua mãe a ensinava. No começo, essas aulas eram eventos especiais, divididas em sessões bem planejadas e organizadas. Mas, quando o próprio trabalho de sua mãe começou a rarear, a educação de Sarah se tornou incessante e frustrantemente aleatória. A história vinha de volumes grossos e empoeirados, com capa de couro, a geografia, de mapas de impérios perdidos, e os muitos, muitos idiomas, da língua ácida de sua mãe.

E as lições de atuação. Intermináveis, diárias, ininterruptas. Como enganar, convencer, emocionar, projetar. Como chamar e como desviar a atenção de propósito. Como ser outra pessoa até não saber mais onde terminava você e começava o personagem. Sarah percebeu que estava sendo treinada para uma carreira nos palcos que nunca teria, para representar personagens

---

8. A classe trabalhadora. (N.T.)

em países que nunca visitaria, para pessoas que nunca a veriam. Uma sensação de vazio tinha feito tremer a pele sob seus olhos e coçar o nariz. Ela sabia que só a companhia de outros preencheria aquela ausência.

Sarah tinha desprezado sua solidão então e a desprezava agora. Era um sinal de fraqueza.

A NPEA Rothenstadt era uma monstruosidade gótica: parte castelo, parte mansão, o produto da união das imaginações doentias de um Conde Drácula e de um Dr. Frankenstein, escondido nas profundezas da floresta. À luz do sol, teria sido uma visão cômica, exceto pela imensa bandeira do Terceiro Reich pendurada na entrada. Na verdade, era ameaçadora. Enquanto o carro do Capitão se aproximava pela avenida arborizada, as torres pareciam se lançar ao céu como garras, a bandeira vermelha, uma língua. Sarah não conseguia se livrar da impressão de estar entrando nas mandíbulas de uma fera adormecida.

Use o medo. O medo é uma energia. Quebre-o e faça dele algo novo.

O carro parou na frente da porta.

— Você entra. Você se aproxima do... — Sarah abriu a boca, mas o Capitão a silenciou com um gesto de mão — ... alvo usando qualquer meio necessário. Fora isso, divirta-se.

— Eu não me divirto — respondeu ela, com frieza.

— Então *finja* se divertir. — Ele apontou para a escola. — Vamos?

Comparado ao dia ensolarado lá fora, o saguão de entrada era uma caverna sombria, revestida de madeira escura, com escadarias imensas, quadros lúgubres e velas apagadas. O teto se escondia na escuridão que pairava como uma nuvem de chuva baixa. Apesar do verniz de esplendor, os odores proeminentes eram de desinfetante e repolho cozido. No centro desse salão de entrada, estava uma única garota alta, aparentando ter cerca de dezesseis anos, vestida com o uniforme da BDM. Ela estava iluminada por um feixe brilhante de raios de sol vindos de uma janela oculta em alguma parede acima deles, e suas tranças loiras reluziam. Os sapatos polidos estavam exatamente dentro de um quadrado branco, notou Sarah, como se a garota tivesse sido colocada ali por um enxadrista meticuloso.

— *Heil* Hitler — saudou a garota, e, após Sarah levantar vagamente um braço, ela olhou para o Capitão e esperou.

O silêncio foi quebrado pelo tique-taque de um relógio. Depois de um instante que pareceu longo demais, ele respondeu.

— De fato. *Heil.*

— *Herr* Haller?

— Sim.

— Sigam-me, por favor. — Ela marchou na frente. O Capitão se voltou para Sarah. Os cantos da boca dele se retorceram, e por um instante um fogo se acendeu em seus olhos. — Vamos?

Sarah ergueu as sobrancelhas, em sinal de advertência, e esperou que ele se movesse. Ela fez um pequeno gesto com a mão, e ele se apressou atrás da garota. Os passos retumbavam e reverberavam pela escuridão marrom.

— *Herr* Bauer pede desculpas pela iluminação. É necessária, são os preparativos para a vigília desta noite. — A garota tinha o tom de voz de quem está acostumada a ser obedecida.

— Se é necessário, por que ele pede desculpas? — retrucou o Capitão. A garota tropeçou, mas se recuperou rapidamente, reafirmando sua expressão fria após aquela pequena desorientação.

— *Herr* Bauer, às vezes, precisa fazer concessões para *gente de fora*.

O Capitão fez uma careta, como se tivesse levado um tapa, e sorriu rapidamente para Sarah. *Pare*, pensou ela. Não, reconsiderou. Ele está sendo *Herr* Haller.

Quem você está sendo?

Uma garotinha nervosa e chocada.

Pare com isso.

— Esperem aqui, por favor — pediu a garota e continuou sozinha por uma grande porta de carvalho.

O Capitão colocou um dedo logo abaixo da nuca de Sarah e deu uma batida gentil.

— O espetáculo vai começar. Merda para você.

Sarah sabia que não devia julgar pelas aparências. Jovem e velho, alto e baixo, feio e bonito, atlético e aleijado – ela sabia que todos eram igualmente capazes de serem bons ou, na sua experiência, igualmente capazes de serem perversos e horríveis. O diretor, Bauer, era gordo. E apesar de tudo, Sarah o achou insuportavelmente gordo.

Ele não era confortavelmente roliço ou um pouco acima do peso, não era um gordo jovial, barrigudo ou rechonchudo como algumas pessoas conseguem ser, mas obeso de forma excruciante. Ele era gordo de uma forma que parecia ser o resultado de uma ação deliberada, sustentada e extremamente disciplinada de consumo excessivo, sem nenhuma sugestão de prazer envolvida. A incessante sensação de fome que a acompanhara pelos últimos anos despertou dentro de Sarah, e ela imediatamente compreendeu que desprezava esse homem. Ela tentou contemplar a quantidade de comida necessária para tal experimento, mas não conseguiu nem imaginar. A garotinha dentro dela uivou e bateu os pés no chão pela injustiça, pelo desperdício.

Um fio de suor estava se formando sobre o lábio superior de *Herr* Bauer, enquanto ele observava Sarah sobre seus dedos pontudos. Ela não tinha nenhuma vontade de manter contato visual, então olhava para o oficial uniformizado atrás dele. Este, por outro lado, era absurdamente magro, pouco mais que um esqueleto coberto de pele. O contraste não poderia ser maior. O oficial olhava fixamente para a frente, com tal convicção que Sarah ficou tentada a olhar em volta, para ver o que estava perdendo. O silêncio se estendeu, e ela ficou intensamente consciente de suas mãos. Deveria mantê-las juntas? Não, elas deveriam estar soltas, para indicar calma. *Não as mova, dumme Schlampe.* O diretor suspirou pesadamente.

— *Herr* Haller. Nós apreciamos e respeitamos seu desejo de ter sua... sobrinha... matriculada nesta escola. Nós entendemos o elogio implícito. Entretanto, eu não vejo nenhuma razão para atender seu pedido.

Sarah franziu a testa. Essa deveria ser a parte fácil. Não tinha passado por sua cabeça que eles poderiam simplesmente não a querer.

Não deixe que percebam, lembre-se de quem você supostamente é.

— *Herr* Bauer, isso é... embaraçoso. — O Capitão se recostou e olhou em volta, como que se recompondo. — Sua escola me foi recomendada pelos mais altos escalões. Ontem mesmo, eu estava conversando com *Herr* Bormann...

O diretor ergueu a mão, interrompendo.

— *Herr* Haller, poupe-me de suas conexões no partido, da lista de convidados das festas de sua esposa e das ligações de sua família com o

Führer. Todos os que querem mandar suas filhas para cá alegam sua posição especial na nova ordem, mesmo com evidências para lá de frágeis. Você sabe quantos irmãos Hermann Göring teria, se tudo o que eu ouvi nesta sala for verdade?

— Ele tem nove irmãos. Imagino que isso se traduz em uma família estendida bem grande, *Herr* Bauer — respondeu o Capitão.

Herr Bauer abriu as mãos e fez um gesto de desdém.

— Meu argumento ainda vale. Eu convido todos a darem aquele telefonema irado para seus amigos poderosos, se estes realmente existirem. Esta escola é exclusivamente para a nata da próxima geração de mulheres alemãs. A ascendência de sua sobrinha é, no melhor dos casos, básica — disse ele, apontando para os documentos sobre a mesa com indiferença. — A sua importância para o Reich é igualmente nebulosa. Tenho certeza — ele revirou os olhos, teatralmente — que você foi financeiramente abençoado e que sua generosidade seria ilimitada, mas não é sobre isso que estamos falando, não é? É sobre pureza, inteligência e brilhantismo, força e poder. O que exatamente a sua francamente minúscula sobrinha poderia nos oferecer?

— Eu posso tocar aquele piano.

Todos olharam para Sarah. Estava bem cansada de ficar ouvindo falarem como se ela não estivesse ali. Apontou para o piano de cauda no canto do escritório.

Herr Bauer bufou.

— *Eu* posso tocar aquele piano.

— Não como eu. — Ela olhou diretamente para aqueles olhinhos dele e quis vomitar.

Herr Bauer lambeu os lábios vagarosamente, então apontou seu indicador rechonchudo para o piano.

— Por favor.

Sarah se levantou devagar, lembrando-se de alisar a saia, e então juntou as mãos à sua frente, modesta. Ele havia se sentido provocada pelo desdém daquele homem, mas agora estava insegura. Sentiu as pernas pesarem, como se estivesse se movendo através de algo viscoso, o ar parecia denso e rançoso. Ela notou que não havia nenhuma partitura no piano, nada para sugerir o que seria aceitável. O que ela sabia de cor?

Repassou mentalmente seu repertório, rejeitando cada peça como inadequada, uma infinidade de números para cabaré compostas por judeus e outros indesejáveis. Wagner não era o favorito do *Führer*? Algo que você saiba tocar, idiota. Ela chegou ao piano sem ideia do que fazer.

Era um lindo Grotrian-Steinweg, igual ao de sua mãe – espanado, lustrado e intocável. Sarah quase conseguia ver a criancinha de cabelos dourados olhando para ela no reflexo que vinha daquelas curvas perfeitas.

Estendeu a mão e deixou seus dedos roçarem a tampa ao passar. Pequenas trilhas esbranquiçadas surgiram e evaporaram sob seus dedos. *Pense*. Ela ergueu a tampa, tirando o suporte da partitura do caminho. A elegante placa dourada brilhou para ela. Alguém tinha uma vida miserável, mantendo o interior do instrumento tão limpo.

Quando sua mãe se afundou lentamente na amargura e na depressão, o piano tinha sofrido muito em suas mãos. A tampa sempre aberta tinha sido atingida pelos restos sólidos e líquidos de dezenas de ataques de cólera; as cordas estavam entupidas de poeira e bitucas de cigarro. Quando elas finalmente fugiram para a Áustria, o piano tinha se tornado uma pilha irreconhecível de garrafas de bebida vazias e cinzeiros transbordantes. Sentar em frente a este instrumento furiosamente limpo era como voltar no tempo, para uma época em que sua mãe sorria mais e praguejava menos, quando o apartamento era cheio de risadas, e não de vidro quebrado. Essa imagem atravessou o coração de Sarah como uma lança.

Sarah ergueu a tampa e seus dedos pairaram sobre as teclas. Quase podia ver o rosto de sua mãe no atril, mais acolhedora, calma e jovem do que ela se lembrava, balançando a cabeça suavemente de um lado para o outro, cada movimento sincronizado com a nota da mão esquerda e, quase que de maneira imperceptível, rodando em um círculo comandado pela mão direita.

Sarah, de repente, notou seus dedos tocando enquanto seu pé marcava o tempo nos pedais. Uma valsa lenta e delicada estava emergindo, melancólica e sombria, pontuada por gotas quase casuais de notas altas, como uma chuva de primavera caindo sobre as notas baixas menores. Gotas se chocando contra o vidro da janela, quase sem se fazer notar, mas arruinando o dia. As notas se sustentavam ao longe e sumiam, mas sempre reapareciam em uma aspereza repentina, nos lugares errados, mas no momento certo. Enquanto a melodia entrecortada e circular envolvia seus braços, Sarah sentiu a caixinha dentro dela se abrir, e o medo, a tristeza e a solidão transbordarem. Ela tomou fôlego e quis parar, mas não podia. As notas desfaziam as suturas de seus ferimentos conforme seus dedos iam para a esquerda e para a direita. Em seus pensamentos, a cabeça de sua mãe ainda balançava naquele ritmo estranho e lento, mas, acima de sua nuca, os cachos vermelhos eram um bolo de sangue e vidro.

Alguém bateu no atril com tal força que Sarah pulou para trás, com um grito.

O oficial uniformizado magro estava em pé ao lado dela, uma expressão de aversão em seu rosto. Sarah tentou controlar seus ombros trêmulos enquanto as últimas notas dissonantes ressoavam no silêncio.

— Satie era um francês degenerado. Seus experimentos com o Modernismo e o Dadaísmo foram uma doença, erros de um bolchevista inepto. Onde você aprendeu essa porcaria? — disse o oficial, irado.

Por dentro, rapidamente Sarah estava guardando, fechando, trancando e escondendo a caixinha, desesperadamente esquecendo seus medos, consciente da ameaça mais imediata. Ela não podia aparentar mais nenhuma fraqueza. *O ataque é o segredo da defesa; a defesa é o plano de um ataque.*

— Meu pai sempre me disse isso. Era a música favorita de minha mãe, mas ela era uma mulher muito doente — respondeu Sarah em voz baixa e esperou, sem piscar. A voz do Capitão Floyd pôde ser ouvida do outro lado da sala.

— A mãe de Ursula ficou muito tempo longe da pátria. Vocês podem ver agora por que insisto tanto para que ela tenha uma educação nacional-socialista apropriada.

O oficial olhou para o diretor e disse:

— Assegure-se de que essa menina aprenda apenas música alemã. Música condizente com seu talento.

Herr Bauer deu de ombros e desviou o olhar.

— Se você insiste, Klaus.

— Eu insisto.

O oficial voltou seu olhar para Sarah, que não sabia se já tinha sido dispensada. Após um momento, ele estendeu um lenço. Ela avaliou aquele pedaço de algodão dobrado, mas não conseguiu se mover, incapaz de conciliar esse gesto com o desgosto na expressão do homem. Ele afinal desistiu de esperar e estendeu a mão para o rosto da menina. Ela gritou por dentro quando ele a segurou pelo queixo com o polegar e o dedo médio e agilmente enxugou uma lágrima errante de seu rosto.

E então o oficial se retirou, marchando para fora da sala. Sarah percebeu que ele cheirava a laranjas.

O diretor suspirou e fixou os olhos em sua mesa.

— Aceitar uma aluna neste ponto do ano letivo é muito inconveniente... todas as despesas extras, uma cama a mais, uma escrivaninha a mais...

— Se dinheiro fosse um problema, *Herr* Bauer, eu teria colocado Ursula na *Realschule* local — declarou o Capitão ao se levantar. — Tome as providências.

— Klaus vai ficar muito feliz de ter mais uma pianista entre as alunas — resmungou o diretor, em um tom cansado.

Lá fora, o sol do início da tarde estava especialmente brilhante, a brisa especialmente fresca, como se tivessem sido feitos para a nata das mulheres alemãs. O Capitão se desviou do carro, onde um homem velho e encarquilhado lutava com a mala de Sarah.

— Ursula, vamos dar uma volta, acho.

— Com certeza, *Onkel*.

Eles caminharam com naturalidade pela frente da escola. Não se viam canteiros de flores, arbustos ou nada colorido. Até a grama parecia enfadonha.

— Você toca muito bem. Eu não sabia disso — disse o Capitão, com algo próximo de admiração em sua voz.

— Tem muita coisa que você não sabe sobre mim. Acho que talvez seja reconfortante saber que você tem seus limites. De qualquer forma, uma moça precisa ter alguns segredos.

— Só queria que você tivesse tocado alguma outra coisa. Wagner ou coisa assim.

— Ah, claro, Wagner é muito popular entre as famílias de artistas judeus.

— Sorte sua que nosso novo amigo é um patrono das artes.

Sarah estremeceu.

— Quem é ele?

— Não sei — respondeu ele, com franqueza incomum. — Nunca o tinha visto.

— Mais ignorância. Hummm... já isso não é tão reconfortante. — Sua voz saiu mais bem-humorada do que ela se sentia.

— Vou descobrir. — Ele colocou uma das mãos sobre seu ombro. — Por enquanto, mantenha-o feliz. Aprenda o seu Wagner.

Eles viraram a esquina ao final do prédio.

— Você vai me deixar aqui, então — disse ela, baixinho.

— Esse é o plano.

Ela se sentia como se estivesse descendo por uma corda até um ninho de cobras. Precisava confiar na pessoa que segurava a corda.

— Aquele homem, ele é um daqueles uniformes desnecessários.

— Sim, é.

— E é por isso que eu estou aqui?

— De certa forma.

Eles seguiram a trilha que se afastava da escola em direção a uma capela. O pátio estava deserto, mas mesmo assim Sarah sentia a necessidade de olhar para trás, sobre os ombros.

— O que estou fazendo aqui... se eu ficar *neste lugar*... estou libertando a Alemanha?

O Capitão esteve prestes a dizer algo irreverente, ela pôde ver em seus olhos, mas algo na expressão da garota fez com que ele recuasse.

— Você quer ir embora? — perguntou ele, gentilmente.

Sarah respirou fundo e enterrou as mãos nos bolsos do casaco, com os olhos fixos no chão.

— Eu não disse isso. É só... — Ela olhou para cima, tentando entender a expressão nos olhos dele. — Eu só queria ter certeza de que é importante.

— Quão importante você quer ser? — A irreverência escapou.

Sarah bateu o pé e sibilou:

— Eu não quero ser o macaco pianista de algum esqueleto uniformizado, a menos que você realmente precise que eu seja. A Alemanha precisa mesmo que eu seja? Entrar na casa daquele homem... é tão importante assim?

Ele ergueu as mãos:

— Não há nada no escritório de Hans Schäfer. Ele levou tudo para sua propriedade. E está tudo trancado e vigiado noite e dia.

— E ele está construindo a Bomba Toranja? — insistiu ela.

— Talvez. O que quer que ele esteja fazendo assustou a professora Meitner. E nada assusta Lisa Meitner. Isso me... incomodou — concluiu ele, suavemente.

— E você *realmente* acha que eu posso me aproximar dessa Elsa Schäfer e conseguir um convite para você ir à casa do pai dela?

— Talvez — admitiu ele.

Ela coçou a testa com as pontas dos dedos.

— Tem um monte de "talvez".

— Sempre tem.

Uma nuvem encobriu o sol. Sarah mordeu o lábio.

— E se eu estragar tudo?

— Então, eu levo você para casa.

— Casa? — Sarah riu. Um quartinho e um nome falso. Não era o bastante. — Não, quero dizer, e se eles descobrirem quem eu sou?

— Nós nos preocuparemos com isso quando acontecer.

— *Mais um* talvez?

— Sim.

Tantas incertezas. Sarah arrastou um pé pelo chão por algum tempo.

— Você já usou a *Schwebebalken*, a barra de equilíbrio?

— Nem sei o que é isso.

— Como é em nosso idioma? A... *trave olímpica*.

Ele balançou a cabeça. Sarah pisou sobre a marca que tinha feito no chão e moveu os braços para trás, as palmas das mãos para cima. Bem devagar, ela levantou uma perna até o nível da cabeça, de forma a se equilibrar sobre a outra, seu pé imóvel na marca.

— São só oito centímetros de largura, o tamanho do seu pé, se você tiver sorte... — explicou ela.

Levantando os braços sobre a cabeça, abaixou a perna e a virou para trás, de forma que fizesse um ângulo reto com seu corpo.

— Ela se move quando você se move, então você precisa prever para onde ela vai. Direcioná-la — Sua voz soava distorcida, tensa, mesmo para seus próprios ouvidos. — Você já andou por ela por um longo tempo, de olhos fechados. Caiu, e caiu, e caiu, até poder executar o programa do modo mais perfeito... ajustando o equilíbrio com os músculos, os dedos, nunca com os pés...

Ela curvou as costas e dobrou a perna esticada. Passando os braços sobre a cabeça, fechou as mãos sobre o pé.

— E o tempo todo você está sendo observada, julgada, desprezada — continuou ela. — É tentador acelerar o ritmo, mas você não pode, tem de se concentrar em cada movimento. Se entrar em pânico, você se perde. Normalmente, você está a um metro do chão, alto o suficiente para torcer ou quebrar alguma coisa, se não cair direito. Mas, depois que me expulsaram da aula, eu praticava nos corrimões de casa. Eu tinha de terminar, tinha de ser perfeita, porque a queda era de três metros de um dos lados.

Ela soltou o pé e se inclinou para a frente, até estar completamente inclinada, equilibrando-se pela perna esticada, até se endireitar.

— É onde estou agora, não é? Só que o corrimão está molhado. E o chão está em chamas.

— Muito poético. — Ele não sabia mais o que dizer.

— "A arte é uma mentira que nos permite ver a verdade", Capitão Floyd.

Ele virou a cabeça para trás e deu uma gargalhada, um riso aberto e franco que ecoou no prédio da escola. O inesperado fez Sarah sorrir.

— Sarah de Elsengrund, preste mais atenção ao seu papel. Boas meninas nacional-socialistas não citam Picasso, nem tocam Satie. Agora, você tem de ser uma boa monstrinha burra.

— Sim, senhor — disse ela, batendo os calcanhares. No personagem. Atuando bem. Era um terreno familiar.

O sol voltou, vindo de trás da capela. Sarah notou algo e foi ver o que era. Sobre uma janela de vidro escuro na lateral do prédio havia uma gravura de três lebres entalhada em pedra. Elas corriam em círculo, perseguindo a cauda umas das outras, cada uma dando uma cambalhota, de modo que suas orelhas se tocavam no centro.

— Oh! — exclamou ela. — As três lebres. Tem uma... tinha uma igual na sinagoga em Karlshorst.

— Achei que você não ia à sinagoga.

— Eu não ia *à* sinagoga, mas isso não quer dizer que eu não ia *a* sinagogas. Por que isso está aqui?

— Para os cristãos, simboliza a Trindade – Pai, Filho e Espírito Santo. Na cabala, os três níveis da alma. Você as encontra em templos e altares desde a Rota da Seda até a Inglaterra.

— *Der Hasen und der Löffel drei, Und doch hat jeder Hase zwei.*
— Três lebres dividem três orelhas, mas cada uma delas tem duas... — cantou Sarah baixinho. Ela se arrepiou toda e inclinou a cabeça para um lado antes de continuar. — Sabe, os judeus supostamente são as lebres. Eu suponho que os nacional-socialistas sejam os cães. Os judeus são perseguidos, caçados, odiados, mas podem correr e se desviar, e você não consegue se livrar deles.

— Eu suspeito que eles vão tentar.

NOVE

— Apenas dois objetos pessoais sobre a mesinha de cabeceira. A mala será levada daqui. Este é um exemplo de como sua cama será arrumada. — *Schlafsaalführerin* Liebrich fez um gesto na direção da cama. Os lençóis estavam incrivelmente limpos e formavam dobras bem marcadas nos cantos. A roupa de cama parecia fina. Alguma coisa deve ter transparecido no rosto de Sarah, porque a líder do dormitório torceu o nariz em desdém. — Você vai achar as coisas aqui bastante adequadas. O quarto é quente o suficiente, mesmo no inverno. Mas não nos é permitido amolecer. Luxo é uma fraqueza. Devemos ser resistentes, responsáveis...

— *Fröhlich, frei* — Sarah se aventurou a dizer.

A garota continuou como se não a tivesse ouvido.

— Nós acordamos às seis. Lave-se e se apresente para os exercícios antes do café da manhã. Você deve seguir as outras.

— Chuveiros frios, suponho — disse Sarah de forma quase inaudível. Ela desviou o olhar para os catres duplicados e os armários brancos. Chão sem tapetes, lavatórios imaculados e o retrato onipresente do *Führer*, uma pintura a óleo barata – o lugar tinha todo o charme de uma enfermaria de hospital.

— Claro. Você não vai nos causar problemas, não é, Haller? — Uma pergunta, mas não exatamente uma pergunta.

Sarah fixou os olhos nos olhos de Liebrich.

— De jeito nenhum. — Dê algo à ela. Balance a cabeça, alguma coisa.

— O que aconteceu com o seu nariz? Você é uma encrenqueira? — zombou Liebrich. Sarah resistiu à tentação de tocá-lo. Os hematomas desbotados ainda deviam estar visíveis. Tinha se acostumado com eles.

— Só se alguém entrar no meu caminho.

Dumme Schlampe. Isso estava dando errado. A garota era mais alta, maior, apesar de ser dois anos mais nova. Seria uma adversária difícil, e, além disso, Sarah estava no território dela. *Quem ocupa primeiro o campo de batalha e aguarda o inimigo terá a vantagem.*

Admita a derrota, recue.

— Eu tomaria muito cuidado, Haller — ameaçou Liebrich.

— Bem, é uma advertência justa. — Sarah estendeu a mão. — Ursula. Ursula Haller.

— *Heil*. — Liebrich esticou o braço em uma saudação. Sarah sentiu a pele quente como se tivesse sido esbofeteada, mas, lentamente, ergueu o braço e estendeu-o, deixando cada músculo apertar até que ele também fizesse uma saudação.

— *Heil* — disse ela, com muita clareza e um tom tão neutro quanto conseguiu. — Eu ainda sou Ursula. Ursula Haller.

Liebrich a ignorou.

— A vigília é às sete horas. Alguém virá apanhar você. Faça tudo o que mandarem e não nos envergonhe, Ursula Haller. — Ela se virou e foi embora. Sarah esperou que a porta batesse, mas a maçaneta estava lubrificada e a fechou de forma silenciosa. *Nada de bater de portas por ali... e nenhum ruído de aproximação.* Ela olhou para as tábuas do assoalho. Espesso, antigo, mas devia produzir rangidos. Ia memorizar cada um deles.

Sarah se sentou na cama, o nervosismo de sua troca de identidade desaparecendo como a luz do dia através das janelas. Uma demonstração de força? Talvez. Uma nova inimiga? Talvez isso, também. Nem mesmo um primeiro nome. O catre era duro e frio. Ela poderia estar dormindo sobre uma lápide. Seu estômago doeu com a falta que sentiu de sua cama de campanha no pequeno quarto do Capitão, com seus cobertores com cheiro de mofo. Era a sensação de que, ainda que por um curto período, estava *segura*. Praticamente intocável.

Sarah agarrou esse desejo e o estrangulou, apertando seu pescoço lamentável, patético. Não estava *segura*. Ela não estava em *segurança* desde que conseguia se lembrar. Segurança era uma ilusão. Seguir em frente era tudo; hesitar significava perder o equilíbrio. Esforce-se. *Você tem um trabalho. Um papel a desempenhar. O público está chegando, e você está alerta, já vestida com o figurino. A abertura começou. Este é o tempo de espera antes da cortina. Quem você vai ser?*

Eu sou Ursula Bettina Haller, ela respondeu. *Uma monstrinha boazinha e tola nacional-socialista. Ninguém é inimigo. Todo mundo é amigo.*

Alles auf Anfang. Aos seus lugares, por favor, a voz anunciou.

— Você é Haller? — perguntou outra voz hesitante. Sarah levou um momento para perceber que alguém tinha falado em voz alta. Perto da porta, havia uma garota pequena e de aparência frágil. Ela usava tranças desalinhadas e tinha olhos absurdamente grandes e assustados. — Eu sou Mauser, mas todos me chamam de Mouse.

— Eu me pergunto por quê. — Sarah sorriu.

— Eu também — respondeu Mouse. A menina era tão pequenina que, se o batente estivesse vazio, chamaria mais atenção. Se houvesse um argumento menos persuasivo para o fim do conceito de *die Herrenrasse*, a raça superior, Sarah ainda não o conhecia. Ela se perguntou como alguém tão frágil tinha conseguido entrar na escola. Talvez a menina também tocasse piano.

Mouse se contorceu e continuou:

— Você está pronta para se juntar às outras?

— Espero que sim.

Sarah tinha testemunhado vigílias. Católicos em maio, com tochas, faixas e velas percorrendo as ruas ao entardecer, cantando hinos para a mãe de Cristo. Isso era a mesma coisa, mas com um novo messias.

As garotas marchavam pelos corredores em filas disciplinadas, iluminadas apenas pela luz das velas, cantando suavemente sobre a glória da pátria, a virtude de suas mulheres e seu amor por seu líder. Entraram no Grande Saguão vindas de diferentes direções e se fundiram perfeitamente, suas bandeiras e seus estandartes franjados encaixando-se na ponta da formação. Desfilaram pela grande escadaria para encontrar as garotas mais velhas que a desciam e, virando-se, formaram um coro maciço em frente aos professores perfilados junto à porta de entrada. Então, depois de uma pausa, uma voz de soprano se destacou das demais e cantou uma ária sobre uma flor alpina resistente e sobre o quanto o *Führer* a amava.

Sarah tinha sido escoltada até a parte de trás das fileiras de garotas no térreo e foi mantida fora do caminho. Ela se deu conta mais uma vez de como seria fácil abrir seu coração para tudo aquilo. Era comovente, sem dúvida alguma. Cada pequeno elemento parecia projetado para fazer um convite, *Junte-se a nós*. As manifestações nacional-socialistas estavam sempre tomadas por multidões, tochas, fogo, impressionantes estandartes bordados. Nos cantos mais escuros, escondidos da luz do fogo, mais um convertido podia passar despercebido da multidão. Mas se fosse lá para a frente, sempre havia mãos dispostas a aplaudi-lo enquanto você queimava livros, chutava padeiros e quebrava vitrines de lojas.

Às vezes, Sarah entrava sem pagar em um cinema a muitos, muitos quilômetros de casa. A caminhada acabava com os pés, mas ainda que os cinemas não fossem oficialmente proibidos aos judeus até bem mais tarde, era mais seguro frequentar um lugar onde não seria reconhecida. Além disso, não tinha dinheiro. Lá, sempre foi recompensada com anonimato e uma porta fácil de abrir. Podia se esgueirar e se largar nos assentos de veludo surrados do canto, bem longe da vista dos porteiros curiosos. Quando estava com onze anos, entrou escondida em um filme de propaganda nazista, *Triunfo da vontade* ou alguma coisa assim, e ficou extasiada com tudo o que viu. Era lindo, como um longo espetáculo de dança, mais bem coreografado do que qualquer musical americano que Sarah já tivesse visto. O filme parecia emanar luz, um sol dourado vindo de uma infância esquecida e mais feliz, um deus descendo das nuvens, trazendo alegria e inspiração. Mais do que isso, parecia elogio ao nacional-socialismo. A ordem, a graça, a imponência. Quem não gostaria de fazer parte de uma coisa dessas?

— De onde você é, amigo? — perguntaram os garotos de rostos jovens uniformizados, antes que os outros respondessem, um a um, uma longa lista de cidades e vilarejos alemães. *Todo mundo* estava lá. Sarah ficou tão enredada com tudo aquilo por duas horas, que chegou a se esquecer de que eram exatamente as mesmas pessoas que jogavam pedras em suas janelas e batiam nela na rua. Vincular essa bela dança de orgulho e celebração ao ódio, à dor e à humilhação que eles provocavam parecia impossível. Ela devia ter entendido aquilo errado, de alguma forma. Levou a maior parte da caminhada até sua casa para que o feitiço fosse quebrado. As bolhas nos pés e a sede a fizeram se lembrar do motivo de ser obrigada a caminhar vinte quilômetros para encontrar um cinema no qual pudesse entrar sorrateiramente.

A cantoria foi interrompida, e um dos professores se adiantou para falar. Sua voz era monótona, então Sarah rapidamente perdeu o interesse.

— Um futuro brilhante... uma herança gloriosa... agressão polonesa... inimigos do Reich de fora e de dentro... tomar o lugar que lhe pertence... a Corrida do Rio anual, um exemplo de sua força e comprometimento...

Ela examinou a multidão em busca de Elsa Schäfer. Entre as fileiras de alunas aparentemente idênticas, imaculadas em seus uniformes da *Jungmädel* e da BDM, parecia uma tarefa quase impossível, até que seus olhos foram atraídos para uma garota alta do último ano, perto do topo da escadaria.

O cabelo ondulado da garota era dourado e estava preso em duas tranças, e seu rosto parecia iluminado, fresco e acolhedor, pálido como alabastro, com impressionantes olhos cinzentos. Seus braços eram musculosos; e os quadris, largos. Ela era uma propaganda ambulante do Terceiro Reich. Em volta dela, um grupo de moças saído diretamente das páginas de *Das deutsche Mädel*. Elas tinham traços marcantes, eram atléticas, e os uniformes denunciavam suas posições no topo da BDM. Ainda assim, estava bem claro quem era a líder.

Atrás dessa garota, estava Elsa. Tinha quinze anos como Sarah, mas era cerca de dez centímetros mais alta – o tipo de crescimento e maturidade que só podia ser resultado de uma boa dieta ou comida suficiente de qualquer tipo. Seu cabelo era grosso e brilhante de uma forma que o cabelo de Sarah poderia ser quando ela tivesse tempo para cuidar dele. Tinha olhos bem abertos e amigáveis, com um toque ácido que se escondia em meio a sua vitalidade.

Então Sarah sentiu que estava sendo observada. A líder a encarava com intensidade em seu olhar. Sarah tentou romper o contato visual, mas descobriu que não podia. Depois de um momento desconfortável e prolongado, a garota desviou o olhar, mas apenas para cutucar uma das outras e apontar para Sarah.

Sarah sabia que isso não era bom. Ela podia identificar uma gangue em formação, cheia de ideias perigosas, e sabia que não haveria como evitar. Essa líder revelaria ser quem cuidava da porta de entrada do grupo e não poderia haver nenhuma aproximação de Elsa sem que ela permitisse.

Sarah disse a si mesma para procurar outro lugar.

As professoras eram uma coleção de ternos mal-ajambrados e cabelos presos em coques tão apertados que elas deviam ter dores de cabeça constantes. *Herr* Bauer estava acomodado em um assento enorme na parte de trás. Pairando ao seu lado, estava o vulto esquelético de Klaus, com seu uniforme marrom, que permitia a ele misturar-se com as sombras.

Sarah se inclinou na direção de sua acompanhante.

— Mouse, quem é aquele usando uniforme? Ele é um professor?

Mouse olhou rapidamente para a esquerda e para a direita.

— É *Sturmbannführer* Klaus Foch. Ele não é um professor, ele meio que está sempre *por aí*. Ele é responsável pela pureza política de nossos pensamentos, você sabe. Ele não faz muito...

— Não é um professor de música, então?

Mouse ergueu as sobrancelhas.

— Oh, oh... sim, ele gosta do piano. Ele gosta de música. Ou melhor, ele gosta das garotas que tocam.

— Silêncio — sussurrou uma das garotas mais velhas logo abaixo na fila. Mouse se calou e baixou a cabeça, mas continuava lançando olhares para Sarah, balançando levemente o corpo sobre os calcanhares. Depois de um momento, ela se inclinou novamente.

— Parece que era muito importante no *Sturmabteilung*,[9] você sabe, a SA, era amigo de Röhm e tudo mais. De alguma forma, Foch sobreviveu à Purificação do Sangue quando o *Führer* executou todo mundo na SA, mas dizem que o velho esqueleto nunca mais foi o mesmo desde então. Ele é um pouco, você sabe, *estranho*...

Desta vez, a menina mais velha se aproximou, agarrou a trança de Mouse e a puxou.

— Eu disse para fazer silêncio — disse ela, puxando o cabelo de Mouse mais uma vez antes de liberá-la. Sarah continuou olhando para a frente e observou o que estava acontecendo pelo canto do olho. Contou trinta segundos antes de olhar para Mouse de novo. Uma única lágrima escorria pelo rosto dela. Uma onda de fúria fez doer as têmporas de Sarah, então ela fechou os olhos com força.

---

9. Milícia política do Partido Nazista, também conhecida como SA ou "Seções de Assalto". (N.T.)

Não havia nenhuma menção a intimidar garotinhas naquele filme da manifestação, mas Sarah sabia que, em cantos obscuros e fora de vista, o cabelo de alguém estava sendo puxado, assim como janelas eram quebradas e inocentes eram arrastados para algum campo para serem reeducados.

Escolha suas batalhas, Sarah. Trata-se da sobrevivência do mais apto.

Como se tivesse aberto a porta para a rua em uma noite de inverno, Sarah sentiu frio. Percebeu que sua transformação na pequena monstra já havia começado.

O professor terminou de criticar os planos dos poloneses e dos eslavos para oprimir os povos de língua alemã da Europa e agora prometia, com pesar, uma reação rápida e decisiva. Sua voz ficou mais alta então, mas não menos tediosa.

— Vocês devem crer na Alemanha com firmeza, clareza e verdade, como creem no Sol, na Lua e na luz das estrelas. Devem crer na Alemanha como se a Alemanha fosse cada uma de vocês. Com a crença, sua alma alcança a eternidade. Vocês devem crer na Alemanha, como creem na morte. E vocês devem lutar pela Alemanha até que o novo amanhecer chegue.

Nesse ponto culminante, as meninas saudaram e gritaram o nome do *Führer* várias vezes. Começou como um canto unificado, mas as palavras e as frases feitas se dissolveram num uivo histérico e excitado. Sorrisos fixos, olhos arregalados, rostos corados.

Cada vez que Sarah se juntava aos gritos, era como se um pedaço dela morresse. *Estúpida, monstra, estúpida, monstra*, repetiu para si mesma. Sentia-se cada vez mais suja e repulsiva.

Por fim, a cerimônia acabou e as fileiras de garotas se transformaram em grupos sussurrantes. As luzes piscaram e foram acesas, fazendo tudo parecer menor e mais inocente.

Sarah procurou por Elsa Schäfer, mas, na confusão, ela parecia ter desaparecido. Não haveria nenhuma vitória rápida na primeira noite. Vista dessa forma, a dimensão do desafio parecia menor, assim como o perigo. Quanto tempo antes que alguém se virasse e apontasse para a judia suja entre eles? Sarah estava prestes a perguntar a Mouse o que deveriam fazer a seguir, quando uma voz se fez ouvir acima do burburinho.

— Você, garota nova! Você não sabe as músicas.

A voz da garota tinha autoridade: um sotaque de Berlim que denunciava a existência de uma casa cara com empregados. Sarah percebeu que Mouse se encolheu diante da garota alta, a líder, que se dirigiu a ela.

Ela estava cercada por seu séquito de membros de alta patente do BDM e, quase imperceptivelmente, elas cercaram Sarah, que recebera o suficiente daquele tipo de atenção nas ruas de Berlim e Viena para saber para onde aquilo levaria, mas reprimiu seu impulso de fugir.

Monstrinha entra pela esquerda do palco e para. Não tem nada a temer.

— Sinto muito — disse ela, inclinando a cabeça e arregalando os olhos. Seu coração se agitou no peito, então ela expirou devagar e silenciosamente pelo nariz.

— Como você usa esse uniforme se não conhece nossas músicas? — A garota sorriu.

— Ah, bem, isso é um pouco embaraçoso. Viajei muito com meus pais e não tive tanto tempo para as atividades da *Jungmädel*. Meu tio espera que eu aprimore minha educação aqui. — Ela estava prestes a acrescentar "O que tenho certeza que vai acontecer!", com animação, mas se conteve.

— Onde você viveu? — perguntou a garota, com curiosidade.

— Espanha, principalmente. Meu pai era membro da Legião Condor.

— Ah, entendo. Bombardeando os republicanos até virarem pó, espero. — Mais sorrisos. — Qual é o seu nome?

— Haller, Ursula Haller. — *Isso está indo muito bem*, ela pensou. Mas ainda não tinha acabado.

— Bem, Haller. — Sorriso. — Você virá me ver amanhã à noite e vai cantar cada música que cantamos hoje à noite. Para cada falha, para cada palavra que você errar, Rahn vai puxar uma mecha de seu cabelo. — Sorriso. — Isso *vai* aprimorar sua educação, não vai? — Olhos arregalados cheios de inocência, consentimento, satisfação.

Sarah olhou para Rahn, uma montanha em forma de garota, cujos braços ameaçavam romper o tecido da camisa. A líder ainda estava sorrindo, sem nenhum traço de raiva ou ódio, enquanto as outras faziam o mesmo. Ela fez um gesto com a cabeça para Sarah e se afastou, dizendo:

— Vamos marcar nosso encontro no fim da tarde? Sim, vamos.

Agora, todo mundo estava olhando para Sarah. Seus lábios estavam secos. Ela estava corando? O pescoço parecia quente. A dimensão de sua derrota foi arrasadora, assim como a velocidade. *Cale a boca, dumme Schlampe, você parece um peixe.*

— Von Scharnhorst. Ela é a *Schulsprecherin*, a monitora-chefe. — Mouse reapareceu, movendo-se pé ante pé. — Só cantamos quatro músicas esta noite... ou foram cinco? Não tenho certeza. A Rainha de Gelo vai facilitar as coisas para você.

— Ainda assim, são muitos puxões de cabelo — resmungou Sarah.

DEZ

— Eu sabia. Eu sabia que você ia arrumar problemas. — Liebrich andava de um lado para o outro ao pé da cama de Sarah, quase rosnando. — A última coisa de que nós precisamos é chamar a atenção de Von Scharnhorst para este dormitório. Que diabos, Haller.

Sarah estava sentada na cama, as pernas cruzadas, várias páginas manuscritas espalhadas em uma confusão à sua frente. Ela relia as linhas de novo e de novo. "A bandeira" era fácil — ela conhecia a melodia —, mas havia duas que nunca tinha ouvido. Sem uma melodia para apoiar as palavras, elas escapavam com facilidade, folhas de outono flutuando para longe de seus galhos.

— Você não está ajudando — murmurou Sarah.

— Não entendo, em que caverna você esteve escondida para não conhecer essas canções?

— Sim, foi isso, eu estive em uma caverna. Não na Espanha, em uma caverna. Meu melhor amigo era uma minhoca.

— Não se faça de esperta, Haller.

— Bem, nós não podemos todas ser como você, não é?

Liebrich pensou naquela frase por um momento. Duas das outras garotas, atrás dela, preparando-se para deitar, abafaram o riso. Liebrich cerrou os punhos, os braços colados ao corpo.

— Se você não fizer *die Eiskönigin*, a Rainha de Gelo, feliz amanhã, pode se preparar para outra sessão de arrancar cabelos depois, bem aqui.

— Aguardarei ansiosa. Traga um chapéu.

Sarah não ergueu os olhos. Não se importava mais com Liebrich. Tinha peixes maiores para pegar.

— Apagando as luzes em três — alguém gritou, e as meninas se apressaram para suas camas. Sarah se deitou e tentou se enrolar no lençol. Liebrich tinha mentido. Não chegava nem perto de ser quente o bastante.

Sarah corria temerariamente ruela abaixo. Tinha arranhado o rosto, podia sentir o sangue escorrendo do queixo.

— JUDIA! — gritou uma voz atrás dela.

— JU-DIA — entoaram outras vozes, mais distantes.

Deu uma olhada para trás, para ver o quão longe estavam dela, e nem viu os três garotos da *Hitlerjugend*, a Juventude Hitlerista, até quase se chocar com eles. O mais alto, um garoto de uns quinze anos, agarrou-a pelos pulsos, obrigando-a a parar.

— Olhem, é uma pequena judia dourada. — Ele a lançou contra o muro e limpou as mãos nas calças. O tijolo áspero machucou as costas dela através do algodão fino.

— Agora, as suas mãos estão sujas, Bernt — disse um dos outros meninos, apoiando-se no muro. Eles tinham quase o dobro do tamanho dela, grandes demais para derrotar em uma luta, mas jovens o suficiente para alcançá-la se ela tentasse fugir. Ela tentou controlar a respiração, mas aquele momento foi demais e ela terminou ofegante como um cão.

— Eles não deviam estar emporcalhando a vizinhança — resmungou o outro, bloqueando a fuga de Sarah pelo outro lado e bufando.

— Sim, devíamos fazê-los limpar. Você não acha, Martin?

Martin se inclinou e cuspiu na cara de Sarah. A saliva quente atingiu sua bochecha, respingando no olho antes de parar em sua orelha. Ela esperou que escorresse, os olhos esbugalhados. Sabia que não podia olhar nos olhos deles neste momento. Sua única defesa era eles se cansarem. *Eu não sou nada, nem vale a pena se preocupar comigo. Vão embora.*

— E o que uma judia quer com um cabelo assim, afinal? Ah? — O líder segurou um dos cachos de Sarah e o esticou devagar. Isso era novidade, e ela não sabia direito como se comportar. Vendo sua confusão, ele puxou com força e arrancou o cabelo da cabeça dela. Ela nem querer gritou e sentiu as lágrimas se aproximando.

Não ouse chorar, dumme Schlampe. Mesmo que eles arranquem todo o seu cabelo, você não pode fraquejar.

Meu lindo, lindo cabelo.

Sua putinha vaidosa. Você nem devia ter cabelos dessa cor.

Os meninos riram e estenderam os braços na direção de sua cabeça.

— É isso que a raça superior faz agora? Assediar garotinhas? — A voz os fez vacilar e se virar. — Isso faz vocês se sentirem grandes e importantes?

O açougueiro era imenso. Alto, ombros largos, os braços musculosos se encaixando na cabeça careca sem deixar espaço para um pescoço. A frente de seu avental branco estava ensopada de vermelho, as manchas molhadas ainda brilhando. Em sua mão, havia um *chalef*, um longo cutelo, o corte cintilante.

No silêncio, uma esfera de sangue se formou na ponta da lâmina e se espatifou no cascalho.

— Vá embora, velho. Isso é assunto do Reich — disse Bernt, mas sua voz tremia.

— Assunto do Reich? Crianças ameaçando outras crianças? — Ele trocou o cutelo para a mão direita. O sangue fez uma trilha no chão. — Vocês têm até eu contar cinco para desaparecerem. Um.

Os garotos se entreolharam.

Bernt deu um passo à frente.

— Nós não recebemos ordens de um judeu.

— Dois.

— Você recebe ordens de nós. — Atrás dele, Martin deu passo para a direita.

— Três.

O terceiro garoto olhou para Martin. Martin deu de ombros.

— Bernt — sussurrou Martin.

— Cale a boca — disse Bernt, mas Martin se afastou um pouco mais.

— Quatro. — O açougueiro deu um passo à frente, e o terceiro garoto saiu correndo. Bernt deu um passo atrás involuntariamente, e Martin correu.

— Isso não acabou, Israel...

— Cinco.

Bernt saiu correndo. Ele parou cerca de dez metros dali e gritou:

— Nem para você. Nem para sua putinha.

O açougueiro virou-se lentamente para o menino, mas ele já tinha desaparecido.

Ele respirou fundo e balançou a cabeça. Inclinou-se e tirou o casaco. Com cuidado, colocou o cutelo sobre as dobras da blusa e o cobriu com uma das mangas. Sarah tremia. Ele estendeu um braço, mas ela recuou.

— Ei, ei, está tudo bem, está tudo bem — disse ele em uma voz sussurrada, tirando um lenço ensanguentado do bolso. Ele esticou o braço e afastou o cabelo molhado do rosto dela. — Não se preocupe. Eu não arriscaria minha faca naqueles marginais. Ela é preciosa demais. — Com ternura, limpou o cuspe do rosto dela com o pano que cheirava a carne. — Quando faço isso com meu filho, em geral cuspo no pano, sabia? — riu ele, divertido.

— Aqueles garotos... — murmurou Sarah.

— Eles se foram. Acabou — disse o açougueiro.

— Não acabou — retrucou ela. — Eles vão voltar, e vai ter mais deles, e a SA e... você não está assustado? — Os olhos do açougueiro eram pequenas nozes marrons em um pudim gigante e seboso. Ele não estava assustado.

— Rapunzel, já tivemos pogroms antes, vamos ver pequenos *Arschlöcher*[10] atirando pedras na janela do quarto de meu filho nos próximos anos. Nada muda. E, ainda assim, nós sobrevivemos. Eu não posso ficar com medo quando há uma tempestade. Chove. Para. Vai chover de novo. Você tem medo da chuva? — perguntou ele, com uma seriedade fingida.

— Não.

— Dos trovões ou dos relâmpagos?

— Não — riu Sarah, um riso inesperado como um soluço. Como um raio de sol atravessando as nuvens.

— Viu? Agora é melhor você ir para casa.

O céu escureceu, e o ar esfriou. Ela olhou para o açougueiro. O sorriso dele tinha desaparecido, e os olhos estavam embaçados. O lado direito de seu rosto se intumesceu, a pele se encheu de marcas e bolhas até explodir em sangue escuro. O tumor se espalhou para o branco dos olhos, que ficaram vermelhos, quase negros. O nariz cresceu e se

---

10. "Babacas" ou "imbecis", em alemão. (N.T.)

entortou para a direita, os lábios incharam enquanto cuspiam dentes quebrados. No céu era noite, e o mundo estava iluminado por fogo e gritos. Quando o açougueiro caiu de joelhos, Sarah notou que o chão estava coberto de vidro quebrado, brilhando como um milhão de estrelas, enquanto botas esmagavam os cacos. Pendurada no pescoço do açougueiro, havia uma placa recortada com uma estrela de davi deformada, e a corda apertava seu pescoço. Ele abriu a boca e se inclinou para ela. Sangue e vômito jorraram sobre a tinta amarela.

O sangue escorreu pelo rosto dela, seu cabelo coberto de vômito.

Sarah queria gritar, mas não podia; sua pulsação martelava em seus ouvidos, como se sua cabeça estivesse prestes a explodir. Ela precisava gritar, precisava afugentar tudo isso com a força de sua voz, mas nada saía. Respirou fundo, abriu a boca. Nenhum som saiu dali.

— Haller... — Pequenas mãos a tocavam. Sarah as espantou e tentou se virar para o outro lado. — Haller! Shsss...

Sarah viu o rosto de Mouse, inconfundível à luz do luar.

— Você estava tendo um pesadelo.

Ela parou de lutar. Estava coberta de suor, e os lençóis estavam ensopados. Os imensos olhos de Mouse piscaram, curiosos.

— Não eram os cães. — riu Sarah, desconsolada, esfregando os olhos.

— Você gosta de cães? Eu adoro. Eles são gentis. Talvez um pouco fedorentos. — falou Mouse. — Com o que você estava sonhando?

— Eu estava sonhando com a *Kristall*... — Sarah gelou.

Lutou para conseguir pensar direito, despertando de vez. O que ela poderia saber sobre aquela noite, sendo uma delas? Como poderia chamá-la? Não de *Novemberpogrome*... Não, ela sabia. *Kristallnacht*. Que nome lindo eles deram para algo tão horrível. Sarah balançou a cabeça e resmungou algo incoerente.

— Foi meio assustador, né? Toda aquela gritaria... — Mouse fez uma pausa. — Você não estava na Espanha?

Dumme Schlampe.

— Eu não estava presente... Foi só um sonho... Eu via todos os judeus fugindo. E ninguém me ouvia. É bobagem...

— Não, teria sido horrível. — Mouse assentia enquanto falava e pareceu se convencer. Sarah tentou organizar os pensamentos. A mentira, as consequências, o significado... Qual seria a próxima pergunta de Ursula Haller?

— Como foi? A *Kristallnacht*, quero dizer?

— Ah, foi excitante, acho. Aquilo, sabe, os judeus sendo punidos, a vontade do povo e todas essas coisas. Mas tinha vidro por toda parte, em todas as ruas, mesmos onde não tinha nenhuma loja de judeus, e demorou séculos para limpar tudo, tinha vidro no meu cabelo e meus sapatos se estragaram todos...

— Mouse — alguém chamou na escuridão. — Cale a boca.

Mouse fez uma careta.

— Você devia ir dormir, para estar descansada para o evento de amanhã — sussurrou ela em tom de conspiração. — Como você está indo?

— Eu não conheço a melodia de metade das canções. É difícil memorizar a letra assim.

— Ah, isso é simples. Eu posso cantar para você. Deite e durma enquanto eu canto, assim você vai se lembrar. Vamos.

Sarah não conseguiu pensar em nada para dizer. Ela se deitou de costas no lençol e rolou para a beirada da cama, sentindo Mouse se deitar ao seu lado.

Sarah não queria ser tocada. Fazia muito tempo desde que alguém a tinha abraçado, deliberadamente, voluntariamente, sem ser para enganar outra pessoa ou para machucá-la. Mas Mouse não a tocou. Ela só deitou a uns dez centímetros de distância, perto demais para ser confortável, mas longe o bastante para não ser desagradável. Uma voz graciosa nasceu na escuridão, meio sussurrando, meio cantando, como um gramofone quebrado.

Nós marchamos solidárias, sob nossa bandeira brilhante, todas juntas.
Lá nos encontramos como um só povo. Ninguém anda sozinho.
Agora, ninguém anda sozinho.
Todas juntas, somos leais a Deus, ao Führer e ao sangue...

Sarah começou a adormecer, a mergulhar na névoa do porto ao entardecer e nos latidos distantes dos cães.

Nós seremos como uma só, todas juntas: Alemanha, você
 permanecerá iluminada.
Nós veremos sua honra sob sua luz brilhante.

— Mouse — disse uma voz irritada na escuridão. — Cale. A. Sua. Boca.

ONZE

A comida em Rothenstadt era fria e repugnante. Aquilo tinha sido frito, mas fazia muito tempo. Como a maioria das coisas no Terceiro Reich, o verniz de excelência da escola era uma farsa. Mas, mesmo sabendo disso, a qualidade chocou Sarah. Aquelas semanas comendo os restos da deliciosa e cara comida do Capitão tinham amolecido Sarah. Ela tratou de pegar aquele enorme desejo vazio por torta de maçã e escondê-lo bem no fundo de sua caixinha. Já tinha, como lembrou a si mesma, comido coisas muito piores, e pelo menos aquelas refeições vinham em um prato sujo em vez de uma lata de lixo.

As aulas eram fáceis. Sarah tinha ficado preocupada com estar atrasada em aritmética e álgebra em relação às outras garotas, matérias que nunca entendera com facilidade, mesmo antes de perder seus tutores. Mas não havia ali grandes contas a fazer, ou aulas de ciência, ou muito de qualquer coisa que Sarah teria reconhecido como um dia normal de escola. As palavras de ordem pareciam ser *Kinder, Küche, Kirche* – crianças, cozinha, igreja –, sendo que a verdadeira religião era o nacional-socialismo. Havia aulas de limpeza, de cuidados infantis e, ironicamente, de culinária. Sarah estava à altura da maioria das tarefas domésticas. Ela praticamente administrara sua casa sozinha nos últimos anos, com rações e suprimentos cada vez mais escassos.

O resto parecia uma paródia de educação. Havia exercícios que soavam como questões de matemática, mas que na verdade eram uma ladainha sobre o quanto os judeus roubaram da pátria. Nas aulas de geografia, as alunas aprendiam sobre o desrespeito sofrido pelos alemães na Polônia. As aulas de história eram todas sobre o *Volk* – o povo – e suas conquistas. As respostas não eram importantes, a mensagem era tudo.

Qualquer falha, qualquer resposta imprecisa, qualquer trabalho que não correspondesse aos padrões vagos e frustrantes da escola faziam com que a aluna fosse castigada, levando golpes na palma da mão com uma régua. Alguns professores ministravam essa punição de maneira superficial. Sarah via garotas que nem sequer estremeciam quando a madeira atingia a pele. Outros professores levavam a responsabilidade muito mais a sério. Uma delas era *Fräulein* Langefeld.

Fräulein Langefeld carregava, ou melhor, empunhava uma vara grossa de um metro de comprimento, com a qual batia impacientemente no tablado no fundo da sala de aula. Sua voz seguia o ritmo *staccato* das batidas, cada palavra uma arma, o rosto paralisado em uma eterna careta de puro desgosto. Sua régua era usada com muita força, com muita frequência, a língua presa entre os dentes.

O principal alvo de seu descontentamento borbulhante parecia ser Mouse. Quanto maior a força com que Langefeld batia nela, mais Mouse gaguejava. Quanto mais alto era erguida a régua, mais profundo o medo naqueles olhos redondos. Sarah começou a se virar para não testemunhar aquilo.

Estúpida. Monstra.

Sarah teria preferido se mover nas sombras. Era bem melhor passar despercebida, vigiar sem ser vigiada. Mas, ao longo daquele primeiro dia, percebeu que isso era impossível. A história se espalhou. Von Scharnhorst dera a Sarah uma tarefa impossível, e sua maluca de estimação, Rahn, ia tirar seu escalpo. Sarah percebeu os olhares, os cutucões e os sussurros. *Die Eiskönigin*, a Rainha de Gelo, tinha um novo alvo. As meninas sentiam pena dela, mas ficaram aliviadas. Enquanto Haller fosse o alvo, elas estariam livres. *Estúpidas. Monstras.*

Sarah empurrou as pesadas portas duplas que levavam para a sala de música da forma mais cuidadosa que pôde. O cômodo pequeno estava vazio e cheirava a mofo. Contra a parede oposta, uma pilha de livros de música formava uma torre irregular. Todas as cópias de *We Girls Sing!* estavam amareladas e meio rasgadas, remendadas com fita adesiva, mas, para seu grande alívio, Mouse estava certa. O livro tinha todas as letras e melodias que ela precisava aprender.

O piano era de péssima qualidade e estava empoeirado. Era evidente que os padrões de excelência de *Herr* Bauer não se estendiam além de seu escritório. Na verdade, tudo o que Sarah tinha visto até então sugeria que a escola era uma maçã podre, brilhante e perfeita na superfície, mas contorcida pela decomposição por dentro.

Sarah tocou uma tecla. O revestimento de marfim de uma das teclas Dó estava preso pela mesma fita adesiva, o que a tornava pegajosa ao toque. Ela se acomodou no banquinho e tocou uma escala nas oitavas. Os martelos bateram com estrondo sob a tampa, e as cordas revelaram-se minuciosamente desafinadas. Sarah grunhiu e começou a praticar a partir do livro de música.

As melodias eram triunfantes, até alegres. Algumas eram velhas canções folclóricas germânicas que Sarah podia reconhecer com facilidade, visões românticas de propósito comum. Parte delas, Sarah ouvira nas manifestações da Juventude Hitlerista – estas eram mais turbulentas, mais marciais, cheias de maldade e sangue. As mulheres eram mais generosas, dóceis, sofredoras, mas de algum modo também deveriam ser fortes, unidas e orgulhosas. Vá para o Leste, busque vingança, liberte o povo alemão... Nosso povo às armas!

Era mesmerizante, quase hipnótico, seguir as notas passando pela pauta. A voz dela começou baixa, mas o volume foi aumentando. Subiu e desceu, absorvendo as palavras, aprendendo onde deveriam ficar para usá-las mais tarde: "A Alemanha desperta e finda com o...".

Sarah parou. Aquilo era errado. Ela sabia disso. Tinha ouvido aquelas canções cantaroladas incessantemente por garotos com pedras na mão e cuspe na boca. "A Alemanha desperta e morte aos judeus", era assim que a música continuava. No entanto, aqui dizia "e finda com o sofrimento". O sofrimento de quem? Dos judeus'? Não dos *goyim*?[11] E como eles sofreram? Sarah ficou irritada. Por que a letra tinha sido mudada? As meninas deveriam ignorar o pogrom? Elas não sabiam a respeito? *Claro que sabiam*. Não era possível não saber.

Não era?

— "... e finda com o sofrimento" é o próximo verso.

Sarah congelou quando o cheiro de laranjas a envolveu. Leu a mentira na página e, contra a sua vontade, sua irritação extravasou.

---

11. Não judeus. (N.T.)

— É "morte aos judeus". Por que está diferente aqui? — retrucou Sarah. — Vocês têm... Nós temos vergonha disso? — *Cale a boca, cale a boca, cale a boca, dumme Schlampe.*

Atrás dela, Sarah ouviu o *Sturmbannführer* Foch dar mais dois passos para dentro da sala. Sarah sentiu um arrepio gelado, como se tivesse saído de casa com o cabelo molhado em dezembro. Ela começou a tocar "Volk, ans Gewehr!" de novo. Pela superfície manchada da tampa aberta do piano, ela viu o oficial se aproximar.

— Não é necessário que as mulheres tomem parte dessa ação. Elas devem se ocupar de cuidar da família e deixar a remoção dos judeus da vida pública para nós. Ninguém está morrendo — disse ele, em tom reconfortante.

— Morte... — murmurou Sarah, baixando os olhos.

— Excitação da juventude — assegurou ele.

A mão dele pousou no ombro dela. Sarah tentou continuar tocando. A peça era simples, simples demais para que se concentrasse. Ela queria se afastar, empurrar a mão e se esconder em um canto.

O *Sturmbannführer* falou mais uma vez.

— Você conhece alguma peça de Beethoven, Haller?

Nada. Não havia notas em sua cabeça. *Pense em algo. Diga qualquer coisa.* Ela estava sendo patética. *Pathétique.* Sarah quase riu. A "Sonata para Piano N. 8" de Beethoven. A *Pathétique.* As notas ocuparam sua cabeça.

Ela atacou as teclas com fúria; conteve-se e então voltou à carga. A gentileza que se seguiu aliviou a tensão, a sugestão de raiva e dor. Barulho, paz, escuridão, luz.

O início dessa peça sempre foi divertido. Tinha a sensação de invocar demônios e monstros e raios antes de controlá-los com os pedais e as pontas dos dedos. Não dessa vez.

Sarah deixou as mãos correrem pelo teclado com uma alegria que não sentia e se enredou em uma canção de ninar, uma cantiga sobre nuvens carregadas de tempestade, relâmpagos e destruição. Dessa vez, suas mãos não estavam livres para explorar. Elas recuaram logo que a liberdade as chamou. Então, as notas fluíram em uma torrente de trinados e escalas, a emoção perdida no esforço técnico. Só números e as pontas dos dedos, matemática e memória.

A mão apertou seu ombro. Sarah perdeu o rumo, desabando em discórdia e erro. Ela parou, o último engano ainda ressoando sob a tampa.

— Já faz um tempo, *Sturmbannführer*.

— Tudo bem, Gretel. Da próxima vez, você toca corretamente.

— Ursula, senhor. — *Ele é um pouco, você sabe, estranho...*, dissera Mouse. Foi isso que ela quis dizer?

A mão se afastou do ombro de Sarah.

— Claro. Continue.

Ela viu seu vulto escuro encolher e desaparecer no reflexo do piano. Em algum lugar, um relógio invisível trabalhava. *Conte os segundos, espere, assuma o controle.*

O cômodo estava quase escuro. A luz vinda da janela estava se apagando e avermelhando.

Pôr do sol.

Apertando o *We Girls Sing!* junto do peito, Sarah deixou o cômodo.

A sala estava quente, sufocante. Havia fogo na lareira, e o ar quente que circulava fazia com que a flâmula pregada grosseiramente na parede acima dela ondulasse bem devagar. A janela embaçada gotejava, em uma luta para manter o frio do lado de fora ou para suportar o calor de dentro. Mas isso não era o que tornava a atmosfera tão opressiva. A atmosfera ali estava carregada de uma condescendência desconfiada e cruel, que cobria as paredes descascadas como mofo.

Sarah ficou em pé no centro do cômodo. Um fio de suor deslizou por suas costas, alcançando a cintura e continuando para baixo. Aquilo lhe deu a desconfortável sensação de que havia se molhado. *Trate de ser aprumar, dumme Schlampe. Isso não é um ensaio, é para valer: a imprensa e os convidados de honra a aguardam, as luzes se acenderam, as cortinas foram abertas.*

A Rainha de Gelo ocupava a antiga poltrona de couro como um trono, uma perna pendia preguiçosamente sobre a outra e as mãos estendiam-se ao longo dos braços, as unhas compridas arranhando o estofado de um jeito distraído. Seu cabelo escapava da trança, que contornava sua cabeça, e uma franja pairava sobre um de seus olhos azuis. As garotas mais velhas, ocultas nas sombras, sorriam e sussurravam. Sarah sabia que Elsa devia estar por ali, ao alcance da mão.

As palavras que Sarah buscava se contorciam e retorciam por sua mente, mas ela as empurrou para o lado. Viriam quando chamadas ou não. Não havia nada a ganhar agarrando-as agora como uma louca.

— Cabeça erguida, olhos fixos à frente, garota nova. Sua postura é terrível.

Sarah olhou para a flâmula da BDM. Era barata e estava esfarrapada. A águia tinha sido bordada de maneira desleixada e parecia quase ridícula, como uma galinha ferida.

— Devo começar? — perguntou Sarah, com cautela.

— Quando eu disser.

Do canto do olho, Sarah viu Rahn abandonar sua posição curvada ao lado da cadeira da Rainha de Gelo, como uma aranha doméstica que Sarah vira uma vez depois que uma mosca caiu, zumbindo, em sua teia.

Rahn passou por Sarah, perto demais para o gosto dela. Ela escutou a garota mais alta andar devagar de um lado para o outro, sobre o tapete atrás dela.

— Veja só — começou a Rainha de Gelo, com gentileza. — Você está aqui por dois motivos. Em primeiro lugar, nosso povo está destinado a grandes coisas, mas o futuro será conquistado a duras penas. Somente aqueles que podem agir sob pressão são dignos de criar a próxima geração. — A voz dela soava razoável, até amigável, mas não devia ser desafiada. — Trata-se da sobrevivência do mais apto... E nós seremos as mais aptas. Todos os outros serão deixados de lado.

Rahn passou um braço musculoso ao redor do pescoço de Sarah e começou a apertá-lo lentamente. Suor velho e sabão barato invadiram suas narinas. As pontas dos dedos ásperos corriam pelo couro cabeludo e o cabelo dela.

— A outra razão é que você tem coisas a aprender, e eu descobri que a dor é um ótimo motivador. Realmente, ela faz você se concentrar no que importa.

Quando o braço a apertou ainda mais, Sarah precisou ficar na ponta dos pés para respirar. A mão se fechou ao redor de um punhado de seu cabelo e puxou lentamente até que seu couro cabeludo começou a repuxar. Os primeiros fios de cabelo foram arrancados, sentiu uma rajada de alfinetadas por toda sua cabeça, como uma sequência de raios.

— Não exagere, Rahn — repreendeu Von Scharnhorst de maneira delicada. — Ela ainda tem um longo caminho a percorrer. Não queremos que pareça uma operária polaca, queremos?

A mão soltou a massa de cabelos, que caiu sobre a testa de Sarah, mas enrolou uma pequena mecha em torno de um dedo, e puxou. Sarah trincou os dentes quando os três primeiros fios foram arrancados, uma a um, estalando. O dedo parou de mover, e o couro cabeludo de Sarah latejava.

— Bem, você pode começar.

Sua deixa. Sarah lambeu os lábios secos e começou a cantar.

A leste, as bandeiras estão erguidas,
Pelo vento oriental são louvadas...
Então, é dado o sinal de partida,
E nosso sangue responde em nossos corações...

As palavras a alcançaram no momento certo, deram as mãos à melodia e caíram de sua boca como uma marcha militar.

A resposta vem daquele lugar,
E tem uma face alemã.
Por isso, muitos sangraram
Foi isso que aquela terra disse.

Sua voz soou mais imponente quando Sarah encontrou seu ritmo, deixando o desafio induzir seu tom.

Sob vento leste, as bandeiras vão tremular,
Para uma jornada feita para os corajosos.
Proteja-se e seja forte!
Se você viajar para o Leste, poderá sofrer muito.

O que você está cantando, monstra idiota? Sobre ir para o Leste? Quando a Alemanha for para o Leste, o que vai acontecer? E as pessoas que já estão lá?

— Concentre-se.

Sarah gaguejou no início do quarto verso, e, com um grunhido de satisfação, Rahn terminou de arrancar a mecha de cabelo. A dor veio como uma explosão de luz. Sarah reprimiu o grito, mas um gemido escapou quando Rahn aumentou a pressão e envolveu um novo cacho em volta do indicador.

Agora veja só, princesinha. Veja o que você fez.

Meu lindo cabelo!

Sua vagabundinha, pequena Hure, *vaidosa. Concentre-se.*

Mutti...

Não. Cante suas canções.

Sarah fechou os olhos. Ela terminou "No Leste as bandeiras estão erguidas" e foi direto para "Nós nos erguemos todos solidários" – bandeira, *Führer*, sangue... Mais paixão, mais volume à medida que as palavras fluíam, sem falhas, perfeitas, como os fios de uma história que ela contara por toda sua vida.

Quando Sarah começou a cantar "Uma chama", Rahn rosnou e começou a pressionar seu antebraço contra a traqueia de Sarah. A voz dela ficou áspera e rouca. Era quase indolor, como uma dor de garganta, mas, conforme a música avançava, foi ficando cada vez mais difícil de respirar. Cada respiração lhe dava menos e menos ar.

— *Cerre as fileiras* — o coração batendo mais rápido e mais forte em seu peito —, *deixe as brasas queimarem* — sem fôlego — *ninguém vai macular ou censurar* — sua canção era agora um sussurro sem palavras, a dor — *o que mora* — intensa — *em nossos corações...*

Sarah inspirou pela boca, e Rahn arrancou um punhado de cabelo das raízes.

— Rahn... — Uma advertência. De quem?

Sarah ofegou silenciosamente, abrindo a boca para continuar, mas nada saiu. As palavras ficaram fracas. A bandeira estava ficando escura.

— Rahn...

Rahn arrancou uma longa mecha loira de sua cabeça, extirpando-a com um estrondo.

— Rahn! Chega! — ordenou a Rainha de Gelo.

Rahn praguejou e relaxou o braço ao redor da garganta de Sarah, que se contorceu e foi empurrada para a frente. Conseguiu parar bem em frente à poltrona de Von Scharnhorst.

A Rainha de Gelo observou os ombros de Sarah subindo e descendo. Ela assentiu com a cabeça uma vez, os olhos e os lábios se estreitando.

— Não há nada de errado com seu cérebro — disse Von Scharnhorst, acendendo um cigarro. Ela exalou ruidosamente, e a nuvem de fumaça encobriu o rosto de Sarah. — Quantos anos você tem, Haller?

— Treze — murmurou ela. *Mentirosa, mentirosa, mentirosa.*

— Um pouco pequena para treze anos, não é? — Soou desapontada.

— Acho que sim.

— Como eu disse, você tem algumas coisas a aprender. No entanto, você me interessa. Nunca tive uma folha em branco, uma tábula rasa para trabalhar. Eu me pergunto o que podemos fazer com você. Da próxima vez, veremos do que o seu corpo é capaz, certo?

Rahn empurrou Sarah em direção à porta, enquanto se ouviram risadinhas vindas das sombras atrás dela. Ela olhou para trás e, pela primeira vez, avistou Elsa, sua expressão com um fascínio divertido à luz do fogo. Seus olhos seguiram a saída de Sarah. Com quem ela estava? Quem eram suas amigas especiais? O que ela costumava...

Rahn deu um tapa bem sonoro no rosto dela. Indo de encontro à parede, Sarah encolheu-se, cobrindo o rosto com as mãos. *Encolha a si mesma e minimize o dano.*

— Rahn! Chega! — ordenou a Rainha de Gelo.

De pé, junto de Sarah, Rahn limpou um pouco de saliva do canto da boca.

— Você vai falhar, garotinha idiota. Então, eu vou quebrar você.

O dormitório tentava parecer ocupado, mas todas esperavam que Sarah voltasse. Quando ela abriu a porta, Liebrich estava bloqueando o caminho que levava para a cama.

— Você ainda tem algum cabelo. Excelente. — O sarcasmo estava claro em sua voz. Sarah continuou andando até que estivessem cara a cara. Ao erguer os olhos, Liebrich de repente se assustou, olhos arregalados, boca aberta. Sarah deu outro passo, tirando proveito dessa vantagem.

— Fique bem longe de mim, Liebrich — rosnou Sarah, quase inaudível. — Você entendeu?

Liebrich assentiu, parecendo desconfortável.

Sarah passou por ela e sentou na cama, de frente para a parede. Estava cansada, cansada demais para se despir.

— Haller? — perguntou uma voz fraquinha.

— Olá, Mouse — sussurrou Sarah.

— Oh, você quase não perdeu cabelo, isso é bom, quando nós limparmos sua cabeça e o sangue sumir, vamos trançar seu cabelo e... — Mouse parou de falar quando Sarah levantou a cabeça.

— O que foi?

— Seus olhos, Haller, ah, seus olhos... — ofegou Mouse.

— Você tem um espelho, Mouse?

O pequeno vulto se afastou e voltou alguns segundos depois segurando um velho estojo de tartaruga. Sarah abriu a tampa.

O branco dos olhos dela não estava mais branco. Estava de um tom vermelho, profundo e escuro.

Como era mesmo a canção da BDM? *O sangue responde ao chamado.*

O quarto inteiro estava olhando para ela, admiração, simpatia e medo em seus rostos.

DOZE

Eles a mandaram para a enfermaria, aparentemente para verificar se estava bem, mas no fundo porque ela estava deixando as outras alunas nervosas. Os professores e os funcionários claramente decidiram ignorar o que quer que tivesse acontecido. Talvez assim fosse melhor ou teriam de lidar com aquilo, admitir que algo desagradável tinha se passado. Talvez eles soubessem e não se importassem. Não parecia ter relevância.

Até para Sarah, que nunca frequentara a escola, as prioridades ali pareciam distorcidas. A disciplina era violenta, mas a educação era quase irrelevante. As meninas mais velhas aparentemente podiam conduzir as coisas como quisessem. O Capitão uma vez tinha dito que todo o Terceiro Reich era desse jeito, não tinha uma estrutura ou organização reais, só medo e inveja, controle e incompetência. Se isso fosse verdade, talvez ele pudesse ser derrotado. Ainda assim a escola funcionava, resistia.

Mas a cama estava quente, e os lençóis estavam limpos, então Sarah dormiu. E pela maior parte da noite, os cães não apareceram.

Uma enfermeira atarracada e de meia-idade trouxe suas refeições, ou melhor, jogou a bandeja na frente dela, com um barulho surdo. Ela tirou a temperatura de Sarah enfiando o termômetro em sua boca com tal veemência que machucou a língua, mas não disse nada. Na verdade, a mulher nem sequer olhou para a cara dela, exceto uma vez. O olhar sob aquela franja severa estava cheio de tal horror que Sarah foi obrigada a desviar os olhos. Não tinha ideia do que tinha feito para causar uma reação tão impiedosa.

Ela recebeu duas visitas.

Mouse veio conversar. A comida. As aulas. A corrida. Cães e gatinhos. *Não me visite. Não fale comigo*, gemia Sarah silenciosamente. *Não se identifique comigo. Me. Deixe. Em. Paz.*

Mas, em vez de falar, Sarah sentou e assentiu, sussurrou e deu de ombros... Ela via a luz nos olhos de Mouse como uma réstia de sol através de uma janela fechada. Ela mal conseguia lembrar da última vez em que tinha sido o motivo do brilho nos olhos de um outro ser humano. *Alguma vez* isso tinha acontecido? Apesar de ser estranho e claustrofóbico, depois de passar tanto tempo sozinha, era também aconchegante, como chocolate quente em um dia gelado. Sarah queria mais.

Mouse continuou, enquanto prendia o cabelo de Sarah com uma presilha.

— Sabe o que estão dizendo? Que a Haller foi mandada para a Rainha de Gelo e passou nos testes, mas Rahn machucou você mesmo assim, você fez seus olhos sangrarem de propósito, e que ela então se assustou e parou! Imagina! Que história louca. Mas acho que elas querem acreditar nisso.

— Mandada para a Rainha de Gelo? — Sarah se sentiu como se fizesse parte de uma história mais comprida, que desconhecia. — Você fala como se isso já tivesse acontecido.

— Ah, sim, quer dizer, normalmente uma garota é escolhida para... ser testada.

— E o que acontece com elas? — perguntou Sarah, sentindo-se cada vez mais desconfortável. — O que aconteceu com a última?

A expressão de Mouse escureceu, e ela abaixou a cabeça.

— Algumas se juntam a Von Scharnhorst como Líderes da Juventude. Elas recebem comida melhor e praticamente não precisam mais assistir às aulas. Teve a Kohlmeyer e a...

— O que aconteceu com a última garota testada? — interrompeu Sarah, tocando o braço de Mouse. Estava gelado.

— Ela... elas não... a consideraram... forte o suficiente. Às vezes, acontece um acidente... Às vezes... — a voz de Mouse foi sumindo.

Nada estava indo de acordo como plano.

Que plano? Manter a cabeça baixa? Ficar calada? Esconder-se nas sombras?

Não, é assim que você encerra sua apresentação, executando o programa até o fim. Você sabe onde é a borda. E você sabe o que é a borda, então isso não pode ferir você.

Termine o movimento. Continue. Não pare.

O segundo visitante deixou a partitura de uma música de Beethoven em seu colo enquanto ela dormia.

Sarah não dormiu mais enquanto esteve na enfermaria.

A janela estava entreaberta, como antes. Lá de dentro vinha um cheiro de sangue. Sarah se agachou sob a abertura e deu uma olhada em volta para a rua. Ninguém.

Estendeu o braço e pôs as mãos no peitoril. Estava molhado de sangue. Lutando contra a sensação de enjoo, segurou firme na madeira e tomou impulso. Quando os olhos chegaram ao nível da janela, ela parou pendurada a alguns centímetros do chão. Não havia ninguém ali, mas o quarto não estava vazio. Perfeito.

Abriu a janela com o ombro. As dobradiças chiaram, e Sarah congelou no lugar. Nada. Um grito, uma carroça, um motor, só os sons distantes da cidade. Ela puxou seu corpo para cima, balançando as pernas entre os braços, como já tinha feito mil vezes nas barras, tomando cuidado para não tocar a moldura. Sarah pulou para dentro, caindo de pé sobre o chão engordurado e escorregando até bater na mesa. Mal conseguindo manter o equilíbrio, parou novamente para ouvir. Nenhum som, nenhum movimento na porta.

Sarah olhou para a mesa e sentiu o estômago revirar. *Ah, cresça, dumme Schlampe.* Suas mãos, quando tirou o saco do bolso do casaco, já estavam vermelhas e molhadas. Ignorando a saliva que se juntava em sua garganta, ela começou a enfiar as entranhas gordurosas brancas, marrons e vermelhas na sacola improvisada.

— Eu não posso deixar você levar isso, Rapunzel.

Sarah hesitou por um instante, mas então continuou a juntar a carne.

— Nós estamos famintas. Eu estou faminta.

— Você não pode pegar isso.

Sarah parou e encarou o açougueiro. Tirou um fio de cabelo da frente dos olhos, deixando uma trilha vermelha na bochecha. Seu queixo começou a tremer. *Maldição.*

— Nós. Não. Temos. Comida. Não temos dinheiro. Estamos morrendo de fome. — O sangue respingou sobre suas meias imundas e seus sapatos gastos.

— Bem, você poderia até levar isso, mas não posso deixar você comer. — O açougueiro cruzou os braços, a lâmina descansando sobre seu vasto peito e sobre o ombro.

— O quê? — exclamou Sarah, a confusão se sobrepondo à fome.

— É *tref*.¹² Nervo ciático, veias, tendões, quartos traseiros impuros... Eu não posso deixar você comer isso.

— Não é *kosher*? — disse Sarah, rindo, sem acreditar no que ouvia.

— É mesmo? Você acha que eu dou a mínima se é carne impura?

O açougueiro olhou para o chão e suspirou.

— Não, mas eu dou.

— Então, você simplesmente joga tudo fora? — Sarah jogou o saco na mesa.

— Nós vendíamos para os *goyim*. Agora, somos proibidos de vender para eles. Eu não tenho habilidade para purificar os quartos traseiros corretamente, então...

— Então, você joga fora — disse Sarah com tristeza na voz. — Enquanto as pessoas passam fome.

— Não é o fim do mundo, Rapunzel. Ainda não, pelo menos. — Ele pegou gentilmente o saco gotejante sobre a mesa. — Venha. Venha, coma comigo.

Ele disse a Sarah para sentar em um banquinho entre as carcaças penduradas na sala ao lado e voltou um minuto depois com salsichas.

Sarah se lançou sobre a *kishke* como um lobo.

A salsicha era grossa, engordurada e suculenta mesmo estando fria. A sensação de derrota que Sarah sentia se evaporou assim que seus dentes se fecharam sobre carne, rasgando a capa doce e borrachuda e fazendo o recheio jorrar para sua boca. Por um momento, Sarah esqueceu-se de sua vida, deliciando-se com a trilha de gordura escorrendo pelo queixo.

O açougueiro olhava Sarah atacar a comida.

— Sua mãe não dá comida para você?

Sarah girou os olhos para encará-lo. *Mutti*. Esperando. Chorando. Dormindo.

— A sua mãe dá muita comida para você — retrucou ela e continuou comendo. Sua própria ingratidão a picou como urtiga. Entre uma dentada e outra, ela tentou de novo. — Ela está doente. Mas eles não a deixariam trabalhar, de qualquer maneira. Não temos dinheiro.

---

12. Termo em ídiche que indica qualquer comida não kosher. (N.T.)

— Seu pai?

— Um ariano puro. Enquanto ninguém souber que ele é um traidor da raça, ele vai estar *bem*. Onde quer que esteja. E você?

— Todo mundo precisa do *shohet*,[13] alguém precisa cortar a carne de forma adequada. Enquanto houver comida para alguém, vai haver comida para mim. — Ele parou e deu de ombros. — Eu dei sorte.

— Como estão pagando você?

— Do jeito que podem. — Ele estendeu o braço, oferecendo os restos de sua *kishke* para ela. Sarah tentou não arrancar a salsicha da mão dele, mas estava em sua mão antes desse pensamento terminar de se formar. Ela murmurou algum agradecimento enquanto a devorava.

Sarah só pensava em comida nessa época. No início, seu estômago pareceu se fechar, como se não precisasse comer. Daí, lentamente, a vida começou se esvair dela. Seus membros pareciam pesados e inúteis. Ela se sentia cansada, uma fadiga tão completa que nunca passava. Irritava-se facilmente e tinha dificuldade de pensar, qualquer ideia logo se perdendo no zumbido que vinha do vazio no fundo de sua cabeça. Era fácil imaginar seu corpo frágil sendo absorvido por aquele vazio interior, como a água da banheira saindo pelo ralo. Cada bocado que ela encontrava só parecia fazê-la mais faminta, como aqueles pagamentos que só serviam para que o banco notasse o quanto ela ainda devia a eles. Sonhava com bolos, assados, sopa e frutas, mas a realidade era tão frustrante que era difícil aguentar. Essa salsicha – tão gorda e linda – era uma lembrança da sua própria necessidade. Alegria e miséria cozidas juntas na mesma panela, com gosto das duas e de nenhuma delas.

— Ei, Rapunzel, vá devagar. Você vai engasgar. — O açougueiro sorriu, levantou-se e se afastou.

Sarah se deliciou com a sensação da carne gordurosa escorregando para seu estômago. Ela se recostou na parede. Não havia muitas carcaças penduradas, dado o tamanho do lugar. Quantos homens deveriam estar trabalhando aqui? Com uma pontada de dor, Sarah percebeu que a riqueza aparente do açougueiro era ilusória. Os boicotes, as leis contra

---

13. O profissional, certificado por um rabino ou uma corte judaica, capaz de abater animais da forma prescrita pelo Torá. (N.T.)

os judeus, impedindo-o de trabalhar... Quanta carne ele podia vender para gente que possuía cada vez menos?

Através da outra porta, Sarah viu o saco ao pé da janela por onde tinha entrado. Dava para ver que ele ainda estava cheio, o fundo ensopado de sangue.

Ela olhou para a janela. Para o saco. Para a outra porta.

Sarah aterrissou pesadamente no cascalho, o peso do saco quase a derrubando, mas ela conseguiu acelerar e manter o equilíbrio. Correu rua abaixo como se o próprio demônio estivesse no seu encalço.

Como se cansava facilmente, logo depois de virar a esquina diminuiu o ritmo, para um galope. O saco com certeza estava pesado – quanta coisa ela teria colocado ali? Começou a andar e passou o saco sobre o ombro, sentindo sua umidade viscosa através do vestido. Parou e abriu o saco.

Lá dentro, um pedaço perfeito de carne, já tornado *kosher*, com sal, da maneira tradicional.

Ela não estava triste, mas de qualquer forma as lágrimas correram, lavando o sangue de seu rosto.

TREZE

Sarah tinha passado anos se esquivando. Escondendo-se. Rastejando. Quando isso falhava, ela corria – mais rápido, para mais longe e, se necessário, com mais esperteza que seus perseguidores. Agora, de repente, era famosa. Observada. Falavam sobre ela em cochichos abafados por mãos em concha. Olhares de inveja, admiração e pena eram disparados de um lado da escola até o outro. Para Liebrich, Sarah era uma adversária. Para Mouse, ela era uma deusa. Para a Rainha de Gelo, um novo experimento. Para todas as outras? Sarah não conseguia saber. Depois do isolamento dos últimos anos, a atenção era avassaladora. A escola parecia muito pequena e repleta de garotas. Os corredores e as salas de aula, os vestíbulos e os dormitórios — aonde quer que Sarah fosse para ficar sozinha, alguém a observava, sendo seguida por Mouse a uma distância reverente. Era sufocante, como um cobertor molhado.

Sarah evitava as salas de música.

Só ao ar livre ela se sentia liberta. Naquela escola, o exercício era considerado quase tão importante quanto a propaganda. Durante todas as tardes, elas saíam para o pátio, não importando qual fosse o clima, para marchar e dançar, exercitar-se e alongar-se em fileiras simétricas. Era uma versão atlética das manifestações com as bandeiras, palavras de ordem e canções. Como uma pequena engrenagem nessa máquina nacional-socialista, Sarah recuperava certo anonimato. Monstra estúpida com um bambolê. Monstra estúpida tocando os dedos dos pés. Monstra muda sorrindo, movendo-se graciosamente. Resistente, piedosa, alegre, livre. Quando a possibilidade de se destacar se apresentava, Sarah fingia fracassar. Tentou saltar de maneira desajeitada, cambalear trôpega e pular de forma deselegante.

Mas, quanto mais Sarah se exercitava, mais fortalecia os músculos flácidos, quanto mais comia, mais forte se tornava. Viu a si mesma completando, conseguindo, vencendo. A excelência tornou-se um hábito, e deixar as filhas da raça superior para trás era uma emoção profunda, que lhe dava poder. Sarah observava as garotas mais fracas e descobriu que seu primeiro instinto era zombar, rir e fazer piadas. E era mais fácil não resistir àquele instinto.

A corrida de *cross-country* era uma chance de se livrar de seu público e também de mostrar que era melhor que todas elas. Era muito tentador. Sarah ultrapassou as outras com facilidade quando a trilha entrou pela floresta. O solo era duro sob seus pés, a terra batida livre de pedras e galhos. As árvores passavam voando, e cada inspiração aquecia seu peito, cada expiração saindo dela como uma grande massa e unindo-se ao vento. Sarah estava correndo muito rápido, mas sentia-se calma. Por alguns instantes, estava no controle total. Ela contou os segundos, um, dois... Segurando até o tempo na palma de sua mão. Três, quatro... cinco.

Sarah desacelerou, sentindo a pressão do chão na sola dos pés, o ardor no peito e na garganta, uma fisgada surgindo nos músculos do dorso. Deixou fluir o desconforto repentino que tinha reprimido até estar pronta. Os músculos já pareciam estar se recuperando, preparando-se para o próximo desafio.

Ela contornou a curva.

Von Scharnhorst, Elsa e três meninas do último ano estavam bloqueando o caminho.

Sarah parou, derrapando, e viu Rahn sair da floresta atrás dela. Não havia forças o suficiente em suas coxas para escapar, mesmo que conseguisse passar por elas. *Dumme Schlampe.*

— Boa tarde, Haller. Fico feliz em ver você de pé novamente. — A Rainha de Gelo sorriu e fez um sinal para Sarah. — Venha, ande comigo.

Sarah deu uma espiadela em Rahn, a dez metros de distância, brincando com o pé com algumas folhas caídas. A Rainha de Gelo acenou de novo, o rosto iluminado por uma expressão de encorajamento, olhos arregalados, como se estivesse chamando um cachorro. Assim como um cão deve seguir seu dono, por mais mal-humorado que esteja, Sarah seguiu a Rainha de Gelo.

— Vamos lá, isso mesmo...

Sarah olhou para Elsa. Aqueles momentos ainda eram sua melhor chance de impressionar a filha do professor, mas nada alterava a sensação de que ela era uma mariposa dançando em torno de uma vela acesa.

Elsa observou-a como uma criança pequena olha para uma colher de sorvete antes de começar a devorá-la. Sarah teve de desviar o olhar. As outras garotas fingiram indiferença quando Sarah passou.

Por alguns momentos, a Rainha de Gelo caminhou bem junto de Sarah.

— Foi lamentável que você tenha se machucado. Preciso mesmo aprender a usar Rahn com mais cuidado. — *Olhe para a frente.* — Entenda, ela não pensa direito no que faz, e suspeito que goste um pouco demais de seu trabalho.

— E você não? — *Cale a boca.*

— Não — respondeu ela, com uma sugestão de reprimenda. — Isso é tudo pela pátria. O resultado final é tudo. Os meios não interessam. Até mesmo o *Führer* achou por bem fazer uma aliança com os bolcheviques no Leste, porque isso servia aos seus propósitos.

Sarah se virou.

— Qual é o sentido disso tudo? Não deveríamos ser apenas mães e *Hausfrauen*?[14]

— Não se trata só disso. Criar a próxima geração, nada é mais sagrado ou importante. Devemos ser destemidas e inteligentes como lobas. — Havia fúria nos olhos dela. — Você acha que aquela bola de gordura do Bauer e seu séquito de roedores insanos são o futuro deste país? — A Rainha de Gelo apontou a direção para a qual deviam seguir. O sol irrompeu através das nuvens baixas atrás dela. — Você acha que há alguma coisa a aprender com eles? Com suas réguas e suas varas e sua ira concentrada nos fracos e sem propósito, como sua amiga Mouse? Aquele traidor Foch é o mais próximo de um verdadeiro nacional-socialista e ele é um tagarela alquebrado, que deveria ter recebido uma bala na cabeça em 1934. — Ela parou e suavizou o tom. — Não, o que *nós* fazemos é a verdadeira lição aqui. Nós encontramos o mais forte e mais puro. Não perdemos tempo com o joio.

O sol sumiu atrás de uma nuvem, e o calor desapareceu.

Mas, pensou Sarah.

— Mas temos um problema — continuou a veterana. — Por alguma razão, a escola inventou essa ideia de que você de alguma forma me

---

14. "Donas de casa". (N.T.)

desafiou. É minha culpa, claro, permitir que Rahn se deixasse levar, mas isso não é bom para ninguém. Um experimento que falhou. Você entende, não é?

— Não. — Era a lógica do hospício. — Não sei se entendo.

— É lamentável, dado o seu potencial, mas preciso restabelecer a hierarquia. A prova de resistência, a Corrida do Rio, seria uma ótima chance para você, mas temo que você vai precisar perder. Você vai sofrer um acidente, um acidente grave, mas vai sobreviver. E provavelmente voltará no próximo ano, quando eu estiver andando pelas ruínas de Paris.

Sarah parou. *Apenas esqueça isso tudo, deixe acontecer, peça perdão, implore por misericórdia.* Mas, em vez disso, a amargura crescente e a histeria chorosa acumuladas lá no fundo escaparam da caixinha, ainda que ela tentasse manter a tampa fechada. Sentiu a pressão nos dentes e ouvidos e tentou manter a voz baixa.

— Não vou perder. Então, o que você vai fazer a respeito?

A Rainha de Gelo sorriu e ergueu as sobrancelhas.

— Oh, *interessante*... mas não vai ser possível.

O riso das colegas que se aproximavam as alcançou. A Rainha de Gelo virou a cabeça na direção das meninas.

— Hora de começar a correr, Haller.

A sobremesa foi bolo de chocolate. Como se fosse um mimo. Estava estragado.

Elsa, a Rainha de Gelo, e as outras não estavam comendo. Como Mouse dissera, elas comiam e se exercitavam sozinhas. A elite de Rothenstadt, porém, estava sentada à mesa bem na frente do salão, inalcançável, meninas bonitas demais e rindo alto demais. Elsa era mais nova do que as outras, mas compensava isso com o volume de sua voz, embora suas palavras se perdessem no barulho do salão.

Sarah olhou para o resto das colegas, para a nata da juventude alemã tentando desfrutar de sua sobremesa, e se perguntou se deveria estar se sentindo grata por ter sido escolhida como cobaia pela Rainha de Gelo. Na verdade, não parecia haver nenhuma outra maneira de se aproximar de Elsa Schäfer. O ato de simplesmente ir até ela e começar uma conversa não parecia possível. E ela já nem tinha mais certeza se sua missão era fazer amizade com Elsa ou apenas sobreviver. Ser judia em uma escola nazista parecia agora quase irrelevante.

Mouse estava falando. Mouse estava sempre falando. Aquilo deveria ser sufocante e irritante, mas Sarah achava estranhamente tranquilizador. Sentar-se com ela era melhor do que ficar sozinha. Mouse não fazia muitas perguntas, mas Sarah sentia que não era por desinteresse. Ela dava espaço a Sarah, da única maneira que podia.

Sarah a interrompeu.

— O que é a Corrida do Rio, Mouse?

— É a última corrida do ano letivo. Há um troféu e tudo, três quilômetros até a ponte e três quilômetros de volta pelo outro lado. É para as garotas mais velhas, na verdade, mas todas nós devemos torcer por elas. São as meninas do último ano que organizam a prova. — Mouse continuou falando. — Elas escolhem uma garota de cada turma. Liebrich quer ser escolhida, já que é a *Schlafsaalführerin*, mas todo mundo acha que ela é muito lerda. — Mouse riu. — Não que isso importe. As meninas mais velhas vão ganhar... — Mouse parou de falar, como se uma ideia desagradável lhe tivesse ocorrido. — Ah... a Corrida do Rio é o seu desafio?

— Parece que sim. — Sarah brincou com uma cereja estragada em volta de seu prato.

— Sinto muito, Haller.

— Posso vencer — disse ela, com a confiança de uma raposa encurralada por cães.

— Não. Não, acho que não. — Mouse ficou em silêncio e se concentrou em tentar não deixar seu garfo arranhar o prato.

— O que há de *errado* com o *Sturmbannführer* Foch? — Sarah mudou de assunto.

— Eu não sei. Ele chora muito. Acho que ele preferia que tivessem atirado nele junto com os outros — ponderou Mouse. — Ouvi dizer que fez algo para sobreviver, algo horrível.

O que poderia ser pior do que ser um oficial da SA?, Sarah quase disse em voz alta. Ela não confiava em si mesma para continuar conversando.

O séquito da Rainha de Gelo saiu da sala com grande cerimônia. Algumas garotas do primeiro ano até se levantaram quando elas passaram.

— O que você sabe sobre ela? — perguntou Sarah, gesticulando com o garfo na mão na direção de Elsa quando ela deixava o salão.

Mouse fez uma careta, como se pudessem ser ouvidas, e respondeu apressadamente:

— Eu não sei nada sobre ela... Por quê?

— Nenhuma razão. Ela é mais nova que as outras...

— Não tem a ver com a idade. — Mouse raspou o garfo na superfície do prato e levou uma vaia das meninas da mesa ao lado. — Não há mesmo nada interessante sobre ela — acrescentou. — Como está o seu bolo?

Sarah fez uma careta e suspirou.

— Por que a comida é *tão* ruim? — resmungou ela, encarando a maçaroca escura em seu prato.

O rosto de Mouse se iluminou, e ela se inclinou em direção a Sarah.

— Parece que *Herr* Bauer está ficando com todo o dinheiro, bem, a maior parte dele, do dinheiro que vem do Ministério da Educação do Reich. Os internatos *Napola* foram criados com tanta pressa que ninguém checou direito os funcionários, então Bauer conseguiu passar pelo crivo, mas agora ele está patinando sobre gelo fino. É só uma questão de tempo, antes que... — Mouse se interrompeu, pânico em seus olhos. Baixou a cabeça.

— Mouse, como você sabe tudo isso? — Aquela menininha era absurdamente bem informada. Uma garota que gostava de segredos quase que só por serem secretos. Uma garota como Sarah.

— Bem, meu pai é... importante... Ele mexe com escolas e coisas assim... — gaguejou Mouse.

Sarah olhou em volta, mas não parecia que alguém tivesse ouvido a conversa. Entendeu, então, porque Mouse, tão pequena, tão limitada, estava em uma escola para as meninas mais fortes, mais rápidas, mais inteligentes. E então se deu conta:

— Mouse, você está aqui para ser uma... espiã?

Mouse estava tremendo ligeiramente, escondida atrás de seu cabelo.

— Só para ficar de olho nas coisas...

Sarah riu – deu uma enorme gargalhada – e por um minuto quase não conseguiu parar.

— Ei, vamos lá, está tudo bem. Eu não vou contar a ninguém — sussurrou ela.

— Promete? — perguntou Mouse com uma voz quase inaudível.

— Prometo. Quer um pouco do meu bolo? — perguntou Sarah, oferecendo sua colher suja.

— Sério? — Mouse se animou.

— Mesmo.

As duas espiãs ficaram ali, lado a lado, e tentaram apreciar aquela massa marrom, amarga e empedrada e as frutas podres, cercadas por monstras distraídas.

> A *Jungmädel* Ursula Haller deve se reportar ao *Sturmbannführer* Foch no escritório de *Herr* Bauer às 14h.

Sarah esperou do lado de fora, sentindo a necessidade de recuperar o fôlego, como se estivesse prestes a mergulhar no Müggelsee em um dia frio. Mas o ar parecia falso, inadequado. Sarah achava o interesse de Foch por ela desconcertante. Ele era um soldado da tropa de choque, um sujeito que participara de ações que envolviam espancamentos, janelas quebradas e fogo, mas também não era bem por isso. Ele também era esquálido, rude e *feio*. Em circunstâncias normais, Sarah teria rido disso. O mal que tinha testemunhado e o ódio injustificado que sofrera tinham, muitas vezes, vindo vestidos de maneira imaculada e superficialmente atraentes. Mas ele *parecia* inadequado, quebrado, imprevisível, e havia algo mais que ela não conseguia entender e que tornava sua presença insuportável.

Levantou a mão para bater, mas, antes que pudesse fazer isso, uma voz ordenou:

— Entre.

Sarah respirou fundo e girou a maçaneta.

Sturmbannführer Foch estava de pé junto à janela, com as mãos cruzadas atrás das costas. Sarah fechou a porta e foi até o piano, segurando a partitura contra o peito, como um escudo.

É um recital, apenas um recital.

Quando foi que toquei em um recital?

Você já assistiu a recitais. O público aplaude e se pergunta como o solista tem a coragem de ficar de pé diante de todos. Eles se sentem constrangidos durante o silêncio inicial. Eles é que estão assustados. Alimente-se de seu medo.

A tampa estava aberta, o suporte de partitura estava vazio. Tudo estava esperando. Seu público a aguardava em pé junto à janela.

Não olhe para o público, dumme Schlampe.

Sarah se sentou no banquinho, parecendo pequena perto do instrumento. Precisava ajustar a altura do assento, mas queria começar. *Sente-se, toque, saia.* Colocando a partitura no suporte, estudou as pautas, as notas, o ritmo. Deixou que o cérebro vagasse pelas melodias que conhecia tão bem, procurando pelas pequenas variações borradas na memória ou cujos detalhes estavam apagados. Sarah se permitiu alguma irritação. Detestava partituras. Era um espartilho que sufocava a música. Como alguém explicando uma piada.

Martelou as teclas como em uma paródia de melodrama, mas não havia luz e escuridão, só barulho. Sarah marcou o tempo com extrema precisão, mas não conseguia alcançar os pedais direito, então toda a sutileza se perdeu. *Aqui está sua maldita música, Sturmbannführer.*

— Adorável, Gretel. Mais devagar.

As palavras, vindas de tão próximo atrás dela, deram a ela sensação de ser atingida por um balde de água fria. Ele se movera mais uma vez com um silêncio felino e agora sua respiração era audível entre as notas. Ao comando do homem, Sarah diminuiu o andamento, envolvida pelo cheiro de laranja.

Quem é Gretel?

Ignore o público.

— Ursula, senhor.

Será que Gretel se sentou neste banco, tocou neste piano?

Sarah encarou a floresta de notas que vinha a seguir e correu para se proteger sob ela. *Lauf.*

Será que ele tinha estado tão perto da outra também?

— Mais devagar, Gretel — sussurrou ele.

Ela chegou ao trecho que pedia rapidez e atacou o teclado.

Faça com que isso pare.

Fique quieta, *dumme Schlampe. Cale a boca e toque.*

Alguma coisa tocou o topo da cabeça dela, e um arrepio percorreu seu couro cabeludo, como se um inseto andasse por ali. Seus ombros ficaram tensos e se ergueram até tocar seus ouvidos. Seus dedos continuaram se movendo, mas seus cotovelos recuaram para os lados, alterando o ritmo.

Os dedos dele correram com leveza pelo entorno do cabelo dela, traçando as curvas e os vales das tranças, alisando os fios soltos e deslizando as mãos em direção ao pescoço de Sarah. A sensação era como ouvir uma faca de aço raspando a superfície de um prato.

Pare de me tocar.

Ela tentou se afastar, encolher-se sob seu toque, mas não conseguia escapar, como se estivesse presa. Começou a se inclinar sobre as teclas.

Pare de tocar e corra. Lauf!

O pescoço dela esquentou quando as mãos dele alcançaram sua nuca e começaram a subir novamente. Sarah ainda estava tocando, agora apenas repetindo as mesmas linhas melódicas uma vez após outra. O queixo dela começou a tremer, então ela mordeu a língua até que parasse, mas, para sua humilhação, um gemido gorgolejante começou a escapar de sua garganta. Fechou os olhos antes que as lágrimas começassem a correr.

Pare. De. Me. Tocar.

Sarah não confiava em si mesma para falar sem gritar.

Por favor. Pare.

Suas mãos estavam tremendo tanto que ela não conseguia pressionar as teclas.

— Não pare, Gretel — sussurrou Klaus Foch, sua voz trêmula.

Quem é Gretel? O que aconteceu com Gretel? *O que está acontecendo comigo?*

Sarah suprimiu seu gemido. No mesmo momento, ouviu o homem atrás dela chorando. Ela afastou a cabeça das mãos dele e recuou para a beira do banco.

— Gretel... — soluçou ele.

Sarah bateu a tampa do piano com um baque. As cordas protestaram com um uivo cacofônico enquanto ela fugia para a porta. Papéis voaram da mesa quando ela passou. O tapete tentou atrapalhar seus passos, mas então ela estava na porta, girando a maçaneta com os dedos suados.

Sarah estava fora da sala, fugindo pelo corredor, antes que o som do piano parasse de reverberar.

CATORZE

A sala estava em silêncio, exceto pelo ruído dos bicos das canetas-tinteiros sobre o papel áspero e a batida suave dos sapatos severos de *Fräulein* Langefeld no piso de madeira, conforme ela passeava entre as carteiras.

Sarah olhou para a folha ainda em branco à sua frente. Uma carta para casa. Ela tentou imaginar o que suas mãos sujas de tinta poderiam escrever.

> Caro Capitão Floyd,
> Quero agradecer por você ter me matriculado em um hospício. No curto período que estou aqui, tornei-me o brinquedo de uma das Fúrias da Antiguidade e fui estrangulada por seu cão de guarda até meus olhos sangrarem. A comida é venenosa, os professores são psicopatas, e as aulas de música...

Uma náusea ameaçou se apoderar dela.

Leve-me embora. Tire-me daqui. Leve-me para uma cozinha limpa com pão quente e salsichas frias, lençóis lavados e um quarto secreto sem janelas...

Sarah mordeu os lábios e espantou a fraqueza.

Da próxima vez em que eu for correr, posso desaparecer na floresta e nunca mais ser encontrada.

Se tivesse para onde ir, quer dizer.

Qualquer outro lugar, menos aqui.

Eu tenho uma missão a cumprir. Não há lar, segurança, não há para onde fugir, até que tenha terminado.

A missão? E qual é o plano? Derrotar a Rainha de Gelo? Salvar Mouse? Tirar o povo escolhido do Egito?

Assista às aulas. Enturme-se. Faça amigas. Espere uma oportunidade. Sobreviva.

Faça inimigos, é mais provável.
Talvez. Apenas se concentre no movimento.
E se eu falhar?
Então, você se quebra e se queima.

Mouse estava escrevendo furiosamente. O que ela estaria dizendo? Estaria detalhando as perversidades? Como seu pai pode deixá-la neste lugar? Se ela estava espionando para ele, por que nada tinha mudado?

— Haller! O que você está fazendo? — a voz de Langefeld cortou o ar ao meio.

— Nada — respondeu Sarah, concentrando-se na folha em branco. Langefeld desceu a vara sobre a carteira. Não acertou as mãos de Sarah, mas o impacto derramou o conteúdo do tinteiro sobre a mesa.

— Isso eu posso ver. O que você acha tão interessante em Mauser?

— Desculpe, vou me concentrar. — *Faça melhor. Faça-a ir embora.*

— Não, tem coisa aqui. Por que você estaria tão interessada? — Langefeld andou até Mouse, que se encolheu toda. Sarah se retraiu quando a professora arrancou a página da mesa da menina. — Mauser! Isso está ilegível! O que está escrito aqui?

— São... só algumas... — gaguejou Mouse.

— Você não tem jeito. Um desperdício de ar. O que você é? — perguntou Langefeld, inclinando-se sobre Mouse.

— Um desperdício... — disse Mouse, baixinho.

— Fale alto, eu não ouço você! — retrucou Langefeld, gotinhas de saliva voando de sua boca.

— Eu sou um desperdício de ar! — gritou Mouse.

— Levante-se.

— Não, por favor, não. Perdoe-me. — As lágrimas já corriam pelo rosto de Mouse.

— Estenda as mãos.

Sarah viu a mulher tensionar o braço, levantando a vara, seus olhos iluminados pela crueldade.

— Não...

Sarah começou a escrever. Ela acrescentava cada palavra com cuidado e deliberação, vagarosamente, ao som das pancadas e dos gritos contidos.

Caro Tio,
Obrigado por me enviar para esta excelente instituição. A nata de nosso futuro dourado está sendo preparada para o que nos espera.

— Sarachen... Sarachen. Onde está você?
Sarah saiu debaixo da mesa e viu que o forno tinha apagado novamente.
— Estou indo, *Mutti*.
— Sarah... — A voz de sua mãe soava fraca e áspera, mas ainda não tinha perdido nada do efeito de uma agulha pontiaguda em Sarah. Era impossível resistir sem muito sofrimento. Ela correu para o quarto, os músculos retesados.

A mãe tinha se enterrado neste quarto quando elas se mudaram para o apartamento do último andar e nunca mais tinha saído. Não foi a SA tê-las expulsado do apartamento na Giselhergasse que tinha acabado com ela. Foi ser obrigada a vender o piano para um vizinho oportunista a preço de banana. O instrumento, a única coisa que a obrigava a sentar ereta nos últimos três anos, física e emocionalmente, estava perdido. Inicialmente, ela e Sarah tinham compartilhado a cama, mas o cheiro de álcool acabou se tornando dominante. Na primeira vez em que sua mãe molhou a cama, Sarah passou a dormir na cozinha, começando uma interminável campanha contra as baratas mais insistentes de Viena.

Elas tinham tido sorte de escapar para a Áustria, mas então a Alemanha as seguiu, engolindo o país vizinho no *Anschluss*, a Anexação. E começou tudo de novo, desta vez pior.

Sarah abriu a porta do quarto e foi outra vez envolvida pelo fedor de uísque e urina. Sua mãe estava sentada na cama, o cabelo escapando dos grampos, os olhos vermelhos e brilhantes sob a luz atenuada pelas cortinas.

— O que aconteceu, *Mutti*?
— Sarachen, acabaram os remédios.
Havia um frasco vazio e um copo trincado sobre o criado-mudo.

— *Mutti*, estava cheio ontem. Tem certeza que você não bebeu tudo? — lamentou-se Sarah. Aquele franco tinha custado uma chaleira e, pior ainda, metade de um pão. — Mãe, o resto do dinheiro do piano acabou. Não temos mais nada.

— Você é uma menina inteligente, vai pensar em alguma coisa. Você cuidou da casa esse tempo todo em que *Mutti* esteve doente.

— E o carro, *Mutti*? Ele vale...

— Não seja ridícula. Precisamos do carro para quando formos embora. — A voz da mãe era de desdém.

Sarah enterrou as unhas nas palmas das mãos. Ela tentou de novo – precisava tentar de novo –, mas já sabia aonde este caminho ia dar.

— Quando vamos embora, *Mutti*? Agora, eles estão pedindo documentos para atravessar as pontes, para entrar em lojas. Logo, não vão nos deixar ir a lugar nenhum.

— Nós vamos esperar pelo seu pai; ele virá, ele vai nos ajudar... — A atenção de sua mãe começou a se perder.

— Quando? Faz *oito anos* que ele não aparece. — A frustração de Sarah com aquele conto de fadas desesperado explodiu. — *Mutti*, ele nunca mais vai voltar...

— *Schnauze, dumme Schlampe!* — gritou sua mãe. — Você não sabe de nada, de nada, não sabe de nada...

Sarah levantou os olhos para ver o ressentimento e o desprezo nos olhos verdes e injetados de sangue de sua mãe. Ela esperou até que tudo derretesse, até que as palavras e o rancor refluíssem. Até que o ódio se esvaísse, como água suja na pia. Esperou...

Em seus pesadelos, ela esperava ali para sempre.

O queixo de sua mãe começou a tremer, logo seguido pelo lábio superior. As sobrancelhas se ergueram, e o rosto perdeu a maldade, substituída por tristeza e arrependimento. Os braços se abriram, em busca de perdão – isso Sarah podia dar. Isso ela sempre daria.

Ela só precisava esperar.

Sarah sabia que sua mãe a amava.

Sabia que sua mãe precisava dela.

— Nós só precisamos esperar um pouco mais, só isso. Aí podemos mudar para um lugar maior e comprar um piano novo e...

Sarah parou de ouvir e ficou só balançando a cabeça.

Um dia, sua mãe tinha tido o aroma de perfumes almiscarados e sabonetes caros. Era um aroma de segurança e amor. Agora, seus poros só exalavam suor e álcool, então Sarah se concentrou nas lembranças. Fechou os olhos e imaginou a casa em Elsengrund e o apartamento em Berlim, o calor acolhedor e a barriga cheia, as superfícies de veludo e as superfícies brilhantes, pianos afinados e janelas limpas.

Sua mãe falou alguma coisa.

— Perdão, *Mutti*, o que você disse?

— Você vai arranjar mais remédio para mim? — repetiu ela, em tcheco.

— Sim, *máma*. Claro que vou — respondeu Sarah, em um tcheco que em Praga passaria como local.

— Essa é minha menina. Minha menina brilhante.

Estava frio demais para andar por aí em uniforme de atletismo. Cada vez que o vento soprava, fazia os olhos de Sarah lacrimejarem e arrancava gritos audíveis das meninas em volta, que rapidamente se perdiam sob o rugido selvagem do rio. As mãos de Sarah estavam tão geladas que ela não conseguia tocar o polegar com o mindinho, algo que em Viena seria um sinal claro de que estava na hora de roubar mais lenha.

A clareira na floresta era uma armadilha se fechando sobre ela. Cada classe estava em formação, esperando a seleção pelas garotas do último ano. O corpo docente estava perfilado atrás delas, guardas de prisão inconscientes de seu papel.

Dumme Schlampe. Você ainda nem tem um plano, não é?

Cale a boca e me deixe pensar.

— Onde estamos, Mouse? — Este dia tinha chegado rápido demais. A informação que tinha conseguido era muito vaga. Era preciso saber tudo que o inimigo sabia e mais. Ela precisava de segredos. Precisava de mais tempo.

Agora é tarde demais.

Schhhhhh.

— Cerca de dois quilômetros da escola, acho. A ponte que acabamos de atravessar é o único caminho para cruzar o rio por uns três quilômetros, nas duas direções. Ele é profundo e largo e nessa época do ano a correnteza é forte, então não há atalhos, não há como trapacear.

— Você é realmente observadora, não é? — disse Sarah, sorrindo para Mouse, que se alegrou.

— Calem a boca, vocês duas — ordenou Liebrich.

— Cale a boca você — respondeu Sarah, com veemência.

Sarah viu a Rainha de Gelo e seu séquito indo de classe em classe, selecionando corredoras. Rápidas? Lentas? Não fazia diferença. O exercício de poder era tudo. Os docentes não precisavam aterrorizar as alunas, podiam deixar o serviço para a *Schulsprecherin* e suas amigas.

Ah, é excelente ter a força de um gigante, pensou Sarah, lembrando Shakespeare, *mas é tirânico usá-la como a usa um gigante.*

Concentre-se, Dumme Schlampe. Você precisa pensar no que fazer.

Elsa Schäfer caminhava na parte de trás do grupo. Ela parecia pequena comparada às outras, mas isso era uma ilusão. As bajuladoras da Rainha de Gelo eram gigantes, e o resto das garotas era de peões, pessoas minúsculas. Falar com ela, ficar amiga dela, isso era ridículo. Seria mais fácil estar na Lua.

Por um momento, pareceu que a Rainha de Gelo ia pular todo o terceiro ano, causando uma pontada de esperança no estômago de Sarah. Essa era, claro, a intenção dela.

— *Schlafsaalführerin* — gritou a Rainha de Gelo.

Liebrich deu um passo à frente.

— *Meine Schulsprecherin* — respondeu a garota com entusiasmo.

— Quem é a mais veloz desta classe?

— Sou eu, *meine Schulsprecherin*.

— Uma gordinha como você? Não, tenho certeza que o Reich não precisa confiar em seus pés velozes. — A Rainha de Gelo sorriu para sua comitiva. Elas riram diligentemente, e algumas garotas insensatas do terceiro ano também riram. — Não. Você não, mas quem? — Ela fingiu estar olhando em volta, sobre a cabeça das garotas menores.

Sarah olhou fixamente para a frente, sem se mover. *Ah, vamos logo com isso.*

— Haller! Venha cá.

Sarah esperou um tempo beirando a insubordinação antes de se mover.

A Rainha de Gelo chegou bem perto e falou em voz baixa.

— Então, cá estamos. Agora é a hora. Lembre-se, é tudo pelo aperfeiçoamento do Reich. Eu vou me assegurar que você possa continuar a contribuir. Você sabe pensar. — Ela fez uma pausa. Apesar do tom de voz jovial, os olhos azuis de Von Scharnhorst eram infinitamente frios e opressivamente perfeitos. — Mas não precisa de suas pernas para pensar — sussurrou antes de se afastar e se dirigir a toda a escola.

— Garotas! Haller não apenas se ofereceu para a Corrida do Rio, ela acha até que pode vencer! — A Rainha de Gelo gesticulou de forma teatral. Houve uma explosão de risos. — O *Führer* ama a confiança, mas quando ela se torna arrogância... orgulho e queda? Essa corrida é perigosa, Haller. Qualquer coisa pode acontecer. Qualquer coisa mesmo...

Sarah ouvia o barulho do rio.

— Se eu cruzar a linha de chegada em primeiro, então acabou — disse Sarah em voz baixa, de modo que apenas a Rainha de Gelo pudesse ouvir. — Acabam os testes, acabam as provas.

A garota mais velha girou nos calcanhares e encarou Sarah. Sua máscara tinha caído.

— Você não vai vencer — rosnou ela.

— Eu vou cruzar a linha de chegada em primeiro — gritou Sarah, para que todas pudessem ouvir. — Eu farei isso pelo bem do Reich e pelo *Führer*!

Uma expressão de admiração cruzou o rosto da Rainha de Gelo.

— Boa jogada, Haller, boa jogada — disse ela, próxima do rosto de Sarah. — De novo, eu nem sei por que nós fomos forçadas a essa situação. Você tem tanto potencial. Mas não haverá vitória. Para nenhuma de nós duas. Pena. — Ela lançou a cabeça para trás e gritou — Haller dedica sua corrida ao *Führer*; vença... ou perca, isso é um gesto nobre. *Heil* Hitler.

As garotas aplaudiram. As turmas desmancharam as filas, e todas queriam ver as corredoras. Sarah mal conseguia ouvir as perguntas ou sentir os tapinhas nas costas, tal seu desespero.

O que quer que a Rainha de Gelo tivesse planejado não parecia que Sarah fosse estar na escola depois daquilo, e isso seria o fim da missão. Para conhecer Elsa de igual para igual, era necessário estar no círculo íntimo da *Schulsprecherin*, e para isso era preciso que ela se mostrasse digna de alguma forma. Sarah não sabia o que a Rainha de Gelo faria se ela vencesse mesmo, mas agora tanto sobreviver quanto completar a missão tinham se tornado a mesma coisa. Perder seria perder duas vezes. Seria se deixar *quebrar*.

Então qual é o plano, dumme Schlampe?

Eu vou cruzar a linha em primeiro, esse é o plano.

Você sempre tem grandes planos.

As alunas foram encaminhadas para a linha de partida e começaram a se concentrar dos dois lados da trilha cinzenta que marcava o início do percurso. Ali Sarah conseguiu avaliar as outras competidoras.

Havia seis outras corredoras, todas maiores que Sarah, mas três delas não representavam nenhum problema. Outra tinha peitos muito grandes e, possivelmente, tinha sido selecionada pelo efeito cômico. Das duas restantes, a garota do último ano, Kohlmeyer, que era uma das garotas da Rainha de Gelo, era claramente uma atleta nata. Sarah observou enquanto ela se alongava e flexionava os músculos, viu a força daqueles ombros sob a camiseta e percebeu a impossibilidade de seu desafio. Kohlmeyer era a garantia da *die Eiskönigin* contra qualquer coisa que Sarah pudesse tentar.

— Boa sorte, Haller! — exclamou Mouse, sua voz estridente quase perdida em meio ao clamor. Outra de suas colegas de classe repetiu a frase, e, então, para o horror de Sarah, várias outras começaram a gritar seu nome.

— HAL-LER!

Parem, pelo amor de Deus, parem.

— HAL-LER!

A Rainha de Gelo tem razão. Eu sou uma ameaça.

Sarah contemplou por um momento a alternativa de perder, ser ferida, falhar e desaparecer nos bastidores. Era tentador se render, desistir, permitir que as circunstâncias a engolissem. Esquecer a missão e fugir.

Então, ela viu a Rainha de Gelo do outro lado da clareira, seus penetrantes olhos azuis vívidos de inteligência e desaprovação. Sarah não queria perder.

Lembrou-se de uma história da coleção dos Irmãos Grimm, dos *Contos de fadas*.

> Cansada de tanto assédio e arrogância, a marmota apostou uma corrida com a lebre. O animal mais lento, com suas

perninhas tortas, usou suas fraquezas – seu pequeno tamanho e o fato de todas as marmotas parecerem iguais – e as transformou em vantagens.

Ela colocou sua irmã na linha de chegada, no final de um sulco de arado, de forma que, não importa quantas voltas a lebre desse no percurso, a marmota estaria sempre esperando por ela.

No fim, um vaso sanguíneo no pescoço da lebre se rompeu e ela sangrou até a morte, sem nunca descobrir o segredo da marmota.

Sarah transformaria seu tamanho em uma vantagem. Sarah ia trapacear. A Rainha de Gelo ia sangrar e sangrar e sangrar.

— HAL-LER!
— HAL-LER!
— HAL-LER!

QUINZE

As sete competidoras estavam ombro a ombro na linha de largada. Não haveria espaço para todas quando a trilha entrasse na floresta. Além disso, raízes se projetavam do chão para fazer as desavisadas tropeçarem, a pista mal era visível onde os arbustos haviam crescido desde o ano passado. Era preciso uma arrancada rápida, especialmente para uma garota da cidade.

Sarah fechou os olhos. Imaginou uma pista longa e desimpedida em um estádio vazio. Deixou os gritos e os aplausos desaparecerem.

— *Achtung...*

Sarah se agachou.

— *Fertig...*

Ela tensionou o corpo, sentindo os pés comprimindo o cascalho.

— *Los!*

Abrindo os olhos, Sarah se deixou explodir, pernas como pistões, resistentes, mas leves. Manteve seu corpo o mais baixo possível e, quando as garotas mais altas de ambos os lados começaram a se aproximar, Sarah passou por entre elas, com o caminho à sua frente aberto.

A três metros das árvores, Kohlmeyer ultrapassou Sarah, contornando-a para assumir a ponta, e foi a primeira a entrar na floresta.

Sarah a seguiu, o barulho das outras garotas retumbava em seus ouvidos. O primeiro trecho era morro acima, e ela corria inclinada para a frente. Enquanto seus pés derrapavam para os lados na terra úmida, Sarah ouviu duas garotas atrás dela colidirem com um grito. Recebeu um leve empurrão, que a impulsionou elevação acima, permitindo que acelerasse entre os galhos.

Sarah ergueu os olhos para ver Kohlmeyer soltar um galho que tinha afastado do caminho. Ele voltou para seu lugar sobre a trilha, e, apesar de Sarah ter tido tempo de virar a cabeça, o galho a atingiu no rosto como um tapa.

Sarah tropeçou em um arbusto, mas o tranco a empurrou para a frente. Ela manteve as pernas em movimento e alcançou o banco de terra à beira do rio. Diminuiu a velocidade bem na beirada e, ao fazer isso, pôde ver: ali, bem junto da margem, havia uma segunda trilha estreita aberta pelo vaivém dos pescadores de verão. Ela seguia ladeando a margem e se perdia na próxima curva do rio. Não um atalho, mas uma trilha clara, escorregadia por causa da crosta de gelo, mas firme sob os pés.

Ela entrou naquela trilha, derrapou, recuperou o equilíbrio e seguiu em frente, sentindo mais que ouvindo suas passadas e sua respiração sobrepostas ao rugido do rio.

Aumentou o ritmo, indo o mais rápido que podia sobre o solo firme. Precisava colocar distância entre si mesma e o resto do grupo para o que tinha em mente – mesmo se encontrasse o que estava procurando.

O rio era largo, profundo, rápido e cheio de pedras pontiagudas. Sarah apanhou um graveto enquanto corria e o jogou na correnteza. Ele desapareceu sob as águas e não reapareceu. Tentar nadar ali provavelmente seria suicídio.

Depois da *Kristallnacht*, a noite em que os nazistas vandalizaram as comunidades judaicas por toda a Alemanha, prendendo, matando e destruindo, era impossível andar pelas ruas de Viena. O cabelo loiro de Sarah era muito conhecido na vizinhança, e as gangues de baderneiros que rondavam achavam irresistível assediá-la. De qualquer forma, ela não suportava ver lojistas sendo forçados a vandalizar as vitrines das próprias lojas ou assistir aos velhos sendo obrigados a esfregar as calçadas, suas mãos sangrando e suas costas vermelhas das chicotadas. Os últimos foram obrigados a usar baldes cheios de ácido em vez de água, pelo menos foi o que as pessoas disseram. Aqueles homens foram levados embora logo depois, então ninguém pôde perguntar a eles.

No entanto, seu minúsculo apartamento fedorento no último andar tinha uma qualidade: a janela da cozinha se abria para o telhado. Sarah começou a sair apenas para escapar do cheiro. Em seguida, começou a subir na cumeeira para observar o pôr do sol sobre a cidade, os telhados vermelho-rosados brilhando sob a luz que se dissipava. Ela logo percebeu que podia passar de prédio em prédio por meio das cumeeiras e águas-furtadas dos muitos telhados da velha cidade. Pular as pequenas distâncias e se equilibrar nas mansardas frágeis era um negócio traiçoeiro, mas, para alguém com o treinamento de Sarah, pés rápidos, bom equilíbrio e dedos fortes, era quase mais seguro que correr das investidas da tropa de choque nas ruas. Comparada com um beiral fino ou com o lombo de um cavalo, essa trilha de telhas avermelhadas era um parque de diversões, um parque de diversões que se tornou uma passagem secreta e, por fim, uma rota de fuga.

Uma distância de apenas três metros poderia tirar Sarah do pobre bairro de Leopoldstadt e conduzi-la para um bairro de conjuntos de apartamentos com janelas desprotegidas, donos ricos e objetos de valor que podiam ser vendidos com facilidade. No topo do telhado, planejando seus ataques e escolhendo seu caminho, Sarah se sentia livre de verdade. Sem amarras, solta, sem restrições. A judia suja, a criança imunda, a filha faminta de uma mãe doente – tudo isso desaparecia. Sarah percorria destemida as mansardas, equilibrando-se na tubulação e caminhando sobre as calhas, à vista do mundo, como uma criança correndo em círculos por um parque ensolarado, agitando as mãozinhas, as fitas de seu vestido flutuando atrás dela.

Acelerando pelas telhas no último telhado, Sarah se deliciava com o controle. Saber como aquilo tudo era perigoso, como seria fácil cair dali e até mesmo o quanto sua presença era proibida, só servia para reforçar o domínio que tinha sobre seu próprio destino. Todos aqueles anos praticando ginástica em casa, depois de ter sido proibida de frequentar as aulas, permitiram que Sarah alcançasse excelência em seus passos, em seu julgamento e em seu poder. Tudo aquilo era dela, incontrolável e intocável sob o céu aberto... e para alçar voo, para realmente deixar a Terra para trás e navegar pela última fronteira, com os minúsculos animais oprimidos e seus condutores demoníacos mantidos a distância abaixo dela, borrados pela velocidade. Isso era liberdade. Era um fogo que varria seu corpo desde seu estômago, espalhando-se para membros e cérebro com um estalido e um alegre farfalhar.

A aterrisagem era difícil, dolorosa em todas as ocasiões, mas Sarah não se importava nem um pouco. A dor era dela e de mais ninguém. Podia voar. O céu lhe pertencia. Era um pássaro.

Ela era um pássaro e atravessaria o rio voando.

Sarah se ergueu lentamente, até estar em pé sobre um galho forte, ofegante. Na direção do rio, uma rede de galhos sem folhas se espalhava diante dela, uma teia de possibilidades e perigos.

Ela estava quase na metade do caminho para a ponte quando encontrou o que estava procurando: um ponto onde as árvores de cada margem se estendiam e quase se tocavam no meio. Não era perfeito, mas poderia não encontrar uma opção melhor e o tempo estava correndo.

Também demorou muito tempo até encontrar uma árvore adequada para escalar. Os troncos que margeavam o rio eram altos e lisos, os galhos mais baixos pendendo ao longe, completamente fora de seu alcance. Vasculhou com os olhos o terreno junto da margem, por meio das faias sem utilidade para ela, ansiando por um olmo ondulado ou um velho carvalho, o tempo todo em pânico de ter ido longe demais, desperdiçado muito tempo, e que nenhum atalho fosse curto o suficiente para derrotar suas competidoras musculosas e bem-alimentadas. A árvore ampla, com casca e fendas profundas e sulcadas para pés pequenos, foi como um presente, mas tinha demorado para ser encontrada.

Quanto tempo fazia? Desde que deixara o rio? Quatro minutos? Se fosse isso mesmo, Kohlmeyer e as outras estariam se aproximando da ponte agora, quase na metade do caminho. Sarah precisava se mexer.

Olha a que altura você está!

Não.

Sarah fechou os olhos e esperou o momento passar.

Confie em si mesmo, *dumme Schlampe*. Você já fez isso mil vezes. Pense nas cumeeiras. Pense em telhas e tijolos, calhas e chaminés. Melhor ainda, não pense em coisa nenhuma.

Complete o movimento.

Sarah correu pelo galho até o fim e, quando ele começou a se dobrar, saltou para a próxima árvore, aterrissando em um amplo galho que se elevava, sentindo a firmeza sob seus pés. Beirais, arcos, cumes dos telhados vienenses ou galhos de árvores: eles eram a mesma coisa, dizia a si mesma repetidamente. Ela continuou e pulou mais uma vez. O galho da terceira árvore cedeu um pouco, mas aguentou seu peso, então Sarah acelerou e pulou para a próxima. Telhas e tijolos. Calhas e chaminés. Toldos empoeirados. Ela podia ouvir o barulho do rio aumentando enquanto corria, mas o ignorou. A água era apenas uma rua lavada com sangue por velhos judeus. Nada a ver com ela.

Sarah pisava de leve. O mais rápido que podia. Os galhos estavam úmidos onde a geada noturna tinha descongelado, mas não estavam escorregadios como azulejos molhados. Sarah notou que os galhos se tornavam cada vez mais finos conforme se aproximava do rio, então escolheu o maior dos três últimos para passar para o outro lado.

Três.

Sarah passou pelo banco do rio muito abaixo, os braços abertos para contrabalançar a ligeira torção do galho. Ela pulou. *Complete o movimento.*

Dois.

Ela aterrissou de maneira desajeitada quando o penúltimo galho afundou sob seu peso. Reajustou o equilíbrio, jogando os dois braços para a esquerda. Estava acima da água, a pressa da correnteza enchendo suas orelhas. O terceiro galho estava logo acima do dela, então ela precisava pular e erguer os dois pés juntos para manter seu movimento. *Complete.*

Um.

Ela vacilou ao aterrissar, mas conseguiu se levantar antes que o galho se tornasse estreito demais. Ergueu os olhos para vê-lo diminuir até desaparecer à frente, mas ali, talvez apenas a dois metros de distância, estava o começo de uma nova árvore. Seus galhos finos eram a pedra angular da ponte, e atrás deles estavam os ramos que podiam suportar seu peso. A que distância, Sarah não sabia dizer, mas agora ela estava no meio do movimento.

Imagine que você tem um prato cheio de bratwursts *e um estômago vazio. Imagine que está sendo perseguida por* Hausfrauen vienenses *bem zangadas.*

Ela correu os últimos dois metros e, com o galho cedendo precariamente sob seu peso, deu um salto explosivo na ponta, os braços bem esticados à sua frente.

Voo.

Queda.

Sarah se chocou contra os finos galhos paralelos, que se romperam instantaneamente sob seu corpo e rasgaram sua camiseta. Seus braços envolveram o maior galho que restou inteiro, seus ombros gritando de dor. Uma das mãos escorregou da outra e foi arrastada pelo seu peso. A outra se agarrou à casca... e ela se segurou ali.

Sarah balançou para a frente e depois de volta, mantendo-se suspensa com as pontas de seus dedos e um ombro em chamas. Olhou para baixo e viu a torrente de água chocando-se e espirrando contra as pedras. Seus pés ficaram molhados com os respingos, mas o rio não podia tocá-la. Sarah sorriu em um triunfo sem alegria.

Apesar de ter acabado de descobrir que seu outro braço estava entorpecido e lento, precisou erguê-lo até que o membro mais fraco pudesse se envolver em volta do galho. O esforço a fez gritar, um barulho alto e penetrante que a assustou. Sarah percebeu que não tinha muita energia para terminar sua travessia.

Última volta, dumme Schlampe.

Ela se balançou para a frente e para trás para levantar as pernas e envolvê-las ao redor do galho. Então, depois de uma luta agonizante de braços e pés, conseguiu. Suas unhas estavam quebradas e ensanguentadas, os braços cobertos de pequenos arranhões.

Mas ela estava bem. Tinha conseguido. O caminho para a outra margem era mais fácil, com galhos mais grossos e menos saltos. Ergueu-se devagar, alongando-se por alguns segundos para o salto final. Ela estava em segurança de volta ao telhado do seu apartamento, pronta para jantar *bratwursts*. Melhor que isso, ela era Trudi Meyer, sorrindo com sua medalha de ouro.

Sarah trotou ao longo do galho e pulou na direção de um galho mais amplo a apenas um metro de distância. Aterrissou com um barulho oco...

Não conseguiu se mover antes que o galho apodrecido se quebrasse em dois e caísse no rio, levando-a com ele.

DEZESSEIS

A dor do impacto desapareceu instantaneamente no momento em que atingiu o fundo congelante. A água encheu a boca de Sarah, e seus ouvidos uivaram com a mudança repentina de pressão. Ela debateu os braços e as pernas, mas não conseguia coordenar os movimentos, então rodopiou na corrente.

Escuridão.

Luz.

Escuridão.

Seus movimentos ficaram mais vagarosos. O frio profundo apoderou-se de seus músculos, sussurrando e a acalmando, sendo até reconfortante. Entorpecia seu cérebro e seu corpo, tomando o controle.

Escuridão.

Luz.

Ela estava fazendo alguma coisa. Tentando fazer alguma coisa.

Luz.

Tão frio.

Uma pontada de dor. Alguma coisa se chocou com sua cabeça e seu pescoço, rasgando suas costas com dedos ásperos. Luz...

Seu rosto saiu da água por um momento enquanto ela era arrastada pela pedra.

Respire.

Então, ela estava imersa novamente, na escuridão. Não sentia mais frio. Estranhamente quente. Tinha sentido frio? Ela estava girando, como quem faz estrelas sobre a grama.

Sarah podia ouvir sua mãe cantando ali por perto, mas não conseguia vê-la. Era a canção do pirata daquele musical. A garota estava fazendo limpeza, esfregando o chão...

Sarah olhou para a luz, para a escuridão, para a luz, sem entender por que não conseguia ver a mãe quando sua voz estava tão próxima.

Aquela garota, Jenny, estava *esfregando o chão*.
O chão.
Sarah estendeu o braço. Os dedos se enterraram em areia molhada e cascalho e se soltaram. Luz. Daí, um segundo depois, o cascalho arranhou os nós dos dedos. Escuridão. Luz. Ele se esticou novamente, e os dedos entraram na areia. Escuridão. Mais longa dessa vez.

Sarah esticou de novo os membros flácidos e gelados, e desta vez os dedos se enterraram mais fundo no lodo, alcançando pedras maiores e diminuindo a velocidade de sua rotação. Seus sapatos se prenderam em alguma coisa, então ela apertou os dedos para baixo. Parecia importante.

Sua cabeça estava virada para baixo, ela cavava mais fundo no lodo enquanto se movia. Sua mãe parou de cantar.

Sabe, Sarachen, agora você está esfregando o chão, mas um dia desses... eles vão se arrepender. Se arrepender de verdade.

Esfregando...
Esfre...
Es...
...

Houve um barulho oco e a sensação abafada de um impacto.
Luz.
Escuridão.
Luz.
Ar.
Sarah soltou o ar de uma vez, fazendo bolhas na água rasa. Ela levantou a cabeça e inspirou com sofreguidão. O ar queimou seus pulmões como vidro moído.

Parou de deslizar e ficou deitada no banco de areia, o rosto acima da linha da água. Ela tremia, mas seu peito estava pegando fogo. Deitada com a testa apoiada na areia, com a água passando a sua volta, Sarah se concentrou em inspirar e expirar, até conseguir respirar sem precisar pensar.

Esperou passar a dor na cabeça e no peito, reconstruindo os fragmentos de memória.

Levante-se.

Com dificuldade, Sarah rolou de lado e olhou para o rio. Uma grande pedra e um tronco caído haviam criado uma piscina mais calma, de águas rasas, perto do banco de areia. Sarah tinha se chocado contra a pedra e a corrente a tinha lançado na piscina.

Levante-se, dumme Schlampe!

Por que tinha caído na água? Sem conseguir parar de tremer, Sarah se forçou a sentar. Agora precisava sair da água. Por quê?

Tique-taque!

Uma corrida. A corrida. Sarah se virou novamente e engatinhou pela areia. Seus dedos estavam tortos como garras, mas seus pés responderam quando ela ficou de pé. Olhando em volta, ainda estava confusa. Em que margem ela estava? Em que direção ela deveria estar correndo? Seus dentes começaram a bater, então ela fechou a boca.

Pense.

Para que lado, *Mutti*? Me ajude.

A margem alta, rio acima. Ela estava correndo rio acima. Subiu nas árvores na margem alta. Ela estava do outro lado agora.

Tique-taque!

Duas margens, um rio, um percurso em U. Um desafio perigoso. Ela cambaleou mata adentro, tentando encontrar a trilha. Quanto tempo? As outras corredoras já tinham passado? Ela encontrou a pista e começou a mancar rio abaixo. Não havia pegadas recentes... Talvez ainda estivesse na frente.

Mas estava avançando muito devagar. Seu corpo não respondia bem, os movimentos eram desajeitados e espasmódicos. A trilha era irregular e coberta de raízes disfarçadas de galhos, as folhas caídas escondendo buracos. A impressão de que as outras estavam em seus calcanhares era inescapável, como os cães latindo atrás dela. Em sua cabeça, Kohlmeyer se agigantava, um focinho cheio de dentes e cheirando a sangue.

Sarah deixou que o pânico a aquecesse, sentindo o pulso acelerado injetar vida em seus braços e pernas.

Pense nos cães...

Sarah deixou a mente invocar os latidos, as rosnadas e a respiração ofegante, até que pudesse ouvi-los. As árvores começaram a açoitá-la conforme acelerava. A dor nas coxas, os arranhões sob as roupas molhadas e a queimação no peito e na cabeça, tudo isso servia de combustível para a fuga. Ela deixou que o medo conquistasse tudo, até que não restasse nada.

A batida dos pés. Os braços balançando. O vento assoviando em seus ouvidos. A respiração chiando para dar ritmo às passadas. Ela estava a caminho, e seu corpo estava respondendo. Quanto ainda faltava? Será que ela podia conseguir? Com certeza, ela não podia mais ser alcançada. Até Kohlmeyer era humana.

Ela começou a grunhir enquanto respirava ao som de uma canção que vinha à memória.

Sarah sorriu.

Elas não vão ficar surpresas, pensou, quando eu cruzar a linha em primeiro lugar? Mal podia esperar para ver a cara da Rainha de Gelo.

Os ombros de Rahn colidiram contra os joelhos de Sarah, e braços imensos envolveram suas pernas. Com um grito, elas tombaram sobre os arbustos, Sarah aterrissou de cara nas folhas, e Rahn tombou ao seu lado.

— Não, não, não, não... — balbuciou Sarah enquanto tentava engatinhar para longe, lágrimas ardendo em seus olhos. Rahn deixou Sarah soltar os pés e então agarrou um tornozelo e a arrastou de volta sem esforço, até que ela estivesse sob seu corpo. As lágrimas jorraram, Sarah não conseguia controlá-las. A garota do último ano se soltou em cima de Sarah, um joelho gigante sobre cada braço, prendendo-a no chão. Sarah se debatia, mas não conseguia se soltar. Ela conseguia até acertar as costas de Rahn com os calcanhares, mas sem força.

— Sim, sim, sim — exultou Rahn, puxando a cabeça de Sarah para cima pelos cabelos. — Agora, pare de choramingar.

Sarah cedeu e soluçou contra as folhas, entregando-se ao fracasso. Ela estava perdida. Tinha quase conseguido e talvez, se não estivesse tão satisfeita consigo mesmo, ela poderia ter visto Rahn escondida entre as árvores.

Pense. O Capitão terá de vir buscá-la, e você estará a salvo. Ele não pode abandonar você aqui... mas e então? Para que você vai servir para ele? Para que você vai servir para qualquer um? O que Rahn vai fazer, afinal?

— Ande logo com isso — sibilou Sarah.

— Cale a boca — grunhiu Rahn, virando-se para agarrar o tornozelo de Sarah. — Dê-me seu pé. — Sarah colou as pernas no chão, tentando não colaborar com sua própria destruição. Rahn precisou se reequilibrar e se esticar. — Dê para mim, sua *kleine, dumme Schlampe*.

A caixinha na qual Sarah prendia todos os seus terrores se abriu.

A garota mais velha tinha tirado só um pouquinho de seu peso do ombro direito de sua prisioneira, mas isso tinha trazido seu joelho a centímetros do rosto de Sarah. No momento em que Rahn pegou seu pé e o puxou para cima, Sarah girou a cabeça e enterrou os dentes na batata da perna da outra. Ela mordeu com cada grama de ódio e fúria que tinha dentro de si.

Rahn berrou quando os dentes de Sarah rasgaram sua pele. Ela soltou o pé e se inclinou para o lado, os braços para cima. O movimento a desequilibrou, e Sarah a empurrou com o ombro esquerdo. A garota mais velha rolou, a panturrilha ainda na boca de Sarah, os braços se debatendo enquanto ela caía.

— Solte-me! — gritou ela, batendo no rosto de Sarah com as mãos, mas sem conseguir acertar direito, em meio ao pânico.

Sarah empurrou a perna da outra com as mãos ao mesmo tempo em que puxava para cima com a cabeça. Ela sentiu alguma coisa ceder, e a perna estava livre. No instante em que Rahn gritou e segurou sua perna, Sarah encontrou o que procurava.

Sarah bateu na cabeça de Rahn com a pedra. Não foi um ataque muito rápido, mas a pedra era pesada e pontiaguda. Quando bateu, fez um estalo bem satisfatório. Rahn ficou imediatamente prostrada.

Sarah recuou, engatinhando freneticamente, agarrada à pedra. Ofegante, o rosto vermelho, ela cuspiu no corpo imóvel e esperou que Rahn se movesse. Um segundo passou, sua vantagem diminuía, mas nada aconteceu. Levantando, voltou à trilha e, com uma última olhada para trás, ela se foi, cambaleando e mancando.

O que você fez?

Tique-taque.

Você matou aquela garota?

Sarah deu uma olhada para trás, mas não estava sendo seguida.

Você nem sabe. Você matou aquela garota?

Ela balançou a cabeça, como se tentasse espantar aquele pensamento. Começou a correr devagar, alongando os músculos.

Um vaso sanguíneo no pescoço da lebre se rompeu, e ela sangrou no solo.

Ela olhou para a trilha atrás de si mais uma vez. Na distância, alguma coisa se moveu. Sarah derrapou e parou. Apenas visível através das árvores, algo pequeno e branco estava vindo rapidamente em sua direção. Kohlmeyer.

Sarah começou a correr. Ignorou a dor no joelho e no tórax, a cabeça latejando e a culpa que pesava em seus ombros como um cesto de roupa suja. Imaginou os cães de seus sonhos, as crianças de Viena em perseguição e os garotos da *Hitlerjugend*. Pensou nas tropas de assalto da SA com seus baldes de ácido e em *Fräulein* Langefeld com sua vara. Pensou no *Sturmbannführer* Foch com seus dedos encurvados e seu cheiro de laranja, deixando a sensação descer de sua cabeça por sua espinha. Ela viu o fantasma de Rahn se levantar da lama com olhos sanguinolentos e uma boca cheia de presas...

Não havia cálculo, atalho ou toca onde se esconder, só uma corrida desabalada contra a lebre. Mas Sarah sabia que não era uma marmota. Ela podia ser uma lebre, ainda que pequena. Uma lebre com alguma distância de vantagem.

Correu trilha abaixo, ofegando enquanto aumentava o ritmo.

Apenas corra. Não olhe para os lados.

Ela girou a cabeça. Kohlmeyer estava apenas a cem metros, seu rosto contorcido de ultraje e esforço.

Não olhe para os lados!

Sarah se pôs a correr o mais rápido que podia.

Apenas corra. Não olhe para os lados.

O caminho se estreitou, fez uma curva e se contraiu, tirando Sarah de seu ritmo, e a trilha estava coberta de arbustos e folhas. Ela afastou de sua frente os galhos pendurados usando os braços e quase se chocou com uma garota parada ao lado da pista. A garota levou um susto e, então, quando Sarah passou, juntou as mãos em volta da boca e gritou.

— É Haller! Haller está na frente!

Sarah ouviu gritos ao longe.

— É Haller!

— Haller...

Sarah virou a curva na pista e viu a linha de chegada, uma clareira no final de uma avenida larga, ladeada por garotas que, de repente, gritavam. Para seu desespero, ainda estava a uns duzentos metros. A subida agora era notável, e o desconforto nas pernas tinha se tornado uma dor excruciante, que a lancetava a cada passo. Por quanto tempo ainda conseguiria continuar?

Sarah quase escorregou quando atingiu o chão liso, transformado em poças pelas pegadas de inúmeros andarilhos. Cada uma tinha se congelado, transformando a reta final em um caminho de gelo. Ela manteve o equilíbrio e se lançou em frente, mantendo os olhos fixos na clareira, ignorando os pulos, acenos e uivos das monstras.

Não olhe em volta!

Kohlmeyer ainda não tinha chegado à reta final. A sentinela estava em seu posto, esperando para ver quem vinha em segundo. Sarah olhou de volta para a clareira. Já podia ver, na frente dos professores em roupas escuras, a Rainha de Gelo e sua corte, altas e incrivelmente brancas, improvavelmente douradas. Ela já devia ter percebido que seus planos estavam se desmanchando.

E o que isso vai mudar? A Rainha de Gelo não vai manter sua palavra. Você está apenas chutando um ninho de vespas.

— Kohlmeyer! — gritou a vigia atrás dela.

Se Sarah agora era a lebre, a garota do último ano era o lobo – mais rápida, mais forte e inevitavelmente vitoriosa.

A multidão gritava agora, cantando seu nome.

— HAL-LER! HAL-LER!

Outro escorregão quebrou seu ritmo, e dessa vez ela quase caiu. Ela se manteve em pé balançando os braços, mas isso a fez perder velocidade.

A multidão engasgou e depois gritou ainda mais, quando ela acelerou o passo, mas agora elas olhavam para trás dela, onde o lobo preparava o bote.

— HAL-LER! HAL-LER!

Ela agora estava a apenas cinquenta metros da chegada. Quando as primeiras colocadas se aproximavam, as outras garotas se afastaram da fita, um pedaço de barbante cruzando a pista, sustentado por dois professores entediados. Sobrepondo-se aos gritos, Sarah podia ouvir os passos vigorosos de Kohlmeyer. Os pés dela estavam tão próximos e batiam tão rápido, as patas de um lobo prestes a saltar sobre a presa.

— HAL-LER! HAL-LER!

Ao se aproximar da linha de chegada, Sarah viu surgir um sorriso nos lábios da Rainha de Gelo, dissimulado rapidamente. As garotas em volta torciam de modo histérico. Havia mãos sobre a boca e expressões de derrota. Kohlmeyer apareceu no canto do olho de Sarah, aproximando-se quase sem esforço. O corpo de Sarah já dera tudo o que podia. As duas correram ombro a ombro por mais alguns passos, e então Kohlmeyer estava na frente. Ao passar, ela virou a cabeça e riu, zombando de Sarah, a apenas alguns metros da chegada. Sarah deixou escapar um pequeno grito, derrotada, e começou a diminuir o passo, um fatiga pungente se apoderando de seus membros.

Kohlmeyer ainda estava olhando para trás quando pisou na faixa de gelo. Seu pé esquerdo escorregou para a frente da perna direita, e ela caiu, desabando no chão a apenas um metro da vitória. Sarah cambaleou por cima dela e cruzou a linha, com a fita caindo em seus pés. A multidão de garotas dos dois lados da pista explodiu numa massa disforme de dança e alegria, invadindo a pista e engolindo Kohlmeyer.

Sarah mancou pelos últimos metros, até parar, só por provocação, em frente à Rainha de Gelo. Um segundo depois, as outras garotas a cercaram, levantaram-na no ar para carregá-la nos ombros, para longe e para o alto.

DEZESSETE

— E a vencedora da Corrida do Rio deste ano é... — Uma pausa enquanto o professor verificava o nome. — Ursula Haller.

As garotas, dispostas em duas filas, enlouqueceram, enquanto Sarah caminhava entre elas até a Rainha de Gelo, que aguardava à frente da multidão. Ela estava segurando um troféu enferrujado e olhava para Sarah como um açougueiro avaliando uma peça de carne bovina.

— *Heil* Hitler, *meine Schulsprecherin.* — Sarah a saudou com todo o entusiasmo que pôde reunir. Suas axilas e mamilos estavam machucados, e cada movimento era agonizante. A Rainha de Gelo esperou um instante antes de responder, a multidão ainda comemorava e aplaudia alegremente.

— Então, mais uma vez, parece que subestimei você — disse ela, com calma. — Você está molhada. Nadou?

— Eu voei — disse Sarah, insolente.

— Eu deveria fazer com que você fosse desclassificada.

— Isso não importa. Eu disse que cruzaria a linha de chegada primeiro. E foi o que fiz. Então, terminamos aqui.

— E como devo manter a ordem, com você passando por cima da hierarquia?

— Não estou fazendo isso. Sou uma de vocês, forte, rápida e superior. Sou sua aliada e, claro, sua serva leal.

Você nunca mais será tão forte. Espero que isso funcione.

Sarah apoiou um joelho no chão.

— O que você está fazendo? — A Rainha de Gelo inclinou a cabeça, intrigada.

— Coloque a mão sobre a minha cabeça, depois me ofereça sua mão. Isso mesmo. — Sarah aceitou a mão que a Rainha de Gelo oferecia e a beijou. Tinha lido isso em um livro. — Agora, ajude-me a levantar e diga que não quero o troféu, ele pertence à pátria.

A Rainha de Gelo franziu a testa e sorriu.

— Não, fique aí por um momento. — Ela ergueu a cabeça. — Haller rejeita esses pequenos despojos. Ganhou a corrida para o *Führer* e oferece a ele o troféu! — A multidão aplaudiu, e algumas garotas começaram a repetir o nome de Sarah. — Não, minhas irmãs. Não celebrem a vitória de Haller, não é isso que ela deseja. A glória pertence ao Reich! *Heil* Hitler!

As meninas saudaram, celebraram e comemoraram mais um pouco enquanto Sarah permanecia ajoelhada na lama. Um professor começou um discurso sobre a guerra, mas o entusiasmo das garotas o sobrepujou. A Rainha de Gelo se abaixou e ajudou Sarah a se levantar. Ela chegou perto para que ela não pudesse ser ouvida.

— Agora, Haller. Se você quer mesmo andar em nossa agradável companhia — ela apontou para seu séquito —, precisa ser a *Schlafsaalführerin* da sua turma. Deve conseguir a posição, não importa como. Deve liderar. Você não prestará contas a ninguém.

— Muito bem — respondeu Sarah. *As coisas estão acontecendo. Eu posso fazer isso,* pensou.

Elsa Schäfer estava de pé atrás da Rainha de Gelo com as outras, observando atentamente com a mesma expressão de fascínio divertido daquela outra noite. *Fique fascinada. Divirta-se comigo. Seja minha amiga.* A vitória estava tão próxima que Sarah podia sentir o gosto.

— E você deve parar de andar com as fracas e inúteis, como sua amiga Mauser.

A pequena Mouse. Odiada e indesejada. Fraca e inútil. A única garota que se importava com Ursula Haller. Amiga de Haller... amiga de *Sarah*. Sarah tinha uma *amiga*. Ela queria gritar e dar um soco na Rainha de Gelo.

— Não.

— Não? — Os olhos da Rainha de Gelo traíam uma surpresa genuína.

Aconteceu antes que Sarah pudesse impedir a si mesma. Ela estava tão cheia de raiva e coragem que falou sem pensar.

— Você está certa — rosnou Sarah. — Vou liderar, não vou seguir quem quer que seja. Então, pegue seu bando de capachos e *verpiss dich*. Vai se ferrar.

A Rainha de Gelo estava incrédula.

— Você não pode ir embora, Haller.

Complete o movimento.

— Isso é exatamente o que estou fazendo. *E estou levando minha amiga fraca e inútil comigo.* — Sarah apontou para a Rainha de Gelo. — Você quer se manter fiel aos seus princípios. Nós terminamos essa conversa, e você não vai mais se meter com a minha turma. Fique longe de nós — concluiu com os dentes trincados.

Sarah podia sentir sua oportunidade, sua saída, sua missão, tudo se afastando como o mar fugindo do porto... Mas sua paixão tinha sido maior, mais forte e totalmente sob controle. O movimento estava completo.

A boca da veterana se abriu, e ela parecia prestes a bater em Sarah. Então, sua expressão mudou para uma curiosa mistura de animosidade e irritação, muito diferente de sua usual expressão indecifrável. Ao redor delas, os professores começaram a reorganizar as turmas para a caminhada de volta à escola.

— E onde está Rahn? — perguntou a Rainha de Gelo quando Sarah se virou.

— Não faço ideia — mentiu ela com a mais calma das expressões. — Onde você a colocou?

A Rainha de Gelo se afastou, seguida por seu cortejo. Elsa olhou para Sarah – o rosto em uma momentânea expressão de confusão –, e elas se foram. Sarah respirou fundo, como se tivesse rompido mais uma vez a superfície da água. Ela começou a tremer de exaustão. Foi preciso que Mouse e duas outras garotas a ajudassem a voltar para a escola.

A Corrida do Rio foi cheia de controvérsias naquele ano. Uma garota, Rahn, parecia ter sido atacada por algum tipo de animal selvagem. Seus ferimentos foram graves o suficiente para que ela fosse mandada para casa para se recuperar. Parecia que a floresta não estava mais segura, e os professores discutiam entre si, tentando culpar alguém. Alguns deles concluíram que a corrida era perigosa demais e que as garotas do último ano tinham muito poder de decisão sobre aquela competição. Por fim, o tédio e a indiferença venceram. Daria muito trabalho fazer alguma coisa a respeito.

Entre as meninas, a vitória de Sarah foi incessantemente discutida. A impossibilidade de nadar no rio parecia ser a única certeza, e algumas preferiam acreditar que ela voara de verdade. Além disso, o fato de a vitória dela não ter servido para trazer um fim repentino à tirania da Rainha de Gelo causou desapontamento geral. Outras viam a aparente trégua como uma traição, e muitas garotas começaram a olhar por cima do ombro, imaginando quem seria a próxima vítima na lista da *Schulsprecherin*.

Sarah ardeu em febre pelo resto da semana. Confinada à enfermaria e entre pesadelos vívidos, repousou refletindo sobre o completo fracasso de sua missão. Seu fracasso. Tinha sido convidada para o círculo interno, para governar a escola ao lado de Elsa Schäfer. E Sarah não apenas recusara, tinha mesmo jogado gasolina nesta ponte e acendido o fósforo.

Enquanto repreendia a si mesma em silêncio, Mouse a visitava e falava sobre a vida em Rothenstadt, uma interminável narrativa cheia de fofocas, intrigas e suposições.

— Como você ganhou a corrida, Haller? — perguntou Mouse, entusiasmada.

— Eu voei, você não ouviu?

— Não. É mesmo?

— Ah, sim, mesmo — respondeu Sarah.

Tentou colocar em ordem as aventuras às margens do rio, mas nem ela mesma tinha certeza. Todos aqueles acontecimentos fragmentados estavam repletos de horrores, canções de cabaré e cães de pesadelo. Tudo aquilo parecia muito difícil de acreditar, mesmo para ela.

No mesmo instante, Sarah lamentou sua sabotagem voluntária da missão, mas, ao mesmo tempo, agarrava-se ao que havia representado. Ela não era uma monstra, não era uma monstra, não era uma monstra... ainda assim, suas memórias fracionadas da corrida contavam outra história. Um momento se destacava com fidelidade cristalina, e Sarah o recordou muitas vezes: a pedra atingindo o rosto de Rahn. O som estridente. O movimento. A intenção explodindo de repente das circunstâncias. Ela poderia ter matado Rahn. Teria matado, se a pedra fosse mais pesada. Estava disposta a fazer qualquer coisa para se livrar da garota. E nem sequer era para sobreviver, apenas para evitar a dor – para evitar *a derrota*. Era um jarro cheio de vergonha e autoaversão, mas do qual parte dela queria beber, só para provar a si mesma que ainda era humana. Mas o jarro era enorme. Havia o suficiente para se afogar.

Assim que se restabeleceu, qualquer sentimento de triunfo a abandonou, junto com seus escrúpulos éticos. Ela queria uma *erneuter Versuch*, uma segunda chance. Ainda tinha uma missão, e cumpri-la agora parecia mais impossível do que nunca. Não conseguia pedir perdão à Rainha de Gelo, então, sem nada melhor para fazer, Sarah se viu seguindo silenciosamente o séquito da Rainha de Gelo. Não tinha nenhum plano, nem a mais vaga ideia do que fazer. Ficava nas sombras, observando-as, seus hábitos e suas rotinas. Esperando por uma informação que pudesse usar, esperando por uma oportunidade que sabia que não viria.

Elsa falava alto. O comportamento barulhento de alguém que queria provar algo. Como a mais jovem do grupo, ela devia achar que precisava ser mais durona, mais desagradável e mais ruidosa que todas as outras. Quando a Rainha de Gelo estava ausente, a conversa entre elas era prosaica. Cavalos. Rapazes. A nova canção de Marika Rökk. Era como se a guerra, o Reich e a *die Judenfrage* – a questão judaica – não existissem.

Em apenas uma ocasião Sarah ouviu algo valioso. Estava espionando a corte sem rainha, seus membros fumavam em uma escada de incêndio. Ela estava agachada contra a parede, logo abaixo das garotas, ouvindo as vozes que conhecia tão bem.

— Então, quem é que ele está atacando agora?

— Aquela nova garota, Haller.

— Oh, o herói conquistador...

— Feche a matraca, Eckel.

— Fechar a matraca, foi o que ela fez na perna de Rahn — brincou Eckel.

— Quieta. Você *realmente* não quer que a Rainha de Gelo a ouça.

— Então, qual é a história de Foch, afinal?

— Nenhuma pista, mas Schäfer sabe, não sabe?

— Olhe para o rosto dela! Ela sabe de alguma coisa.

— Isso foi o que eu ouvi. Foi o que disse alguém cujo pai conhece os professores... — gritou Elsa.

— Um dos seus animais de estimação?

Elsa ignorou a interrupção.

— Foch era um membro leal da *Sturmabteilung* desde o início. Eles colocaram o *Führer* no poder, mas Röhm, o chefe da SA, era um *Revolutionär*. E não há lugar para esse tipo de gente quando a revolução acaba. Ele se achava mais importante do que era de verdade. Abominava Himmler e Heydrich e achava que eles não poderiam tocá-lo.

— Rá! Bem, ele não poderia estar mais errado.

— A SS acabou com isso na *Röhm Putsch*, eliminou a SA em apenas uma noite — continuou Elsa. — "Uma Purificação do Sangue, uma noite das facas longas. Bang. Bang. Bang." — Ela começou a rir.

— Isso não é novidade, Schäfer...

— Mas Foch não foi morto como os outros, então o que aconteceu?

— Ah, bem. Quando o apanharam, ele implorou para ser liberado. Então, foi obrigado a fazer alguma coisa para provar sua lealdade. Algo *nojento*.

— O quê?

— Qual é a pior coisa em que você pode pensar?

Gretel, pensou Sarah.

Um sino distante tocou. Cigarros acesos caíram um por um no chão molhado em torno dos pés de Sarah.

Sarah decidiu que, mesmo se tivesse que quebrar os próprios dedos, nunca mais tocaria piano para Foch.

DEZOITO

9 de novembro de 1939

A entrada de Rothenstadt estava lotada de carros caros e uniformes elaborados. Havia motoristas subservientes e mães cobertas de seda e peles. Os pais tinham guarda-costas furtivos e expressões altivas. Garotas corriam procurando seus pais, pensando em sorvete e preciosos minutos de atenção.

Sarah ficou na ponta dos pés para beijar o rosto do Capitão.

— *Onkel* — disse ela, formal.

— Ursula, espero que você esteja me dando motivos de orgulho — respondeu seu *Onkel*.

— Ah, sim, eu me dedico aos meus estudos. — Sarah se calou por um instante, aguardando a passagem tempestuosa de uma menina do quarto ano. Quando ela se foi, Sarah continuou, em uma toada monótona — Um mês inteiro de vigorosas marchas em círculos, engolindo mentiras, atormentando as meninas mais fracas – eu me destaquei em tudo isso. Já sou uma monstrinha perfeita.

O Capitão abriu a porta do carro. Sarah sempre sentia que estava de alguma forma violando aquele espaço intocado e minimalista do interior do carro, mas entrar em um espaço seguro após semanas de tensão e de fracassos estrondosos era como ser envolvida por um abraço.

— Então, onde está ela? — perguntou o Capitão, entrando e fingindo arrumar o espelho enquanto passava os olhos pelo grupo do lado de fora.

— Ela não vai sair. O professor Schäfer não virá visitá-la hoje. É Nove do Onze, lembra? Ela vai estar em Munique para os discursos do *Führer*, as bandeiras, as marchas etc. O *Quatsch*[15] nazista de sempre.

— Cuidado com a língua — repreendeu ele, ligando o motor.

---

15. "Tolice", em alemão. (N.T.)

O carro se espremeu pela multidão, saindo em direção ao portão pela avenida ladeada de árvores, passando por carros imensos, cada um com seu chofer.

— Por que você não tem um motorista? Dá certa distinção.

— Posso perfeitamente dirigir um carro, obrigado pela preocupação. Além disso — eles passaram pelo portão e ele acelerou estrada abaixo —, estamos meio sem amigos no momento.

— Nós tínhamos amigos? — Sarah ficou pensando que deveria ter perguntado mais coisas lá no início, mas ele era sempre tão evasivo que tinha ficado cansativo. O carro atravessava uma estrada estreita através dos campos, enquanto Sarah esperava uma resposta. Ela insistiu — Conhecidos íntimos?

O Capitão bufou.

— Havia outros agentes, mas, por sorte, não éramos próximos.

— *Havia*?

— A Gestapo está fazendo uma faxina.

Por um instante, a máscara escorregou, e Sarah viu uma emoção cruzar o rosto do Capitão. Não era medo propriamente dito, era mais uma pontinha de desconforto. Ela se lembrou das noites em que deixara o Capitão sentado em uma poltrona e o encontrara no mesmo lugar na manhã seguinte. Ela não tinha imaginado que ele passara a noite toda sentado ali, mas, pensando agora, a poltrona ficava virada para a porta.

— Você tem a mim — começou a dizer, mas a frase terminou inaudível.

Eles passaram pela periferia de Rothenstadt, uma cidade desbotada sem muitos sinais do milagre econômico do *Führer*. A tinta das paredes estava descascando, as pedras nas ruas se desfazendo, e os habitantes pareciam mal-humorados e famintos.

Ele precisava *dela*? Ou só qualquer agente na escola? Ele *soava* isolado. Ele precisava dela como ela precisava de Mouse...

Aquele pensamento a fez entrar por uma porta inexplorada. *Ela* precisava de Mouse?

Será que o Capitão se ressentia dela, como ela não conseguia evitar se ressentir de Mouse – por ser um sinal de sua fraqueza e de sua falta de atenção? Era Sarah uma responsabilidade de que ele não precisava? Era ela, como Mouse, uma vulnerabilidade que acabava em gestos impulsivos e no fracasso?

Havia fios demais nessa trama, e Sarah decidiu que não queria começar a puxar nenhum deles.

O carro deslizou pela cidade, recusando-se a fazer barulho o suficiente para preencher aquele silêncio incômodo.

— Fale sobre Elsa Schäfer — pediu o Capitão.

A *Schulsprecherin* tinha cumprido sua palavra e deixado Ursula Haller e sua classe em paz. A corte da Rainha de Gelo estava quase sempre em outro lugar, e, mesmo quando estavam presentes, elas não estavam disponíveis. Elsa Schäfer nunca estava sozinha e era virtualmente inatingível.

Ela não queria dizer nada a ele. Não queria admitir o que tinha feito.

Sarah não queria assumir a responsabilidade por um fracasso cujas razões nem ela entendia direito. Também não queria chorar e pedir para ser levada para *casa*. E tinha medo de começar a falar e não conseguir se controlar.

— Eu tive a chance de me aproximar, de me tornar amiga dela, mas joguei a oportunidade fora porque tive pena de alguém. Eu falhei na missão.

Aquilo transbordou de uma vez, como se ela não conseguisse controlar a bexiga. Ela se sentiu humilhada.

Leve-me para casa.

Nunca tivera alguém em quem confiar, mas como foi permitir que Mouse se aproximasse e passasse a significar algo para ela? Aquilo só podia terminar mal.

O Capitão ficou em silêncio por algum tempo. Então, ele estendeu o braço e tomou a mão dela na sua.

— Tudo bem — disse ele, acalmando-a. — Mas deixe-me mostrar uma coisa para você. São só mais alguns quilômetros.

Sarah sentiu uma coceira no canto dos olhos. Sua culpa foi rapidamente afogada em uma raiva amarga, dirigida contra ele.

— Nós estamos perdendo nosso tempo, de qualquer forma. Imagine que eu seja convidada para ir à casa dela, e daí? O que eu poderia conseguir com isso?

Sarah se fechou em um silêncio taciturno e defensivo, com os braços cruzados. Nem os campos da Bavária, sob a luz fria de novembro, nem o prateado inteiriço do inverno nem o dourado do outono conseguiram melhorar seu humor. Então, ela notou algo estranho surgindo, algo que não devia estar ali. Um imponente muro de pedra apareceu, como uma grossa cicatriz cortando a paisagem, engolindo cada vez mais o céu, até cobrir as janelas do carro.

O Capitão fez uma curva, entrando na estrada que corria à sombra daquele muro. A barreira se estendia para os dois lados até o horizonte.

— Este é o muro da propriedade dos Schäfer.

De mais perto, Sarah pôde ver que as pedras antigas tinham sido reparadas e polidas, e no topo havia arame farpado. O Capitão continuou em frente, e a muralha foi passando pela janela, imutável. Não havia árvores ou, na verdade, nenhum tipo de vida próximo à barreira. Sarah começou a entender por que o Capitão considerava a propriedade inacessível.

— Se eu conseguisse escalar aquele muro – e esse é um grande "se" – ainda estaria a mais de um quilômetro e meio da casa. — O Capitão apontou com uma das mãos enluvadas, enfatizando suas palavras. — O terreno é patrulhado por guardas. Não por idiotas locais, mas por soldados da *Schutzstaffel*. E eu só tenho uma vaga noção de como a casa se parece por fora e não sei nada do interior. — O muro continuava passando. — Quer ver a entrada?

Mais adiante, havia uma espécie de comboio militar. Caminhões se enfileiravam na estrada, e soldados se moviam em volta deles. Quando eles chegaram mais perto, Sarah percebeu que aquele era o portão. Um visitante de carro teria de fazer um percurso em zigue-zague em torno de muretas de pedra até chegar à entrada propriamente dita, onde guardas verificariam novamente os documentos do motorista antes de abrir uma barreira listrada. Os soldados pareciam inteligentes, alertas, vigilantes. Lançaram olhares de suspeita para o carro quando passou. Sarah teve vontade de se esconder sob a janela, de sumir de vista.

— Esse lugar é uma fortaleza. A menos que sejamos convidados, não temos como entrar.

O muro ressurgiu e preencheu a janela do lado do passageiro.

— Ela anda com as garotas do último ano. Elas mandam na escola.

— Sarah estava na defensiva.

— Então, junte-se a elas. Torne-se interessante para elas.

— Elas são *monstras* — reclamou.

— O Alto Comando Alemão está cheio de monstros — pressionou ele. — Você quer monstros jogando a Bomba Toranja em...

— Sim, sim, eu entendo. Elas mal pararam de me assediar. Você sabe o que é aquela escola? É um hospício dirigido por psicopatas, em nome de... *degenerados* — cuspiu Sarah.

O carro corria macio sobre o asfalto. O Capitão balançou a cabeça devagar, então se aprumou.

— Como você sabia que Schäfer estaria em Munique hoje?

— Ela fala bem alto, e eu estou sempre por perto tentando *me tornar interessante* — disse Sarah, em tom sarcástico. — De qualquer forma, hoje é o Dia da Memória dos Mártires do Movimento, então...

— Shhh — interrompeu ele. — Ela...

— Shhh? *Shhh?* — Agora, Sarah estava irritada de verdade.

O Capitão levantou a mão, movendo a cabeça em um gesto de conciliação.

— Elsa disse mais alguma coisa? — perguntou ele com uma leve sugestão de excitação na voz. — Qualquer coisa?

— Ela não para de falar — respondeu Sarah, pensando nas intermináveis discussões sem sentido que ouvira a distância.

— Sobre a casa? Sobre o pai dela?

— Ela falou sobre ser deixada na escola no Dia da Memória. Ela fala sobre cavalos. — Sarah se entediou. — Sobre Anne alguma coisa, sobre como o homem que cuida dos cavalos é um bêbado e precisa ser demitido...

O Capitão começou a rir.

— Quer me contar a piada?

— Você é uma espiã excelente, excelente — disse ele, baixinho.

Sarah não sabia se ele estava falando com ela ou só pensando alto.

O interior do carro estacionado começou a esfriar, conforme o sol de inverno desaparecia atrás das árvores, uma bola vermelha sufocada por espinhos e depois engolida.

— Como você sabe que o cavalariço vai passar por aqui? — perguntou Sarah, afundando-se no casaco.

O Capitão deu de ombros.

— Eu não sei.

— Mas você acha que... ele vai beber na cidade?
— Possivelmente.
Sarah achava tudo isso muito vago.
— E não sozinho? Em sua cama, por exemplo?
— Possivelmente.
Isso fez Sarah recordar do trem dez semanas antes e ficou ainda mais irritante.
— Mas você tem um *palpite* — disse ela.
— Sim.
— E *se* ele passar?
— Então, ele possivelmente fará isso amanhã e na noite seguinte. Bêbados são criaturas de hábitos.
Sarah bufou.
— E eles são preguiçosos, instáveis e imprevisíveis — resmungou ela.
— Verdade, mas ele já teria perdido o emprego a essas alturas. Ele bebe o suficiente para uma garota de quinze anos notar, mas ainda está empregado. Então, minha intuição, meu *palpite*, é que ele bebe todas as noites, na cervejaria. Bebe *socialmente*.
— E depois?
— Sofre um acidente voltando para casa, e eu tomo o lugar dele.
— E depois?
— Depois eu estou dentro e posso fazer meu trabalho.
— Esta noite? — perguntou Sarah, surpresa.
— Não, não estou vestido a caráter — respondeu o Capitão, sorrindo. — Sabe, essa... essa profissão, tem muito de adivinhação, e de ficar esperando, e de se desapontar. É bom você se acostumar.

Essa era a primeira vez em que o Capitão se referia especificamente a algum tipo de futuro. Mas, antes de Sarah poder mencionar o fato, houve um movimento à frente.

— Olá... — O Capitão se ajeitou no banco e sorriu. — Lá vem nosso cavalariço.

Um homem malvestido com o rosto bem vermelho, próximo da meia-idade, fez a curva e seguiu decidido em direção à cidade.

— Ele tem a metade do seu tamanho — riu Sarah, incrédula.
— Eu me encurvo.

O carro parou vagarosamente em meio à confusão de veículos tentando desembarcar garotas na penumbra da entrada, os faróis se acotovelando por uma vaga.

— A cidade e a propriedade, eles ficam apenas a alguns quilômetros em linha reta. Eu quero ir junto — disse Sarah, decidida.

— Amanhã? Não. Ridículo — disse o Capitão, balançando a cabeça.

Sarah precisava de algum controle, algum sucesso, alguma voz no desenrolar dos eventos. Se ela não era uma "espiã excelente", então qual utilidade tinha? Precisava de perdão.

— Eu sou uma espiã. Eu quero fazer... *coisas de espiã*.

— Você está fazendo *coisas de espiã*.

— Eu não aguento isso aqui — reclamou. — É como ficar vendo os velhos judeus esfregando as ruas de Viena, mas todos os dias. Se eu puder ficar segurando o seu casaco e isso me tirar daqui trinta segundos mais cedo, então eu vou segurar o seu *gottverdammte* casaco.

Ele observou enquanto ela o olhava, o rosto à beira da fúria, e revirou os olhos.

— Está bem. Você consegue sair amanhã à noite?

— Fácil, em um segundo — disse ela, sorrindo. — E se isso significar que eu não vou ser obrigada a voltar para cá, saio ainda mais rapidamente.

Sarah quase pulou para fora do carro, mas, ao fechar a porta, viu algo que a fez gelar. Começou a bater na janela com o nó dos dedos. Quando nada aconteceu, ela socou mais freneticamente, o tempo todo olhando de soslaio para a entrada da escola. A janela desceu.

— O que foi? — perguntou o Capitão, impaciente.

— Olhe — sussurrou Sarah com a voz raspada, inclinando a cabeça na direção de Rothenstadt.

Nos degraus da entrada, estavam Elsa e um homem em roupas de caça tradicionais. Sarah sabia, mesmo a distância, que aquele era Hans Schäfer.

— Bem, vejam só. Parece que *Führer* não é tão importante quanto nós imaginamos — disse o Capitão. — Será que você pode parar de tentar *não* olhar para eles?

— Ela está me encarando — retrucou Sarah, sussurrando como se estivesse em cena.

— Não, não está. Ela está só olhando nessa direção. Apenas... volte para a escola.

Tudo e todos estavam aqui, em um só lugar. Parecia impossível que não desse para terminar naquele momento.

— Você não pode só dar um tiro nele ou coisa assim?

O Capitão estalou a língua em desaprovação e subiu a janela, deixando Sarah com a sensação de estar exposta.

Isso é idiota.

Ela revestiu o rosto com um grande sorriso e caminhou decididamente para a escola, parando apenas para se virar e acenar para o carro, o Capitão já invisível atrás do vidro. Quando se voltou novamente, Elsa estava apontando para ela.

Sarah se obrigou a continuar, tentando não olhar de volta.

Ela não estava apontando para mim. Estava apontando para outra pessoa próxima.

Mas não havia nenhuma outra garota do quarto ano por perto, nem alguma das acompanhantes da Rainha de Gelo. Agora, Elsa falava com seu pai.

Será que ela sabe?

Como ela poderia saber? Não há o que *saber*. Ainda não, pelo menos.

Quando Sarah chegou à entrada, o pai de Elsa beijou a filha no rosto. Sarah se concentrou nos degraus. Quando chegou ao topo, Hans Schäfer estava sozinho em frente à porta.

— Com licença, *mein Herr* — disse Sarah, a voz trêmula.

— Certamente, *Fräulein* — respondeu ele, saindo do caminho.

Ao entrar na escola, Sarah sentiu como se tivesse sido ultrapassada por um veículo em alta velocidade. A sensação de potência, o movimento, o pequeno arrasto do vento e o rescaldo ondulante. Quando se viu do lado de dentro, descansou o corpo contra o espaldar da porta.

Mais um dia aqui. Talvez só mais um dia.

DEZENOVE

Todas dormiam quando Sarah, completamente vestida, saiu de debaixo das cobertas. Em silêncio, calçou os sapatos, mas a chuva atingia as janelas com uma ferocidade que mascarava qualquer barulho que pudesse fazer. Ela se perguntou se deveria planejar o que fazer caso voltasse com roupas molhadas – encontrar um lugar para secá-las ou deixar roupas limpas para o dia seguinte em algum lugar –, mas simplesmente não conseguia se concentrar. Estava indo embora, disso tinha certeza.

Olhou para a mesinha de cabeceira. Deveria levar seus pertences consigo? Precisaria novamente de Ursula Haller? Essa garota ia desaparecer e deixar seus pertences pessoais para trás?

— Haller? O que você está fazendo? — Mouse resmungou no escuro. Deus...

— Eu vou fazer xixi, fique quieta.

— E vai usando o casaco?

— Mouse! Cale a boca, você vai acordar a Liebrich — implorou Sarah.

— Desculpe-me.

— Estarei de volta em um minuto. Vá dormir.

Ela deslizou sem ruído pelas tábuas do assoalho e se perdeu nas sombras, esperando que Mouse ficasse onde estava.

Sarah conhecia bem sua rota de fuga. A janela lateral ainda estava quebrada, exatamente como a havia deixado semanas antes. *Sempre tenha outra maneira de escapar.* Pular para o cano da calha nem era um desafio digno do nome. Os arbustos de sempre-vivas davam boa cobertura até o muro. Mas na noite sem lua, à meia-noite, durante uma tempestade, cada um desses elementos representava um novo perigo. O peitoril da janela estava escorregadio. A água da chuva escorria da calha entupida e extravasava pelo cano. Sarah esperou que seus olhos se ajustassem, mas o terreno à frente era invisível na escuridão.

Sarah saiu pela janela e sentiu a água bater em seu rosto. Desde a corrida, passou a não gostar de ficar com a cabeça molhada: não conseguia afastar a sensação de que a água a engoliria. Vinha evitando os chuveiros, e lavar o cabelo tinha sido realmente assustador. A água encharcou seu cabelo e desceu pelo rosto, pingando pelo nariz e orelhas. Ela resistiu à desordem que sentia, o animal que precisava fugir, fugir.

Quando conseguiu se acalmar o suficiente, agarrou-se à calha e deslizou pelos dois andares que a separavam do chão. Ergueu os olhos para o temporal e se perguntou se seria capaz de subir mais tarde se a calha ainda estivesse tão molhada – outra razão para esperar que não precisasse voltar.

Correu pelo terreno, afastando-se da escola, de árvore em arbusto, saltando sobre as poças que aumentavam, até que não teve escolha a não ser atravessá-las pisando na água. Quando alcançou o muro e saltou sobre ele, um clarão a iluminou. Ela ficou aliviada ao perceber que era apenas um raio. Começou a contar.

Um

Jogou uma das pernas por cima do muro.

Dois.

Rolou por cima do muro e aterrissou suavemente do outro lado.

Três.

Precisou de um instante para se lembrar em que direção deveria seguir e, com cautela, andou para dentro da escuridão.

Quatro, cinco, seis...

O trovão foi tão alto que Sarah, que estava esperando por ele, pulou e deu um grito.

Você é patética. A tempestade está a dois quilômetros de distância... mas indo ou vindo?

Ela enfrentou a escuridão em busca da estrada, começando até mesmo a duvidar se sua decisão de sair da escola tinha sido sensata. Mas não queria que seu destino fosse decidido sem que estivesse lá... Não queria *perder a ação.*

Quando chegou à estrada, o asfalto áspero estava inundado. Parecia um rio, ainda que, na opinião de Sarah, fosse um tipo muito pobre de rio, mas era irritante que fosse obrigada a andar sobre a vegetação rasteira para impedir que a chuva penetrasse em seus sapatos. As roupas pesavam sobre ela, que estava começando a ficar exausta daquilo. O desconforto a preocupou enquanto se arrastava.

— Suas habilidades de espiã precisam ser aprimoradas — disse alguém do meio do mato, bem perto dela.

Sarah escondeu sua surpresa fingindo tremer. Colocou as mãos nos quadris e olhou para a estrada.

Deu de ombros.

— Estou aqui, não estou?

— E se movendo ao longo da estrada como um búfalo — zombou ele. — Pude ouvir você chegando pelos últimos cinco minutos... E vê-la, também.

Ela franziu os lábios.

— Ele não virá nesse tempo.

— Acho que você subestima os bêbados.

O mundo ficou branco.

— Sim, você entende de bêbados melhor do que eu — respondeu Sarah, irônica.

O trovão os alcançou, desdobrando-se em estalidos graves e dramáticos, uma bola de canhão estilhaçando uma vitrine. Em meio ao barulho, um vulto surgiu vindo da curva da estrada, envolto por uma capa impermeável e usando um chapéu. Seu avanço era lento, um cambalear prolongado que serpenteava irregularmente para dentro e para fora da estrada. O Capitão, com gentileza, tomou o braço de Sarah e a guiou mais para dentro das árvores.

Esperaram em silêncio enquanto o homem se aproximava. Ele estava cantando.

— *Ein Prosit, ein Prosit...* — A voz grave desapareceu enquanto o desconhecido procurava a próxima estrofe. Ele desistiu e começou desde o começo. — *Ein Prosit, ein Prosit...* um brinde... um brinde... um brinde...

— Segure. — O Capitão tentou entregar alguma coisa para ela.

— O que é isso?

— Meu casaco.

Sarah esperou alguns segundos de pura birra e pegou o sobretudo e a sacola úmidos e volumosos. Ela os embrulhou em seus braços.

— Ótimo. *Agora*, estou ajudando — disse ela com sarcasmo.

— Um brinde... um brinde... — resmungou o homem ao passar.

Sarah sentiu o Capitão enrijecer, uma serpente pronta para o bote.

— *Ein Prosit, ein Prosit...*

O Capitão emergiu dos arbustos.

— *... der Gemütlichkeit!...* Aos bons tempos! — cantarolou o homem na escuridão.

O Capitão se adiantou na direção do vulto, que ia se afastando, alcançando-o facilmente.

— Um, dois, três! Um gole!

Com um movimento rápido do braço do Capitão, o homem da capa caiu como uma pedra no asfalto. Era como se ele tivesse esmagado uma aranha a caminho da cozinha, e as naturalidade daquilo assustou Sarah.

O Capitão arrastou o corpo para os arbustos. Tirou a capa de chuva dos braços moles do encarregado dos estábulos e desabotoou a camisa do homem.

— Abra a sacola — ordenou o Capitão.

— Você o matou? — Sarah ainda estava chocada.

— Não, provavelmente não — respondeu o Capitão, como se estivesse discutindo a próxima partida de futebol. — Ainda assim, é uma noite fria. Ele não seria o primeiro bêbado a morrer largado em uma vala.

Ele pegou as calças do homem e começou a puxá-las. Sarah corou e se virou. Nunca tinha visto um homem adulto sem roupas e descobriu que a ideia a fazia se sentir um pouco enjoada.

— Sacola — repetiu o Capitão. Sarah apanhou a sacola sem se virar e ele riu. — Ele não vai morder.

De qualquer forma, ela não ia espiar. Alguma coisa naquilo *parecia* errada.

Sarah deu um passo para trás e sacudiu a sacola. O Capitão colocou alguma coisa nela. Sarah se sentiu desconfortável quando percebeu que eram roupas dele.

— Pegue meu casaco e a sacola e espere por mim no celeiro.

— Meu Deus, como a espionagem é glamorosa — bufou Sarah, fazendo drama. Ela ficou aliviada ao ver o Capitão vestido, derramando uma garrafa de bebida sobre a cabeça.

— Você está me poupando de uma ida extra ao carro, e esse tempo é valioso. A Bela Adormecida aqui poderia acordar a qualquer momento.

— Então amarre-o... ou...

O Capitão congelou e se virou para Sarah.

— O quê? Quer que eu o mate? Faça isso *você*, então.

Um relâmpago iluminou o corpo branco e volumoso do encarregado dos estábulos entre eles, depois tudo ficou escuro. O Capitão esperou enquanto Sarah se dava conta do horror de sua sugestão. Monstra idiota. O trovão estalou e retumbou.

— A tempestade está se aproximando. Hora de se mexer — disse o Capitão, ajeitando a capa de chuva e o chapéu.

— Boa sorte — arriscou Sarah, não muito convencida com o disfarce dele.

— Nada disso — zombou o Capitão.

— Então, merda para você.

Sarah queria segui-lo, vê-lo trabalhar. Para ver se a embriaguez fingida, uma capa de chuva e cabelos ensopados de bebida barata seriam suficientes para enganar os guardas. Mais uma vez, aquela impressão, uma sensação de formigamento crescendo dentro dela. Percebeu que era esperança. Esperança de que tudo aquilo acabasse logo e que... alguma outra coisa acontecesse em seguida, algo mais quente, mais seco, mais seguro. Essa sensação a manteve aquecida enquanto se dirigia ao ponto de encontro.

Foi até as sebes que precisava seguir para chegar ao celeiro perto da escola. Tinha visto o celeiro de longe, enquanto corria. Estava em péssimas condições, provavelmente abandonado. Era um lugar perfeito para esperar. Houve outro clarão, iluminando a lateral da construção, que estava próxima, quase visível através da parede de água. Sarah contou enquanto se aproximava, curvando-se para desviar do pórtico ao entrar pelos fundos da construção. O trovão seguiu, mais alto e mais próximo, o que significava que o pior ainda estava por vir – embora Sarah mal pudesse acreditar que era possível que chovesse ainda mais forte.

As ripas que formavam as paredes do celeiro haviam se empenado com o tempo, e a pintura tinha se deteriorado e descascado. Lá dentro, só havia escuridão, que podia ser vista por entre as tábuas, e isso fez com que Sarah se sentisse exposta. Qualquer um ali dentro poderia vê-la e, ao mesmo tempo, permanecer oculto. Mais uma vez, um perfeito local de encontro. Ela chegou às portas duplas e aguçou os ouvidos, mas não conseguiu ouvir nada além do barulho da chuva batendo no teto de palha e nas paredes. Com cuidado, puxou a porta mais próxima, que rangeu ao ser aberta.

No interior do celeiro, estava escuro como breu e cheirava a feno velho e estrume. Sarah deu um passo e esperou até que o relâmpago atravessasse o céu de novo, revelando nada além de um estábulo e um monte de palha. Foi até a parede dos fundos e, por fim, acomodou-se na palha para esperar.

Tirou o casaco e sacudiu-o. Estava encharcado. Torceu o cabelo e tentou trançá-lo de novo, imaginando quanto tempo teria de esperar. O celeiro estava seco por dentro – o telhado era uma homenagem à arte dos construtores de telhado. Ali, fora do vento, estava quase aconchegante. Sarah poderia imaginar uma vela, uma coberta de montaria e um bom livro. Cobriu as pernas com o casaco e apoiou a cabeça contra um pilar. Bocejou, percebendo como a excitação tinha mascarado o cansaço. Cada bocejo fez seus olhos lacrimejarem. Sempre tinha odiado isso. Não queria que alguém pensasse que estava chorando. Fechou os olhos para poder limpá-los com a manga.

— O que é todo esse barulho? — Sua mãe, envolta no quimono de seda desgastado, a encontrou na porta.

— As ruas estão tomadas. Estão quebrando as janelas das lojas judaicas, e a SA está espancando qualquer um que encontram. Eles jogaram bombas no templo em Leopoldstädter, está tudo em chamas.

— Bem, estamos seguras aqui em cima. Entre, Sarahchen.

Sarah ficou junto ao batente.

— Mas há tantas pessoas em perigo que precisam de ajuda... — ela se interrompeu.

— Mas o que podemos fazer? — choramingou a mãe. — Precisamos ficar fora dessa confusão.

— Como podemos ficar de fora? Somos *parte* disso.

Como que para ilustrar seu ponto de vista, ouviram golpes e gritos abaixo delas, seguidos pelo barulho de coisas sendo estraçalhadas e madeira sendo quebrada. Sarah correu para o topo da escada e olhou para baixo. A curva da escadaria parecia dançar com sombras de pânico e luzes esmaecendo.

— Sarahchen...

Houve um último estampido, e o piso xadrez da base da escadaria assumiu os tons de chamas que tremeluziam.

— Venha, entre — tentou a mãe, mais uma vez.

Vultos escuros invadiram o prédio, e o primeiro grito foi ouvido.

— *Dumme Schlampe*, entre agora! — esbravejou a voz atrás dela.

As sombras projetadas pela multidão invasora giravam em torno do coração do prédio. Portas estavam sendo postas abaixo. Gritos e o ruído de fechaduras sendo arrombadas subiam pela escadaria.

— Agora...

A porta do apartamento do primeiro andar tinha sido escancarada, e um sem-fim de castiçais, papéis e mobília quebrada estava sendo lançado para fora.

Sarah se virou e empurrou a mãe pela porta.

— Vá pela janela da cozinha até o telhado e feche-a quando sair.

A mãe congelou, surpresa.

— Sarahchen... — implorou.

— Vá e fique lá até que eu bata no vidro para chamá-la. — Havia autoridade nos olhos de Sarah, e sua mãe deu um passo para trás. Sarah amansou a voz. — Vá na frente, *Mutti*, eu logo vou me juntar a você. Preciso bloquear a porta, só isso.

Sua mãe recuou para a cozinha, e Sarah mordeu os lábios, concentrada.

Apenas um casaco no armário, apenas um casaco.

Disparou pelo corredor, arrancando as poucas fotos penduradas na parede e deixando o vidro se quebrar contra o chão. Bateu na cozinha e virou a mesa, jogando no chão potes e panelas dos aparadores. Jogou os cobertores no corredor e, com uma sacola vazia, seu livro e alguns fósforos, entrou no banheiro. Acendeu o papel e colocou-o cuidadosamente na pia, dando um olhar de desculpas para o teto. Correu para o quarto, mas sua mãe já havia destruído o quarto vivendo nele. Apagou as velas e tirou os sapatos. No corredor, pulou para quebrar a lâmpada, jogando lascas de vidro em seu cabelo. Ela correu pela escuridão, chutando os cobertores da porta do apartamento para o vestíbulo.

Os intrusos estavam a apenas um andar de distância. Ela podia até ver o oficial da SA de camisa marrom comandando os outros homens. Olhou para a porta e xingou em voz alta. No batente, e despercebido até agora, estava fixado um antigo mezuzá, deixado ali por um ex-morador religioso.

Ela o agarrou e puxou, mas estava bem afixado na madeira e as bordas tinham sido pintadas. Sarah rangeu os dentes e puxou mais uma vez.

— Oh, tão religioso que você tinha um... *gottverdammte*... maldito... *me... zu... zah... gottverdammte*... — resmungou entre os dentes. Por fim, o estanho se partiu e a parte da frente se abriu em suas mãos. As orações guardadas ali dentro flutuaram até o chão e Sarah pisou nelas.

Podia ouvir passos no último lance de escadas.

Sarah caiu no chão e se encolheu de costas para a parede. Cobriu o rosto em seus braços e soluçou muito antes de chorar alto.

Chore, dumme Schlampe, chore!

Permitiu à barriga vazia desejar doces, carnes suculentas e frutas cítricas. Permitiu que as ondas de tristeza viajassem do estômago para apertar seu coração e provocar ardor em seus olhos. As desejadas lágrimas rolaram por seu rosto quente até os antebraços. Sarah ergueu a cabeça e olhou nos olhos das bestas assim que elas chegaram ao vestíbulo.

— Não, não de novo, não há mais nada — soluçou, sentindo a secreção se acumular por trás dos olhos e escorrer pelo nariz. *Deixe escorrer.*

Os homens, alguns ofegantes pelo esforço, olharam para o mezuzá quebrado e o pergaminho rasgado, os cobertores jogados, o vidro partido e o corredor escuro. Um deles entrou para ver as chamas escapando pela porta aberta, os destroços na cozinha e a fumaça. Eles se viraram e se foram pelas escadas, desapontados.

— Nojento — um deles disse para outro. — Eles realmente vivem assim.

Sarah contou devagar para reprimir um ataque de fúria e esperou até que o último desaparecesse escada abaixo.

Apagou o fogo no banheiro, mas deixou tudo onde estava. Bateu na claraboia da cozinha, abriu-a e saiu.

O céu estava vermelho, como no amanhecer. Gritos e sons de vidro quebrando ecoavam das ruas abaixo. Sua mãe estava sentada no telhado, os braços em volta dos joelhos, balançando para a frente e para trás e chorando.

— O que está acontecendo, Sarahchen?

Sarah sentou-se e, fechando os olhos, aconchegou-se em sua mãe.

Sarah acordou ouvindo seu próprio choro. Limpou as lágrimas dos olhos e amaldiçoou seu descuido antes de perceber que os gemidos vinham de fora do celeiro. As portas se abriram, e um vulto se desenhou contra a porta, uma lanterna de luz pálida pendendo de uma das mãos. Sarah congelou, torcendo para que a escuridão a escondesse.

Naquele momento, um raio lambeu o céu acima dos ombros do vulto, e Sarah pôde ver o celeiro e o homem à sua frente. O estrondo do trovão fez seus ouvidos zumbirem.

Era o Capitão Floyd.

Ela ficou de pé com um gritinho feliz, bem a tempo de vê-lo se dobrar e cair como um pino de boliche, tombado na terra.

VINTE

Sarah ficou parada por um instante, confusa, ainda acordando e surpresa demais para agir, antes de correr e se agachar ao lado do homem caído.

— Capitão? Haller?... *Jeremy?* — gritou, empurrando-o pelo ombro. Ele se agitou. — O quê...? — Ela olhou para suas mãos, agora cobertas com algo escuro e quente.

— *Não* me aperte ali de novo — disse ele, em inglês. Sarah começou a virar o Capitão de barriga para cima. Ela tinha movido sua mãe muitas vezes, mas ele era mais alto, mais pesado e estava acordado.

— Você... come... salsicha... demais..., Capitão Floyd... — resmungou ela. Não queria aceitar as implicações daquilo tudo, então se concentrou nos aspectos práticos.

— Eu vou transmitir suas... observações... para... o meu...

— Você não tem um chef, *Arschloch*.[16] — Ela se permitiu ficar irritada com o bom humor dele, pois assim não precisava pensar no resto.

Ela o rolou para cima, e ele gritou quando o ombro esquerdo se apoiou no chão. Foi um grito selvagem, inumano, e ela recuou um pouco, assustada. Sarah procurou a lanterna. A lâmpada estava coberta com um filtro branco, para diminuir o brilho, então ela precisou desatarraxar a tampa para conseguir alguma iluminação. A luz sem filtros revelou a pele mortalmente pálida do Capitão e sua camisa ensopada de sangue. Até as mãos dela estavam completamente vermelhas.

— O que você fez? — sussurrou Sarah, sentindo o chão fugir de seus pés.

— *Eu* não fiz nada — respondeu ele, tossindo.

— Bem, alguém fez alguma coisa. Venha cá. — Ela passou o braço por trás das costas dele e o arrastou por lentos e dolorosos centímetros até

---

16. "Filho da mãe", em alemão. (N.T.)

a cama de feno. Fez isso desviando o olhar do rosto do Capitão, no qual cada movimento se refletia em agonia. Quando ele finalmente estava fora do chão, ela foi fechar as portas. Olhando para a noite lá fora, não viu nada além da chuva caindo.

Ela voltou ao Capitão, que continuava imóvel, e começou a retirar seu casaco.

Não caia agora, dumme Schlampe. Continue sobre a barra.

— Os guardas da SS — ele arqueou as costas enquanto Sarah puxava pelos braços — não eram tão idiotas quanto eu imaginava.

Ela removeu a camisa empapada de sangue do ombro. No ponto em que o braço se juntava ao corpo, havia uma cratera vermelha escura do tamanho de uma moeda de dez centavos. Sangue jorrava dali.

Ai meu Deus, ai meu Deus...

— Você deixou que eles *atirassem* em você? Um pouco descuidado da sua parte, não?

— Acertaram meu... ombro. Eles é que não tiveram cuidado. — Ele tossiu de novo.

Sarah apalpou as costas do Capitão, mas o tiro não havia atravessado o corpo.

— Diga-me o que fazer.

— Faça pressão. Para interromper o sangramento.

Sarah tirou um lenço do bolso e pressionou sobre o ferimento, usando o peso de seu corpo. Ele se arqueou e arfou novamente, o peito subindo e descendo. Então, abriu os olhos e olhou para o pano nas mãos dela.

— Estragou o lenço.

—Tudo bem, é um dos seus — resmungou Sarah. *Continue brincando.*

Segundos passaram. O estábulo foi iluminado por um relâmpago e imediatamente tomado por uma longa sequência de trovões. As paredes tremeram, a chuva aumentou ainda mais. Ela olhou para o Capitão, a vida dele se esvaindo por entre seus dedos. Ninguém ia levá-la embora naquele momento. Talvez não houvesse ninguém para tirá-la dali, nunca. O vazio onde sua mãe costumava estar ia só crescer e crescer, até consumi--la inteira, e Sarah não seria nada senão perda e solidão e...

Ela enfiou aquela linha de raciocínio na caixinha e fechou a tampa com violência.

Sarah olhou para suas mãos. Estavam mais pegajosas que molhadas. Ela tirou o peso vagarosamente, e o lenço empapado de sangue coagulado ficou no lugar. A chuva estava martelando as paredes, onde a sombra de Sarah aumentava e diminuía ao sabor da dança da lanterna, que rolava pelo chão. Sobre o barulho da tempestade ela pensou ouvir gritos agudos. Estava cansada. Os cães do sonho estavam atrás dela. Baixou a cabeça e fechou os olhos, subitamente sentindo o quanto doíam. Ela ouviu os cães do sonho novamente, dessa vez mais perto.

Levantou a cabeça repentinamente. Tinha um, talvez dois, cães reais latindo a distância.

O Capitão tinha fechado os olhos, e ela precisou sacudi-lo pelo braço para chamar sua atenção.

— Você foi seguido?

Ele enrolou a língua para falar, como alguém acordando de um sono profundo.

— Uma perseguição curta. Eu os despistei.

— Você não os despistou — gemeu ela. — Eles estão aqui. Venha, você precisa se mexer. — Ela cutucou seu braço, mas ele era um peso morto.

— Só. Preciso. Descansar. Um. Pouco — murmurou ele, fechando os olhos.

— Vamos, *Hurensohn*,[17] mexa-se. *Raus*.[18]

Pegou-o por uma perna e puxou, mas ele já estava inconsciente. Os cães latiram novamente, mais perto, mais alto e em maior número.

Pense.

Ela olhou para lanterna, que ainda balançava de um lado para o outro, como um barco. Viu as sombras na cabana se movendo, para um lado e para o outro, para um lado e para o outro...

Ela se lançou sobre a pilha de feno e começou a enterrar o Capitão, até que ele desaparecesse sob a palha. Daí pegou a lanterna do chão, desligou-a e foi até a porta.

A chuva lá fora parecia com algo que Noé teria reconhecido. Sarah hesitou um instante sob o beiral, daí puxou as portas duplas, fechando-as

---

17. "Filho da mãe", em alemão. (N.T.)
18. "Ande, vamos", em alemão. (N.T.)

atrás de si. Sem volta. Fechou os olhos e revisou mentalmente o terreno – a floresta à sua frente, Rothenstadt atrás e campo aberto dos dois lados – antes de se pôr a correr pela noite.

Quando estava a meio caminho da floresta, Parou novamente e girou, em um círculo lento, tentando localizar seus perseguidores. Além da faixa de grama onde estava, tudo o que se via era água caindo, como as barras de uma jaula. Começou a se sentir aprisionada e perdida, duvidando de seu senso de direção.

Complete o movimento.

Os cães latiram novamente. Sarah mal divisava três luzes distantes, balançando e se cruzando, seus raios refletindo a chuva. Poderia facilmente fugir deles, mas esse não era o plano. Não podia ser o plano. Livres, os cães encontrariam o Capitão. Em vez disso, Sarah tinha de fazer com que aqueles homens a seguissem, trazendo junto seus cães. Isso significava se deixar localizar. Ser uma isca.

E se ele morrer? O que você vai fazer então?

Por hora, teria de se virar sem ela. Teria de *não morrer* sozinho. E ela, se ia mesmo fazer isso, não podia desperdiçar sua atenção e energia se preocupando com o Capitão.

Sarah ligou a lanterna e a balançou várias vezes. Esperou. As luzes ainda balançavam indecisas no horizonte. Ela limpou a água do rosto e tentou novamente, assegurando-se de apontar a luz para os soldados que se aproximavam. Um raio criou uma teia através do céu – os quatro soldados e os dois cães estavam absurdamente próximos. Era certo que a veriam? Mas, quando o trovão explodiu, as luzes continuaram sua dança aleatória. Sarah tinha até o próximo raio para atrair a atenção, ou a luz revelaria uma garota, uma distração, e não o homem que eles buscavam. Ela tentou de novo.

Dessa vez, as lanternas distantes se viraram em sua direção. Sarah correu para as árvores, tentando manter sua lanterna virada na direção deles.

Sigam a luz.

Um dos livros de seu pai descrevia bem isso. *O espião perdido, a céu aberto para melhor se esconder.*

As lanternas se moveram juntas, com um novo objetivo. Os cães começaram a latir.

Sigam a luz, sigam a luz, sigam a luz, sigam a luz, repetia para si mesma, enquanto corria para o abrigo das árvores.

Chovia como se os oceanos estivessem sendo derramados sobre a Terra. Não parecia mais haver gotas separadas, mas longos fios grossos de um bilhão de calhas.

Sarah parou derrapando, rasgando uma trincheira de lama no solo e tropeçando em uma raiz oculta. Ela deu uma nova olhada para a escuridão, tirando mechas de cabelo ensopado da frente dos olhos. Onde eles estão? Havia movimento por todos os lados, galhos se debatiam, folhas se agitavam, e cada árvore era um soldado com um cão.

Você os despistou. Dumme Schlampe.

Não, não, não, não, não, não, repetiu para si mesma, não os perdi, fui longe o suficiente para estar segura, mas perto o bastante para que eles sigam a pista.

Então onde eles estão?

Ela ligou novamente a lanterna e a moveu de um lado para outro, em um largo arco. Os galhos e as sombras dançaram como os personagens de um teatro de marionetes. Ela desligou a luz e fechou bem os olhos, os pontos vermelhos pulsantes se desvanecendo no escuro. Ela ouviu. A chuva nas folhas, nas pinhas, nos galhos desfolhados – como linguiças fritando. A água correndo morro abaixo – gorgolejando, gargarejando. O vento – um uivo distante, quase perdido no dilúvio. Um farfalhar?

— *Da drüben* — gritou alguém. *Ali.*

Muito perto. *Perto demais.*

Sarah girou na lama e se pôs em movimento freneticamente, a cada três passos, uma derrapagem na direção errada. Quando atingiu uma velocidade razoável, reacendeu a lanterna e iluminou o chão, movendo a luz de um lado para o outro pelos arbustos.

Sigam minha luz, sigam minha luz, sigam minha luz, sigam minha luz, repetia para si mesma enquanto corria entre as árvores. Galhos castigavam seu rosto e seu braço.

Sarah encontrou uma cerca alta na escuridão. Conseguiu um bom ponto de apoio na lama e se lançou para o alto, agarrou-se à madeira molhada e girou por cima do obstáculo. Ela voou pela chuva com um grito triunfante, sua capa esvoaçando como um par de asas, apenas as farpas na palma de sua mão a prendendo à Terra. Então, ela estava do outro lado e caindo.

Sarah caiu na água em um impacto frio e chocante. Afundou até o pescoço no líquido negro, antes de encostar os pés no fundo, o rosto por um instante submerso por uma onda de água de chuva salobra. Ela engasgou e cuspiu para limpar a boca. *Continue se movendo.* Enterrou os dedos em restos de grama e puxou o corpo para fora da vala, arrastando as pernas para fora da água e se erguendo, cambaleante.

À sua frente, um vasto campo aberto se descortinava, em todas as direções uma grama ondulante, que desaparecia sob lâminas brancas de água. Se ela seguisse a cerca em busca das árvores, os soldados estariam sobre ela em um instante. Se seguisse em frente por meio do pasto, estaria visível quando eles chegassem à cerca. Então eles saberiam.

A menos que ela fosse rápida. Sarah desligou a lanterna, notando que o sangue em suas mãos tinha sido lavado. Partiu, pulando de montículo em montículo, rezando para seus sapatos aderirem à lama, consciente da aproximação de seus perseguidores, esperando ouvir a qualquer momento os gritos de reconhecimento.

Eles vão ver você. Eles vão ver você e atirar em suas costas.

Eles não vão... pula... atirar em mim... salta para o lado, pula... Eu sou só... salta para o lado... uma... pula... garotinha.

Ela entendeu o que estava fazendo, os saltos, os pulos, o movimento contínuo de seus olhos, fixos no chão à sua frente. Estava jogando amarelinha, jogando a pedra para o próximo quadrado e pulando naquela direção, caindo dentro das linhas brancas sem tocá-las jamais. Da Terra para o Céu, pulando o Inferno, e de volta. E de novo. E de novo. Sarah ia só continuar jogando. Ela sempre jogou amarelinha sozinha, mesmo antes das outras crianças serem proibidas de chegar perto dela. Uma vez após outra, até que o céu escurecesse, esperando em vão que sua mãe a chamasse para dentro.

Erde, Terra, salta para o lado, *zwei, dois,* pula, *drei, três...* Seus movimentos agora eram rápidos e fluidos, salta para o lado, silêncio!... salta para o lado, sem rir!... cada passo veloz e seguro... quatro, cinco, salta para o lado, seis, salta para o lado... chegando ao Inferno, pronta para o longo pulo até o Céu.

O raio dividiu o céu ao meio e banhou de luz branca o mundo coberto de água. Um monstro negro surgiu à sua frente, os olhos selvagens e as orelhas altas viradas para trás, os dentes brancos à mostra como se uma boca tivesse sido rasgada na noite. Os dentes se abriram, e o monstro começou a gritar. Sarah tentou parar, mas o ímpeto a carregou para a frente. Ela pisou em falso e caiu em direção à besta.

Ela berrou. A besta berrou. A noite berrou.

Sarah se chocou contra a lateral da besta couraçada e caiu no chão molhado. O declive estava se liquefazendo sob suas mãos e ombros. Cascos martelavam a lama à sua volta. Ela precisou virar de costas para o monstro que se erguia sobre ela, para escalar lentamente para fora da vala, o tempo todo temendo uma pancada mortal.

Chegando ao topo, ela identificou o cheiro. Em vez de um monstro perverso, ela viu um cavalo negro, com suas patas traseiras atoladas na lama. Havia um olhar selvagem, mas suplicante, no rosto, eram olhos desesperados e assustados. Sarah imaginou quantas vezes seus próprios olhos tinham estado assim.

Ela estendeu o braço, e o cavalo moveu a cabeça para encontrar sua mão. Seu focinho era quente ao toque e áspero como camurça.

O que você está fazendo, dumme Schlampe? Corra...

Sarah viu que ele ainda usava uma sela de algum tipo e fechou a mão em volta da focinheira.

Da chuva surgiu um soldado de uniforme cinzento, tropeçando nos outeiros e montículos de terra. Ele estava tão próximo que não podia deixar de vê-la, mas seus olhos se mantinham fixos em seus próprios pés. Sarah não tinha para onde ir, não tinha onde se esconder e não restava nada senão ficar ali, à vista. Ela prendeu a respiração, então respirou fundo e deu um puxão forte na rédea.

— Você aí! Soldado! Ajude-me! — gritou ela acima do barulho da chuva. O soldado seguiu em frente. — Ei!

Ele a viu e então parou, a boca aberta apenas o suficiente para indicar uma falha de raciocínio. Ele era jovem, tão jovem que poderia ainda estar na escola, e o que estava vendo era tão inesperado que não conseguia exatamente entender.

— Bem, ajude-me, vamos! — berrou Sarah, balançando a cabeça em direção ao cavalo. Ela deu as costas ao cavalo e puxou com toda a força.

— Vamos, menino... venha — disse ela ao animal, lembrando que não tinha a menor ideia se era um cavalo ou uma égua e percebendo a mentira que podia traí-la. O soldado parou ao lado dela.

— Qual o problema? — perguntou ele, ainda confuso.

— Ele está tentando voar, o que você acha? — O menino olhou de volta para ela com uma expressão vazia. — O cavalo. Está. Preso. Na. Lama. Ele pode quebrar as pernas. Nós temos de tirá-lo daqui.

— O que está acontecendo? Quem é essa, Stern? — perguntou, surgindo por trás do outro, um soldado mais velho com cara de mais inteligente, sua voz um lamento agudo e nasalado.

— O cavalo da garotinha está atolado, *Scharführer* — explicou ele. — Precisamos tirá-lo dali.

— O que você está fazendo aqui a essa hora da noite? — gritou para ela o *Scharführer*.

— Meu irmão está lutando na Polônia, não tem mais ninguém para cuidar dos animais. — A mentira emergiu já montada, sem tempo para que ela pensasse muito sobre o assunto. — Olha, se vocês não vão ajudar, podem ir embora como o seu amigo, que passou por aqui um minuto atrás.

— Quem passou por aqui? — exigiu saber o *Scharführer*, enquanto um terceiro soldado com dois cães se aproximava.

— Um idiota qualquer mancando, com uma lanterna, nem parou. — Ela gesticulou vagamente na direção contrária à do estábulo. — Ajudem-me ou vão embora, seus cães estão assustando meu cavalo.

— Stern, ajude a menina. Você! — disse ele, apontando para o soldado com os cães. — Comigo. — Eles desapareceram na noite, arrastando consigo os cães relutantes.

— Bem, isso é ótimo, muito, muito obrigado — gritou ela, revirando os olhos teatralmente. *Está funcionando. Como pode estar funcionando?* — Você sabe alguma coisa sobre cavalos?

O garoto balançou a cabeça negativamente.

— Eu sou de Dresden — admitiu ele, como se isso explicasse tudo. *Que bom*, pensou Sarah. *Porque eu também não.*

— Bem, pegue isso e puxe. No três... — Stern segurou o arreio, e ambos enterraram os calcanhares na lama.

— Um. Dois. — Eles se olharam. — Três. — Puxaram a rédea.

O cavalo gritou e debateu as pernas dianteiras, levantando um mar de água lamacenta. Os pés deles deslizaram, perdendo o apoio, enquanto o animal tentava se soltar. Depois de um minuto, eles pararam, exaustos, as mãos feridas do esforço.

— De novo — insistiu Sarah, vendo o pânico evidente nos olhos do cavalo.

— Não adianta...

— Não, vamos de novo! — Sarah agarrou a rédea, sem saber direito se queria libertar o cavalo como parte do disfarce ou se ela mesma precisava fazer isso.

— Espere! — gritou Stern, pulando para dentro da vala, ao lado do animal.

— O que você vai fazer? Ele vai chutar você! — A última coisa de que Sarah precisava era um guarda da SS inconsciente.

— Não, espere!

O soldado começou a circular em volta do traseiro do cavalo, cavando na lama, enquanto Sarah olhava, ensopada e enlameada, acariciando o focinho do bicho.

— Louco isso, não é? — murmurou ela para o animal em um tom que talvez fosse reconfortante. — Se você desse um coice na cabeça dele, talvez eu pudesse ir para casa. O que você acha? — O cavalo relinchou e agitou as orelhas. — Ah, você tem razão, claro. Daí, eles iriam procurar por ele, não é? Certo, não o mate, eu não me importo.

— Tente agora — gritou o garoto. Sarah respirou fundo e puxou a rédea. O cavalo balançou para um lado e, com um relincho, deu um passo para fora da vala com sua perna traseira livre.

— Isso! — comemorou Sarah. — Vamos...

Sarah deu outro puxão, e as mãos de Stern se fecharam sobre as dela. O animal se arrastou mais um pouco para fora da vala.

— Vamos — gritaram juntos, ajustando os pés, puxando, equilibrando-se, puxando novamente e aí procurando apoio para os pés em um ponto mais alto, até que finalmente a pata restante foi arrastada para fora da lama.

O cavalo saiu trotando, subindo até o cume da pequena colina, levando junto Sarah e o garoto. Ele se soltou, mas a mão dela ficou presa na alça da focinheira, e ela então foi carregada ladeira abaixo e depois acima, pendurada, desviando-se das patas em galope, até que sua mão escorregou para fora da alça. O cavalo a saltou facilmente e passou.

Sarah caiu de costas na lama e, logo a seguir, abandonou-se em uma gargalhada histérica – dobrando-se de rir, engasgando, gritando de dor e alegria, quase sem respirar.

— Você está bem? — perguntou Stern. Ele estava coberto de lama do cabelo até as botas.

— Sim — riu Sarah. Era tudo do que precisava, pensou. Um *Schutzstaffel* prestativo para rolar com ela pela lama.

— Ela vai ficar bem? — Ele tentou ajudá-la a se levantar, mas ela escorregou por entre suas mãos de volta para a lama.

— Ele. É um "ele" — declarou ela com convicção. *Você não tem a menor ideia.* — Se ele não arranjar mais confusão essa noite, vai ficar bem. — O soldado finalmente conseguiu levantá-la. Ele mal tinha idade para estar naquele uniforme, mal tinha idade para ter seu tamanho, um rosto cheio de compaixão e inocência. Sarah se sentiu desarmada. Transparente.

Eles foram iluminados por um raio cruzando o céu, como um holofote em uma pista de dança ao ar livre. A chuva tinha diminuído para uma série de pancadas irregulares. Sarah percebeu que sua boca estava aberta.

— Eu devia levar você em casa — disse ele afinal. O trovão ecoou, seco.

— Humm, não, eu estou bem. Não é longe. E eu... não posso aparecer no meio da noite com um soldado, não é? Minha *Mutti* ficaria *louca da vida.* — Ela riu, uma risada cáustica e falsa que costumava ouvir das amigas de sua mãe quando era pequena. — Pode ir e fazer... o que você estava fazendo... aquilo — Sarah retomou rapidamente o senso. *Você vai estragar tudo, concentre-se.* — O que você estava fazendo?

— Oh, nós estamos perseguindo um bandido que tentou entrar numa propriedade aqui perto — disse ele, orgulhoso.

— Ah. E vocês sabem quem foi? Vocês não poderiam simplesmente esperar por ele em casa? — perguntou ela.

— Não temos ideia de quem seja, onde vive ou o que queria.

— Ah, que pena. — *Ótimo.*

— Mas nós acertamos um tiro nele, então ele não deve durar muito.

Por um instante, os olhos dele se tornaram os olhos de um monstrinho. Um monstrinho com uma arma.

— Bem, obrigada pela ajuda. Preciso ir, tentar dormir um pouco antes da escola amanhã. — Ela começou a voltar por onde tinha vindo. Tão perto da liberdade e do sucesso. *Aja naturalmente*. Uma hora da manhã. No meio de uma tempestade. Com um SS. E um cavalo. Nada poderia ser mais natural.

O caminho à sua frente ainda estava iluminado pela lanterna dele, então o soldado ainda a observava. Sem o cavalo ou a perseguição para distraí-la, o medo começou a preencher o espaço.

Deixe-me ir.

Então, tudo ficou escuro. Ela olhou para trás e ainda divisou a silhueta do soldado caminhando pelo pasto, um arco de luz dançando na névoa à sua frente.

Ela começou a correr.

Da escuridão veio um relincho alto e um resfolegar.

De nada.

VINTE E UM

O Capitão estava inconsciente quando Sarah voltou ao celeiro. O sangramento parecia ter parado, era só o que ela podia afirmar naquela escuridão, mas não teria ousado movê-lo, mesmo que pudesse. Ele estava escondido e seco, então o celeiro era um lugar tão bom quanto qualquer outro. Mas o Capitão ia precisar de água, comida, roupas limpas.

Então, Sarah voltou para Rothenstadt.

Levou mais de uma hora para enxaguar o sangue e a lama de suas roupas, depois mais algum tempo para encontrar um lugar onde tudo pudesse secar sem ser notado. Ela também tinha limpado as pegadas enlameadas dos corredores, mas a escola era tão suja que não fazia diferença. Quando por fim deitou-se em sua cama, descobriu que seu coração batia rápido demais para que conseguisse dormir.

Sarah cochilou durante as aulas do dia seguinte, sob a luz do inverno e das lâmpadas elétricas zumbindo e iluminando cruelmente seus olhos irritados. Mal conseguia evitar as questões inócuas, mas penetrantes, de Mouse. *No banheiro. Fui dar um passeio. Olhando a chuva lá fora. Não consegui dormir. Apenas saí por aí. Sim, usando apenas minhas meias.* No jantar, ela ia deixando cair um sanduíche seco em seu bolso quando se deu conta de que sua companheira constante a observava.

— O que você está fazendo com esse pão? — perguntou Mouse, parecendo um pouco curiosa. *Não de novo*, pensou Sarah.

— Vou guardá-lo para mais tarde. Às vezes, fico com fome.

— Você poderia comê-lo durante o seu passeio...

Sarah se virou para olhar para Mouse, mas ela já estava entretida com o saleiro.

— Mouse... — começou Sarah, depois de reprimir sua raiva. — Algumas vezes, esse lugar é tão... horrível, que não consigo ficar aqui. Você entende isso? Quer dizer, eu não vou embora. Só preciso sair de vez em quando.

Mouse brincou com um pedaço de verdura pouco apetitosa em seu prato.

— Você não me deixaria aqui, não é? Sozinha, quero dizer.

Sarah respondeu no mesmo instante, sabendo que uma pausa seria suspeita.

— Não, claro que não. — Ela sorriu. *Com seus olhos.*

— Você promete? — implorou Mouse.

Cale a boca, cale a boca, cale a boca.

— Sim. — *Mentirosa, mentirosa, mentirosa.*

— Aqui, pegue meu pão — ofereceu Mouse. Sarah aceitou, junto com a sensação desconfortável de estar roubando, e deu um sorriso cansado.

Talvez, no fim das contas, eu fique aqui para sempre.

Apesar de a enfermaria ter todos os curativos e instrumentos de que Sarah achava que poderia precisar, teve de lidar com o problema de transportar água para o celeiro. Por fim, recorreu ao uso de um vaso de flores que, em todas as oportunidades, derramava seu precioso conteúdo sobre seu casaco ainda molhado. A noite sem lua proporcionou uma série de dificuldades de percurso e poças misteriosas nas quais seus pés cansados mergulhavam. Por duas vezes, Sarah percebeu que estava no lugar errado e precisou corrigir a rota, levando uma década para chegar ao celeiro, o tempo todo preocupada com a possibilidade de o Capitão ter sido encontrado.

Ela tentou observar o celeiro de longe, mas não havia luz suficiente para saber se havia alguém dentro, fora ou por perto. Por fim, Sarah se aproximou e encontrou a porta exatamente como a havia deixado.

— Olá?

Ela entrou e fechou a porta atrás de si com um empurrão, tirando do bolso uma vela e fósforos. Com os olhos fechados para evitar que o clarão de enxofre a cegasse, acendeu o fósforo e esperou o brilho vermelho se desvanecer através de suas pálpebras. O celeiro parecia vazio, exceto pelas sombras trêmulas. A vela lançou faíscas e acabou ganhando vida.

— Capitão?

— Você sabe, as enfermeiras não vieram ver como eu estava hoje — resmungou uma voz vinda de um monte de palha. No peito de Sarah, uma pequena chama se acendeu, alimentada por esperança e alívio.

— Escondi você muito bem.

— Sim, e agora eu cheiro a esterco. Obrigado por isso. — O Capitão soava terrivelmente fraco, mas as palavras ainda eram dele. Isso a agradou, não apenas porque ele estava vivo, mas também porque ela não estava sozinha.

Sarah se ajoelhou ao lado da palha, limpando a cabeça e os ombros dele. A pele do Capitão estava pálida de um modo preocupante, e seus lábios estavam rachados e secos. Os olhos dele se abriram tempo suficiente para encará-la e depois se fecharam novamente. Ela colocou o vaso no chão e começou a esvaziar os bolsos.

— Esse cheiro tão impróprio para alguém de sua importância, não é? Ele tentou rir, mas o som só ecoou em seu peito.

— A garota que sabe palavras.

— Uma garota que *sabe das coisas. Tão* incomum. Como o mundo consegue lidar com isso? — Sarah se ajeitou atrás dele e, com dificuldade, deslizou os joelhos sob os ombros do Capitão. — Vamos lá — disse ela. O Capitão gritou quando Sarah puxou a cabeça dele para o seu colo. Ela pegou o vaso e colocou na boca dele. — Beba.

Foi um processo confuso, mas ele engoliu a água tépida e isso pareceu ter um efeito imediato. Seus olhos se abriram, e talvez tenha sido a imaginação de Sarah, mas aquele azul frio pareceu ganhar alguma vida.

— Você os despistou?

— Ah, sim, eu lhes disse: "Nenhum espião britânico por aqui. Vocês estão no endereço errado".

— Será que ainda estão procurando por mim? — O Capitão falou como se não se importasse com isso, mas provavelmente nem conseguia se importar.

— Eles não me informaram do contrário. Beba. — Ele engoliu mais alguns goles.

Como você vai alimentar o Capitão? Como vai levá-lo para casa?

— Eles não sabiam quem você era ou por que estava lá — explicou Sarah.

— Como você sabe?

— Um soldado me contou, um soldado das SS muito simpático chamado... Sturm, Stern? Ele é de Dresden. — O Capitão fez um barulho de incredulidade. — *Eu sei de coisas*, lembra? Deixe-me olhar como está seu ombro.

O casaco saiu fácil, mas a camisa que ele usava por baixo estava grudada à ferida por uma crosta marrom escura, junto com o lenço de Sarah. Uma enorme crosta de ferida. Talvez. Qual a primeira coisa que sua mãe faria naquela situação?

— Isso precisa ser limpo. Diga-me o que fazer. — Sarah deu um tapinha no ombro bom do Capitão. — Vamos lá.

— Eu não sei.

— O que você quer dizer, como não sabe? — Ela estava atônita. — Você já foi baleado? Alguém que você conhece já deve ter levado um tiro, você é um soldado *gottverdammter*. Você esteve na última guerra, não esteve?

— Eu não sou médico e, sim, já fui baleado. Mas havia médicos lá e enfermeiras gentis e com boas maneiras ao lado do meu leito.

— Bem. Eles limparam a ferida? — Ele assentiu. — Então, bandagem... coisas? Certo.

Sarah não gostava *que ele* não soubesse das coisas. O Capitão sempre sabia das coisas quando ela não sabia.

Ela derramou um pouco de água sobre o ombro dele para dissolver a crosta. O Capitão ofegou quando ela começou a puxar a camisa. A ferida verteu sangue, mas não abriu.

— Tem uma bala aqui, não tem? — perguntou Sarah. — Ela precisa ser removida?

— Eu não sei — choramingou o Capitão, balançando a cabeça.

— Ei. Pare de choramingar — disse Sarah, com firmeza. — Responda sim ou não.

— Não tenho nenhuma informação útil para você — disse o Capitão, recuperando a compostura. Ele estremeceu de novo quando Sarah limpou a ferida. Devagar e meio desajeitada, ela tentou enfaixar o ombro dele. Ele começou a suar com o esforço de se mover e trincou os dentes.

— Fale comigo. Conte-me alguma coisa sobre a Bomba Toranja — disse Sarah.

— Agora?

— Olha só, esse é o ponto em que faço você falar sobre qualquer coisa para tirar sua atenção do que estou fazendo. Então, só... *coisas*, Capitão Floyd. Considere isso uma oportunidade para diminuir minha ignorância. Como a bomba funciona?

— É complicado.

— Então, simplifique. — Era Sarah que precisava tirar a mente dali. Seu curativo era irremediavelmente amador.

— A professora Meitner diz que há... um elemento, urânio. É instável.

— Instável. O que isso significa?

— Não gosta de ficar junto de nada... É um elemento que quer ser menor, tornar-se outra coisa.

— Bem, é o que todos nós queremos.

Sarah só precisava que o Capitão falasse.

— Se for atingido por um nêutron, um pedaço de outro átomo, ele pode se dividir para se tornar duas coisas novas.

— Isso soa muito técnico. Continue.

— Quando isso acontece, libera uma pequena explosão de energia. Como o som produzido quando quebramos um pedaço de madeira. É pequeno, mas... *Jesus*.

A ferida recomeçou a sangrar.

— Fique parado. Continue.

— Também expele três nêutrons. Lembre-se do pedaço de outro átomo?

— Ah, claro. — Sarah estava enxugando o sangue com a saia. Ela esperava que a mancha não aparecesse.

— Esses pedaços extras podem atingir outro grande pedaço e fazer com que produzam mais alguns pedaços extras. Eles vão produzir mais e mais, e assim por diante, em uma grande cadeia.

— Um pedaço faz outros pedaços, os novos pedaços batem em outros pedaços e, assim, fazem mais pedaços.[19] É um trava-língua — concordou Sarah, com sua melhor versão da voz de sua mãe.

— Por fim, todos os pedaços que compõem a Bomba Toranja estariam produzindo e encontrando uns aos outros ao mesmo tempo e... *BOOM*.

Sarah apertou a faixa, torcendo para que a pressão ajudasse.

— Como pólvora.

— Não. Muito, muito mais poderosa. Milhões e milhões de vezes. Você está me enfaixando ou me amarrando? — Ele estremeceu.

---

19. "*The bits spit, the spit hits, and then the bits spit some more*", no original. (N.T.)

— Desculpe-me. Chega de falar. Agora, coma. — Ela desembrulhou os escassos suprimentos e rasgou o pão em pequenos pedaços antes de alimentá-lo como um pássaro. Se a ferida se abrisse de novo quando ela se fosse, o sangramento cessaria ou continuaria até que não restasse nada? Ela traria o almoço de amanhã para um cadáver?

Kommt Zeit, kommt Rat – você vai lidar com isso quando for a hora.

— Effe paon esstá felho.

— Pão velho é mais barato, você não sabia? Eles diriam que esse tipo de mesquinharia é coisa dos judeus, mas isso? — Sarah levantou um pedaço de pão seco. — Isso é pura ganância ariana.

— O que é isso? — Ele olhou para o pacote retangular deixado ao seu lado.

— É um livro.

— Um livro? — Ele começou a rir de novo, um som seco, mas teve de parar.

Sarah se irritou com a ingratidão dele.

— Pensei que você poderia ficar entediado.

A mão dele apertou um punhado de palha.

— *Mein Kampf*? — perguntou ele ao ver o livro. — Já li isso; é um *lixo*.

— A biblioteca de Rothenstadt é *muito* limitada.

Sarah estava tão cansada quando voltou para o dormitório que mal conseguia se despir. Ela quase não conseguiu ver Mouse esperando no escuro, mas acenou em sua direção, para deixar claro que sabia que estava sendo observada.

Enfiou-se na cama. Não podia se preocupar com Mouse. Sua cabeça já estava cheia.

Por quanto tempo você vai conseguir fazer isso?
Por quanto tempo for necessário.
Tempo suficiente para ele morrer ou para você ser descoberta?
Exatamente por esse tempo.

Ele não era um cadáver. Na verdade, ele disse que estava se sentindo melhor.

— Então, o que está acontecendo na guerra? Por que não aconteceu nada desde setembro? — perguntou ela.

Sarah colocou a sopa na boca do Capitão. O recipiente de lata era um verdadeiro achado, mas entrar na cozinha e ver como a comida era preparada era o preço a se pagar. Esgueirar-se ali no escuro em busca de comida, enquanto as baratas andavam por todos os cantos, já era ruim o suficiente, mas encontrar vermes no presunto foi nojento. A sopa tinha sido preparada havia muito tempo, mas o cheiro ainda estava aceitável. Sarah tinha certeza de que seria servida de novo no dia seguinte de qualquer forma. Daquele jeito ou de outro.

— Prefiro que você me fale sobre Elsa Schäfer — disse ele, com a colher em seus lábios.

— Você está brincando, certo? — explodiu ela. — Quando eu teria tempo, ou *energia*, para fazer alguma coisa a respeito dela?

— Você está derramando a...

— Acredito que agora estamos lidando com os resultados da sua fase da operação. Se você quer que eu pare de roubar comida para trazer aqui e de cuidar de você, é só me avisar.

Sarah esperou por uma resposta, mas o Capitão só olhou para ela. Sua fúria se consumiu em poucos segundos – aquilo era cansativo demais.

Finalmente, ele falou.

— Então, devo comer ou colocar você a par dos acontecimentos mundiais?

— É difícil bancar o superior com sopa escorrendo pelo queixo. Engula, depois fale.

Ele obedeceu.

— Bem, três dias atrás... o mau tempo impediu a invasão da França. Não vai haver mais batalhas durante o inverno. De qualquer maneira, os britânicos já estavam a postos desde outubro, então não faz diferença.

— Então, o que vai acontecer na primavera? — Sarah encontrou algo desagradável na colher e retirou usando a manga da blusa. Parecia estranho falar sobre a ideia de primavera, de futuro, quando a mera sobrevivência exigia lidar com um dia de cada vez.

— Sendo otimista?

— Se você preferir. — Ela gostou de como aquelas palavras soavam naquele momento.

— Os Aliados vão deixar Manstein com o nariz sangrando na Bélgica, e tudo vai se dispersar até acabar.

— E pensando de maneira realista?

— Guderian está certo, e eles serão rápidos e fortes demais. Os britânicos terão sorte se conseguirem pará-los antes de entrarem em Paris, enquanto os franceses ainda estiverem sentados em suas trincheiras, esperando a última guerra começar de novo.

— Você está muito bem informado.

— Frequento as festas certas.

— Bem, isso seria mais fácil se você se alimentasse — observou Sarah, desistindo dos últimos bocados no fundo da lata.

— Não consigo mexer meu braço agora.

Ela estendeu a mão e tocou o braço dele com ternura. Então tomou-o entre o polegar e o indicador e o reposicionou. O Capitão empalideceu e virou a cabeça.

— Não está melhor, então — murmurou ela, afastando o casaco de seu curativo.

— Dê tempo ao tempo — disse ele.

Ela tocou a pele ao lado da ferida.

— Isso está... quente. Será que é normal?

— Significa que está melhorando.

Apesar de toda a experiência de Sarah, ela não sabia dizer quando o Capitão estava mentindo. Ele podia estar só cansado ou podia ser um mentiroso profissional.

— Biscoitos, então. Você pode comê-los sozinho. Com as melhores larvas que o Reich tem a oferecer. — Sarah ofereceu a ele um guardanapo com biscoitos farinhentos. — Então, fale mais sobre a bomba. Vai estar pronta para a primavera?

— Não, mas vai ser antes do que eu imaginava. — Ele catou um bicho, depois outro, antes de desistir dos biscoitos. — Alguns meses atrás, pensei que uma bomba como essa precisaria de várias toneladas de urânio. Grande demais para ser usada, por isso Schäfer tinha mandado reformar um zepelim para carregá-la.

— Ah, foi onde eu entrei. — Sarah imediatamente se afastou das lembranças daquele dia e começou a guardar as coisas que levara.

— Mas agora a professora Meitner acha que eles vão precisar de apenas alguns quilos. Uma bomba que poderia ser jogada de um avião... ou até mesmo ser carregada.

— Ia ser preciso voar para longe o mais rápido possível.

— Eu tenho um amigo na Siemens. Ele diz que estão trabalhando em aviões sem pilotos. Foguetes. Você sabe o que é um foguete?

— Fogos de artifício. — Ela quase riu.

— Oh, muito maior que isso — Ele estremeceu. — Preciso descansar. Você deveria voltar para a escola.

Sarah não achou que ele parecia muito bem.

— Como está o livro?

— Sensacional, obrigado. Encontrei uma função perfeita para a prosa do *Führer*.

— Sério?

— Como um papel higiênico revolucionário: sem fiapos, sem rasgos, sem desperdício. Estabelece um novo padrão em suavidade e absorção e, ainda assim, é incrivelmente resistente em uso.

A vara atingiu a madeira com um estrondo. Os olhos de Sarah se abriram, e ela se sentou de repente. Parecia morta, ciente de que uma trilha de baba escorria por seu queixo desde o canto da boca.

— Você estava *dormindo*? — vociferou *Fräulein* Langefeld. — Você é mesmo tão impertinente ao ponto de *adormecer* na minha aula?

A sala caiu em profundo silêncio. Até o relógio parecia ter parado de funcionar. As tábuas do piso estavam envergonhadas de ranger quando Langefeld mudou o peso de uma perna para a outra.

Mentira? Silêncio? Desculpa?

— Desculpe-me, *Fräulein*.

A vara atingiu a mesa de novo.

— Ninguém disse que você podia falar, *kleine Hure*.

Silêncio.

Para seu horror, Sarah começou a tremer. Suas veias pareciam estar se enchendo de fogo.

Não chore.

Isso pode funcionar...

Não com ela.

— Fique de pé — ordenou Langefeld. Sarah se levantou, sua cadeira rangendo e indo de encontro à mesa atrás dela. Sem sua própria mesa, Sarah sentiu-se indefesa. A professora desapareceu de vista, contando o tempo com a vara no chão.

— Quem acha aceitável cochilar durante minhas classes? Liebrich?

— Não, *Fräulein*.

— Posipal?

— Não, *Fräulein*.

— Mauser?

— Ah... não — disse uma voz baixinha.

— O quê?

Sarah fechou os olhos. *Não...*

— Não, *Fräulein* — disse Mouse, seu pânico audível.

— Você concorda com Haller? Você acha que todos nós devemos tirar uma *Schlummer* durante a minha aula?

Sarah observou Langefeld se aproximando da mesa de Mouse. Apenas as pernas trêmulas da garota estavam visíveis.

Sarah olhou para a frente novamente e chutou a cadeira, fazendo barulho. Ela ouviu Langefeld se virar atrás dela.

— Você é uma má influência, Haller. Você fez uma polaquinha fedorenta como Mouse ficar confusa.

A dor na parte de trás de suas pernas era como tocar um fogão quente. Ela subia e descia por suas coxas como água fervendo. Um gemido baixo escapou dos lábios de Sarah, para preencher o espaço deixado pelo grito que sufocou.

Estava fazendo aquilo há quatro dias? Cinco?

— Você pode ficar em pé pelo resto da aula. Isso deve mantê-la acordada.

Langefeld voltou para a frente da sala. Na cabeça de Sarah, sem que pedisse por isso, materializou-se a imagem de si mesma atingindo a cabeça da professora com uma pedra.

VINTE E DOIS

— Você cheira mal.

— Bem, este quarto de hotel não oferece muitas das facilidades modernas.

— Quer que eu chame o serviço de quarto?

— Não, não tenho nenhum trocado para... a gorjeta.

Sarah se aproximou do Capitão com uma vela. Ele estava sentado, mas coberto de suor. No ar gelado do inverno, pequenas nuvens de vapor pareciam ser exaladas do corpo dele.

— Bem, este é o nosso último quarto com vista para o mar — gaguejou Sarah, não muito alegre.

— Mal dá para enxergar a praia a esta distância. Vou denunciar você para a Comissão de Comércio.

— Uma organização com nome tão britânico, *Herr* Haller. Onde você ouviu falar da existência de tal coisa?

Ele sorriu, mas em câmera lenta. Algo estava muito errado. O cheiro não era de feno seco. Nem de fezes humanas ou de cavalo. Não era suor ou urina.

— Apenas deixe a bandeja na mesa, por favor.

— Antes tome um pouco de água, acho.

Ele bebeu um gole de água, e ela o sentiu febril ao toque.

— Vamos ver esse ferimento — disse ela.

— Não, não vamos — respondeu ele, rápido demais, e o esforço o fez tossir.

Ela levantou a lapela do casaco e tirou a camisa de cima do ombro. O curativo estava sujo e molhado. Era a origem do cheiro: o fedor de carne começando a apodrecer. Ela começou a retirar a bandagem, primeiro devagar, mas cada vez mais rápido quando uma gosma branca esverdeada começou a aparecer debaixo da gaze. O último pedaço se soltou. Ela engoliu com força, engasgando.

— Está infeccionado — sussurrou ela. Ela podia sentir algo vazando de sua caixinha e serpenteando em volta dela.

— Agora ela é médica.

— Nós devíamos ter retirado a bala. — O pânico a dominou, anunciando sua presença.

— A percepção tardia é uma coisa maravilhosa.

O pânico deslizou para seu pescoço.

— O que faremos?

— Oh, Sarah de Elsengrund, nem você pode parar uma infecção. — Ele disse isso gentilmente, sem qualquer traço de sarcasmo.

Ela se agarrou à emoção solta e a espremeu.

— Temos de fazer alguma coisa... eu posso levar você ao médico... — Ela estava tagarelando sem pensar. Olhou para ele, deitado de bruços, pálido. — Eu posso trazer um médico aqui.

— Você não acha que a *Sicherheitspolizei* está procurando alguém com um ferimento e uma bala da SS dentro do corpo?

— E daí se eles descobrirem? É melhor que morrer aqui!

— Não seja ingênua — retrucou ele. — Você sabe o que eles são capazes de fazer. — O Capitão se inclinou e a pegou pela mão com seu braço bom. — Sabe o que eles fazem com os inocentes. O que você acha que aconteceria comigo, um inimigo, um espião? Eu teria sorte se me dessem um tiro na cabeça logo de cara. Além disso... — Ele apertou a mão dela. — Você precisa fugir, e eu preciso ganhar tempo para você.

Sarah sentiu o mundo se partir e cair em pedaços à sua volta. Ela era a garotinha esperando a visita do pai enquanto a mãe soluçava. Estava parada ao lado do Mercedes da mãe, a única pessoa que tinha amado no mundo, ali dentro, com um buraco onde antes era a parte de trás da cabeça. Ela ouviu o barulho dos cães se aproximando, em meio aos cacos de vidro...

Não.

Ela se levantou em um pulo, como se atingida por um balde de água.

— Não. Você não tem de ganhar tempo. Eu não vou a lugar nenhum.

— Nós jogamos. Nós perdemos. Considere isso uma retirada tática.

Ela balançou a cabeça de um lado para o outro, vagarosamente.

— Não. Do que você precisa? O que um médico faria? — insistiu ela.

— Sarah...

— O que ele *faria*? — gritou ela.

— Ele limparia o ferimento, talvez tirasse a bala, mas você ia precisar de Prontosil ou algum outro tipo de sulfonamida para combater a infecção.

— E onde eu encontro sulfonamida? — Ela se concentrou nisso, enterrando as unhas nas palmas das mãos.

— Meu Deus, menina, ouça o que está dizendo! — gritou ele.

— Com um médico? Em uma *Apotheke*? Na cidade? Se você não me disser, eu vou sair procurando...

— Você precisa voltar para Berlim. — Começou ele novamente, com mais calma. — Pegue o dinheiro no bolso do meu casaco...

— Não!

— Deve ser o bastante, se você não comer... — continuou ele.

— Não. Você não está me ouvindo?

— O porteiro do prédio tem as chaves, peça para ele abrir o apartamento para você...

Sarah cobriu as orelhas com as mãos e saiu.

Havia lua o suficiente para pintar tudo em tons de prata. As folhas brilhavam, e a grama parecia um manto fino de seda.

Sarah sentou em uma cerca e ficou olhando o vapor de sua respiração desaparecer em pequenas ondulações, imaginando como algo tão belo podia existir enquanto todo o resto em volta apodrecia, fedendo como o ferimento de bala do Capitão.

Tinha lugares aonde ir, coisas para encontrar, sono para recuperar, mas simplesmente não conseguia se mover. Ela nem sequer estava confortável ali. A madeira arranhava suas pernas, ainda doloridas da surra de vara. Ela deixou a dor fluir, sentindo seus contornos e picos, agarrando-se a ela, controlando-a.

A saída estava logo ali, no celeiro. Tudo o que ela precisava fazer era voltar lá e pegá-la. À sua frente, mais perigos, mais dor, uma pitoresca viagem de trem por meio de um parque de diversões deformado e distorcido, uma jornada de medo sem fim. Voltar para Rothenstadt, ir à cidade, roubar suprimentos, tudo isso sem nenhuma garantia de que, no final, talvez só restasse um cadáver? Ele sentou na cerca, sem se decidir por nenhum dos dois caminhos, como se pudesse ficar ali sentada para sempre.

Um relinchar distante soou no meio da noite. Sarah não podia vê-lo, mas sabia que era seu cavalo. *Você não me abandonou*, ele parecia dizer.

Você era só uma distração.

Não, você esperou quando podia ter fugido. Eles teriam perdido sua trilha.

Sarah pensou naquilo. Ela podia tê-lo abandonado ali? Mais do que ela podia abandonar o Capitão agora? Ou Mouse? Ela podia abandonar alguém tão perdido e vulnerável quanto ela mesma?

O cavalo relinchou novamente.

De nada, dizia ele.

O consultório do médico era revestido de couro, acolchoado, envernizado. Antigo, mas caro. A porta da frente era pesada, e a sala de espera cheirava a privilégio. Uma mulher bem-vestida atrás de uma mesa antiga, cabelos já grisalhos nas têmporas, concentrava-se na papelada à sua frente, sob o olhar vigilante do *Führer* pendurado na parede atrás dela.

— Com licença, senhora. Eu fui enviada pela NPEA Rothenstadt para buscar alguns remédios e suprimentos. — Ela foi impecavelmente educada e formal. Sarah tinha considerado pegar emprestada a arrogância ameaçadora da Rainha de Gelo, mas bastou uma olhada para a recepcionista para dissuadi-la dessa linha de ação.

— Isso é completamente irregular. Por que eles não ligaram antes? — A mulher era severa, organizada, irritada.

Sim, por que eles não ligaram antes, dumme Schlampe?

Sarah precisava fazer a mulher querer se ver livre dessa garota *Napola* logo, dando-lhe o que ela pedia.

— Oh, acho que eles estavam com pressa. Queriam ter a certeza de receber tudo hoje.

— É uma emergência?

A mentira saiu facilmente, mas ficou jogada ali no chão, em volta de seus pés, pronta para fazê-la tropeçar.

— Bem, tem uma garota que machucou a perna bem feio há uma semana ou coisa assim. Acho que... infeccionou. — Sarah fez uma careta. — A enfermeira queria um pouco de... Prontosil? — A mulher olhou para ela sem entender. — Suff... sulf... sulfano...

— Sulfonamida?

— Ah, sim, isso — concordou Sarah, sorrindo.
— É caro.
— Disseram para mandar a conta para a escola, e eles pagam depois.
— É o que eles sempre dizem — disse a mulher, revirando os olhos. — E *Frau* Klose mandou você?

Armadilha.

— A enfermeira? Eu não sei o nome dela. Ela não me mandou pessoalmente. *Fräulein* Langefeld me mandou.
— Você trouxe uma lista?
— Não, eu decorei tudo.

A mulher pareceu ter tomado uma decisão.

— Venha comigo... Qual o seu nome?
— Liebrich. Marta Liebrich. — Sarah tinha a esperança de estar bem longe antes que eles perguntassem qualquer coisa para a líder de seu dormitório, mas podia ver suas mentiras se empilhando. Talvez ela devesse ter apenas invadido o consultório pela janela?

A mulher guiou Sarah por um corredor sem janelas e a pediu para esperar em um banco, em uma pequena sala revestida de madeira. Sarah tinha a sensação incômoda de estar encurralada. Será que eles estavam ligando para a escola? Iam descobrir que Liebrich estava sã e salva no dormitório? Iam fazer a chamada e descobrir que quem estava faltando era Haller? Falando, Sarah podia se safar de qualquer coisa, mas dali não podia fazer muita coisa. Ela precisava saber o que estava acontecendo do outro lado da porta.

Respire.

Eles me *pegaram*. Como eu vou poder *explicar* isso? O que eu estou *fazendo*?

Houve um estalo baixo, e a porta se abriu lentamente. Na soleira, estava a enfermeira da escola.

— A garota de olhos sangrentos — disse ela, bloqueando a porta.
— Oh, *Frau* Klose — gaguejou Sarah. — Eu...

Diga alguma coisa. Fale sem parar até se safar.

— Você não é a Liebrich. Ela é a *Schlafsaalführerin* do terceiro ano, a que está engordando. Você é a Haller.

Chore. Comece a chorar.

Cale a boca.

— Sim, isso mesmo, mas eu vim no lugar dela. Não queria que ela tivesse problemas.

Frau Klose estalou os lábios com desdém.

— *Gówno prawda* – e eu pedi sulfa, foi?

— *Fräulein* Langefeld me disse que...

— Aquela *debil* ignorante não saberia o que é sulfa nem se pudesse bater no remédio com uma vara. Pare de mentir para mim — falou a enfermeira com rispidez.

Chore, chore agora.

— Eu não...

Frau Klose grunhiu, agarrou Sarah pelo pulso e, com um puxão excruciante, levou-a pelo corredor.

— Não, isso dói... pare! — gritou Sarah, sentindo surgirem as desejadas lágrimas.

A enfermeira escancarou outra porta e arrastou Sarah para uma sala de exame. No tempo que Sarah levou para recobrar o equilíbrio, a única porta foi fechada e trancada. *Frau* Klose cruzou seus braços largos, sua postura toda exalando desagrado.

— Fale.

Sarah deixou que uma lágrima escorresse por seu rosto.

Frau Klose estalou os lábios.

— Isso não vai funcionar comigo. — zombou ela. — Gente como você não tem sentimentos.

Ela sabe. *Sabe que você é judia. Por isso tratou você tão mal.*

Então, por que ela não me denunciou?

Pense, dumme Schlampe.

O piso frio era escorregadio demais para correr. Os objetos nas prateleiras estavam muito longe. Sarah experimentou o sofá atrás de si: pregado no chão.

Não, pense.

— Bem? É para eu ligar para a escola e deixar que eles descubram o que está acontecendo?

— Não — precipitou-se Sarah. *Rápido demais.*

— O que você anda tramando, pequena *dziwki*? — O desprezo da enfermeira se transformou em uma curiosidade espantada. — Roubando drogas? Vocês já não têm o bastante de tudo o que quiserem?

Dziwki...

— Só preciso de pouco, é para uma amiga — disse Sarah, desesperada.

— Vocês não têm *amigas*. Vocês são parasitas.

Ela sabe! Ela acha que você é uma parasita judia, o que mais isso poderia querer dizer?

Não. *Pense.*

— Ela está...

Dziwki. Debil. Gówno prawda. Klose. Vagabunda. Idiota. Besteira. Klose.

Como o sol nascendo atrás de uma nuvem, ela de repente entendeu de onde a enfermeira vinha.

— Ele está ferido — sussurrou ela, em um polonês hesitante — Precisa de sulfonamida. Ou vai morrer.

Depois de um breve momento de espanto, a enfermeira se recompôs. Mas algo em sua postura havia se alterado.

— Quem?

— *Um amigo* — sussurrou Sarah com firmeza. *Agora pense.* — Ele é um... — Ela voltou a falar em alemão. — Um larápio? *Kłusownik*? Ele só queria comida. Eles atiraram nele.

— É um lugar pobre, esse. Ninguém está com a barriga cheia o tempo todo. — Ela ainda não estava convencida. — Mas nem todos eles roubam.

— Ele estava com muita fome — completou Sarah, em voz baixa.

— Ele é judeu?

Sarah não pôde deixar de sentir o golpe e lutou para dar a resposta certa.

— Não — começou ela.

A enfermeira levantou a mão.

— Está bem. Você conseguiu.

Ela andou até as prateleiras e começou a colocar caixas e objetos em uma sacola de couro. Sarah não entendeu direito o que tinha acabado de acontecer.

— A bala já foi retirada? — perguntou Klose, com uma faca na mão.

— Não.

A enfermeira jogou o bisturi e uma garrafa de alguma outra coisa na bolsa.

Sarah não conseguia juntar o humor da enfermeira com sua repentina e inesperada vitória. Os espasmos de esperança pareciam deslocados, mas parecia que tinha conseguido ajuda. Aí a curiosidade falou mais alto.

— Você é polonesa?

Klose girou sobre os calcanhares e, por um instante, pareceu que ela ia bater em Sarah. Daí ela soltou uma risada amarga.

— Não, menina, sou alemã. Ou era. Agora eu sou uma alemã de segunda classe, uma alemã que a Alemanha não quer mais, graças a gente como você. — Ela fechou a sacola. — Vamos?

— Vamos aonde?

— Leve-me até o seu larápio.

Tudo parecia diferente à luz do dia. O celeiro parecia frágil e terrivelmente exposto. Ir pelos mesmos caminhos parecia imprudente. Trazer outra pessoa, fatal.

— Você teve sorte de achar esse lugar nessa época. Na primavera, este estábulo estaria cheio de ovelhas e ajudantes da fazenda. — *Frau* Klose não parecia impressionada. Ela olhou em volta. — O que exatamente ele estaria roubando?

— Não sei. Eu o encontrei aqui — respondeu evasivamente Sarah, ainda desconfiada.

— E o que você estava fazendo aqui?

Sarah parou de andar e esperou que *Frau* Klose se virasse, com uma fagulha acendendo em seus olhos.

— Você faz muitas perguntas.

— É para quando a *Sicherheitspolizei* me fizer perguntas, para eu ter o que dizer para eles.

Ela não odeia os judeus. Mas me odeia, pensou Sarah. Ou melhor, ela odeia Ursula, a pequena nazista.

O inimigo do meu inimigo.

Sarah a ultrapassou e se dirigiu para a porta.

— Helmut? Helmut? Sou eu, Ursula, estou entrando. — Ela empurrou as portas e olhou para as sombras, subitamente assustada com o que podia encontrar. — Eu trouxe uma amiga para ajudar.

Ela andou na direção do monte de feno, até conseguir divisar a forma do Capitão. Ele parecia dormir. Ou pior. Ajoelhando-se, Sarah aproximou uma das mãos de sua boca, tentando sentir o movimento do ar em suas narinas.

Ele está vivo. Ainda estou sobre a barra.

Ela queria bater palmas e rir.

Os olhos dele se abriram, e ele sorriu, vagarosamente. Então, ele viu a silhueta da enfermeira na entrada. Sarah fez um som reconfortante e tocou a testa do Capitão, que estava quente.

— Está tudo bem, Helmut. Essa é *Frau* Klose. Ela veio ajudar e não se importa se você é um larápio.

— Eu não me importo se você é judeu, é o que ela quer dizer — interrompeu a enfermeira, fechando a porta.

— Ele não é judeu — retrucou Sarah.

— Foi o que você disse a ela, hein, Israel? Como é que a raça superior pode ser tão ingênua? — A enfermeira empurrou Sarah para o lado e se acomodou na palha perto do Capitão. Ela examinou rapidamente o ombro e, então, começou a tirar coisas da sacola.

— Que bagunça... Beba isso... — Ela derramou algo na boca dele. — Foi você quem fez esse curativo, garota?

— Sim. — Sarah ainda estava indecisa sobre entregá-lo aos cuidados de Klose. Não havia alternativa, isso estava claro, mas ele era sua responsabilidade. Ele era tudo o que Sarah tinha.

Ela espantou esse pensamento.

— Está horrível. Você quase cortou o fluxo de sangue para o braço. Limpou o ferimento?

— Sim, claro que sim.

— Mas deixou a bala lá dentro?

— Não, eu enfiei o dedo e a arranquei dali — retrucou Sarah, sarcástica.

Frau Klose soltou uma gargalhada.

— Venha cá, sente do outro lado e me ajude. Vamos. — Quando Sarah ajoelhou no feno, a enfermeira deu a ela uma garrafa. — Jogue um pouco disso nas mãos e esfregue. Isso. Agora, quando eu pedir, você devolve para mim. Viu? Agora você é uma enfermeira.

— Ele vai sobreviver? — sussurrou Sarah. Ele era tudo o que ela tinha no mundo.

— Você precisa melhorar seus modos. O paciente ainda está acordado. Dê a garrafa para mim, agora. — A enfermeira começou a limpar suas mãos. — Aqui, pegue isso e isso. Ensope o pano e então segure-o sobre a boca e o nariz dele. — Sarah se atrapalhou com a nova garrafa. — Vamos.

Ela finalmente conseguiu desatarraxar a tampa. O cheiro era opressivo, enjoativo, doce e penetrante e machucou seu nariz. Ela abaixou o pano sobre o rosto do Capitão, mas ele se contorceu e gemeu.

— Faça isso de uma vez, menina — insistiu a enfermeira. — A alternativa é muito pior, confie em mim.

Sarah pressionou o pano sobre o rosto dele. O Capitão se debateu por alguns segundos, mas logo parou de resistir.

— Vai secar, então cuide de mantê-lo molhado — instruiu *Frau* Klose. — Daí, coloque seus dedos na parte lateral da garganta dele, isso... Você sente o pulso? Não deixe que diminua muito o ritmo. Se acontecer, tire o pano, entendeu?

Sarah assentiu, o cheiro começava a enjoá-la. Com as batidas do coração do Capitão tocando a ponta de seus dedos e sua outra mão sobre a boca e o nariz dele, ela não conseguia se livrar da sensação de estar cometendo uma traição.

Frau Klose estava injetando algo no braço dele.

— Ele está em péssimo estado. Talvez eu não consiga salvá-lo. Preciso remover a bala, e deve ter restos de tecido ali também. Aí eu vou limpar o ferimento. Se ele sobreviver a isso, aí é com a sulfonamida.

Sarah balançou a cabeça, mas, por dentro, seu otimismo inicial, a sensação de vitória, extinguiu-se.

Continue em pé, use os dedos para manter o equilíbrio.

Os segundos passaram. Sarah sentia o coração do Capitão martelando, como dedos preguiçosos sobre uma mesa de cozinha. Ela contava as batidas e tentava marcar o tempo, mas os números se perdiam em sua cabeça. O tamborilar acelerou quando a enfermeira abriu o ferimento e começou a retirar o pus com pedaços de algodão. Sarah não era melindrosa – já tinha visto pior, mas não conseguia olhar, então se concentrou no pano em suas mãos. Quando ele reagiu um pouco, como um cachorro dormindo, Sarah molhou novamente o pano e voltou a sentir o pulso. Estava mais lento, talvez uma batida por segundo. A fragilidade dele em suas mãos era aterradora – mas também emocionante. Ela viu a expressão de grande esforço no rosto de *Frau* Klose, passando a língua pelo lábio inferior em sinal de concentração.

— Por que você está fazendo isso? — perguntou Sarah.

— Por que *você* está fazendo isso?

Sarah deu de ombros, incapaz de mentir de forma convincente. Elas caminhavam sobre uma teia de vidro da mentira e do engano, pronta para se quebrar sob seus pés. Depois de um minuto, *Frau* Klose começou a falar.

— Eu fui enfermeira na *Weltkrieg*. Uma menininha mesmo, com a cabeça cheia de flores e gatinhos, mas, de repente, eu me vi tirando estilhaços de dentro de meninos da minha idade. Meninos sem braços. Sem mandíbulas. — Ela pegou sua pinça e a escorregou para dentro do ferimento. — Eu conheci um médico, um cirurgião. Ele foi bom para mim; não se importava com o fato de eu ser mulher, reconheceu meu talento, me ensinou e me encorajou. Juntos, salvamos a vida de muitos homens.

Ela puxou a pinça, com um grunhido. Entre as duas hastes do instrumento, havia uma estrela brilhante de metal retorcido, uma pinha de ferro achatada. Segurando-a na altura dos olhos, ela girou a pinça para dar uma boa olhada.

— Munição militar. Perigoso ser um larápio por estas bandas, não é? — Soltou a bala sobre uma bandeja de metal e inseriu a pinça novamente. — Trabalhamos juntos por quase vinte anos. Ele dizia que eu deveria me tornar médica, mas eu não queria desmanchar a equipe. — Ela puxou um longo pedaço de tecido preto e molhado do ferimento. — Ah, aqui está. *Verflixt*,[20] ele está sangrando. — Os dedos dela começaram a se mover rapidamente, linha e agulha, pedaços de algodão e panos. Ela mexia naquela confusão vermelha e escura, vendo coisas que Sarah não conseguia ver.

— Aí, quatro anos atrás — ela cortou a linha com os dentes —, *gente da sua laia* apareceu. O expulsaram do hospital. Não podemos ter judeus salvando vidas arianas, não é? Eu fui com ele, claro. Trabalhando no

---

20. "Droga", "essa não", "que diabos", em alemão. (N.T.)

consultório de alguém, depois na sala de alguém, sem os equipamentos certos ou suprimentos. Era como 1918 de novo. — Sentando, ela passou o braço coberto de sangue pela testa. — Finalmente, ele me mandou ir embora. Era muito perigoso. E naquela altura eu estava assustada, pela violência, pelas janelas quebradas, pelas palavras pichadas na porta da minha casa. Então, eu parti. — Ela olhou para Sarah com um ódio indisfarçável. — Novembro passado, eles vieram e o levaram. Ninguém nunca mais o viu.

— Sinto muito — disse Sarah após um momento.

— Você *sente muito*? — retrucou *Frau* Klose, seu olhar cheio de amargura. — Bem, isso faz tudo ficar melhor, não é? A nazistinha sente muito. — Por um instante, Sarah achou que a enfermeira ia pular sobre ela. — Ele foi só um de muitos. Eu já perdi a conta. Agora, eles estão fazendo o mesmo com os poloneses. Você sabia que nenhum hospital me contrata? E eu tenho *medalhas de guerra*. Quem serão os próximos, nazistinha? Quem serão os próximos?

Sarah sentiu a culpa. Sentiu-se responsável. Não sem notar a ironia daquilo tudo. A respiração do Capitão através do pano parecia uma risada.

Klose voltou a trabalhar em silêncio. Secando, limpando, injetando, costurando.

— Ele vai sobreviver? — perguntou Sarah. *Ele é tudo o que eu tenho.*

— Só o tempo dirá. As drogas podem funcionar ou não. Não estamos exatamente em um ambiente estéril. Mas e você, por que está fazendo isso, nazistinha?

Sarah disse a verdade.

— Pela Alemanha.

A enfermeira lançou sobre ela um olhar de curiosidade, então assentiu.

— Você tem de tomar muito cuidado. Você é uma pulga em um tigre. Pode pensar que é parte do animal, mas, se pular demais, ele vai coçar você para longe, junto com o resto.

VINTE E TRÊS

— As leis naturais da hereditariedade são inegavelmente verdadeiras. Todas as criaturas vivas, inclusive os seres humanos, estão sujeitas a essas leis. — *Fräulein* Langefeld falava e caminhava, balançando sua vara. — Notem que os humanos não são todos iguais, mas de raças diferentes. Os impulsos e as forças que criam culturas estão enraizados nos genes de uma raça...

Sarah achava que essa lição, essas palavras, estavam andando em círculos, chegando sempre ao mesmo lugar. Era uma tira de papel enrolada e torcida, mostrando apenas um lado. Seu olho esquerdo estava se contraindo, como uma vespa tentando escapar das cortinas e voltar ao sol. Ficar acordada era sua missão; Elsa teria de esperar. *Um passo de cada vez.* Sarah plantou um cotovelo na mesa, apoiando a cabeça e cobrindo o olho irritado com o punho cerrado. Ela percebeu, no café da manhã, que ainda havia sangue seco sob suas unhas.

— O sucesso e a vitória final de nossa grande tarefa dependem da lei da seleção, da eliminação daqueles com doenças hereditárias, da promoção de linhas geneticamente fortes e da manutenção da pureza do sangue...

Com o canto do olho bom, ela podia ver Mouse fitando o espaço, a boca aberta. Sarah estava irritada com a falta de instintos de sobrevivência daquela garotinha. Talvez os nacional-socialistas tivessem razão, pensou ela. Talvez algumas pessoas simplesmente não devessem sobreviver.

— No caso de plantas e animais cultivados e criados por seres humanos, toma-se cuidado para eliminar os menos valiosos. Apenas o material genético útil e valioso é preservado. É justamente isso o que a natureza quer com a lei da seleção. Não deveríamos fazer o mesmo com as pessoas?

Sarah se odiou repentina e profundamente, com uma força que a fez querer vomitar. Ela podia ser uma pulga, mas sabia que não fazia parte desse tigre.

— Isso cumpre o mandamento de amar o próximo e é consistente com as leis naturais dadas por Deus. As pessoas afetadas pela lei fazem um grande sacrifício pelo bem de todo o povo.

Sacrifício. Pela primeira vez desde o Dia da Memória, ela pensou sobre o *Sturmbannführer*. Sabia que ele agora passava dia e noite chorando ao piano. Sarah se perguntou o que ele havia sacrificado, ou melhor, quem...

— Na Alta Baviera, em 1901, havia vinte e cinco leitos para doentes mentais. Em 1927, havia quatro mil. Se esta tendência continuar, quantos leitos serão necessários em 1953?

Sarah despertou de repente. Não conseguia lidar com os números, eles escapavam dela como um punhado de areia. Algumas mãos foram levantadas até não ser mais seguro não o fazer.

Não me pergunte. Não me escolha.

— Mauser? Você não sabe? — gritou Langefeld.

De novo não.

— Ah... sete mil novecentos e setenta e cinco — disse Mouse com brilhantismo.

Houve um suspiro de admiração, seguido por uma série de murmúrios agudos quando, uma por uma, todas perceberam o erro.

— Mauser, você é tão estúpida quanto as crianças retardadas naquelas camas de hospital. *Pense*. Qual é a resposta correta?

A sala ficou em silêncio, exceto pela batida da perna da pequena Mouse, que tremia sob a mesa.

— São mais três mil... novecentos... e setenta e cinco... mais quatro mil... isso é ...

— Não, você é uma imbecil. Levante-se. — Langefeld se aproximou da menina, crescendo sobre ela, com os pés afastados, pronta para atacar.

A cadeira de Mouse raspou no chão.

— Eu não entendo. São outros vinte e seis anos...

— Você não entende nada, não é, Mauser? Você é uma retardada. O que você é?

— Uma retardada.

— *Schlafsaalführerin*, qual é a resposta?

Liebrich ficou de pé como se tivesse tocado em uma cerca elétrica, os olhos cheios de pânico. — Cento e sessenta vezes quatro mil, que é... cento e sessenta mil vezes quatro, que é ... —

— Perto o suficiente, menina, sente-se. — Liebrich desabou de volta em seu assento, aliviada. — Viu, Mauser? Todo mundo sabe a resposta, exceto você. Agora a *Schlafsaalführerin* deu a resposta para você, pode me dizer o que aconteceria vinte e seis anos depois disso?

— Eu não sei.

A voz de Mouse soou tão baixa que era praticamente inaudível.

— Como isso é possível? — gritou Langefeld. — Você recebeu todas as informações de que precisa.

— Eu não entendo... — Agora, Mouse estava chorando.

Langefeld agarrou o pulso de Mouse e arrastou-a para a frente da turma, batendo nas mesas e espalhando livros e papéis no chão. Ela puxou a menina para o tablado, as canelas nuas estalando ruidosamente na plataforma de madeira. No momento em que Mouse foi empurrada contra o quadro negro, lágrimas escorriam pelo seu rosto.

— Você é uma parasita, Mauser, uma imbecil que vive às custas da Pátria. O que você é?

— Uma imbec... uma para...

— Dê-me a resposta em cinco segundos ou arrancarei a pele das palmas das suas mãos. — Os ombros de Langefeld subiam e desciam de excitação.

— Eu não... quero dizer...

— Cinco...

— Não, por favor...

— Quatro...

— Por favor!

— Três...

— Não...

— Dois...

— Eu... eu...

— Um...

— CHEGA!

Todo mundo congelou. A sala ficou em silêncio, exceto pelos soluços de Mouse. Sarah estava de pé no corredor ao lado de sua mesa, com as mãos ao lado do corpo.

— O que você disse? — ofegou a professora, o rosto vermelho.

— Já chega. Ela não sabe. Ela não *vai* saber, então DEIXE-A. EM. PAZ.

O relógio da parede marcava as horas.

— Como você ousa...

A onda de ódio foi passando, deixando Sarah com a sensação de estar à mercê de uma ventania que só aumentava.

— Deixe-a em paz — disse Sarah mais uma vez, agora em voz baixa. — Ninguém aprende nada vendo você implicar com ela.

— Não me diga o que fazer, sua pequena *Hure*, não ouse me dizer... — Langefeld mal conseguia pronunciar as palavras. Ao deixar o tablado em direção a Sarah, estava tão furiosa que tremia, abrindo e fechando as mãos em torno da vara. Sarah viu apenas rancor e ódio escapando da alma da mulher.

A dimensão do que acabara de fazer a atingiu, transformando suas entranhas em água.

Peça perdão, implore por misericórdia.

Não se atreva.

Sarah deu um passo à frente e estendeu a mão, a palma voltada para a professora. Ela se preparou, sentindo os músculos da perna se contraindo.

— Implore por misericórdia ou eu juro que vou esfolar você viva. — Langefeld ergueu a vara acima da cabeça. O relógio de parede emitiu um tique.

Sarah fechou os olhos.

— Vá em frente — disse ela com um suspiro.

O primeiro golpe foi de mil folhas de urtiga. Não foi apenas na mão dela. Sarah sentiu o golpe pelo braço, pelo cotovelo, apertando-lhe o pescoço como um torniquete. Foi tomada por uma onda de pânico no peito, que exigiu que ela corresse, escapasse, revidasse.

Você está *revidando.*

O segundo golpe foi pior. Foi cada queimadura, corte e arranhão, cada rasgo, torção e fisgada, todos retornando para lembrá-la do que havia esquecido, no mesmo instante. Sarah trincou os dentes até seu rosto doer.

Ela começou a abrir os pontos sobre sua tristeza e raiva, para abrir a caixa na qual escondia os horrores, tentando desesperadamente alimentar a fúria fervilhante e opressiva que a isolava da dor.

Teve, então, um momento de clareza.

Você pode me machucar. Mas não me assusta.

Sarah abriu os olhos e olhou para o batom de Langefeld, com seus vincos revelando a aspereza do que estava por baixo. *Pá.* Ela observou as rugas incipientes ao redor da boca de Langefeld. *Pá.* Tênues diamantes de suor se formavam em seu lábio superior e nos poucos pelos negros que haviam escapado das pinças. *Pá.* Os dentes, amarelados de café e cigarro. *Pá.* As raízes dos cabelos negros já crescidas desde o último clareamento. *Pá.*

Isso dói. Isso dói muito. Eu poderia chorar e gritar para que parasse. Faça parar. Não, isso só pode me machucar. Eu sei o que é, então não vou ter medo.

Sarah notou as manchas de tom marrom nas íris verdes de Langefeld. *Pá.* As veias no branco de seus olhos saltando nos cantos. *Pá.* O rímel ressecado nos cílios. *Pá. Pá. Pá.*

Use o medo. O medo é uma energia. Quebre-o em pedaços e construa algo novo.

A vara atingia seus dedos. *Não olhe.* Eles começaram a se encolher com as contusões. A mão parecia vermelha e bem machucada, mas estava dormente, por isso Sarah não podia mais sentir. Ela estava ganhando.

Ela olhou nos olhos de Langefeld e vislumbrou uma fagulha de incerteza. Sarah *sorriu.*

A mulher arrastou Sarah pelo cabelo até a mesa com tanta violência que as outras garotas trataram de sair do caminho. Segurou Sarah de bruços contra o tampo de madeira e bateu com a vara nas costas dela. Então, fez isso de novo. E de novo.

Sarah fechou os olhos. Afastando-se da garotinha que soluçava de tanto chorar dentro de seu peito, procurou uma lembrança, algum lugar para onde ir, um lugar onde nunca sentira dor, medo ou fome. Não havia lugar nenhum. Se ela alguma vez tivesse sido feliz, já não conseguia se lembrar.

Os golpes frenéticos não tinham ritmo agora. Suas costas pareciam em chamas, aniquilando todos os seus pensamentos, empurrando para longe as defesas contra o medo e a agonia.

Ela acaba de soltar o cabelo.

Então, Sarah percebeu que tinha pouco a perder, pouco a esperar, nada que desejasse ou de que precisasse, nada que pudesse imaginar como uma realidade possível – exceto que isso parasse. E nada poderia continuar para sempre.

Ela acaba de soltar o cabelo.

Sarah contorceu o corpo como um saca-rolhas e, quando o próximo golpe atingiu seu peito, agarrou a vara com a mão que não estava ferida, tomando-a de Langefeld. Rolou pela mesa e cambaleou para o outro lado.

Seus pés deslizaram em direções opostas, e o chão parecia estar se inclinando. Sarah tentou olhar Langefeld nos olhos, mas não conseguiu focar a visão. A vara na mão dela estava escorregadia de sangue, e Sarah não conseguia imaginar a razão disso. A vara...

Ela prendeu a vara entre as pernas da mesa e a puxou violentamente. A vara se partiu em vários pedaços, restando um pedaço de trinta centímetros em sua mão. Ela o balançou no ar e o atirou para o outro lado da sala. Sarah arfava, enquanto encarava Langefeld sobre a mesa.

Sarah, a judia imunda. Espancada, mas não vencida. Um calor se espalhou por seu rosto. Ela queria sorrir.

— Não tenho medo de você.

Langefeld virou a mesa com um grito e socou Sarah no rosto. Sarah viu uma explosão de luzes brilhantes, como fogos de artifício de Ano-Novo. Langefeld jogou-a contra a próxima fileira de carteiras, e ela caiu no chão. As outras garotas começaram a gritar e a se empurrar para sair do caminho, derrubando a mobília na debandada.

Langefeld se abaixou e fez com que Sarah se levantasse, antes de começar a bater nela mais uma vez. Desta vez, não houve faíscas, apenas um tom cinzento e sem graça, além da sensação de bater numa cadeira e aterrissar no chão.

Sarah viu o teto, o gesso descascando, os aquecedores que nunca estavam ligados, as lâmpadas que faltavam nas luminárias. Houve mais gritos, barulho de luta e palavrões. Langefeld ergueu-se sobre ela com o punho cerrado, mas o golpe caiu sobre o vazio quando o *Sturmbannführer* Foch a imobilizou e a puxou para longe da menina.

Sarah fechou os olhos.

Ela podia sentir uma crosta dourada crocante quebrando sob seus dentes; pão branco macio; queijo cremoso e frio; e aquela salsicha picante fatiada... Enquanto o sonho se dissolvia no gosto metálico de sangue em sua boca, Sarah se lembrou de quando tinha sido feliz.

— Você vem aqui demais, sabia? Boca. — *Frau* Klose enfiou o termômetro sob a língua de Sarah e virou o rosto dela de um lado para o outro. Alguns dias depois, o lábio inchado já estava melhor, mas o olho ainda estava preto. — Você é muito desastrada. — Ela tirou o tubo de vidro da boca de Sarah e levantou-se para examinar o mercúrio sob a luz. — Deixe-me ver suas costas.

Ela puxou a camisola de Sarah até o pescoço e viu uma série de vergões horizontais descendo das omoplatas até o quadril. As crostas das feridas deixadas nos pontos em que a vara tinha lacerado a pele ainda estavam visíveis sob a pomada antisséptica.

— Nem mesmo o exército ainda açoita seus soldados. Aquela mulher é tudo o que há de errado com este país — disse Klose, mais triste do que com raiva, reaplicando a pomada na pele de Sarah.

— Pensei que você não gostava da gente. — Sarah se contorceu. Os ferimentos ainda estavam muito doloridos.

— E não gosto. Se alguém jogasse uma bomba neste lugar, com todas vocês dentro, o mundo seria um lugar melhor. Mas, pelo menos, agora ela se foi.

— Para onde ela foi? — Sarah estava surpresa, até mesmo satisfeita.

— Para bem longe daqui, com todas as coisas dela. O SA *Arschloch* insistiu que fosse assim. Precisaram segurá-lo para que ele não enfiasse uma bala na cabeça dela. Loucos tomando conta do hospício, escute o que eu digo. — *Frau* Klose começou a preparar uma seringa. — Você deveria agradecer à sua amiguinha por ir chamá-lo.

— Quem?

— Aquela... Como é que ela se chama? Mauser. Correu feito uma bala para buscar ajuda, enquanto aquela *obrzydliwa suka*, aquela cadela nojenta, surrava você. Encontrou a única pessoa daqui que se importaria. Garota esperta.

Sarah gritou quando a enfermeira aplicou a injeção.

— E a minha mão?
— O que tem sua mão?
— Ainda não consigo sentir um dos dedos.
— Você pode movê-lo?
— Sim.
— Então, trate de superar.
— Meu pulso está dolorido — reclamou Sarah.
— Claro, está quebrado. Descanse-o. Limpe a *dupa*[21] com a outra mão.

Então, Sarah pensou no Capitão, em Elsa, nas bombas e nas cidades arrasadas.

— Quando vou poder sair daqui?
— Eu cuidei do seu amigo. Não está recuperado, mas está vivo. Ainda dormindo. Dei-lhe um pouco mais de sulfonamida, mas tive de guardar um pouco para você, sua *księżniczka*[22] egoísta. — *Frau* Klose recolheu seus instrumentos e suas bandagens. — Fique na cama. Se você roçar suas costas, do jeito que estão, no que quer que seja, vai parecer com uma tábua de lavar para o resto da sua vida.

---

21. "Traseiro", em polonês. (N.T.)
22. "Princesa", em polonês. (N.T.)

VINTE E QUATRO

Ursula Haller,
    Você deve comparecer perante a Matilha de Lobas.
    À meia-noite na capela.
    Não conte a ninguém.

Sarah encontrou todas as portas destrancadas, do dormitório até a capela. O caminho tinha sido preparado para ela. Tinha pensando em não ir, mas quem quer que tivesse enviado o bilhete acabaria indo buscá-la. Sarah pensou em Júlio Cesar marchando sobre Roma para se declarar imperador. Ele parou antes do rio que demarcava a fronteira, sabendo que atravessá-lo com suas legiões era um crime. Uma vez que tivesse feito isso, não haveria volta. Seria tudo ou nada. Claro, naquele momento, já era tarde demais para recuar: não importa o que fizesse ali, não teria mais paz.

De um jeito ou de outro, Sarah sentia que tudo já estava em andamento e ela, como o general romano, já estava envolvida. Não tinha onde se esconder ou para onde ir e não tinha mais medo. Ela também estava muito curiosa. A Rainha de Gelo com certeza estava por trás disso, e, com o Capitão ainda vivo, Sarah ainda tinha sua missão a cumprir.

Por hábito, ela cruzou sorrateiramente o piso de madeira dos corredores, mas sabia que naquele dia podia até marchar por ali assoviando. Quase com certeza o convite viera por ordem da *Schulsprecherin*, e Sarah não tinha nenhuma dúvida sobre quem realmente mandava na escola.

Uma luz alaranjada vazava da entrada da capela. Até pareceria convidativa, se o ar não estivesse tão gelado. Sarah não tinha colocado o casaco, pois suas costas ainda doíam muito. Ela deixou seu corpo tremer e respirou sobre as mãos em concha por um minuto antes de entrar.

Não se esgueire para o palco. Faça com que todos a vejam, mesmo que seu papel seja pequeno.

Sarah escancarou a porta, que rangeu e arranhou o chão de pedra.

A capela está coberta por centenas de velas acesas. Sob sua luz, Sarah pôde ver que os bancos haviam sido empurrados para os lados, criando um grande espaço central. Havia oito garotas – Elsa, Eckel, Kohlmeyer e as outras –, organizadas em círculo e vestidas com robes brancos, como em um quadro dos cavaleiros do tempo das Cruzadas. No centro do círculo, estava a Rainha de Gelo, segurando o cabo de uma grande espada, tão comprida que a ponta tocava a laje.

A curiosidade venceu suas suspeitas, como um livro ruim, mas que tem de ser lido até o final.

— Entre, irmã.

A capela era pequena, e a voz da garota, em vez de reverberar como Sarah imaginara, soou próxima e abafada. Sarah entrou no círculo, com o coração acelerado. Por mais que ela tentasse se controlar, o vapor da respiração saindo de suas narinas a traía. Sarah olhou além da garota à sua frente e pode ver, em um canto mal iluminado, a silhueta das três lebres de pedra, do lado de fora de uma das janelas da nave.

Em um círculo sem fim, sempre correndo, sem nunca serem alcançadas.

A Rainha de Gelo começou a falar.

— Há muito tempo, os Cavaleiros Teutônicos caminharam por essas florestas germânicas, expulsando os povos inferiores de nossas terras, realizando feitos de valor e autossacrifício. Nosso povo só agora está se lembrando de quem nós somos e de onde viemos. Nós nos reunimos aqui, neste lugar de adoração, neste monumento a um deus agonizante e irrelevante, para criar uma Nova Ordem. Uma Ordem dedicada a um povo, a um Reich, a uma Alemanha.

A lâmina da espada era cega e salpicada de pontos enferrujados, como se tivesse ficado guardada e sem uso por décadas. O que quer que as garotas tinham planejado para ela não envolvia a lâmina. Ela deu uma olhada na direção de Elsa, mas seus olhos estavam ocultos.

A Rainha de Gelo levantou a voz.

— O *Führer* é humano e um dia irá nos deixar, mas o Reich, sob nossa guarda, vai perdurar por mil anos. Nós somos a Matilha de Lobas, as mais rápidas e temidas caçadoras da floresta. Nós nos esconderemos entre os fracos e submissos para nos levantarmos, quando chamadas, para devastar, dizimar e dominar. Ursula Haller, você mostrou ser uma vez mais inteligente, duas vezes mais hábil e três vezes mais forte. Você é uma filha digna do Terceiro Reich. E agora é hora de se juntar a nós.

Sarah sentiu algo despertar bem no fundo de si. Borbulhou garganta acima, entrando em sua boca como um trem e explodindo no ar antes que ela pudesse fazer qualquer coisa.

Ela soltou uma gargalhada, uma exclamação de surpresa e desprezo, que terminou em um risinho inconsequente. Como César escalando a margem, sandálias molhadas e sujas de areia, não havia mais volta.

— Desculpe, continue — disse Sarah, recompondo-se com a mão cobrindo a boca.

A Rainha de Gelo inclinou a cabeça e apertou os olhos. Mas, então, a nuvem passou.

— Eu me enganei demais sobre você, Haller..., e você continua me surpreendendo. Tomei seu tamanho por fraqueza, sua obstinação por orgulho. Mas você é *destemida*. — Ela já não escondia a admiração na voz. E então sorriu, um sorriso verdadeiro, alegre, que mudou completamente seu rosto. — Essa é uma virtude valiosa. Precisamos de mulheres destemidas. Langefeld gostava demais dos meios, mas não acreditava verdadeiramente nos fins. Removê-la foi um feito de valor e autossacrifício. — O sorriso desapareceu. — Pegue a espada.

Sarah tomou a espada das mãos dela cuidadosamente, usando as pontas dos dedos fora das ataduras e da tala para segurar a lâmina.

— Segure firme, isso — ordenou a Rainha de Gelo. — Agora, repita comigo.

Ela então recitou as linhas, e Sarah as repetiu, mentindo com a facilidade de uma atriz.

> Eu juro fidelidade à Matilha de Lobas e às minhas irmãs lobas,
>
> Para manter o Reich por mil anos, por meio de meus pensamentos e atos,
>
> Para esperar pacientemente até ser chamada e então me levantar em vingança,

>Para realizar qualquer ato necessário para elevar nossa glória.
>E eu juro que se em um dia sombrio os inimigos da Alemanha nos esmagarem,
>E eu for a última verdadeira guerreira ariana,
>Meu último ato será destruir tudo o que estiver em meu poder destruir,
>Matar todos os que estiverem em meu poder matar,
>E, quando chegar ao inferno, fazer com que o próprio demônio me tema.

A Rainha de Gelo puxou a espada de repente para cima, e Sarah sentiu o fio áspero da lâmina cortar sua pele. As outras garotas se aproximaram e cobriram sua mão com as delas, agarrando e puxando até que seu sangue estivesse em todas as mãos.

Isso é insano, pensou Sarah.

— O seu puro sangue alemão misturado ao nosso — sussurrou reverentemente a Rainha de Gelo e então gritou: — Você agora é uma de nós.

As outras garotas lançaram as mãos para o alto e começaram a uivar como cães.

Sarah suprimiu um novo acesso de riso e, virando a cabeça para trás, juntou-se a elas.

Tomem aqui meu sangue sujo, infecto, judeu, inferior, abaixo do padrão, comunista, Mischlings,[23] Untermenschen,[24] *e o engulam, monstrinhas iludidas. Espero que ele as infecte. Espero que vocês engasguem.*

As outras esfregavam o sangue pelo rosto enquanto uivavam, então Sarah fechou o pulso para tirar um pouco mais de sangue e pintou sua própria face. Então, levantou as mãos e olhou bem nos olhos da Rainha de Gelo.

Isso eu juro... pensou Sarah.

>Eu vou esperar pacientemente até ser chamada e então me levantar em vingança,

---

23. Em alemão, Mischiling é "mestiço" ou "de sangue misturado", o termo usado pelos nazistas para designar quem tinha ancestrais judeus e arianos. (N.T.)
24. Em alemão, "sub-humano". (N.T.)

Para cometer qualquer ato necessário para pôr fim à sua glória

E eu juro que se em um dia sombrio os inimigos da Alemanha me esmagarem,

E eu for a última verdadeira alemã,

Meu último ato será destruir tudo o que estiver em meu poder destruir,

Matar todos os que estiverem em meu poder matar,

E, quando chegar ao inferno, entregar você pessoalmente ao demônio.

As garotas estavam removendo seus robes e apagando as velas quando a Rainha de Gelo chamou Sarah.

— Seu lugar na Matilha é, como a nossa própria existência, um segredo. Se quiser continuar cultivando sua trincheira solitária entre as fracas e patéticas, você pode. — Ela se virou para sair, dobrando o robe. Sarah levantou a mão para detê-la, balançando a cabeça.

— Por que eu estou aqui, se a Mouse é tão irrelevante? — disse, sua voz demonstrando incredulidade.

— Você defendeu alguém sob suas ordens. Isso foi nobre. Esse tipo de sacrifício será necessário antes da vitória final. Além disso — ela baixou a voz —, você tem sido nossa sombra nas últimas semanas. Você sabe onde errou. — E com isso, a promoção de Sarah se tornou também sua submissão. — E eu fui persuadida de seu valor pelas outras. Acho que você sabe o que precisa fazer.

— Sim, *Schulsprecherin* — disse Sarah. Submissão. Subjugação. Ela se forçou a sorrir, e o sorriso parecia graxa escorrendo de uma máquina.

— Ótimo. Vá em frente. — A Rainha de Gelo marchou para fora da capela quando as últimas velas foram apagadas.

— Olá, Haller — disse alguém.

— Que foi? — grunhiu Sarah. Ela estava cansada e tinha perdido o interesse nesse jogo.

— Eu achei que devia me apresentar direito, agora que você é uma de nós. Meu nome é Elsa Schäfer.

— Acorde. Vamos, pule.

O Capitão grunhiu e abriu um olho.

— Que diabos você contou para aquela polaca sobre mim?

A voz dele ainda estava fraca, mas agora parecia vir até ela de uma colina distante, em vez de estar se perdendo no vento.

— Que você é um judeu comunista imundo e um espião inglês... ou que você é um larápio, esqueci qual. De qualquer forma, adivinhe só? Desde a noite passada, eu sou amiga de Schäfer ou pelo menos o que quer que passe por amizade entre monstrinhas — informou Sarah alegremente, enquanto arrumava a comida roubada.

— O que houve com sua mão?

— Alegria e diversão.

— Como... esquece. O que você acha de *Fräulein* Schäfer?

Sarah pensou um instante.

— Tem alguma coisa... diferente sobre ela. Alguma coisa errada.

O Capitão bufou.

— Tem alguma coisa errada com todas elas.

— Mais que isso...

Eu soube do que você fez com a Langefeld. Foi... muito especial. Você nos impressionou e me impressionou.

Eu não podia... ela continuava... ela era uma professora ruim.

Sim, era – e você só resistiu e resistiu, até que ela não pudesse mais continuar?

Algo assim.

Foi muito corajoso, eu acho. Encarar aquilo. Exatamente o tipo de pessoa que eu estava procurando. Gosto do seu cabelo.

Obrigada, o seu é... é muito bonito, também.

Acho que devíamos ser amigas.

Nós podemos ter amigas?

Ah, sim. Só gente do nosso nível. Você é uma de nós agora.

Havia algo em sua autoconfiança, sua arrogância, que era... desesperado.

— Bem... — começou o Capitão, sentando, sua voz ficando mais forte. — Diga a ela que vou viajar neste Natal, que você vai ficar sozinha. Pergunte se você pode ficar com ela. Entre naquela casa. Do jeito que você puder.

— Você está de novo me confundindo com alguém gostável — disse ela, dando a ele alguma comida. Mas Sarah não se sentia assim. Não mais.

— Finja. Você sabe que consegue.

Ela sabia. Podia fazer isso. Mas o que era *isso*?

— E depois, o quê?

— Faça a cena da garotinha perdida. Ande pela casa até encontrar os laboratórios, descubra tudo o que puder. Roube as anotações. Sabote alguma coisa. Você é uma ladra maravilhosa e uma pequena dama enxerida. Seja *você mesma*.

— Ah, você tem um plano — declarou ela, teatralmente. — E eu aqui pensando que estávamos encontrando o caminho enquanto andávamos. Muito reconfortante. — Ela pegou uma garrafa e se ajoelhou ao lado dele. — *Sério*? Eu nem entendo o que tenho de procurar.

— O plano era você me fazer entrar, aí eu poderia bisbilhotar. Mas, graças à sua negligência médica, você terá sorte se eu estiver esperando do lado de fora, no carro...

Ele de repente estremeceu e ficou pálido. O estômago de Sarah revirou com a visão de quão precário era seu triunfo. *Não agora. Não tão perto. Ele é tudo o que eu tenho*. Ela se aproximou e passou um braço em volta de sua cabeça. — Tome um pouco de água.

— Estou cansado de água. Já estive em prisões com serviço de quarto melhor.

— É a última volta. Não falta muito agora.

Sarah estava no topo da calha, tinha acabado de colocar o braço sobre o peitoril, quando alguém falou.

— Onde você esteve?

Com o susto, ela imediatamente perdeu o pé dos tijolos e começou a cair. A garota do lado de dentro a agarrou e puxou Sarah para cima e pela janela. As duas caíram no chão, Sarah por cima.

— Você é um acidente ambulante, Haller — riu Elsa. — Agora, você me deve sua vida.

— Muito obrigada — disse Sarah, massageando o pulso. Ela estava desesperadamente cansada.

— Mas a pergunta ainda vale. Por que você estava perambulando lá fora? Por que você está *sempre* vagando lá fora no meio da noite? — Elsa estava mais que meramente curiosa. Era uma acusação.

— Eu não estou *sempre* vagando. — *Pense.*

— Hoje, ontem...

— O *encontro secreto* foi ontem à noite — zombou Sarah.

— Mas onde você estava toda a semana passada? Onde você estava *hoje à noite?*

— Haller? É você? — Mouse estava parada de camisola no final do corredor, esfregando os olhos.

— Sim, Mouse. Volte para a cama — replicou Sarah.

— Quem é essa com você? — Mouse parecia confusa, mas também traída. Ferida.

— Mouse... — Sarah olhou para o rosto de Elsa, alerta, julgando. — Não é da sua conta — terminou Sarah, com desprezo. Os olhos de Mouse se esbugalharam.

— Ma... mas... — gaguejou Mouse. — O que você está fazendo com ela? Haller, você não...

— Vá para a cama e me deixe em paz. Agora. — Mouse pareceu ter tomado um tapa na cara. Seu lábio inferior tremeu um pouco, daí ela saiu correndo. Sarah se sentiu suja, mas não tinha terminado. Elsa ia exigir mais. Elsa ia querer mais. — Maldita garota. Sempre me seguindo.

— Bem, algumas de nós são líderes, outras são seguidoras — disse Elsa. — Mas ela está vigiando você. Se você tem um segredo, ela é perigosa... Qual o seu segredo, então, Haller? — perguntou, sorrindo como faz um cão ao mostrar os dentes antes de atacar.

— Ah, droga. Venha, então — resmungou Sarah, saindo pela janela.

— Ir aonde?

— Venha ver o que estive fazendo — disse Sarah, girando o corpo e escorregando pela calha.

— É isso?

— É. O que você acha?

Elsa colocou as mãos na cintura e observou o cavalo trotando na direção delas sob o luar. — Este é o pangaré mais feio e mais vagabundo que já vi.

Sarah deu de ombros do topo da cerca do pasto.

— Eu não sei nada sobre cavalos. Só achei ela bonita. Ou ele. Nem sei. — O cavalo caminhou os últimos metros e parou, balançando a cabeça na frente delas. *Bendito seja*, pensou ela. — Eu cresci em Berlim. Nunca tinha visto um cavalo galopando até chegar à Espanha, e daí já havia coisas demais acontecendo.

— *Ele* é uma besta magricela de fazenda. Haller, por favor. Você precisa conhecer um cavalo de verdade. Você já montou nele?

Sarah acariciou o nariz do animal, e ele relinchou.

— Oi de novo. Duas vezes na mesma noite, hein? — *Você está devolvendo o favor, não é?* Seu pelo estava quase fumegante. — Não, eu nunca montei nada. Não precisa de uma sela?

— Meu Deus, não, você monta em pelo. É o único jeito certo de montar. — Havia uma alegria na voz de Elsa que Sarah nunca tinha ouvido. — Mulher e besta em perfeita harmonia e todo esse tipo de coisa. Deixe-me mostrar.

Ela pulou para o topo da cerca e, enrolando sua saia para cima, saltou sobre o cavalo. Ele relinchou, surpreso, e deu um passo atrás, mas então decidiu que não tinha problema. Ela enterrou os dedos na crina e ajeitou o corpo.

— Observe. Você senta mais para a frente que o normal, entre o dorso e a cernelha...

— O que é a cernelha?

— A cernelha, oras. Meu Deus, Haller, você não sabe *nada*.

— Então me ensine.

— Sente aqui, mantenha os dedos dos pés para cima, os calcanhares para baixo. Controle o equilíbrio com a crina... Você sabe o que é a crina?

— Sim, sei. — Sarah estava aliviada por sua ignorância ter se transformado em disfarce. Ela deixou Elsa falar, instruir, liderar.

— E daí você anda nele. — Ela riu, dando um tapinha no flanco do cavalo e fazendo-o andar. Conduziu-o para o pasto, fazendo-o trotar. — Meu Deus, este campo é um pesadelo. Só valas e lombadas — gritou ela.

Sarah assistia com uma inveja crescente. Sentiu um súbito desejo de ser graciosa assim, desenvolta assim, sintonizada assim com o mundo a seu redor. Calma, suave e fluente. Músculos e o luar prateado.

Esse é o meu cavalo, pensou ela, mas descartou aquela ideia.

Elsa estava explicando a arte de montar, mas Sarah só assentia e sorria. Agora que tinha conseguido desviar a outra da verdade, o medo que havia espantado sua fadiga estava se dissipando.

— Oi!

O grito ecoou pelos campos, o pequeno vulto do fazendeiro já marchando através do pasto.

— *Scheiße*! Merda! — xingou Elsa, galopando de volta para Sarah. Ela puxou com tanta violência que o cavalo relinchou, em pânico. Ela desmontou desajeitadamente, caindo no chão com um estrondo.

Sarah a ajudou a se levantar.

— Vamos, Haller, mova-se! Corra!

Elas aceleraram para a escuridão da floresta, às gargalhadas, com o fazendeiro jurando se vingar atrás delas.

— Você faz isso o tempo todo? — perguntou Elsa.

— Ninguém monta em nenhum cavalo, se é o que você quer saber.

— Precisamos fazer isso de novo. Você precisa vir à minha casa, para eu ensinar você a montar.

Ali estava. Sarah olhou para o chão, sentindo o rosto corar na penumbra. Como...

Vamos, dumme Schlampe. Agora.

— Bem, meu tio vai viajar no Natal, eu ia ficar com uns parentes medonhos...

— Está resolvido, então. Você vem para a minha casa.

Sarah queria gritar e pular. Afogada de emoção, ela conseguiu mostrar a Elsa seu melhor sorriso de agradecimento e viu a expressão da outra. Sarah não conseguiu entender direito. Era um misto de vergonha, simpatia e desgosto, tudo junto. O efeito era desconcertante.

— Tem certeza?

A expressão estranha foi substituída pelo costumeiro ar diabólico e um sorriso cheio de dentes.

— Vai ser maravilhoso. Você nunca, nunca vai esquecer.

VINTE E CINCO

Elsa queria estar lá, mas Sarah insistiu que ela assistisse ao *putsch* a distância. Liebrich era uma versão exausta e sem brilho daquela garota que mostrara a Sarah o dormitório havia apenas alguns meses.

— Eu posso acabar com você, Haller. Eu ainda sou maior.

Sarah estava calma.

— Mas você não vai fazer isso.

O queixo de Liebrich estremeceu.

— Isso não é justo... — balbuciou a garota. Então, ela se virou para Sarah. — O que seu pai faz, Haller?

— Meu tio faz rádios.

Liebrich riu alto.

— Então, você não tem *ideia*. Meu pai é um *Oberführer* das SS. Nada além de perfeição é suficiente para ele. Os fracos, os estúpidos, os incapazes, no que diz respeito a ele, todos devem fritar junto com os judeus e os comunistas. Se ele souber que fui substituída, não sei o que vai acontecer comigo.

Sarah queria tranquilizá-la, fazer com que se sentisse melhor, deixá-la em paz, mas sua única opção era seguir em frente. Então, ela trancou sua compaixão na caixinha junto com seu medo. — Sou a nova *Schlafsaalführerin*. Você não ergue mais a mão para ninguém sem a minha permissão e vai obedecer às minhas ordens. Estamos entendidas?

Liebrich continuou parada ali, em posição de desafio. Sarah chegou bem perto dela.

— Você sabe, ouvi dizer que Rahn estará de volta no próximo semestre, e acredito que agora ela é minha melhor amiga — sussurrou Sarah, com a mesma entonação insensível da Rainha de Gelo. — Ela está de péssimo humor e provavelmente está procurando alguém para descarregar sua fúria, especialmente agora que ela não pode me tocar.

Liebrich assentiu gentilmente, com o rosto vermelho.

— Obediência. Seu pai vai entender isso, não vai?

— E a sua amiga, a Mouse? O que vai ser dela agora?

Sarah não queria que Liebrich visse seu rosto.

— Eu não poderia me importar menos.

— Você está atrasada.

Ele ainda estava pálido e cansado, mas estava sentado e vestido.

— Precauções extras. Você sabe... Coisa de espião. — Ela entrou e se virou para fechar a porta.

— Então, como foi seu dia?

Sarah abriu o saco de comida e começou a tirar de lá o que tinha trazido.

— Abracei a política do Reich e condenei uma inimiga a uma surra pelas mãos de seu pai. O mesmo de sempre. Diversão e brincadeiras. — Ela se sentou e deu a ele uma lata de fiambre. — Não posso ficar muito tempo, vão sentir minha falta.

— Quem?

— Minha anfitriã no Natal. — Sarah sorriu. — Missão cumprida. *Alles in Butter*.[25]

Por um momento, a máscara dele caiu, e Sarah viu em seu rosto alguma coisa que se parecia com prazer e orgulho. Então, desapareceu. Mas foi o suficiente.

— Bom, então posso dar o fora deste lugar. Ver se meu carro ainda está onde o deixei.

— Você pode andar?

— Ah, sim. O suficiente para sair daqui.

— Muito bom.

Sarah sentiu que havia algo que precisava ser dito, mas não conseguia organizar a ideia. Achou que o Capitão estava tendo o mesmo problema. Mas, logo, o momento havia passado.

— Tudo bem, há quartos para alugar na cidade, acima da cervejaria Gästehaus Rot. Estarei lá na véspera de Natal e vou esperar por você.

---

25. "Tudo combinado, tudo certo", em alemão. (N.T.)

Aqui, pegue. — Ele lhe entregou um pedaço de papel com um número. — É assim que você pode entrar em contato comigo. Eles estarão ouvindo, então cuidado com o que diz, *sobrinha*. Se eu tiver de resgatá-la, não poderei entrar na casa. Seria reconhecido. Você terá de me encontrar na estrada. Pegue algum dinheiro.

Sarah tratou de memorizar as instruções e escondeu as notas. O Capitão estendeu uma das mãos.

— Boa sorte — disse ele. Ela estava prestes a deixar passar, mas então sorriu.

— Tome um banho. Você fede — respondeu Sarah ao se levantar. — Vejo você depois do Natal. — Foi até a porta do celeiro e parou. Estava com medo de abri-la, com medo de continuar. — Por que você tem tanta certeza de que posso descobrir alguma coisa? — perguntou ela.

Não conseguia ler o rosto dele no escuro.

— Você é uma garotinha inteligente. Eles não estão esperando por uma garotinha inteligente. — Aquilo bastava.

Algo mais ocorreu a ela.

— Serei obrigada a voltar para Rothenstadt? Algum dia?

— Provavelmente não.

Em meio ao alívio, ela se deu conta de que ainda tinha negócios inacabados.

— Então, tenho uma última coisa a fazer.

— Liebrich disse que você queria me ver.

Mouse estava parada na porta do dormitório. Ela parecia especialmente pequena contra o batente, como uma boneca que entrou em uma casa de verdade.

— Entre, Mauser.

Seria mais fácil para Sarah ameaçar Mouse como ela havia menosprezado e rejeitado Liebrich. Era melhor arrancar o esparadrapo de uma vez por todas. Mas, agora, vendo os olhos arregalados de Mouse, ela se deu conta de que isso seria impossível. Por fim, foi Mouse quem quebrou o silêncio.

— Você não tem mais permissão para falar comigo — disse Mouse.

— Sim, mas...

— Imaginei quando vi você com... aquela menina mais velha. — Ela parou de falar e parecia estar olhando para o vazio. Sarah estava prestes a se inclinar para lhe dar uma sacudidela, quando ela continuou: — Está tudo bem. Ninguém falava comigo antes de você chegar... bem, então eu acho que vai ser desse jeito outra vez. — Era quase como se Mouse estivesse tentando fazer com que Sarah se sentisse melhor. Isso também não era o que Sarah queria.

— Mouse, você precisa sair daqui — implorou Sarah. — Não volte depois do Natal. Diga ao seu pai tudo o que sabe, a corrupção, a violência...

— Haller — interrompeu Mouse em um tom de voz que Sarah nunca tinha ouvido. — Lembra-se de quando Langefeld me chamou de desperdício de pele? Ela estava certa. Eu sou inútil. Exceto aqui. Aqui sou útil, estou fazendo alguma coisa. Se eu contar a ele, ele vai me levar embora e serei um nada de novo.

Aquilo horrorizou Sarah, que podia ver como Mouse acreditava em cada palavra.

— Ah, Mouse, você não é inútil — disse Sarah com gentileza.

— Mesmo? Então, por que você desistiria de mim em favor da Rainha de Gelo? — Havia um sério tom de desafio em sua voz. — Tudo bem, Haller. Só não minta dizendo que tenho algum valor.

Sarah teve o desejo de bater em Mouse, mas sua raiva teria sido mal direcionada. O preço da amizade de Elsa, a conta a ser paga para dar o próximo passo, seria conviver com o que acabara de fazer.

— Há mais coisas na vida do que essa escola, Mouse.

— Estou fazendo o meu trabalho.

Eu também estou, Sarah queria chorar. Ela tentou imaginar uma saída, alguma possibilidade de redenção.

— E se eu lhe dissesse que também estou trabalhando? Que *preciso* fazer a Rainha de Gelo gostar de mim?

— Então, eu diria que você é como todas as outras — disse Mouse, com tristeza.

Sarah tentou mais uma vez.

— Eu disse que nunca deixaria você, Mouse. Talvez eu desapareça por algum tempo, mas vou voltar para você.

— Diga a si mesma o que for preciso, *meine Schlafsaalführerin*.

Paga com juros. E agradecimentos.

— Obrigada, Mauser; você pode ir. — Sarah fechou seu coração e lentamente guardou Mouse e aquela conversa na sua caixinha de horrores.

— Você precisa ter cuidado, Haller. Está achando tudo isso lindo, mas, quando perceber que não é, será tarde demais.

Sarah ignorou esse aviso final. Já estava mais sozinha do que jamais tinha estado.

Sua mãe tinha trancado a porta por dentro. Sarah não tinha como abrir uma fechadura que não conseguia tocar, e devia haver outra coisa atrás da porta, porque ela não se moveu nem um centímetro sequer quando foi chutada. Sarah tentou descer pela janela, mas daquele lado a fachada do prédio era de tijolos. De qualquer forma, a janela era estreita demais, mesmo para uma garota tão magra de fome.

Sarah sabia que sua mãe ainda estava viva, porque podia ouvi-la gritando. Isso durou quatro dias. No começo, Sarah implorou à mãe que abrisse a porta e implorou para saber o que estava acontecendo, soluçando de frustração. Então, devagar, Sarah começou a se afastar, preparando-se para o pior. Dormiu no telhado para se poupar do barulho.

Naquela manhã, no entanto, quando Sarah entrou pela janela da cozinha, foi tocada pelo silêncio. O quarto estava vazio. Sarah fechou a porta para evitar o fedor. Verificou o banheiro e o corredor, o pânico aumentando.

Saiu pela porta da frente e entrou no vestíbulo, quando notou que alguém subia a escada.

— *Mutti!* Onde...

Sua mãe, sua *verdadeira* mãe, chegou ao último degrau. Os olhos arregalados e vermelhos tinham desaparecido, assim como a pele pálida e marcada e os dentes amarelos. Em vez disso, o rosto dela estava perfeito, ela usava um chapéu de penas e seu melhor casaco de pele – um casaco que Sarah teria vendido havia muito tempo se soubesse que sua mãe ainda o possuía. Não era uma atuação perfeita, mas foi como a luz do sol em uma manhã fria de primavera. Uma promessa de que coisas melhores estavam por vir.

— Sarahchen, é hora de ir. Se houver qualquer coisa que queira levar, coloque no carro agora.

Sarah ficou paralisada, de queixo caído, antes de conseguir recuperar a compostura.

— Nós não temos mais um carro, *Mutti*.

— O Mercedes está do lado de fora, esperando. — Ela deu uma leve ajeitada nos ombros.

— Como você conseguiu isso? — Sarah não gostava de se sentir confusa. Então, sua mãe deu um sorriso astuto, e Sarah entendeu o que tinha acontecido. — *Mutti*, você *roubou* o nosso carro de volta?

— Veja bem, nunca pediram as minhas chaves do carro. Deve ter sido porque queriam que eu o usasse. Rápido agora, precisamos chegar a Friedrichshafen e é uma longa viagem. Enviei uma mensagem para seu pai nos encontrar na Suíça.

Havia uma luz nos olhos da mãe que desaparecera havia... meses? Anos? Sarah começara a suspeitar que sua mãe brilhava apenas em sua imaginação, que sempre tinha sido amarga, fedida e com olhos irritados. No entanto, ali estava ela. Sarah sabia que seu pai não tinha respondido e ele não estaria esperando por elas, não depois de todos esses anos de silêncio. Ela havia muito desistira de ter esperança sobre isso... Mas talvez, agora, não importasse no que sua mãe acreditava.

— Mas e os nossos documentos? Nós temos vistos? Como vamos...

— Shhhh, fique tranquila, não se preocupe com nada.

Sua mãe abriu os braços, e Sarah caiu neles. Os cheiros de uísque e de vômito tinham desaparecido, sobrepujados pelo cheiro de sabão, perfume e naftalina.

Nós não precisamos de um visto? Documentos sem carimbo de "Judeu"? Dinheiro?

Quieta.

Um carro roubado?

Quieta.

Mas...

Quieta.

VINTE E SEIS

23 de dezembro de 1939

O carro dos Schäfer era suntuoso. O capô polido brilhava sob um raio de sol de inverno, que parecia ter surgido apenas para anunciar a chegada de um veículo. Entrar nele era como subir até uma espécie de templo. Cheirava a couro limpo e encerado, e os bancos estavam revestidos por cobertores grossos e macios, mas o carro era quente – quente de um jeito que Sarah tinha esquecido, quente como chocolate, quente como uma lareira antiga.

O motorista vestia um uniforme das SS.

Elsa tinha doces. Pequenas surpresas picantes de sabor, levemente azedas, uma pequena explosão de limão tão requintada que era impossível experimentar sem sorrir.

Havia uma metralhadora no banco frontal do passageiro.

Havia livros com lindas capas na parte de trás do carro, livros contando histórias épicas de piratas e feiticeiros, em aventuras após aventuras. Por semanas, Sarah tinha visto apenas textos em letras negras e monótonas falando de fatos questionáveis, mas agora crianças de faces rosadas e monstros terríveis, ilhas de bravos cavaleiros, missões, princesas, tudo isso saltava das ilustrações.

Entre os livros, estava *Der Giftpilz*, um alerta a todas as crianças sobre os perigos dos judeus, os cogumelos venenosos na floresta ariana.

Elsa falou sobre banquetes e vestidos de cetim, cavalos e festas, em uma longa história ininterrupta de brincadeiras divertidas e prazeres deliciosos. Ela não perguntou nada sobre Sarah. Por um lado, isso era bom, mas Sarah começou a sentir que não era totalmente correto. Ao contrário de Mouse, que podia recitar um longo monólogo sem sentido para preencher o silêncio, mas parava de falar no momento em que qualquer um dissesse alguma coisa, a conversa de Elsa preenchia o ar com tantas palavras que nenhuma outra conseguia entrar. Suas frases e anedotas eram tão animadas que, em comparação, as outras palavras pareciam pálidas e insípidas. Sarah se sentiu afogada, presa sob a água pela mesma mão que impedia a corrente de levá-la embora. Será que era assim que crianças normais e felizes falavam? Era estranhamente parecido com escutar sua mãe.

Sarah tirou aquelas ideias da cabeça e se arriscou a fazer uma pergunta, em um momento em que Elsa parou para respirar.

— O que faz o seu pai?

O rosto de Elsa se transformou. Foi como se uma nuvem encobrisse o sol.

— Ele é um cientista. Faz experiências. É bem chato. — Elsa olhou pela janela, para as sebes dos jardins pelos quais elas passavam.

— E sua mãe? Como ela é? — acrescentou rapidamente Sarah.

— Minha mãe foi levada de nós há quatro anos.

Dumme Schlampe.

— Que pena. Sinto muito.

— Não sinta. Ela era uma vaca covarde e fraca. — As palavras pareciam que iam queimar através do chassi até a estrada.

— Minha mãe está em um asilo de loucos — acrescentou Sarah.

Ela deixou aquelas palavras assentarem, observando os campos que passavam. Sentiu dedos quentes se enrolarem nos seus sobre o banco. Onde os dedos de Mouse eram calejados e ásperos, os de Elsa eram macios e lisos como madeira polida. Ela tocou o rosto de Sarah com a outra mão.

— Sinto muito. — Ela desceu um dedo por um dos cachos de Sarah.

— Sinto muito por tudo.

Sarah não sabia o que dizer. O rosto de Elsa, ilegível, mudou para diabólico quando ela se aprumou no banco e apertou a mão de Sarah. – Você já gosta de garotos?

— Ah, eu ainda nem penso neles. — Ela estava aliviada pela mudança de atmosfera, mas não tinha nada para contribuir nesse tópico. Estava vagamente ciente que isso era uma fonte de excitação frenética para as outras, as mais velhas, mas sua mãe nunca tinha realmente conversado com ela sobre isso, e os livros que tinha lido evitavam os detalhes.

— Você precisa. Você precisa pensar neles o tempo todo! Os guardas de meu pai, eles são tão bonitos, fortes e rudes; eles me dão cócegas por dentro. — Ela deu uma risadinha, e Sarah a imitou. Antes de mais nada, o entusiasmo de Elsa era contagioso. Ela, então, inclinou-se para a frente e cutucou o motorista. — Não você, Kurt! Você é um velho enrugado. — Ela deu uma gargalhada. Sarah viu o homem no banco da frente endireitar os ombros. Ela suprimiu a vontade de estremecer e soltou a melhor risadinha coquete de sua mãe, como uma caixinha de música acelerada.

A estrada até a propriedade dava uma longa volta. Eles passaram pela cidade, o motorista buzinou para dispersar os pedestres. Sarah olhou para fora, para os edifícios em volta, esperando pela cervejaria, até ver a placa imunda da hospedaria sobre uma fachada vermelha, a tinta descascada. Imaginou o Capitão sentado em um colchão puído, fraco, esperando. Até aqui tudo bem, pensou Sarah, ainda que a maior parte do trabalho tenha sido feito por Elsa. Talvez o resto seja assim fácil também.

Ela começou a mapear sua rota de fuga de trás para a frente desde aquele ponto.

O próximo marco foi o muro da propriedade, aquela faixa enorme de tijolos negros, o topo coberto de arame farpado e hostis protuberâncias pontiagudas, um monstro pronto para engolir Sarah de uma bocada só. Tinha a esperança de que o outro lado fosse menos intimidante e que o muro projetado para manter gente fora se provasse incapaz de mantê-la dentro.

Eles chegaram à entrada, e Sarah sentiu um medo conhecido. Havia uniformes pretos e prata impecáveis circulando, mas os soldados em roupas camufladas para floresta a incomodavam mais. Eles não tinham a pompa e a arrogância dos oficiais. Parecia impossível que um deles não perceberia a judia imunda pelo que ela era – uma estranha no ninho. Sarah os imaginou apontando e gritando com ela. Entrar nesse lugar por sua própria vontade era como um roedor entrando na boca de uma cobra.

Corra. Fuja! Pule fora enquanto é tempo.

Ela esfregou a testa para esconder o rosto, mas daí parou. Isso não era diferente de Rothenstadt, pensou. Esses soldados eram tão cuidadosos quanto a Rainha de Gelo, e ela havia aceitado Sarah como uma delas.

Depois da primeira barreira, o carro percorreu o caminho tortuoso em zigue-zague, contornando os blocos de concreto até o portão propriamente dito. Elsa continuou tagarelando, apontando o mais bonito, o mais elegante, o "com a cara mais inocente", uma das muitas coisas que Sarah não compreendia.

Finalmente, o carro entrou em uma imensa área de campos bem cuidados. O muro desapareceu de ambos os lados, e o caminho sumia na distância sem nenhuma casa à vista. Sarah se admirou com a escala daquilo. Ela podia ver cercas, pastos, animais, mas nenhum esconderijo, nenhum lugar para se abrigar. Havia cães patrulhando toda a área.

Sarah viu a barreira de ferro se fechar atrás deles.

Você entrou, dumme Schlampe.

Exatamente como planejado. Monstrinhas de férias.

— Olhe, Haller, minha égua — gritou Elsa, cutucando o ombro de Sarah. — *Anneliese! Mutti* chegou! — berrou ela após abrir uma janela do carro.

— Ela parece... linda. — Sarah não tinha ideia da terminologia correta.

— Ah, ela é; espere até vê-la de perto. Eu achei que ia perdê-la...

— Por que você poderia perdê-la?

— Ah, você sabe como é. Não posso ficar com ela a menos que eu seja *boa*.

Elsa fez a palavra "boa" soar pesada. Errada.

Sarah realmente não entendia as outras crianças, suas expressões e seus humores. Tinha vivido isolada, primeiro pela vontade de sua mãe, depois pela vontade do povo alemão. Um dia, tinha achado a companhia de seus pares um raro prazer, depois uma experiência cada vez mais desconfortável, até parar de ver todo mundo. Daí, algumas semanas com Elsa não tinham sido suficientes para que Sarah entendesse a outra menina.

Saber as suas falas não é o suficiente, querida. Você deve ouvir os outros, analisar o que eles dizem, descobrir o sentido no que eles não dizem. Isso é atuar.

Eu não sei lidar com pessoas. Já disse isso.

Pessoas são simples. Elas desejam. Algumas escondem isso, outras não. Elas sofrem. Algumas escondem isso, outras não.

— E você foi boa? — disse Sarah, tentando brincar, sentindo a intenção desajeitada em suas palavras.

Elsa olhou para Sarah. *Vergonha. Simpatia. Desgosto.* — Sim. Sim, eu fui.

A casa dominava a encosta de um morro. Era imensa, maior que Rothenstadt, maior que muitos prédios governamentais em Berlim. Sarah se admirou que uma só família pudesse viver com tanta opulência. A casa central seguia um estilo clássico, a entrada flanqueada por colunas e com um pórtico, uma escadaria de degraus largos levando até uma porta dupla. De cada lado, novas alas tinham sido acrescentadas, em estilos cada vez mais agressivos e modernistas, até que, nas extremidades, preocupações utilitárias tinham engolido completamente a arte, dando lugar a *bunkers* de concreto e galpões de ferro. Por trás, erguia-se uma estufa ornamentada quase tão grande quanto a própria casa.

Como ela já havia percebido muitas vezes, Sarah notou que podia até existir *um povo, um líder, uma nação*, mas ainda existia uma outra Alemanha, muito mais privilegiada.

Um criado com luvas brancas abriu a porta do carro antes que Sarah pudesse alcançar a maçaneta. Enquanto ela colocava o casaco, ele ofereceu a mão para ajudá-la a sair. O cascalho em que Sarah pisou era fundo e cedia sob os pés. *Espesso*, pensou ela. *Caro*. Outro criado, em voz baixa, respondia às tagarelices de Elsa, e outros se encarregavam da bagagem. A casa que se agigantava diante de Sarah lembrava a visão da escola como a boca de uma besta. Mas essa era impecável, polida e bem-cuidada. Era um predador de um tipo completamente superior.

— Venha, Haller, deixe eu mostrar a casa para você — gritou Elsa, já correndo escada acima.

O saguão era um palácio de mármore branco. Duas enormes escadarias subiam, contornando o ambiente em volta e acima da cabeça de Sarah, formando com os corrimões de ferro negro um conjunto intrincado de espirais e flores. Um quadro do *Führer* em tamanho real dominava a sala. Sob a pintura, acendendo um cachimbo, estava Hans Schäfer. Seu rosto sorridente, iluminado pelo reconhecimento, emanava bom humor. Ele não poderia se parecer menos com os cientistas malignos dos filmes. Ao contrário, foi Sarah quem se sentiu o predador, entrando na casa dele com motivos inconfessáveis.

— Minha querida, bem-vinda ao lar. — A voz dele era macia e amigável.

— Pai — respondeu Elsa formalmente, inclinando-se em uma reverência. Ele se inclinou e a abraçou, beijando seu rosto.

— E quem temos aqui? — perguntou, aprumando-se, as mãos nos quadris e o cachimbo na boca.

— Esta é Ursula Haller — anunciou Elsa com orgulho. — A *Schlafsaalführerin* do terceiro ano e vencedora da Corrida do Rio.

— Vencedora? Do terceiro ano? Meu Deus! — disse ele com entusiasmo.

— *Heil* Hitler — saudou Sarah.

— Ah, nós não fazemos cerimônia aqui, Ursula. O *Führer* está completamente seguro de nosso apoio. Além disso, fica bem idiota: *Heil, Heil, Heil,* Hitler, Hitler, Hitler, *Sieg Heil, Sieg Heil*... — saudou ele seguidamente, com uma voz a cada vez mais cômica.

As meninas riram. Isso seria muito mais fácil do que Sarah tinha imaginado.

— Mas, então, vocês foram muito bem — completou ele.

— Obrigada — responderam Sarah e Elsa juntas.

— Bem, o jantar é às oito. Vistam-se apropriadamente, por favor. Há surpresas para as duas no seu quarto, Elsa.

Elsa bateu palmas e depois, com uma breve reverência, correu escada acima. Schäfer olhou para Sarah e balançou a cabeça na direção da filha. *Vá*, queria dizer ele. Sarah sorriu, uma coisa alegre que se derramou sobre seu rosto e fez sua face doer. Era uma sensação estranha. Ela correu pelas escadas atrás de Elsa.

Os tapetes eram grossos. As maçanetas das portas eram douradas. As molduras dos quadros não tinham pó e estavam polidas. A luz emanava de lustres de cristal, um milhão de arco-íris aprisionados. Sarah seguiu Elsa por corredores, escada acima, dobrando esquinas e, finalmente, por uma porta e para um quarto do tamanho do primeiro apartamento de Sarah em Viena. Estar aqui, convidada, experimentando todo esse luxo, despertou em Sarah memórias de um passado havia muito esquecido. Era inebriante.

Sobre a cama de quatro pilares com um dossel, havia duas caixas grandes.

— Vamos abrir juntas; esta é sua. Pronta? — perguntou Elsa, sorrindo. — Um, dois, três, já.

A caixa parecia querer sugar a tampa de volta para o lugar quando Sarah puxava, então ela precisou enfiar as unhas pelos lados para soltá-la. Depois, revelou-se um ninho de papel macio que ela retirou.

Dentro havia o que parecia ser uma faixa de seda verde-escura, que cedeu ao toque. Era um vestido de baile, uma peça macia, leve e exuberante, que exalava luxo e extravagância. Parecia haver tecido o suficiente ali para muitos vestidos normais, mas ainda assim a peça de seda era leve, quase flutuava. Era algo que uma estrela do cinema americano usaria.

Sarah não entendia nada de moda, mas o que segurava era claramente uma obra de arte. Ela se sentia muito imunda para ter isso em suas mãos, mas aquele vestido tinha o poder de mudá-la.

— Será que serve? — perguntou, embasbacada.

— Claro que serve. Foi feito para você — disse Elsa, segurando exatamente o mesmo vestido em frente ao corpo. — Vamos parecer gêmeas.

Sarah olhou para a criatura mais alta e mais madura perto dela.

— Eu provavelmente vou derramar alguma coisa nele. Não posso usar isso.

— Então derrame alguma coisa nele. Derrame o que quiser. Não importa. Ele é seu para estragar.

— Eu não posso aceitar isso. — A frase educada pertencia a outra vida, quando as coisas podiam ser recusadas.

— Sapatos também — apontou Elsa. — Que foi, não tinha bailes na Espanha? Vamos, deixe eu mostrar umas coisas para você antes do jantar.

Quando elas se aproximaram dos estábulos, Sarah notou que os *bunkers* e a estufa não tinham feito parte do passeio.

— E lá, o que tem? — perguntou, apontando na direção geral dos prédios.

— Coisas do meu pai — respondeu Elsa, descartando o assunto. E então acrescentou — As estufas eram a obsessão de minha mãe. Agora, está tudo morto.

Sarah esperou respeitosamente por um momento. Aquela era obviamente a parte da casa que ela precisava ver. E podia não aparecer outra oportunidade de tocar no assunto.

— Por que tem tantos guardas? O que eles estão protegendo?

— Não sei. O que quer que ele faça ali.

Sarah não conseguia entender o desinteresse de Elsa.

— Você não fica curiosa?

— Eu não ligo a mínima, Haller — retrucou Elsa, irritada.

Sarah andou ao lado dela em silêncio.

— Desculpe — disse finalmente.

Após um momento, Elsa recomeçou.

— Olhe, lá está ela! Lá está minha menina. — Ela apressou o passo e correu em direção às portas do estábulo. Uma égua negra estava sendo conduzida para dentro por um ajudante.

A égua se virou ao ouvir o som dos passos de Elsa e então, ao vê-la, soltou um poderoso relincho, empacando e se recusando a seguir o garoto.

— Aí está você. — Elsa enterrou o rosto no pescoço da égua. O animal balançou a cabeça e bufou, alegre. — Veja, Haller. *Isso* é um cavalo. — Ela sorriu, e desta vez seus olhos também sorriram.

— Senhorita, preciso colocá-la para dentro, vai anoitecer — interrompeu o garoto com um forte sotaque do interior.

— Claro. Amanhã, meu amor, amanhã — disse Elsa, soltando a rédea e dando um empurrão gentil na égua, que então se moveu, como se ordenada. Sarah viu a luz abandonar o rosto de Elsa.

— Ela é bonita — disse Sarah, procurando as palavras certas.

— Ela é mais que bonita — disse Elsa, virando-se para Sarah. — Eu sou *bonita*. *Bonita* não é nada.

Ela então começou a andar de volta para a casa, deixando Sarah sozinha na escuridão crescente.

— Este vestido não tem *costas* — reclamou Sarah, olhando no espelho por sobre o ombro.

— Você está preocupada com as marcas da vara? Quase não dá para ver. Além disso, elas são como cicatrizes de um duelo. Você devia se orgulhar.

— Não, é que *falta* um pedaço do vestido.

— Boba, é o estilo. Você parece a Carole Lombard.

— Eu pareço só meio vestida — disse Sarah, fazendo uma careta para o espelho. A cintura apertada e o tecido extra em volta do pescoço davam a ela a forma de uma garota mais velha. Ela parecia pintada sob uma luz verde, e cada pequena curva tinha um fino halo de estrelas prateadas.

Sentiu uma súbita angústia quando entendeu: ela estava olhando para mais do que a soma de diversas partes, o que ela via era, de alguma forma, atraente. Não sabia o que fazer com essa informação, então isso ficou na boca de seu estômago, debatendo-se como uma mariposa aprisionada.

Enquanto ela se olhava, Elsa arrumava o cabelo de Sarah, prendendo, encurvando, trançando, escovando. Fazendo-o ficar voluptuoso, luminoso. E também idêntico ao de Elsa. As duas pararam lado a lado, vestidos iguais, como duas *matryoshkas*.

Elsa cantarolou.

— Bonitas o bastante — disse ela, suspirando.

VINTE E SETE

— Meu Deus do céu, vocês duas não estão lindas?

Hans Schäfer estava de *smoking*, na cabeceira da mesa, cercado de talheres e louças. A princípio, Sarah achou que ele estava polindo as peças, como ela havia feito na primavera com a empregada, quando era pequena. Então, percebeu que aquilo tudo estava ali para ser usado. Havia três cadeiras, então não teriam outros convidados.

A sala de jantar combinava com o resto da casa. Era quase tão grande quanto o saguão de Rothenstadt, com um pé-direito tão alto que não dava para ver sem machucar o pescoço. As paredes estavam cheias de retratos de parentes sisudos e seus cavalos.

Criados conduziram as meninas até seus lugares.

Sarah se sentiu exposta. Seu vestido era muito fino, muito revelador. Agora que ela estava separada de sua imagem espelhada, não parecia haver tecido suficiente entre ela e a nudez. Sentiu-se observada. Examinada.

O professor Schäfer puxou a cadeira para Sarah, depois para a filha.

— Vocês estão lindas, de verdade. Deve ser um alívio estar fora daqueles uniformes, não é?

— Ah, sim, pai.

— Bem, mas existem vantagens em nos vestirmos todas do mesmo jeito — disse Sarah.

Cale a boca, dumme Schlampe.

— Por que você diz isso, Ursula? — perguntou o professor.

— Somos *ein Volk*, um povo, ricos ou pobres. — Ela sentia que havia algo de errado na postura dos Schäfer ou no que ela deveria ser.

— Você é uma excelente nacional-socialista. Estou encantado. Mas aqui, bem, este é um lugar de aprendizado, de ciência. Fazemos uma enorme contribuição para o Reich. Portanto, também podemos gozar dos frutos e das recompensas pelo nosso trabalho — disse ele. — Isso é apropriado, você não acha?

Sarah achou hipócrita, mas não comentou.

Elsa mudou de assunto.

— O pai de Ursula voou na Espanha com a Legião Condor.

— Então sua família também contribuiu muito para o Reich! — disse ele entusiasmado. — Ele também voou na Polônia?

— Lamento dizer que meu pai foi morto na Espanha — disse Sarah. *Lide com isso.*

Seu rosto mudou no mesmo instante, mostrando culpa e depois simpatia. O professor Schäfer estendeu a mão e pegou na dela. A mão dele estava morna, e ele cheirava a sabonete de boa qualidade e loção pós-barba almiscarada.

— Sinto muito, pequena. — Ele parecia desolado. — Você é jovem demais para passar por isso.

Você tem uma vantagem. Vá até o fim. Chore. Chore agora.

— Não é um sacrifício digno do Reich? — Ela deixou que certo tremor transparecesse em sua voz.

— Ninguém tão doce deveria ter de sofrer assim. — A voz dele era suave e reconfortante. — Por ninguém, de verdade. — Fazia muitos anos que nenhum adulto era tão delicado com Sarah.

Sarah forjou um sorriso corajoso. O professor Schäfer deu um tapinha na mão dela e não a soltou. Ela mergulhou em um dos poços de sua solidão e de sua dor verdadeiras, então cavalgou para além das valas escuras e dos cumes frios, permitindo que aquele gesto inesperado a guiasse até um destino mais luminoso, menos sombrio, na cordilheira de seu tormento.

Ela olhou para Elsa. *Vergonha. Simpatia. Nojo.*

— Bem, para curar a tristeza, Deus criou o vinho. — O professor Schäfer fez um gesto para um dos criados. — O próprio *Führer*, apesar de não beber, mantém uma grande adega para seus convidados, como eu mesmo descobri — gabou-se ele, antes de sorrir de maneira indulgente para Sarah. — Bem, então temos o selo de aprovação da mais alta autoridade, *Fräulein*.

— Sou muito jovem para o vinho, não sou? — Sarah franziu a testa.

— Absurdo. Em Paris, as crianças bebem vinho todos os dias.

— Os franceses não são degenerados?

O professor Schäfer bateu na mesa e riu.

— Não quando se trata de vinho. — Ele fez o criado encher a taça de Sarah até o topo.

Elsa deu um gole gigante e depois gesticulou para Sarah, que levou a taça aos lábios. O vinho gelado estava criando condensação na borda e não cheirava nem um pouco a frutas – na verdade, lembrou Sarah do hálito de sua mãe. Ela superou isso e, por fim, deu um gole.

A acidez a fez sugar as bochechas. Seus dentes doíam e sua garganta incomodava, mas em algum lugar em sua língua havia a sugestão de algo mais doce e menos agressivo.

Elsa riu.

— Você se acostuma.

A sensação estranha nas bochechas de Sarah diminuiu, mas não desapareceu. Tornou-se estranhamente agradável, junto com uma sensação de calor se acumulando em seu peito.

A refeição continuou, mais parecida com um banquete, pratos e mais pratos trazidos por inúmeros criados. Havia rábano, mostarda, pães e salsichas, e a taça de Sarah era reabastecida com regularidade. Os legumes eram crocantes quando mordidos e macios no interior. As carnes eram suculentas e gordas. Arenque marinado frito foi servido antes que o vinho mudasse de cor para um tom mais escuro e sangrento, que cheirava a fogo de lenha e especiarias. Depois, uma espessa sopa de javali, encorpada e quente como um abraço. A taça de Sarah esvaziou-se e foi enchida de novo quando foi servido um *sauerbraten* de carne de veado, com batatas tão cremosas que dissolviam na boca.

Sarah não se lembrava de estar tão saciada. Hans Schäfer não parou de lhe fazer perguntas e interessou-se por todas as suas respostas. E ainda que fosse cansativo para Sarah passar o tempo todo tentando adivinhar o que Ursula Haller pensaria e sentiria, a atenção era reconfortante. Desejável. Ela se perguntou se era assim que as crianças normais se sentiam, vivendo em um mundo atento e curioso.

Elsa estava estranhamente quieta por todo o jantar.

— O senhor conhece o *Führer*? — perguntou Sarah, fascinada.

— De fato, encontrei-o muitas vezes — entusiasmou-se Schäfer.

— Como ele é? Pessoalmente, quero dizer.

— Ele é um homem muito doce e atencioso, excelente com as crianças. Mas também é apaixonado e gosta de conversar, mesmo no meio de filmes. — Ele se inclinou sobre um cotovelo, como se estivesse confiando um grande segredo. — Assisti a um filme de Gary Cooper com ele várias vezes, e em todas elas ele falou sem parar. Eu ainda não sei como termina!

Ele e Sarah riram. A história não era engraçada, mas a alegria parecia inevitável, como se tudo o que ele dissesse fosse hilário. Tudo parecia um pouco mais brilhante, um pouco melhor. Até a carranca crescente de Elsa parecia cada vez mais divertida.

— Então, o que o senhor faz pelo Reich? — Sarah assumiu uma voz teatralmente séria. *Grandes perguntas a fazer.*

— Trabalho muito importante.

— Trabalho chato — retrucou Elsa.

— Não, quero dizer, de verdade, o que *exatamente*? — *Perguntas secretas.*

— Não tenho certeza de que você entenderia.

— Ora, tente me explicar, sou muito, muito inteligente, *uma garotinha muito esperta*. Não, espere, isso é segredo, shhhhh.

Hans Schäfer sorriu, indulgente. Seu rosto parou de fazer sentido para Sarah.

— Eu estudo física nuclear — disse ele, parecendo se sentir muito importante.

— Ah, ah, eu sei o que é isso... É... É... — *O pensamento fugiu de sua mente.* — O que é isso?

— Tudo é feito de pequenos átomos, cada um desses átomos é feito de partículas menores. Essas partículas podem ser persuadidas a mudar ou trocar de átomos. E o efeito disso pode ser grandioso.

— Meu tio mencionou isso uma vez. — *Cuidado.* — Ele leu em uma revista muito chata que recebe. Uma que parece um livro sem capa.

— O que seu tio faz?

Sim, o que ele faz?

— Ele faz aparelhos sem fio, *todo mundo* tem um dos seus *rádios*. Mas ele diz que é preciso estar a par das descobertas mais recentes, que elas sempre podem ser usadas para..., o senhor sabe, vencer.

— Ele é um homem inteligente.

O que você estava perguntando? Muito *importante*.

— Então, quais são exatamente esses efeitos grandiosos? E por que alguém deveria se importar?

Cale a boca agora, dumme Schlampe.

Cale-se, você.

Você não está pensando direito.

— Isso vai mudar o mundo. — Schäfer ficou sério de repente.

Os pensamentos de Sarah eram como gatos, afastando-se dela quando se inclinava para pegá-los.

— Uau, isso parece empolgante. Elss-sa, você disse que era *uma chatice*.

— *É* uma chatice. Noite após noite com suas grandes máquinas, fazendo minúsculas quantidades de algo que você não pode nem tocar ou pode ficar doente — disse Elsa. — É *estúpido*.

— Infelizmente, não acho que minha filha esteja destinada a ser uma cientista. — Schäfer soou triste.

— Tudo o que somos ensinadas a fazer é odiar os judeus e ter filhos. Acho que nenhuma de nós será uma cientista — reclamou Sarah.

— Bem, é aí que o *Führer* e eu discordamos. Eu adoraria que Elsa me entendesse melhor.

Havia uma tristeza na voz dele que cortou o coração de Sarah.

— Ah, você quer entender seu pai, não é, Els-sa?

A carranca de Elsa se aprofundou ainda mais.

— Não tenho certeza se quero realmente entendê-lo.

Sarah olhou da irritada Elsa para seu pai impassível.

Por que ela diria isso? Ela queria consertar as coisas, fazê-la feliz.

Pare de falar.

Sarah pressionou.

— Bem, conte para mim e então talvez eu possa explicar a Elsa o que o senhor quer dizer.

— Ah, ele dirá a você, não se preocupe com isso. Não se preocupe nem um pouco.

Rancorosa. Muito, muito chateada com alguém.

Sarah estava confusa. Tudo estava muito iluminado, mas parecia estar do outro lado de um pedaço de vidro curvo. Seus pensamentos pareciam nebulosos, um pouco como se estivesse com febre. Suas costas estavam coçando, então ela começou a se contorcer contra a cadeira entalhada.

— Não vamos discutir. Olha, aí vem a sobremesa — disse o professor Schäfer.

O maior bolo floresta negra que Sarah já vira foi trazido para a sala. Encheu uma enorme bandeja de prata, suas laterais cremosas como uma montanha alpina, as cerejas do tamanho de bolas de golfe. *Fome. Alguma coisa doce.*

— Olhe, Elsa! Aposto que este não tem creme rançoso e cerejas podres.

— Você comeu aquilo? Esse é um erro que só meninas do primeiro ano cometem. — Elsa parecia feliz de novo. *Bom.*

O bolo estava tão úmido quanto parecia, com frutas que eram azedas e doces ao mesmo tempo e um creme espesso. Quando terminou seu pedaço, Sarah olhou para baixo para ver um inchaço visível sob o vestido de seda, um vestido sobre o qual, é claro, tinha derrubado comida. Ela mostrou a Elsa.

— Eu disse que ia acontecer. Então, *Herr*, professor, doutor... Schäfer, você vai me mostrar sua experiência... laboratório... coisa?

— Eu temo que tudo seja muito secreto — *Não! Voz grave.*

— Não é justo! Elsa viu como é. Vamos. Quero ver. — Sarah deixou um tom petulante se infiltrar em sua voz. Ela estava gostando muito disso.

— Não esta noite.

— Ah, o senhor não me dá qualquer chance. — Ela se jogou contra a cadeira. Suas costas doíam agora.

— Eu acho que o senhor deveria levá-la, pai. *Sozinho*, claro, porque acho tudo muito chato.

O professor observou a filha por alguns segundos e depois tomou uma decisão.

— Então, antes tomamos mais vinho. — Ele bateu palmas.

Sarah sentiu como se o chão estivesse oscilando, como o convés de um navio. O professor Schäfer tentou guiá-la.

— Pare de me empurrar, professor. — Sarah deu uma risadinha.

Aquela parte da casa era sombria, com nichos iluminados nas paredes para mostrar o caminho. Enquanto Sarah passava por uma delas, o professor a fez parar.

— O que aconteceu com suas costas? — Ele parecia chocado. Segurou-a pelos ombros e examinou os vergões à luz da lâmpada.

— Ah, eu não deixei que uma das professoras de Rothenstadt batesse em uma aluna mais fraca. Então, em vez disso, ela me bateu — disse Sarah tentando soar corajosa. *Sou uma heroína. Uma loba. Shhhhh.*

— Isso é uma barbaridade. — O professor correu um dedo pelas costas de Sarah.

— Essa é a escola para a qual o senhor manda sua filha. Não me diga que não sabia.

— Eu não fazia ideia. — Seu dedo alcançou a parte baixa das costas dela. Sarah se contorceu e olhou para ele, quase perdendo o equilíbrio.

— Bem, estamos todas muito felizes com a sua ignorância, professor. — Algo a deixara muito brava, e Sarah não conseguia se conter. — O senhor e todos os outros nazistas, felizes em ver seus filhos famintos, espancados e abusados. Muito obrigada por isso.

— Você fala sobre o partido como se você não fizesse parte dele — disse ele, em um tom muito diferente.

Suspeita, exposição, captura. *Conserte isso, dumme Schlampe.*

— Bem, o senhor sabe, *sou apenas uma garotinha*. Eu não me importo se..., o senhor sabe, se nosso sofrimento torna a Alemanha grande ou não. Eu sei que deveria, mas...

— Shhh... Está tudo bem. — O professor estendeu a mão e acariciou o cabelo dela.

— Cuidado, você vai estragar tudo. — O perigo passou. — Elsa ficou séculos arrumando meu cabelo.

— Eu sei, parece com o dela. Apenas alguns anos atrás. — disse ele tão baixinho que Sarah quase não pôde ouvir.

— Vamos lá. — Sarah saltitou hesitante pelo corredor. — Eu quero ver todos os experimentos. Explique de novo o que o senhor faz. Mas direito, desta vez.

Cuidado.

Por quê? Isso está funcionando!

Alguma coisa...

O professor Schäfer alcançou-a quando Sarah chegou a uma espessa porta de aço. Uma placa dizia *Zutritt verboten.* Entrada proibida.

Sarah quase tropeçou no guarda sentado em um banquinho ao lado da porta, notando sua presença apenas quando ele se levantou e fez a saudação.

— Boa noite, Max, e feliz Natal — disse o professor Schäfer, devolvendo a saudação.

— Feliz Natal para o senhor, professor. — Ele era deferente e cauteloso.

Schäfer apanhou três chaves e abriu três fechaduras, uma superior, uma no meio e uma inferior.

— Amanhã, você está de folga como os outros?

— Sim, senhor. Mas haverá alguém patrulhando o perímetro, claro.

— Bem, transmita meu carinho à sua família.

— Sim, senhor.

Entediada, Sarah passou seu peso de uma perna para a outra. Ela pensou que poderia precisar usar o banheiro. O professor empurrou a maçaneta da porta maciça para cima, e a porta se abriu.

— Professor? A garota vai entrar com o senhor?

— Sim. Vai. — Ele respondeu de maneira seca.

O soldado pareceu desconfortável.

— Certo, senhor.

— Você pode voltar agora para o alojamento.

— Sim, senhor.

Vamos, ande com isso.

Ele fez a saudação e marchou pelo corredor. O professor Schäfer se virou para Sarah.

— Bem, *Fräulein* Haller. Você queria ver um pouco de ciência? Entre no meu escritório.

Estava escuro como breu. Sarah pensou que eles tinham saído ao ar livre, mas esse lugar estava quente como uma noite de verão. Devia ser enorme, a julgar pelos ecos que ela pôde ouvir quando desceram pela escada de aço. Eles foram saudados por uma legião de ruídos de máquinas sobrepostos, que ressoavam, bombeavam e trepidavam.

— Existe um elemento chamado urânio — começou o professor. — É comum e pode ser retirado de qualquer buraco colonial. Se você o acertar com um nêutron se movendo muito rápido, um dos átomos individuais vai se separar.

A voz dele era suave e quente. Sarah deixou as palavras familiares passarem por ela, pensando no Capitão e nos *pedaços, lançados, divididos.* Ele vai ficar tão orgulhoso, pensou. Ela se encostou no professor em busca de equilíbrio.

— Você pega dois novos elementos, três novos nêutrons voadores e uma explosão de calor e luz. Uma judia do Instituto queria chamar isso de fissão, uma palavra maçante para descrever algo tão poderoso e violento. É como se Odin liberasse seus corvos para começar o final de todas as coisas e chamasse isso de *flap-flap*.

Sarah estava achando cada vez mais difícil prestar atenção naquela conversa. Estava ficando cansada. Esperava que, mais tarde, conseguisse se lembrar das partes importantes.

— Então, cada um desses nêutrons voadores pode atingir outro átomo e recomeçar o processo. Três vezes, depois nove vezes, oitenta e uma vezes – a energia simplesmente cresce e cresce...

Eles desceram as escadas até o andar abaixo, que tinha o chão áspero, como se tivessem entrado na floresta. Aquilo não fazia nenhum sentido para Sarah.

— Na verdade, basta agrupar o suficiente de urânio, com violência suficiente, e essa reação irá se espalhar como uma teia e todos os átomos irão se dividir simultaneamente.

— Isso soa como uma bomba — interveio Sarah. Ela estava zonza. Agora que estava ali, começou a duvidar que fosse capaz de... Bem, o que quer que fosse necessário fazer.

— Isso mesmo. E veja, todo mundo acha que a quantidade de urânio necessária para fazer isso é de trinta toneladas ou algo igualmente ridículo. — Ele soltou os ombros de Sarah e começou a mexer em um interruptor que Sarah não podia ver. — Algumas pessoas, como aquela fraude chamada Heisenberg, acham que é necessário envolvê-lo em carbono ou água pesada. Não, tudo de que você precisa é o tipo *certo* de urânio...

As luzes começaram a piscar.

— Para fazer isso, você só precisa de espaço...

Eles estavam dentro de uma enorme estufa. Os pilares brancos que sustentavam as cúpulas de vidro brilhavam sob a luz tênue, envoltos em canos e cabos.

— ... energia...

Todo o espaço estava repleto de tanques de gasolina, canos e máquinas que zumbiam, a mesma estrutura enorme repetindo-se várias vezes, alinhada com as largas avenidas de azulejos que se perdiam na distância.

— ... e paciência.

Mas não foram as grandes máquinas que atraíram a atenção de Sarah. Entre as máquinas de aço cinzento, espalhadas pelo chão, ao redor das colunas e nos canteiros de flores desmoronando, a vegetação da estufa perecia, retorcida, marrom e podre.

— Tudo está morto, todas as plantas — sussurrou Sarah.

Entre os produtos químicos, graxa, óleo e ozônio, havia o impressionante odor da morte. Sarah começou a se sentir enjoada.

— Você está deixando de reparar no principal, querida — continuou o professor, animado. — Nada disso é importante. Deixe-me mostrar-lhe o que é.

Ele guiou Sarah por entre as máquinas, o braço em volta da cintura dela, gesticulando na direção de diferentes partes da estrutura.

— Eu empurro o gás de urânio na direção desses tanques por meio de uma membrana, e as partes boas se separam. O segredo é o resfriamento. Usei o sistema de aquecimento a gás natural da estufa para criar eletricidade aqui mesmo. Faço isso de novo e de novo e finalmente...

Membrana... aquecimento a gás... Sarah queria parar de ouvir.

Eles chegaram ao final de uma longa linha de dispositivos. O professor calçou um par de luvas de borracha que subiam até os cotovelos e apanhou uma pequena pedra prateada. Para Sarah, ela parecia comum.

— Isto é puro urânio 235. — Sua voz era quase um sussurro. — Ou, como eu o chamo, *Ragnarök...* o fim do mundo, quando até os próprios deuses irão queimar.

Sarah deu um passo involuntário para trás, e ele riu.

Ela sentiu tontura, como se tivesse girado em volta de si mesma no berçário e daí cambaleasse até a ala dos adultos.

Por que estou aqui?

Para fazer perguntas.

Não, sim, mas por que fui autorizada a entrar aqui?

O que isso significa? Faça suas perguntas.

— Então, o senhor vai construir uma bomba usando esse equipamento?

— Melhor do que isso — disse o professor, entusiasmado. — Venha comigo.

Lentamente, ele fez deslizar uma larga porta de metal, revelando um laboratório, todos os ladrilhos brancos e concreto novo, aparelhos reluzentes, mostradores e canos. De um lado, havia uma fornalha e uma fresadora, mas Sarah não viu nada disso no começo, porque o espaço estava dominado por algo que gelou seus ossos, apesar do calor da sala.

Era um longo tubo de metal preto, talvez com três metros de comprimento e um metro de espessura, arredondado nas extremidades, com barbatanas e um rabo.

Era claramente uma bomba.

Tinha sido aberto longitudinalmente para revelar o interior. Sarah andou em sua direção como se estivesse se aproximando de um tigre no zoológico, não totalmente convencida de que a porta da jaula estava fechada.

Sua cabeça começou a latejar. Era isso, o objetivo de tudo. Precisava contar ao Capitão... Não, ela mesma precisava tomar alguma providência. O que ela estava fazendo ali? Perguntas...

— O senhor a construiu — Sarah conseguiu dizer. — E ela está pronta?

O professor Schäfer sentou-se num banco e abriu um caderno grosso e muito remendado. Ele anotou alguma coisa.

— Não completamente. Se fosse lançada agora, seria... como a judia a chamou? *Fizzle*.[26] Provavelmente, produziria uma explosão respeitável. Mas, muito em breve, será a arma mais potente que a Terra já viu. Só o que precisamos agora é de uma pequena quantidade do 235. — O professor voltou para o lado de Sarah. — Você vê? Aqui, explosivos convencionais disparam uma bala de urânio por este tubo – a coisa toda é um cano de canhão – até atingir este anel de urânio, aqui. Quando as duas partes se juntam, essa quantidade de 235 sofre uma reação em cadeia e... *Götterdämmerung*! O crepúsculo dos deuses.

Sarah não conseguia se lembrar do que ele acabara de dizer. Ela nem sabia como tinha chegado ali. Sua boca estava se enchendo de saliva. Ela se apoiou nele em busca de equilíbrio. *Perguntas*.

---

26. "Um fiasco", em alemão. (N.T.)

— E o que, na prática, acontece?

— Em teoria? A energia presa no interior, a massa do metal multiplicada pela velocidade da luz ao quadrado, explodirá de uma só vez. Haverá um clarão tão brilhante e quente que quem estiver em um raio de um quilômetro da explosão simplesmente desaparecerá. — O professor ficou de pé, gesticulando e sorrindo. — Tudo dentro de dois quilômetros vai explodir em chamas. E todo mundo dentro de três quilômetros e meio do epicentro da explosão morrerá no mesmo instante em que a onda de choque se expandir a partir do alvo...

Sarah começou a tremer. *Perguntas.*

— O que acontece quando todo mundo tiver bombas como essas?

O professor se aproximou e colocou os braços em volta dela. Sarah se deu conta de que não queria ser tocada.

— Ninguém tem. Nem mesmo o Reich sabe sobre ela — disse ele com a voz macia. — Vamos usá-la para destruir nossos inimigos, e essa bomba nunca mais será necessária.

Nossos inimigos. Sarah sabia como eles se pareciam. Como era ser um deles.

— Aposto que o primeiro ser humano a segurar um tacape disse algo semelhante — disse ela sem pensar.

— Você é uma garota incomum, Ursula Haller. — O professor apontou para seu caderno. — Acabei de adicionar algo aos registros. — Sua voz soou como se ele estivesse cantando. — Esta noite, no dia 23 de dezembro, encontrei algo mais brilhante e mais bonito do que o meu *Ragnarök*.

Sarah fechou os olhos, e tudo balançou.

— O quê?

— Você. Você é tão inteligente e linda.

Sarah se soltou dos braços dele e vomitou violentamente, um vômito grosso, vermelho, fedorento. Continuou a vomitar muito depois de seu estômago ficar vazio e Elsa a conduzir de volta para seu quarto.

VINTE E OITO

O teto era uma flor complexa, cujas pétalas se emaranhavam umas sob as outras em formas concêntricas, abrindo-se como uma maré circular partindo do centro. Ele era muito branco e muito brilhante, exceto por um fio perdido de teia de aranha, flutuando ao sabor de uma brisa invisível.

Sarah se espreguiçou, e uma dor lancinante atravessou sua cabeça, logo substituída por pontadas latejantes, como se seu cérebro estivesse usando uma camisa áspera e pequena demais. A luz do sol banhava o quarto, mas a janela era brilhante demais para se olhar.

Ela estava em algum lugar... não se lembrava como...

A porta se abriu, e Elsa entrou, vestida com roupas de montaria e carregando uma bandeja.

— Acorde, acorde! Eu trago café da manhã e um remédio para curar muitos males.

Sarah abriu a boca, que estava seca e irritada. Ela cheirava a vômito.

— Eu vomitei? — resmungou ela com dificuldade. Um gosto amargo encheu sua boca.

— Nunca a alta-costura francesa havia sido tão completamente arruinada — proclamou Elsa. — Você vomitou em meu pai também. Aquele era um terno italiano, então você ofendeu estilistas de nossos aliados e de nossos inimigos.

— Ah... não. Acho que não me lembro disso — disse Sarah, sentindo uma vergonha quase indistinguível do enjoo.

— É para isso que se bebe vinho, *para esquecer*. Sente.

O corpo de Sarah doía como se ela estivesse gripada, e ondas de náusea surgiram quando ela se moveu, mas o centro de seu tormento era a cabeça, onde uma dor intensa a consumia. Ela tentou juntar os fragmentos de memória da noite anterior, mas havia longos espaços vazios e o desfecho estava incompleto.

Elsa ajeitou um travesseiro atrás de Sarah e colocou a bandeja em seu colo.

— Então, nós temos, pela ordem: água, suco de frutas e um comprimido para a dor de cabeça; leite para o estômago; linguiça frita e café puro com açúcar para dar energia; e, finalmente, o melhor conhaque, agora negado ao Reich por nossos agressores franceses.

— Mais álcool? — perguntou Sarah, contendo a ânsia de vômito.

— Claro! É assim que as classes altas funcionam. É uma *Katerbier*[27] ou, como dizem no Império Britânico, o veneno da cobra que mordeu você.

— Uma ideia nojenta — reclamou Sarah, enquanto contemplava o percurso de copos e pratos. Elsa deu um tapinha em sua cabeça e se levantou.

— Quando você terminar, por favor, tome um banho. Você fede a vômito de vinho tinto. As suas roupas de montaria estão na cadeira. Foi todo mundo embora para o Natal, então o lugar é só nosso, e eu quero montar minha garota. O conhaque agora, por favor.

O líquido escuro cheirava a açúcar queimado. Sarah prendeu a respiração e bebeu em um gole só. Ele desceu queimando tudo por dentro e e a fez lacrimejar, mas também criou uma sensação vaga de prazer atrás de seu nariz.

— Seu pai está zangado? — perguntou Sarah, tentando se lembrar.

— Está, mas não pela razão que você imagina — respondeu Elsa, torcendo o nariz e sorrindo. — A culpa foi toda dele, então nem se preocupe. E aí — ela entortou a cabeça para um lado —, você gostou da visita ao laboratório? Eu tenho a impressão de que você não chegou até o *final*.

— Eu não sei se lembro direito. — *Ou se entendo*.

— Então, você não foi até o fim. Não dá para esquecer.

Sarah deitou-se na água quente e tentou se lembrar. Ela não pôde tomar banhos de banheira em Rothenstadt. Havia muito pouca água quente, as banheiras eram imundas e, além disso, ali seria fácil alguém atacá-la. Os banhos de chuveiro eram rápidos, mas a água caindo em seu rosto e em sua boca a deixava ansiosa, e várias vezes ela se pegava à beira do pânico. Então, este era seu primeiro banho de imersão desde que deixara

---

27. Literalmente, cerveja de ressaca, a primeira cerveja tomada na manhã da ressaca. (N.T.)

o apartamento do Capitão. Mas ela não conseguia se sentir limpa. A repugnância que sentia de si mesma grudava nela como vômito seco, algo que Sarah não conseguia lavar ou limpar.

Ela lembrava da estufa... plantas mortas, milhares de plantas mortas... As máquinas que produziam o *tipo certo* de urânio... alguma coisa sobre mitologia nórdica? A bomba. A bomba que podia fazer pessoas desaparecerem. A imaginação de Sarah preencheu os espaços vazios com todo tipo de momento terrível, em que ela punha a missão a perder.

O que tinha feito? O que tinha admitido?

O que tinha dito?

Eu sou uma garotinha esperta.

Ela dissera isso? O que mais tinha escapado de sua boca? Será que a Gestapo já estava a caminho? Será que a garotinha tinha revelado ser mais velha, uma espiã britânica e judia, enquanto vagava bêbada por um laboratório secreto – incapaz, tola, uma vergonha?

A água começou a deixá-la desconfortável, como se não devesse estar ali. Ela se agarrou às bordas da banheira.

Havia algo mais, uma coisa importante. Algo que não fizera sentido na hora. O que era?

O *caderno de anotações*. O caderno de anotações dele, o caderno esfarrapado e remendado. Que continha suas observações e seus pensamentos.

Sarah pensou sobre a parte de sua missão que envolvia sabotagem. O Capitão claramente não tinha ideia da magnitude do que ela encontraria. Havia milhões de maneiras de quebrar o aparelho, mas, de modo realista, ela podia fazer muito pouco para sumir com ele. E ele tinha de sumir. Sarah estava profundamente convencida disso, especialmente depois do professor Schäfer ter gentilmente mostrado tudo a ela. Mas o caderno de notas, isso era algo que ela podia fazer.

— HALLER! *Raus!* — gritou Elsa do outro lado da porta.

Não havia mais guardas ou criados em lugar nenhum. Os corredores e as salas estavam desertos. Até nos estábulos não havia seres humanos, então os cavalos ficaram felizes em ver Elsa e Sarah. Eles relincharam e bufaram seus cumprimentos e sua aprovação, enquanto Elsa caminhava entre as baias, chamando-os um por um pelo nome.

— Quem quer *comer*? Bom dia para você, Thor —; não, você já tem muito, eu *sei*, é duro, mas é justo. Freyr, bom menino! Mais tarde, você ganha mais. Freya! Você vai levar minha amiga hoje, então cavalgue com cuidado. Olá, Sigyn, e você, pequeno Loki, ceia de Natal para todos, então... ei, menina, *Mutti* chegou, sim, eu senti saudade de você também.

Sarah a encontrou na última baia, abraçada ao focinho de sua égua, que a olhou como se ela fosse uma intrusa.

— Todos os outros têm nomes nórdicos. Por que ela se chama Anneliese? Elsa soltou a égua e pegou um fardo de feno.

— Ei, faça alguma coisa de útil — Elsa passou o fardo para os braços de Sarah, quase a derrubando. — Dê isso a Freyr, aquele malhado. Vá.

— Ah, o de bolinhas? — adivinhou Sarah.

Elsa estalou os lábios em reprovação enquanto levava feno para outra das baias. Enquanto Sarah arrastava o fardo pelo chão, ela ouviu a resposta. — Eu a batizei. Anneliese era minha babá.

— Ah, isso é amável — disse Sarah, com esforço. A dor de cabeça tinha voltado, e o cheiro de esterco a enjoava.

— Ela sempre me protegia, e papai a mandou embora.

— Ah, sei. — Sarah não conseguia entender como a manjedoura, quase tão alta quanto ela, cabia na baia. Ela levantou o feno e o lançou no cercado. Ele ficou espetado como um biscoito em um sorvete.

O que foi aquilo? Sobre o pai dela?

— Vamos, Haller. Vamos ensinar você a montar.

— Você não precisa fazer isso. — Se tivesse escolha, Sarah preferia ficar deitada na grama.

— Preciso, sim. Eu não vou tolerar você ficar montando aquele pangaré lá na escola. — Ela abriu outra baia, revelando uma égua marrom com um jeito amigável, que girou as orelhas para ela. — Essa é Freya. Ela não é uma árabe, como Anneliese, mas ela é *zuverlässig*, sólida e segura.

Sarah olhou para o animal. A égua também tinha abrigo e comida em troca de trabalho, então ela sorriu. *Nós precisamos ficar unidas.*

A égua relinchou suavemente.

— Isso vai me matar! — gritou Sarah.

— *Ela. Ela* vai matar você.

Os dois cavalos trotavam lado a lado ao redor do pasto, em perfeita sincronia. Elsa segurava Sarah quando ela escorregava pelo dorso da égua. Ela odiava *não saber* as coisas, mas odiava mais ainda ser ensinada.

— Não puxe as rédeas quando estiver caindo. *Não* puxe, *meu Deus*, Haller...

— Como eu paro de cair, então? — reclamou Sarah. Isso era diferente de qualquer outro exercício de equilíbrio que já fizera.

— A crina, segure na *crina*.

— O pelo, é isso?

— Não, a *crina*, sua idiota. Elas têm pelo no corpo todo. — Elsa deu um tapa em sua perna. — Dedos do pé para cima. Para cima!

— Por que é importante o que meus pés fazem? — perguntou Sarah, desejando um livro em vez de uma professora.

— Porque você usa os calcanhares para mudar de direção, assim. — Ela escorregou o pé direito para trás, e Anneliese virou para a direita.

— Não me solte — gritou Sarah, inclinando-se para a direita. — Eu não posso usar uma sela?

— Não. A sela ensina maus hábitos e é menos confortável.

— Cair é mais confortável? — disse Sarah, recuperando o equilíbrio, mas ao mesmo tempo apertando os calcanhares no flanco da égua, que então começou a galopar.

— Não aperte os dois calcanhares ao mesmo tempo ou ela vai acelerar. Freya! Devagar, garota. — A égua voltou a trotar.

— Então, só diga a ela o que fazer, se você consegue conversar com essa coisa *verfluchtes*![28]

— Eu consigo, você não, então aprenda os movimentos. Juntas. — As éguas se alinharam. — Muito bem, agora você está equilibrada. Dedos do pé para cima, leve a perna esquerda para trás. — Sarah se concentrou em manter os dedos do pé para cima e passou o pé esquerdo pelo flanco da égua. — Assim! — comemorou Elsa.

Sarah virou para a esquerda, segurou a crina com a mão boa para manter o equilíbrio e daí se aprumou. Ela sentia seus músculos enrijecidos começando a responder e a adaptar sua memória a essa situação. Seu

---

28. "Maldita", em alemão. (N.T.)

ouvido interno começou a fazer previsões, a fornecer informação útil. Era só um outro aparelho. *Complete o movimento.*

Ela girou o cavalo para encarar Elsa.

— O que você quis dizer sobre sua babá proteger...

— Você está cavalgando! Olhe só! — gritou Elsa.

— Eu ainda quero uma *gottverdammten* sela!

Quando as meninas estavam voltando para a casa, um jovem soldado das SS emergiu da cozinha. Sarah instintivamente saiu do caminho, mas Elsa esperou o momento certo e empurrou a amiga contra o soldado. Sarah gritou e tropeçou no guarda. Ele a segurou pelos braços e a levantou. Ela olhou para ele para se desculpar.

Ele mal tinha idade para estar de uniforme, mal tinha idade para seu tamanho. Sarah ficou de boca aberta.

— É você — disse ele, surpreso.

Por um momento, Sarah pensou em ignorá-lo ou negar que o conhecesse. Seu nome apareceu na cabeça dela.

— Olá... Stern, não é? — perguntou ela, educada, mas amigável.

— Sim, *Fräulein*. — Ele parecia confuso, mas Sarah sabia que o cérebro do garoto era vagaroso, não incapaz. — Você é convidada dos Schäfer?

— Bem, obviamente, *menino* — zombou Elsa.

— Claro, claro, desculpem-me, mas eu pensei que você era — balbuciou Stern.

Sarah o interrompeu. Ela precisava se livrar de Elsa. Quanto menos ela soubesse sobre aquela história, melhor, e Sarah agora precisava de espaço para mentir impunemente.

— Elsa, você poderia nos dar um minuto a sós? Por favor?

Sarah ficou confusa, mas então piscou e se virou. Sarah a viu desaparecer pela porta da cozinha.

O que ele precisa saber para desaparecer?

Sarah pensou na mãe. Como ela se movia nas festas? Como ela se comportava quando havia homens por perto? O que ela diria? As lembranças eram vagas e dolorosas, mas vívidas o suficiente.

Alles auf Anfang. Do início, por favor.

— Que bom ver você.

Sorria, revire os olhos, mexa no cabelo.
— Você não era uma filha de fazendeiros? — disse ele, impassível.
— Eu sou, mas estou na mesma escola que Elsa.
— Você é da *Napola*? Mesmo? É um internato...
— Ah, eu consigo ir para casa sempre, é tão perto.
— É cara também.
— Meu tio é quem paga. Ele é meio rico.
— Como era o seu nome mesmo? — perguntou ele, soando como um interrogador.
Faça uma graça, não aceite. Ele é só um menino bobo.
— Você vai me prender? — riu Sarah. *Agora... joelhos juntos, perna direita estendida, gire a cabeça de um lado para o outro.*
Então ela o imitou, com uma voz grossa.
— Qual o seu nome? — Ela riu de novo e colocou o dedo na boca.
Não está funcionando.
Fique calma.
Ele sorriu para ela, seus ombros relaxaram, abandonando a postura militar.
— Eu sinto muito, estava só confuso... Estes cavalos são bem diferentes do seu pangaré, não?
Bem no alvo.
— Ah, sim, mas ainda assim eu não sou melhor montando neles. — *Dumme Schlampe*, você é a filha de um fazendeiro! — Quer dizer, você sabe, eu nunca fui boa montando, só usando carroças e tal...
— Você não fala mesmo como alguém que vem de uma família de fazendeiros.
Brincadeira? Crítica? Interrogatório? Sarah não conseguia decidir.
— É o que eles dizem também. E me acham estranha.
— Eu não acho você estranha — disse ele gentilmente.
Era uma espécie de elogio, e ela perdeu a respiração...
Ótimo...
Ela queria bater nele, queria fugir. Começou a hiperventilar. Esse garoto era uma *ameaça*.
— Você está bem? — perguntou ele, estendendo o braço, mas ela se encolheu.

— Deixe-me em paz — sibilou Sarah, correndo para a cozinha.

Ele ficou parado, com as mãos nos quadris e se divertindo com a reação dela.

— Sua pequena *Metze*[29]— disse Elsa, espantada, quando Sarah passou por ela.

— Cale a boca — respondeu Sarah, chateada.

Sarah vomitou em uma pia em forma de bacia. O vômito era amargo, cheio de bile e linguiça mastigada. Elsa dava tapinhas em suas costas, inutilmente.

— Deus, Haller, eu tenho sensações engraçadas quando vejo um garoto bonito, mas isso é ridículo.

— Foi o álcool — retrucou Sarah, mas na verdade ela não tinha certeza. A repentina e perigosa ausência de autocontrole a assustou. Não saber o que tinha dito ou feito na noite anterior e agora não entender o que sentia... tudo isso era potencialmente desastroso. Bastava ela usar seu nome verdadeiro, ou confundir suas mentiras, para ser exposta como uma espiã, como uma judia. Para a Gestapo vir e capturar o Capitão, sentado em seu colchão puído, tão fraco e só.

Ela abriu as torneiras e observou a evidência correr ralo abaixo.

— Venha, vamos arranjar alguma comida — disse Elsa, começando a tirar pacotes da despensa. — Nós temos de cozinhar nós mesmas no Natal, mas pelo menos não precisamos nos vestir para o jantar, o que é bom.

Sarah se afastou da pia e sentou em uma cadeira, diante da imensa mesa de madeira, vendo os ingredientes se empilharem à sua frente. Era uma grande mistura de coisas que não compunha exatamente uma refeição. Um pote com uma pasta marrom-clara que parecia mostarda chamou sua atenção. O rótulo estava em inglês, mas as palavras não faziam sentido. Ela levantou o vidro, mostrando-o para Elsa.

— O que é isso?

— Ah, isso é demais. Meu pai trouxe da América em sua última viagem. Chama manteiga de amendoim. Aqui, passe no pão, experimente.

---

29. "Vagabunda", em alemão. (N.T.)

Sarah tirou um pouco da pasta do pote com uma faca de manteiga e passou em um *Brötchen*. Era tão pegajosa e granulosa que metade ficou grudada no talher e outra parte caiu na mesa. O pão ficou mole com a gordura. Sarah ficou olhando, desconfiada.

— Sim, eu *sei*. Só prove — encorajou-a Elsa.

Sarah mordeu o pão. A pasta imediatamente grudou no céu da boca e, quando ela rasgou o pão com os dentes, precisou torcer a língua para desgrudar o bocado. Ela sugou das bochechas, e seus olhos se esbugalharam com o esforço. Elsa deu um tapa na própria coxa, achando muita graça. Sarah então girou o pão na boca, e a gosma engolfou sua língua. Ela gemeu quando o sabor doce, porém estranhamente salgado, de nozes dominou sua boca. Aquilo durou muito tempo antes de se dissipar, e, mesmo depois que Sarah engoliu, havia um gosto residual glorioso, com restos para lamber e fragmentos de amendoim crocantes para mastigar. Sarah nunca tinha provado nada igual.

— *Ischo é sh...* — tentou dizer Sarah, sugando de um lado da boca. — Maravilhoso. — Ela lembrou-se de algo. — O que seu pai estava fazendo na América? Achei que tudo o que ele faz é secreto. Eles não são o inimigo? — Ela enfiou o resto do pão na boca e recomeçou o esforço de mastigar.

— Ah, ele tem mais amigos lá que aqui. A América está lotada de nazistas. Na verdade, eles lá são mais fanáticos que aqui, mais... traiçoeiros, porque estão fingindo ser o que não são. — Elsa estava sendo mordaz. — Eles adoram dar dinheiro para financiar as pequenas experiências de meu pai.

— Eles sabem no que ele está trabalhando? — Sarah sentiu um frio na barriga com a ideia de que a bomba talvez nem fosse um segredo.

— Talvez. Quem se importa?

— Isso me parece um problema de segurança para o Reich...

— Haller, você não acredita em toda essa *Käse*,[30] acredita? — zombou Elsa. — Não importa o que nós fizermos ou com o que nos preocupemos, nada vai mudar. O Reich não se importa conosco e não vai cuidar de nós também. — Ela agora estava vociferando. — Olha aquela *gottverdammte*

---

30. "Bobagem", em alemão. (N.T.)

escola. Ninguém se importou com o que estava acontecendo lá. Foi preciso que uma de *nós* parasse Langefeld. Foi isso o que a Von Scharnhorst viu em você. A Matilha não existe para proteger o Reich, existe para *nos* proteger. — Ela bateu no peito. — Trata-se de estar preparada para quando tudo isso vier abaixo em chamas.

Sarah se sentiu esmagada por aquele acesso e estava cansada demais para aprofundar o assunto. Então, continuou a passar manteiga de amendoim no pão.

— Quer dizer, ninguém cuida de você. Por isso você está aqui — continuou Elsa.

Sarah estava colocando mais um pedaço de pão na boca quando essas palavras a atingiram.

— O que você quer dizer com isso?

Os lábios de Elsa tremeram.

— Nada. Não quero dizer nada. Pode me ignorar. — disse ela, empurrando um prato com os restos de um guisado na direção de Sarah. — Como diz o homem: "A vida é difícil para muitos, mas é mais difícil se você é infeliz e não tem fé".

Sarah pegou um pedaço seco de bolinho de carne antes de retrucar com mais palavras do *Führer*.

— "O tempo da felicidade individual passou."

VINTE E NOVE

A sala de estar era pequena em comparação com o resto da casa, mas ainda assim era impressionante. Contava com um tapete grosso e a lareira estava acesa, o que evocava uma imagem de intimidade, mas Sarah notou a falta de coisas. Não havia itens pessoais à vista, como se os Schäfer estivessem, como ela, apenas fingindo.

Dominando a sala, estava a maior árvore de Natal que Sarah já tinha visto. Era mais grandiosa que as erguidas ao ar livre nas praças das cidades, enfeitadas com bolas de vidro, luzes e adereços natalinos. No cume, a inevitável suástica prateada, como se algo tão alegre só pudesse existir sob o controle deles.

Sob a árvore, estavam espalhadas dezenas de presentes, embrulhados e decorados com precisão em vermelho, preto e branco. Elsa sussurrou para Sarah quando entraram na sala.

— A maioria deles é falsa. Ele gosta do efeito. O Natal nunca mais foi a mesma coisa depois que eu descobri — disse ela, cheia de amargura. — Igual a muitas coisas.

Para Sarah, parecia algo de um livro ilustrado, um encanto maravilhoso lançado sobre a sala por um feiticeiro bonzinho. Ela sempre fora fascinada pelo Natal e nunca pôde entender por que eles não podiam participar, especialmente porque sua mãe também não celebrava os feriados judaicos.

Eles são tão infelizes, Sarahchen, sempre falando sobre a expiação e a desgraça. Você não está perdendo nada, querida.

Ficar zangada com isso sempre pareceu mais fácil para Sarah do que se deixar atingir por qualquer coisa que realmente importasse.

— Mas alguns deles são para você, certo? — perguntou Sarah, incapaz de expressar o pensamento que lhe ocorreu no momento em que ela viu a árvore. Haveria algo ali para ela?

Você é uma garotinha estúpida.

— Sim, alguma coisa desesperadamente cara, como se isso importasse.

O professor Schäfer ficou de pé e sorriu para as duas.

— Senhoritas! Obrigado por se juntarem a mim. *Fräulein* Haller, você parece muito melhor.

Sarah precisava de absolvição, de reafirmação.

— *Herr* professor, eu preciso me desculpar...

— Nada disso, não vou permitir isso. Todos nós nos sentimos mal de vez em quando. A ciência não nos deu, ainda, uma panaceia infalível; até então nós devemos suportar o peso dos ocasionais desprazeres naturais. Eu só lamento que seu vestido tenha sido arruinado.

— Estou mortificada, eu deveria pagar por ele.

Essa era realmente a extensão de sua humilhação?

— Você pode, se quiser, mas o vestido era seu para fazer o que quisesse com ele. Um presente. Não aceitarei nenhuma forma de restituição.

— Isso é muito generoso. — Sarah tinha se safado, simplesmente?

Elsa se intrometeu.

— Eu quero beber.

— É claro, minha querida. Estou esquecendo minhas maneiras. — O professor se voltou para uma mesa lateral, apanhou uma garrafa e fez uma expressão teatral de tristeza. — Para nossa infelicidade, este será o nosso último champanhe por algum tempo. As entregas da França, por razões óbvias, estão suspensas. — Ele tratou de tirar o lacre. — Era de se supor que eu teria me preparado para esse problema com antecedência, mas não, infelizmente não. Minha querida, devo abri-lo, como um filisteu?

Elsa ficou de pé e bateu palmas.

— Sim, sim, por favor, abra! — Ela empurrou Sarah para o centro da sala.

— O que foi? — perguntou Sarah.

— Temos de pegá-la! Traz boa sorte.

— O que traz boa sorte?

Um barulho de explosão fez Sarah dar um pulo e Elsa recuar, seus olhos esquadrinhando o ar. Sarah viu um pontinho escuro, voando perto do teto branco. Ela deu um passo para trás e apanhou a rolha, com um gesto perfeito, recebendo aplausos demorados de Elsa e do professor Schäfer.

— Parabéns, Ursula. E aqui está o seu prêmio. — Ele lhe ofereceu uma taça de champanhe.

— Não, eu não deveria, passei tão mal ontem...

— Ah, não, por favor, beba uma taça.

Elsa pegou a taça e a entregou para Sarah.

— Ah... — Sarah não conseguia decidir se estaria repetindo o erro da noite anterior ou se recusar seria um insulto.

— Por favor, eu insisto.

— Aceite a droga da bebida, Haller — interrompeu Elsa.

Pegue logo a bebida, dumme Schlampe.

Sarah viu que não tinha escolha.

— Obrigada, só uma.

O professor entregou uma taça para a filha e fez um brinde.

— Senhoritas, ao *Führer*.

Sarah ergueu a taça e depois observou os outros beberem. O professor olhou para ela e assentiu enquanto bebia.

Beba. Sarah levou a taça aos lábios, e as bolhas fizeram cócegas em seu nariz. Ela sabia o que fazer. Estava a salvo. Com uma noite de sono e outro dia para voltar à estufa – podia se lembrar de muita coisa agora –, ela poderia pegar aquele caderno. Será que poderia então chamar o Capitão? Ele ficaria impressionado com o progresso dela... O líquido borbulhou em sua língua e desapareceu no mesmo instante, deixando um sabor levemente azedo. Ela o sentiu em suas bochechas e deu um sorriso involuntário.

O professor a chamou.

— Venha! Junte-se a nós debaixo da árvore. Temos tâmaras, laranjas, chocolates e, é claro, presentes para todas as crianças boazinhas. — A voz dele soou reconfortante, e Sarah ficou tocada. Um presente! A espionagem poderia esperar até o dia seguinte.

O professor encontrou o primeiro presente.

— Para minha primogênita e única filha, Elsa.

Elsa pegou o embrulho vermelho e tirou a fita branca. Arrancou o papel que envolvia um estojo de couro, abriu a tampa e deu um meio sorriso.

— Obrigada, pai. — Elsa apanhou o colar do veludo e ergueu-o para que Sarah o visse. Era uma corrente de prata com o que só podia ser um pingente de diamante. Suas facetas piscavam enquanto balançava sob a luz do fogo. Sarah se perguntou quantas pessoas em Leopoldstadt poderiam ser alimentadas, e por quanto tempo, com apenas metade do que aquilo devia ter custado... Em seguida, enterrou esse pensamento, enquanto Elsa olhava para ela revirando os olhos. *Alguma coisa desesperadamente cara, como se isso importasse.*

— E para nossa convidada — disse o professor com gentileza, entregando para Sarah sua própria caixa branca com uma fita preta.

Ela ficou encantada. Fazia tanto tempo desde que recebera qualquer presente que precisou dar outro gole para disfarçar seu rosto ruborizado.

Com cuidado, Sarah desfez o laço de fita e deslizou uma unha sob a borda do papel para soltá-lo sem rasgar. Era imaculado demais, perfeito demais para ser destruído. Debaixo havia outro estojo de couro. Bem, com certeza, ela não ganharia a mesma coisa, não é? Ela ergueu a tampa.

Lá dentro, havia um colar de diamantes. Não um pingente, mas uma teia elaborada de pedras, quase amontoada na caixa. Sarah fechou a tampa.

— Eu não posso... quero dizer... é demais, eu não posso...

— Sim, você pode. Nossa boa sorte é sua também. — Ele riu.

Sarah olhou para Elsa. Não havia inveja em seu rosto, apenas aquele olhar. Vergonha, simpatia e repulsa. Tudo de uma vez. As pedras devem ser falsas. Têm de ser.

— Deixe-me ajudá-la a colocar o colar. — O professor apanhou o estojo.

— Obrigada. Eu nem sei como agradecer — disse Sarah, tentando tirar o cabelo do pescoço e percebendo que ele já estava arrumado para cima, fora do caminho. Ela riu de si mesma. Ela era engraçada.

O professor passou a corrente ao redor do pescoço dela e acariciou sua nuca. Sarah se sentiu enjoada e um pouco tonta, então precisou tomar outro gole de champanhe para acalmar seu estômago. *O veneno da cobra.* Havia aquele sabor residual amargo novamente. O champanhe não deveria ser melhor do que o vinho? Tinha gosto de consultório médico.

— Pronto — disse ele com orgulho. — O que você acha, Elsa?

— Acho que ela é a nova princesa — disse Elsa, pensativa.

Sarah não conseguia ver o colar abaixo de seu queixo e riu de si mesma tentando tirá-lo do caminho. Isso, de repente, era muito divertido. Ora, tinha um queixo tão grande! Tentou afastá-lo de novo como se não fosse parte dela. E riu.

Elsa fez um ruído de raiva e pegou a taça de champanhe de Sarah, jogando o conteúdo no fogo. Sarah murmurou em protesto.

Eu estava bebendo isso!, ela queria dizer. *Que coisa rude a se fazer. Quero outro. Não, outros dois.*

Ela tentou ver a si mesma na superfície polida da lareira de mármore escuro, mas não conseguia se concentrar em seu reflexo, então se virou para ver Elsa abrir outro presente, um jogo de tabuleiro chamado *Juden Raus!* Era um jogo sobre a deportação de judeus. Sarah queria sentir raiva, mas sabia que não devia. Por que ela não devia ficar brava?

— Se você conseguir mandar seis judeus embora, consegue uma vitória total! — Sarah leu no tabuleiro. — Que bacana.

Elsa não respondeu. Ela colocou o jogo no chão.

— E um segundo presente para nossa convidada. — O professor entregou a Sarah uma caixa muito maior.

Desta vez, ela arrancou o papel. Parecia ter tanto. Sob o papel, havia uma caixa branca semelhante à do vestido francês no dia anterior. Com dificuldade, Sarah abriu a tampa que revelou um pedaço dobrado de seda e renda vermelhas. Ela mexeu nos tecidos antes de erguer os olhos.

— É uma camisola? — Que presente estranho! Sarah tinha uma camisola, embora o professor não tivesse como saber disso...

— Ah, Deus — murmurou Elsa.

— Sim, uma camisola muito especial — respondeu ele, falando macio. — Como o champanhe, é a última por um bom tempo.

— Ah... Obrigada. — Sarah se sentiu cansada. Estava com dificuldade de se lembrar das palavras e lutou para manter os olhos abertos. Dormir, ela precisava dormir. — Sinto muito, estou me sentindo... Acho que preciso... me deitar.

— Elsa, você levaria Ursula para o quarto dela? — Uma ordem. — Eu acho que ela precisa ir para lá agora.

Sarah fechou os olhos e então estava nos braços de Elsa.

— Não — disse Elsa para alguém. — Por favor, não.

Sarah murmurou um pedido de desculpas, sem saber o que estava fazendo.

— Faça o que eu mandei, garota.

— Beba isso, rápido.

Elsa ergueu a caneca até os lábios de Sarah e fez com que bebesse um café muito doce. Sarah engasgou.

— Nojento — disse ela. — Tanto sono...

Elsa fez com que Sarah bebesse todo o conteúdo da caneca e depois colocou sua cabeça sob o braço dela. Elas cambalearam ao sair da cozinha e subiram a escada. Elsa carregava uma caixa sob o outro braço.

Sarah precisava ir para a cama. Estava se sentindo muito estranha. Seus pensamentos se arrastavam, e ela estava esquecendo as coisas. Percebeu que estava no andar de cima sem saber como chegara ali. Tudo o que antes parecera divertido e fascinante agora estava escuro e feio.

Onde você está e o que está acontecendo?

Estava encostada em uma parede.

Elsa a estava obrigando a engolir algo pequeno e branco, mantendo sua boca fechada.

— Tome isso. Vai ajudar a combater o efeito. Você vai precisar disso para conseguir lutar.

— Lutar com quem? Combater o quê...?

Elsa estava chorando.

Um corredor.

— Perdoe-me.

— Por quê?

O quarto.

O choque da água fria. *No rio, afundando no rio.* Sarah se debateu, entrou em pânico e tentou fugir, mas algo estava empurrando sua cabeça sob a torneira. Então, ela estava livre e respirando, a água escorrendo pelo pescoço. Elsa a segurava pelos ombros.

— Haller, olhe para mim.

Sarah olhou, mas não viu. Sentiu um tapa, uma dor surda em seu rosto. Elsa lhe dera um tapa. Por quê? Sarah olhou para ela e viu medo, dor, vergonha, simpatia e repulsa.

— Você tem de lutar, mesmo que não faça diferença, entende? Isso vai tornar tudo mais fácil depois.

Sarah gelou. As palavras de Elsa não faziam sentido.

— Eu sinto muito. — Foi a maneira mais suave, mais gentil e mais doce que Elsa jamais usara com ela, mas também a mais triste. Ela tocou o rosto de Sarah.

Então, Sarah ficou sozinha no cômodo escuro. Uma centelha de vida surgiu em seu cérebro. Ela sinalizava problemas, perigo. Sarah não conseguiu encontrar nada com que devesse se preocupar. Não conseguia encontrar sua bagagem. Precisava se deitar. Precisava ser cuidadosa. Precisava lutar. Suas roupas de montaria eram apertadas e desconfortáveis. As botas machucavam. Ela se sentou na cama e se esforçou para tirá-las dos pés. Precisava de alguma coisa para vestir. Onde estavam suas roupas?

Acorde.

Dormir.

Acorde.

Ela despiu-se da indumentária de montaria e procurou suas coisas mais uma vez. Alguém bateu na porta.

— Elsa? — Sarah gritou. Ela percebeu que estava nua e isso estava errado. Encontrou no chão a massa retorcida de sua calça de montaria, então tirou a camisola da caixa amassada e segurou-a diante do corpo.

— Ursula. — Voz de um homem. — Posso entrar?

Sarah precisava se vestir. Passou a camisola sobre a cabeça. O tecido ficou úmido quando entrou em contato com seu cabelo molhado. Ela teve um momento de clareza.

Por que ele está aqui?

Ela se deu conta de que não queria o professor Schäfer deste lado da porta. De jeito nenhum.

— Eu vou dormir — gritou Sarah.

— Por favor, só por um momento — implorou ele.

— Não. — Sarah sentiu o poder da palavra. Ela lhe dava forças. Seu cérebro estava acordando. Os fragmentos estavam se juntando. Algo estava acontecendo, mais perigoso do que ser judeu em uma *Napola* ou ser uma espiã em um laboratório de bombas. Ela precisava acordar. Lutar.

A porta se abriu, deixando a luz entrar pelo quarto. O vulto dele encheu o vão.

— O que o senhor quer? — Sarah manteve o tom de voz, mesmo quando seu terror cresceu.

Não demonstre fraqueza. Lute, dumme Schlampe.

Schäfer fechou a porta atrás dele.

— Ainda acordada? Que bom! Temi que você já estivesse dormindo.

Sarah sentiu que lentamente ficava mais alerta, afastando os tentáculos da fadiga. Lembrou-se de pedaços daquela noite e começou a conectá-los.

Concentrou toda sua energia na voz, agarrando-se a essa única certeza.

— Por favor, vá embora. Quero que você vá embora.

— Eu não acho que é isso que você quer — zombou ele.

Sarah deu um passo para trás e bateu no pé da cama. Recuou até chegar à beirada.

— Sim, quero.

— Então, por que você está vestida assim?

O que estou vestindo?

— Não consegui encontrar minhas roupas — explicou Sarah.

— Você está usando meu presente.

— Eu esqueci. Vá embora. — Sarah tentou tirar o colar, mas o fecho não se abriu.

— Você é tão linda, Ursula, sabia?

Sarah queria vomitar. A fúria que se acumulava em seu peito era como um grito, mas estava mergulhada no medo. Seus pensamentos estavam ficando mais claros, e o perigo estava evidente. Ela podia ver a porta, mas não passaria pela cama antes que ele a pegasse. Deu outro passo para trás.

— Você disse isso ontem à noite. Eu me lembro agora.

— Como isso faz você se sentir?

— Enjoada. Assustada. Não me importa.

— Oh, Ursula, isso não é verdade. — Seu tom era condescendente. — Toda garota quer saber que é linda. Desejável.

— Vá embora. — Ela queria gritar, mas não queira mostrar fraqueza.

Outro passo. Outro passo para trás.

— Elsa queria saber que era desejável. Isso a deixou muito feliz.

— Eu não acredito nisso. — Sarah se deu conta da uma crescente erupção de repulsa, nascendo da compreensão e de uma realidade terríveis.

— É verdade. Ela se sente triste por eu não a achar mais bonita. Isso me deixa arrasado.

O horror engoliu Sarah quando ela se deu conta, nauseada, do que acontecia ali. Estava encharcada de uma empatia aterradora por Elsa. Achou que ia vomitar, mas cada momento era precioso e ela precisava de cada instante. Sentiu, correndo por suas veias, acordando-a, o que devia ser aquele último presente de Elsa – não podia desperdiçá-lo.

Sarah deu outro passo e esbarrou na bandeja de café da manhã. Ela caiu e passou a mão sobre a bandeja, procurando pelo prato. Movia-se de forma desajeitada, mas sua mão se fechou em torno de algo afiado. Ergueu-se e segurou a faca à sua frente

— Oh, Ursula, o que você tem aí? — zombou o professor.

— Vá embora ou eu vou cortar... esfaquear o senhor.

— Você nem sabe quais palavras usar. — Ele não a levava a sério.

— Vou machucar o senhor.

— Não acho que você consiga.

Sarah se imaginou fazendo-o sangrar. Ela imaginou o movimento – uma rápida punhalada, um golpe breve. Mas tudo o que podia ver era a órbita ocular de Rahn se esmaecendo, seus dentes rasgando a pele de Rahn e os pesadelos que teve depois disso.

— Afaste-se — ordenou.

O professor deu mais um passo, colocando-se bem de frente para a luz, revelando sua expressão de total confiança. Ela recuou de novo, e ele chutou a bandeja debaixo da cama, fazendo barulho de louça quebrada.

Ela levantou o braço e ordenou a seus músculos que completassem o movimento. *Agora. Agora. Agora...*

Mas o professor estava certo. Ela não podia. Fora derrotada.

Ele puxou a faca pela lâmina, que escorregou dos dedos de Sarah. Ela não conseguia segurá-la. Recuou até esbarrar na mesinha de cabeceira. Estava encurralada. Examinando a faca, ele começou a rir.

— Isso é uma faca de mesa, Ursula. Você não poderia me machucar mesmo se tivesse tentado.

Ele jogou a faca de lado e estendeu a mão para tocar sua clavícula. Parecia um parasita invasor. Sarah congelou. Ela não sabia o que iria acontecer. Não sabia o que era aquilo, então tinha medo.

Mesmo agora Sarah não podia aceitar que o professor não tinha compaixão, que faria isso com alguém tão jovem.

— Eu sou apenas uma garotinha — gaguejou Sarah, uma lágrima indesejada escorrendo por seu rosto.

— Eu sei. É o que faz isso ser tão bom.

Ela fechou os olhos.

O barulho foi leve, só um estalo, mas o inesperado, a proximidade, o clarão luminoso no escuro, tudo isso aterrorizou Sarah. Alguma coisa quente e úmida atingiu seu rosto. Ela abriu os olhos para ver Schäfer se contorcer enquanto colidia contra a parede e caía, ofegando, no chão. Havia um buraco aberto em sua garganta e seu sangue jorrava dali, em longos jatos vívidos, sobre o tapete creme.

Elsa estava ao pé da cama, o revólver ainda em riste, um fio de fumaça subindo em espiral pelo ar desde o cano, que tremia. Seu cabelo despenteado era como um halo contra a porta aberta.

— Elsa.

— Aquilo *não* me fez feliz e *não* fiquei triste quando parou, *Dreckskerl*.[31]

Sarah sentiu-se desperta, como se o barulho a tivesse acordado de um devaneio.

— Elsa, abaixe a arma...

— O que me deixa triste e com raiva é ter de trazer cordeiros para você sacrificar...

Sarah ignorou a cena lamentável que se desenrolava no chão a seus pés, concentrando-se apenas no tremor do cano do revólver. Ela contornou a cama, passando por cima do professor agonizante.

— Elsa, acabou...

— Assistir a você destruir vida após vida, como você arruinou a minha...

— Elsa... — disse Sarah.

Elsa se encolheu, e sua expressão se suavizou.

— Olá, amiga Loba — sussurrou ela, lágrimas brotando em seus olhos. — Eu me lembrei, já bem tarde da noite, que precisamos proteger umas às outras. Minha babá não podia, e minha mãe não o faria. Mas achei que talvez eu pudesse fazer diferente.

O professor fez um ruído borbulhante e estremeceu no tapete. Elsa apertou ainda mais a mão em volta do cabo da arma e corrigiu a mira.

— Dê a arma para mim, *Kleine*.[32] Ele se foi.

— Eu sinto muito, Haller. Eu sinto muito.

---

31. "Porco" (xingamento), em alemão. (N.T.)
32. "Pequena", em alemão. (N.T.)

Sarah colocou as mãos em volta das mãos de Elsa e olhou em seus olhos, tão vermelhos, tão selvagens, tão tristes. Sarah não podia imaginar até onde Elsa tinha sido obrigada a ir, então não queria julgar o modo como tinha conseguido voltar.

— Está tudo bem, Elsa. Solte a arma.

Sarah afastou os dedos de Elsa do metal. A arma estava quente, e o cabo estava coberto de suor. Ela não tinha ideia de como travá-la, então a colocou com cuidado sobre a cama. Elsa caiu na frente de seu pai.

— Ah, *Vati*, o que foi que eu fiz? — Ela se sentou na crescente poça de sangue e começou a chorar.

Agora seria um bom momento para pensar em um plano, dumme Schlampe.

Shhhh.

Elsa foi ficando mais e mais descontrolada, enquanto a mente confusa de Sarah procurava por conexões, procurava respostas, resolvia problemas. Ela silenciou as vozes que ferviam dentro dela. *Ferver...Fizzled...*

O plano surgiu, já pronto. Com Schäfer morto, a missão tinha mudado. Se ela fosse rápida. O Capitão – Sarah parou. Havia algumas pontas soltas.

— Elsa, quem mais está aqui, além de nós?

— O quê...?

— Não tem mais ninguém aqui, tem? — Havia urgência em sua voz.

— Não...

— Certo, Elsa, escute o que vou dizer. Levante-se... — Ela sabia que precisava se livrar de Elsa.

— O quê...

— Levante-se. — Sarah envolveu Elsa em seus braços e a ajudou a se levantar. — Você precisa sair daqui. Monte em Anneliese e cavalgue para longe daqui. Vá até o portão, diga que houve um acidente terrível, mas não explique nada. Apenas chore. Você entendeu?

Elsa assentiu.

— Fale sobre um acidente terrível e comece a chorar, entendeu?

— Em minha égua...

— Sim, *sua* égua. Você ganhou essa égua, ela é seu bebê e você precisa levá-la embora — Sarah a acalmou. — Espere por mim junto do portão, entendeu?

— Cavalgar até o portão, terrível acidente, esperar...
— Bom, deixe a arma aqui e *vá*.

Elsa olhou para o pai, que não estava mais se mexendo, não saía mais sangue do pescoço dele.

— O que você vai fazer, Haller?
— Vou fazer com que pareça suicídio, mas você precisa sair daqui agora. Confie em mim. Vou fazer com que tudo isso desapareça.

TRINTA

Ele na verdade trazia as chaves consigo. As três chaves de bronze estavam penduradas no pescoço do professor Schäfer, sob sua camisa e cobertas de sangue. Havia sangue por toda a parte – ensopando suas roupas, no tapete, escorrendo pela parede em grandes curvas, na cama, nas mãos de Sarah, em seus pés, em suas roupas. O quarto parecia um matadouro.

Sarah pegou o revólver ainda morno e o apontou para a parte de trás de seu pescoço. Era mais ou menos plausível, apesar de improvável. Ela o limpou, apagando suas impressões digitais com a camisola e o colocou na mão do professor. Tinha visto isso no cinema. Ela só podia confiar que Elsa não tivesse carregado a arma ela mesma, pois não sabia abri-la para remover as impressões das balas.

Nada disso vai importar se você não começar a se mexer.

Sarah tinha uma janela de oportunidade durante a qual podia agir com completa impunidade. O que tinha parecido impossível agora era possível. Se ela fosse rápida o bastante.

Ela vestiu a roupa de montaria, mas continuou com a camisola, pois a noite estava gelada e ela estava sem o casaco. Antes de sair do quarto, virou-se e olhou para o boneco de pano grotesco ao lado da cama.

Podia sentir que mais um imenso peso cáustico havia sido colocado sobre seus ombros e sabia que, em algum momento, teria de descobrir um jeito de lidar com ele. Mas não agora. Guardou seus sentimentos na caixinha e nem mesmo tentou fechar a tampa – havia coisa demais lá, e elas eram muito grandes.

O comprimido que Elsa tinha lhe dado havia elevado sua consciência acima da névoa de confusão e sono, fazendo tudo parecer mais claro e preciso. Ela atravessou corredores e escadas correndo, tentando manter os pedaços que conhecia do mapa da casa na cabeça. Algumas salas estavam iluminadas, outras na escuridão, e várias vezes Sarah precisou tatear para encontrar uma porta que ela achava que estava ali. Duas vezes pensou estar perdida, até que uma curva na penumbra revelasse o caminho. *Confie em si mesma, confie em si mesma*, repetia, mais como esperança que como certeza.

Finalmente encontrou o corredor para a estufa, os círculos de luz balançando, a cadeira vazia do guarda e a porta de aço. Ela não tinha ideia de quanto tempo tinha levado procurando – ou quanto tempo ainda tinha para trabalhar.

Se sobrevivesse, decidiu, o Capitão ia ter de dar a ela um relógio.

Ela removeu as chaves do anel de metal e começou a experimentá-las, a partir da fechadura mais próxima do chão. Tudo parecia demorar horas para funcionar, e, mesmo quando destrancou a última fechadura, a porta se abriu com uma vagarosidade quase cômica. As escadas além da porta estavam novamente em completa escuridão, então Sarah segurou no corrimão e seguiu o som da máquina à frente.

O que você está fazendo? Qual é exatamente o seu plano?

Eu vou acabar com tudo isso.

Sarah acelerou o passo. Será que Elsa já estava com os guardas? Eles já estavam vindo para a casa? O que quer que ela pretendesse fazer, tinha de ser feito rapidamente.

Seu pé encontrou o chão. O interruptor das luzes devia estar por perto, não mais que alguns passos além do pé da escadaria. Onde estava? Tateou pela parede de volta para o último degrau da escada, puxando por sua memória fragmentada da noite anterior. *Confie em si mesma, confie em si mesma*, repetia continuamente.

Ela estava quase indo procurar na outra parede quando seus dedos encontraram uma pequena alavanca. Sentindo um alívio, Sarah a puxou para cima, esperando que as luzes se acendessem.

A sala se encheu com o som de um alarme ensurdecedor. Sarah gritou de susto. Luzes vermelhas se acenderam por toda a estufa. Tinha ligado o alarme de incêndio, logo acima do interruptor de luz.

Bom trabalho, dumme Schlampe. Se eles já não estavam vindo atrás de você, agora com certeza estão.

Ela tentou desligar o alarme, mas não fazia diferença, então deixou estar. Só tinha de ser mais rápida.

Quando ligou as luzes, viu uma caixa de vidro presa a uma parede próxima. Olhando lá dentro, sorriu enquanto se apoiava na frente da caixa e chutava a tampa de vidro frontal. O vidro se estilhaçou e ela estendeu o braço. O machado era pesado, mas dava para carregar, apesar do peso forçar seu pulso machucado.

Sarah olhou para as máquinas imensas cercadas de vegetação morta. Seu plano se baseava em uma frase vagamente lembrada: "Eu usei o gás natural do sistema de aquecimento da estufa para criar minha própria eletricidade", mas as centenas de canos e cabos que se emaranhavam em volta das máquinas pareciam todos anônimos. Assustador. Impossível.

Pense. Era um sistema antigo. Deve ser o sistema de canos mais antigos da estufa.

Sarah foi andando próximo às paredes de vidro, que tinham sido caiadas para evitar olhares curiosos. Ao encontrar os restos empoeirados e vazios de uma canalização anterior, seguiu a trilha, esperando encontrar a fonte original dos canos removidos.

Você pode estar andando na direção contrária. Tique-taque.

Confie em si mesma.

Uma máquina imensa parecia diferente das outras. Estava quente, cheirava a queimado e vibrava. Sarah correu em volta dela, procurando pelo cano mais velho, o cano que alimentava o monstro. O alarme soava seu alerta em torno da garotinha e seu machado.

Do chão saía um cano velho de metal pintado, encimado por uma válvula gigante. Ele se conectava a um duto novo de aço brilhante, que serpenteava para dentro do gerador. Até mesmo um leve cheiro de gás escapava da junção. A lógica perfeita que a havia trazido até esse lugar encheu Sarah de uma vontade urgente de gargalhar.

Deixando o machado no chão, ela começou a desatarraxar os parafusos com cabeça de borboleta que prendiam a conexão. Estavam bem lubrificados e saíram facilmente. Conforme os parafusos se acumulavam no chão, o cheiro de gás aumentava. Finalmente, os dutos se soltaram, e o gás começou a vazar da válvula com força. Sarah foi quase derrubada pela força do fluxo e ficou tonta. Prendendo a respiração, pegou o machado e saiu em direção ao laboratório, deixando para trás o gerador sedento e tremendo.

Se tivesse mais tempo, poderia tentar destruir cada máquina individualmente. Mas, com o alarme chamando os guardas, ela teria de ser mais criativa. Deslizou a pesada porta do laboratório para um lado e acendeu as luzes. A bomba estava sentada em seu trono vermelho de aço, em toda a sua majestade obscena, ostentando suas entranhas. A matemática do horror.

"Vai surgir um clarão tão brilhante e quente que qualquer pessoa no raio de um quilômetro da explosão vai simplesmente desaparecer. Tudo em um raio de dois quilômetros vai arder em chamas..."

Sarah não sofria de falta de imaginação. Ela assistiu a esse horror desdobrando-se pela Berlim que conhecia, tudo desaparecendo desde o Portão de Brandemburgo até a Potsdamer Platz, qualquer coisa e qualquer um pegando fogo desde o zoo até Alexanderplatz. Começou a se sentir enjoada novamente. Tinha de acabar com isso.

Ela correu para a bancada. O caderno de anotações do professor estava ali, sobre uma pilha de desenhos técnicos, ao lado de seu cachimbo e de seu isqueiro. Dobrando quantos desenhos pôde, ela os enfiou dentro do caderno e prendeu este último no cinto da calça de montaria. Então, pegou o isqueiro e pôs fogo no canto dos papéis remanescentes, olhando enquanto eles enegreciam e se dobravam e a chama se espalhava. Isso foi a sua cartela de fósforos e o seu cigarro.

A bomba a olhava com escárnio. Ela examinou o mecanismo, tentando lembrar o que o professor Schäfer dissera. Restava um fragmento de memória, claro com o dia: "Se explodisse agora, ela iria... falhar. Como um poderoso explosivo...".

Devia haver um jeito de ativá-la e devia haver um jeito de chegar a uma distância segura depois – de outra forma, quem poderia armá-la? Um avião precisaria de tempo o suficiente para voar para longe. Ela imaginou o pavio aceso de uma bomba de filme de comédia, diminuindo enquanto o comediante tentava se livrar dela. Examinou a fiação elétrica, procurando reconhecer alguma coisa, mas encontrou apenas uma massa compacta de fios, como um prato de macarrão.

Então, notou um disco preso sobre os explosivos. Ele tinha pequenas gradações marcadas em sua superfície, como um relógio... como daqueles cronômetros para cozimento de ovos. Havia um encaixe de chave de fenda no centro do disco. Ela a girou com a unha, rodando até o limite máximo. Não tinha como saber quanto tempo teria.

E se ele a tiver terminado? E se ela explodir do jeito certo?

Aí tudo estará acabado. Não é?

Sarah percebeu que poderia não sobreviver.

Ela temia ser capturada ou descoberta, viver como uma prisioneira, a fome e a dor, mas a morte? Sarah tinha muito pouco, não, não tinha nada a perder. Talvez o Capitão chorasse por ela, mas suspeitava que uma missão bem-sucedida poderia consolá-lo. Pensou na casca de ser humano que Elsa Schäfer tinha se tornado e entendeu, pela primeira vez, que existiam coisas piores que a morte.

Ela se sentiu mais leve. A bomba, a garotinha tentando detoná-la, o Reich, a guerra, os predadores de meninas e os professores perversos, os jovens soldados inocentes, a bancada começando a arder atrás dela... era tudo absurdo. Uma longa piada esperando a conclusão.

Dê a eles a conclusão.

Ela encontrou uma fita na bomba que dizia "Remova antes de decolar". Sarah a puxou, e um longo pino se soltou, liberando um botão, que Sarah apertou. Ela, então, notou algo que parecia com uma bateria de carro e estava desconectada, perto de cabos que terminavam em pontas descobertas de fio de cobre. Ela já havia ligado um carro antes, então começou a conectá-los.

O choque a jogou para trás, como o coice de um cavalo no peito. Ela bateu no chão de concreto e ficou deitada, tremendo. *Este seria um final vergonhoso*, pensou. Completamente indigno de todo o esforço despendido. Não, ela queria uma conclusão melhor. Levantou-se, mal respirando, e olhou para a bomba. Em meio a todo o barulho à sua volta, ela quase não ouviu, mas o cronômetro dentro da bomba estava zumbindo. Ele não parecia estar se movendo – ou estava? Ela observou atentamente até ter certeza.

Alguma outra razão para ficar por aqui, dumme Schlampe? Corra.

Houve uma explosão seguida de uma onda de calor, como se alguém tivesse escancarado uma porta. O fogo na bancada tinha se espalhado para uma prateleira de produtos químicos. Cada frasco estava explodindo e espalhando seu conteúdo inflamável pelo laboratório. Sarah sentiu-se profundamente satisfeita, não podia pedir um fogo melhor. Mas era definitivamente hora de partir.

Ela correu para a estufa, mas assim que saiu do laboratório encontrou uma grossa barreira de gás. Muito gás, muito cedo, perto demais do fogo. Ela não conseguiria atravessar a estufa prendendo a respiração. Sentiu uma armadilha se fechando à sua volta. *Não, não desse jeito.*

Ele teria uma saída de incêndio, não teria?

Ela olhou de volta para o laboratório e viu uma pequena porta branca em um canto, que não tinha visto antes. Recuou para laboratório em chamas e empurrou cuidadosamente a porta de aço, fechando-a, esperando a qualquer momento sentir a explosão.

E se for só um armário, dumme Schlampe?

A placa nele diz AUSGANG.[33]

Você está com sorte.

A sala estava se enchendo de fumaça, e, quando ela correu para a porta branca, segurando a respiração, seus olhos se encheram de lágrimas. Atrás da porta branca, havia um corredor curto e uma segunda porta. O ar era frio e limpo, sentiu uma brisa gelada no ar. Ela estava quase lá. Ia funcionar. Tinha conseguido. A pequena Sarah tinha, contra todas as probabilidades, completado sua missão. Ela atravessou o corredor, pegou a maçaneta e a girou.

A porta não abriu.

Ela forçou a maçaneta desesperadamente, enquanto o cheiro de queimado enchia lentamente o ar. Ela sentiu a garganta arder e tentou engolir a irritação. Deu um passo atrás e chutou a porta. A madeira lascou, mas resistiu. Sarah tossiu, uma tosse longa, entrecortada e seca, e demorou alguns segundos até conseguir respirar. Ela era um animal em uma armadilha. Queria uivar e chorar, arranhar e bater em coisas, lançar seu corpo contra a porta.

Pense, dumme Schlampe!

Não havia nenhuma chave pendurada por perto, nem na fechadura da porta do outro lado, e ela não tinha nada com que pudesse arrombar a porta. Não podia voltar. Olhando para trás, mal conseguia ver a porta

---

33. "Saída", em alemão. (N.T.)

branca no fim do corredor. Prendendo a respiração, correu de volta e a fechou, para isolar a fumaça. E então voltou ao problema.

A porta de saída tinha alguns centímetros de espessura. Sarah decidiu que não ia morrer do lado de dentro. Deu uma corrida e, fechando os olhos e gritando, lançou-se de ombro contra a porta.

Seu corpo rebateu da madeira para o chão, seu ombro latejando de dor. O ar estava mais limpo ali, então ela ficou deitada no concreto pintado enquanto a fumaça negra fluía pelo teto.

Toda a sua coragem começou a se esvair, como a maré baixando. O que quer que Elsa tivesse dado a ela, os efeitos estavam passando, deixando para trás apenas uma garotinha assustada.

Mutti, pensou ela.

O que você está fazendo?

Não sei mais. Eu achava que não tinha medo de morrer...

Então, por que você está deitada no chão?

Porque não tem saída.

Você não tinha um machado, querida?

Sarah sentou-se de súbito. *Dumme Schlampe!*

Ela ficou de quatro, engoliu um pouco de ar limpo perto do chão e daí, engatinhando, correu de volta para o laboratório.

O laboratório agora estava na mais completa escuridão e quente como uma fornalha. Ela só conseguia manter os olhos abertos por alguns instantes de cada vez, então se moveu às cegas, ajustando a direção às vezes, quando se perdia do caminho. A pressão aumentou em seus pulmões. Ela ainda estava a talvez meio caminho da bomba quando a urgência de soltar o ar aumentou, uma necessidade primal que ela quase não conseguia conter.

Só alcance o machado.

Ela deixou que um pouco de ar escapasse pelo nariz, e isso pareceu aplacar um pouco a vontade de respirar.

Ela se chocou com a bomba alguns segundos depois, queimando o braço e caindo no chão. Vasculhou o chão com as mãos, os olhos bem fechados. A bomba, o gás, a fumaça, os guardas, o fogo, e agora seu próprio corpo – tudo conspirava contra ela. *Há tantas maneiras de isso terminar,* pensou. Apenas continue colocando uma das mãos na frente da outra. *Complete o movimento*.

O chão quente estava ficando difícil de tocar, doía. *Expire*. O suor ensopava suas roupas e começou a pingar, evaporando no concreto. O ar machucava sua pele. Ela estava cozinhando, como um frango. Só mais um pouco. *Complete o movimento*.

Ela tocou algo muito quente e retirou rapidamente o braço. *Expire*. Passando a mão por trás do objeto, sentiu que o cabo de madeira também estava quente demais para segurar. Ela arrancou a bandagem, desenrolando a partir do pulso. Cobrindo a mão com a faixa, conseguiu pegar o machado sem machucar os dedos.

Expire. Sua pele estava ressecada. Sua cabeça latejava, e a pressão crescia sob seu nariz. Ela deu a volta na bomba e abriu os olhos para encontrar a porta. Eles arderam como se alguém tivesse jogado pimenta neles, então ela os fechou imediatamente. *Expire agora*. Ela tentou correr, mas não conseguia manter o equilíbrio. Seus membros doíam. Na pele nasciam bolhas. A pressão no peito cresceu até se tornar tudo em que ela podia pensar, a dor que parecia nascer na cabeça e querer sair através dos olhos...

Sarah soltou o ar com violência e inspirou imediatamente.

O ar queimou sua garganta, e ela engasgou. Ela caiu para a frente... e passou pela porta. Depois de se arrastar pelo último metro, finalmente fechou a porta com um chute, isolando as chamas. Deitando de bruços, ela respirou o pouco ar fresco que restava, um centímetro acima do concreto. Tossiu violentamente, mas sentiu o ar puro chegar aos pulmões.

Consegui.

Não, última volta. Levante-se.

Sarah se arrastou para a frente como uma centopeia, descansando, respirando, recuperando-se para o esforço final.

Ao chegar à porta, respirou várias vezes rapidamente e tentou abrir os olhos. Eles ainda ardiam, mas ela conseguia ver a porta e a maçaneta. Ela ficou em pé, os pulmões já gritando.

Ela nunca tinha usado um machado. A primeira tentativa acertou a parede e arrancou um bom pedaço de gesso. Na segunda vez, ela atingiu o centro da porta, enterrando a lâmina na madeira. Depois de lutar para soltar o machado, Sarah sabia que tinha mais umas duas tentativas antes que a fraqueza ou a fumaça a vencessem. Tentou ser precisa em vez de potente e acertou bem no meio da fechadura. A porta soltou lascas, rachou e, depois de um último chute, abriu. Ar fresco gelado invadiu o corredor vindo de fora, e Sarah respirou aquele frio profunda e dolorosamente.

Isso. Isso, consegui.

— Você está bem?

Parado na sua frente estava Stern.

TRINTA E UM

Sarah se apoiou no machado, ofegante. Coberta de suor, rosto salpicado de sangue seco e mãos cheias de bolhas, ela levou um quarto de segundo para decidir o destino dele. Ele não estava esperando um ataque – ela era apenas uma garota. Ele não seria capaz de se defender quando se recuperasse da surpresa. Uma machadada e ela estaria a salvo.

Então aquele pensamento desapareceu. Se não tinha nem conseguido matar Schäfer, não conseguiria matar o garoto.

Em vez disso, Sarah gritou, apontando de volta para o corredor.

— Ele se matou! Ele tentou nos matar e depois atirou em si mesmo!

— Quem? O professor? — O rosto jovem de Stern denunciava seu esforço para raciocinar.

Sarah tinha apenas alguns segundos. Passou por ele, arrastando o machado pelo chão. Ela apontou para o corredor. *Olhe para lá, não olhe para mim.* As lágrimas surgiam com facilidade de seus olhos irritados, mas ela não tinha certeza se eram reais ou não.

— O professor ateou fogo em tudo e depois se matou. Tudo vai explodir, temos de sair daqui agora! — Ela puxou o braço dele. *Olhe para mim agora.* Outro puxão e Sarah tinha passado por Stern. Se ele tentasse agarrá-la, poderia fugir dele.

Então Sarah se deu conta: Ela estava livre. Ele não.

Stern olhou para o corredor. A extremidade mais distante era uma parede de faíscas vermelhas e fumaça preta ao longo da moldura da porta branca interna. Ele precisava ver por si mesmo, entender aquilo de seu próprio jeito, lento, mas seguro.

— Você realmente precisa vir *agora* — gritou Sarah. Os verdadeiros sentimentos que mantinha sob controle – podia senti-los borbulhando. Ela permitiu que uma pequena lasca de terror se soltasse.

— Se você for lá, você vai morrer — gritou ela. — Venha! Vamos embora comigo agora!

Se não conseguisse fazê-lo acreditar nela, se não conseguisse fazer com que ele *quisesse* ir com ela, ele morreria de qualquer jeito. Ela poderia muito bem ter batido nele com o machado.

Não seja o homem. Não seja responsável. Seja só um garoto. Fuja.

— Eu preciso ver o que aconteceu, apagar o fogo.

— Eu *disse* a você o que aconteceu. — Sarah estava chorando agora e puxando o braço dele. — Você não pode controlar o incêndio, não com todos aqueles produtos químicos e *coisas*... — Sarah implorou com os olhos avermelhados.

Pegue minha mão e fuja daqui comigo.

Ele se endireitou, e o coração de Sarah afundou. Ele não era um menino de Dresden. Ele era um soldado. O inimigo. O *Schutzstaffel*. O mais odiado de todos os inimigos.

— Eu vou entrar — disse ele, tirando um lenço do bolso e cobrindo a boca. — Você espera aqui. Estará segura.

Sarah assentiu em meio às lágrimas e deixou que ele fosse. Engoliu os soluços, apoiou o machado no ombro e correu. Já que agora era um carrasco, podia muito bem se parecer com um.

Dentro da cozinha escura, Sarah encontrou o que estava procurando. O casaco ainda estava no gancho. Devia ser de Elsa, porque parecia caro, ainda que grande demais para Sarah.

Estava prestes a sair quando viu alguma coisa entre as sombras da mesa. Ela apanhou o pote de manteiga de amendoim e o enfiou no bolso.

A porta do estábulo estava aberta, e Anneliese não estava ali. Bom, pelo menos uma vida não estaria em sua consciência. Teve dificuldade em afastar os outros cavalos de seu caminho, então chamou por Freya.

A égua trotou até o portão e olhou para fora da baia.

Você de novo.

Sim, eu.

Sarah avançou devagar, mostrando as mãos. O relógio poderia estar correndo, mas Sarah o ignorou.

— Precisamos sair daqui, e não tenho certeza de que você vai sobreviver se ficar. O que você diz, hein, Freya, garota? Você vai me carregar para longe daqui?

A égua colocou as orelhas para trás quando Sarah tocou seu focinho, mas não recuou nem tentou fugir. Ela estava sem freio ou rédeas. Sarah tinha dúvidas se isso daria certo, por mais gentil que o animal fosse. Talvez ela devesse apenas sair correndo.

Escorou o machado contra um pilar e, apoiando o pé no portão, escalou com cuidado, até o topo. Freya deu um passo e balançou a cabeça. Sarah manteve a voz inalterada.

— Não, não faça assim, menina. Você é a deusa da guerra, certo? Não fique com medo de mim agora.

Empurrando o portão, passou a perna por cima da égua e segurou em sua crina. A mão dela se fechou no pelo grosso, e ela começou a se arrastar em direção ao lombo de Freya.

Houve um clarão seguido de um estrondo impressionante – o som de um milhão de janelas explodindo, vidro se chocando contra o metal. Um momento depois, a explosão sacudiu as janelas e os portões. Freya se empinou e relinchou. Sarah caiu do topo do portão, mas aterrissou nas costas inclinadas da égua, ainda agarrada à crina. Freya saiu em disparada, fugindo do estábulo a todo galope, com Sarah dependurada na lateral de seu corpo pela perna esquerda. Ela viu o batente das portas do estábulo vindo em sua direção e só pôde fechar os olhos. Sentiu o movimento do ar quando passou pelo umbral de madeira, e alguma coisa roçou em seu cabelo.

— Calma, garota! Calma! Eia, pare! — gritou Sarah enquanto Freya corria pelo pasto. Sarah fez um esforço final para endireitar-se sobre a égua, os dedos latejando, a perna dolorida atuando como ponto de apoio. Finalmente, inclinou-se sobre o pescoço de Freya e deslizou para o espaço entre o torso e o ombro. — Agora, agora nós podemos...

Freya saltou sobre a cerca do pasto em um movimento gracioso. Seu pescoço atingiu o rosto de Sarah no movimento para cima e no ponto mais alto do salto, e a menina quase caiu. Mas os dedos de Sarah continuaram agarrados à crina e, quando as patas dianteiras de Freya tocaram a grama, ela estava, mais por sorte que por destreza, na posição certa para enfrentar o impacto.

A égua não parou quando chegou ao outro lado. Apenas seguiu galopando em linha reta noite adentro, ignorando os apelos e os chutes de Sarah. A garota se segurou e virou-se para olhar a casa iluminada pelas chamas e, atrás dela, uma forma irregular onde tinha estado a estufa. Uma coluna de fumaça tingia de negro o azul profundo do céu sem nuvens. A casa em si parecia relativamente intacta. Eles encontrariam o corpo de Schäfer. Sarah esperava que esse problema desaparecesse e não apenas porque duvidava que acreditassem na história do suicídio. Queria que ele desaparecesse. Teria a bomba provocado a explosão de gás? Ou a explosão de gás tinha acionado a bomba? Será que a bomba tinha mesmo explodido?

Freya chegou à estrada para a saída da propriedade e mudou de direção. Dessa vez, Sarah acompanhou o movimento e manteve o equilíbrio. *É só uma barra de equilíbrio, uma* trave olímpica – *essa se mexe, mas em compensação tem três vezes a largura.* Seguiam na direção do portão, que ela agora podia ver logo além do topo da colina. Alguém havia ligado os holofotes, banhando os guardas e seu posto de controle com uma luz azul fria. Sarah podia distinguir vultos observando a coluna de fumaça e viu um par de faróis acelerando em sua direção. Freya estava ofegando, e, quando Sarah ordenou que desacelerasse e parasse, a égua obedeceu. Sarah forçou-se a fazer cara de choro e esperou. A história funcionaria? A coisa toda seria melhor se o corpo do professor fosse encontrado no laboratório, mas os soldados só precisavam acreditar na versão de Sarah por tempo suficiente para ela escapar.

O carro com a capota aberta freou violentamente na subida, quando seus faróis iluminaram Sarah e Freya. O oficial e os guardas se levantaram e começaram a gritar.

— O que aconteceu?

— Quem é você?

— O que foi aquele barulho?

Ninguém estava realmente no comando – eram apenas jovens oficiais comandando soldados ainda mais jovens. Sarah apresentou seu número pré-planejado de pânico e lágrimas.

— O professor ateou fogo na casa e depois... Bem, e depois ele se matou. Mandei Elsa vir buscar ajuda; ela está com vocês? Houve uma enorme explosão...

Os soldados ficaram confusos e começaram a discutir entre si. Fizeram mais perguntas, mas Sarah as ignorou.

— Onde está Elsa? — gritou Sarah para eles. Um deles apontou de volta para o portão e, com muito grito e discussão, eles se afastaram. Ninguém queria lidar com uma garota chorosa. Foi fácil, pensou Sarah com imensa satisfação. Ela apertou os dois calcanhares contra a barriga da égua, e Freya saiu galopando.

Ao se aproximar do posto de controle, Sarah achou os poucos guardas remanescentes muito menos confusos, muito mais curiosos, muito mais bem organizados. Quando um oficial a deteve, Sarah bateu com os calcanhares na égua mais uma vez, para fazê-la recuar e se agitar.

— Ela está com medo, o barulho! — gritou ela.

— O que aconteceu?

— O professor ateou fogo em seu laboratório.

— *Fräulein* Schäfer não falou nada sobre isso.

— Ela está em choque, o pai acabou de se matar na frente dela!

— Onde foi isso?

Esse sujeito estava de cabeça fria, fazendo as perguntas certas. Sarah não conseguia ler sua expressão sob a luz dos holofotes. *Nunca minta quando você pode dizer a verdade.*

— No andar de cima, em um dos quartos.

— O quarto dele?

— Não... — Sarah puxou pela memória, que a fez contar sua história. — Ele entrou armado e bêbado no meu quarto, disse que tinha incendiado o laboratório, que queria acabar com tudo...

— Onde estava *Fräulein* Schäfer?

Cuidado agora.

— Ela ouviu o barulho, entrou no quarto e nós tentamos acalmá-lo. Ele disparou a arma... Onde ela está? Ela está bem? — Onde ela *estava*?

— O que você fez em seguida?

— Ela estava histérica, havia sangue por toda parte. Mandei que ela fosse pedir ajuda a vocês e depois fui verificar a casa...

— Por que você faria isso? — Curioso. Perceptivo. *Perigoso.*

Porque o trabalho dele era importante. Porque a casa era valiosa. Porque... porque... Eu sou apenas uma garota.

— Porque eu deixei minha boneca no laboratório dele. Eu queria pegá-la de volta — disse, deixando-se choramingar. — Por favor, onde está Elsa? Quero saber se ela está bem... Por favor?

— Um dos meus homens a levou ao médico da cidade. Ela precisava ser sedada.

Um motivo para ir embora dali.

— Preciso vê-la...

— Não, *Fräulein*, você precisa ficar aqui. Você foi a última pessoa a sair da casa, ao que tudo indica.

— Passei por um dos seus homens, Stern? Ele insistiu em entrar na casa... Ele deve... Acho que ele estava lá quando o laboratório explodiu.

— Independentemente disso, você precisa ficar aqui e dar uma declaração oficial. — Ele disse isso em um tom que não aceitava discussão.

Não, não, não. Nada de declaração oficial. Nenhuma papelada.

Sarah conseguiu fazer com que Freya desse um passo atrás. Estava desesperada agora.

— Deixe-me ir até Elsa, ela precisa de mim!

A porta está se fechando.

O oficial chamou um dos seus homens. Freya percebeu a tensão de Sarah e se afastou do soldado que se aproximava.

— Por favor, preciso ver minha amiga!

— Não, *Fräulein*, por favor, desmonte. — Ele estava irritado com a desobediência dela. Sarah tinha apenas alguns segundos.

Para escapar, ela precisaria manobrar a égua em torno das barreiras de concreto que bloqueavam o portão, uma façanha muito além de suas habilidades de amazona. Mesmo que Freya pulasse algumas delas e Sarah conseguisse continuar montada, havia mais guardas do outro lado. Ela poderia passar, mas aquilo poderia se transformar em caçada, pessoas procurando por ela em automóveis.

O soldado fez um gesto em direção ao focinho de Freya. O cavalo empinou em protesto, e ele se afastou. Sarah gritou para ele ter cuidado. O oficial deu um passo à frente, e os outros guardas estavam se aproximando. Freya recuou, para mais longe da saída, o acesso ao portão bloqueado...

Tudo ficou branco.

Os homens à frente de Sarah gritaram, cobriram os rostos e se dobraram. A luz feriu os olhos de Sarah, mas ela viu uma brecha e foi em frente, dando com os calcanhares na barriga de uma Freya que resistia.

Então, o mundo ficou vermelho. Freya galopava, a meio caminho da primeira barreira, quando o estrondo as atingiu.

Foi o trovão da criação do mundo, profundo como um poço, denso como chumbo. Todos os barulhos possíveis, todos juntos.

Com uma pontada de dor, o som dos cascos no asfalto foi substituído por um gemido agudo e gritos abafados. Freya cambaleou, empinou e desatou em um galope desesperado, pulando a barreira pintada que bloqueava seu caminho.

Tudo se moveu. A égua e sua amazona. Os guardas. O arame farpado. A grama, as plantas e as árvores. O ar. Tudo o que havia ali foi recolhido por um braço invisível e lançado pelos ares, junto com cada fragmento de sujeira, lama, gelo e poeira. Até os blocos de concreto se arrastaram pelo asfalto, rasgando o chão.

A égua caiu de lado, urrando, e Sarah foi lançada contra a próxima barricada. O estrondo diminuiu, possiblitando ouvir os gritos de angústia, pânico e gemidos de puro pavor.

O portão de entrada estava coberto por uma luz vermelha, que foi se apagando enquanto Sarah se sentava. A dor cobria cada parte de seu corpo, mas ela não a sentia. Queria olhar para Freya, mas não conseguia. A única coisa em que prestava atenção era na bola de fogo que se erguia do topo da colina para dentro da noite, tornando-se uma nuvem negra que se enrolava em si mesma enquanto enchia o céu. Fragmentos de tijolo e metal começaram a cair, alguns ainda em chamas.

Ragnarok.

A bomba ainda não havia explodido – até agora.

Se isso é uma fração do poder que ela tem...

Freya ficou de pé, os flancos ensanguentados. Sarah se aproximou dela com os braços estendidos, chamando-a pelo nome, mas não ouvia sua própria voz. A égua recuou, sacudindo a crina. Sarah saiu mancando, gesticulando para que Freya a seguisse. Precisava sair dali, de um jeito ou de outro. Talvez Freya a seguisse, talvez não. Talvez Elsa estivesse sendo cuidada, talvez não. Talvez Stern tivesse morrido no laboratório, talvez tivesse sobrevivido. Talvez a bomba tivesse desaparecido, talvez houvesse mais cem delas prontas para serem lançadas por toda a Europa. Isso não importava mais para Sarah. Ande. Apenas ande.

Os guardas nas barricadas estavam se recuperando, mas sem qualquer interesse em uma garota maltrapilha quando tinham o fim do mundo para assistir. Sarah apenas seguiu em frente, mantendo sua mente livre de qualquer coisa que pudesse enfraquecer sua determinação minguante.

Ao se afastar dos portões, pela estrada, sentiu um ofegar em suas costas. Freya estava batendo o nariz em Sarah. *Bump. Bump. Bump.*

— Ei — murmurou Sarah por cima do ombro. *Bump. Bump.* — Como exatamente você acha que eu vou montar em você? — *Bump. Bump. Bump.*

A dupla se arrastou pela estrada, Sarah incapaz de correr, Freya incapaz de deixá-la.

O bar estava quase vazio. Fazia muito tempo que a maioria dos clientes havia saído, mas os bêbados mais dedicados da cidade estavam reunidos para brindar a chegada do Natal. Esta noite, em particular, tinha sido muito emocionante. Houve um estrondo e luzes estranhas no céu, gerando um debate animado.

A porta se abriu, fazendo soar uma sineta e deixando entrar uma lufada de ar frio. A discussão foi morrendo quando, um a um, os homens se viraram para observar Sarah, enquanto ela passava por eles. Sua roupa de equitação estava em frangalhos e coberta de fuligem, e ela usava uma camisola de seda vermelha toda manchada, imprópria para sua idade. Seu rosto estava queimado, e seu cabelo dourado, com a longa trança havia muito desfeita, estava coberto de sangue seco. Uma longa bandagem suja, presa à sua mão, arrastava-se pelo chão. Em volta do pescoço, havia um colar brilhante de pedras transparentes, tão grandes que só podiam ser falsas.

Sarah se aproximou do balcão, um olho com espasmos involuntários.

— Posso usar o telefone?

O *barman* queria fazer uma pergunta, mas algo na expressão da garota o desencorajou. Ele apontou para um cubículo no canto. Ela não se mexeu.

— Eu preciso de uma *moeda*.

O *barman* decidiu, mais uma vez, que em boca fechada não entra mosca. Pescou uma moeda e ofereceu-a à menina. Ela a aceitou e mancou até o telefone.

Ninguém falou enquanto Sarah fazia sua ligação, mas ela não podia ser ouvida. Quando terminou, voltou para o balcão.

— Você tem uma tigela de comida para cachorro? — perguntou Sarah.

O *barman* estava intimidado, mas a curiosidade falou mais alto.

— E você precisa de uma tigela de cachorro para...?

— Para a minha égua. A menos que você tenha uma tigela de alimentar cavalos, claro. Daí, usarei a de cavalos. Mas acontece que não existe nenhuma tigela especial para cavalos, *existe*?

— Não que eu saiba — disse ele, na defensiva.

— Então, por isso eu preciso de uma tigela para cachorro — disse ela, como se estivesse explicando algo para uma criança. — Não é mesmo?

Com alguma dificuldade, Sarah entrou no banco da frente. Estava bem claro que seu corpo não pretendia funcionar por um segundo além do estritamente necessário.

O Capitão manobrou o carro, afastando-se da calçada. Eles viajaram em silêncio, para longe da cidade, por estradas rurais que se fundiram com rodovias maiores e pistas expressas, como um riacho desaguando em um rio.

— Então, esse sangue não é seu? — perguntou ele, finalmente.

— Não. — Sarah olhava para a frente.

— Você está vestindo uma camisola.

— Pare o carro.

— Eu só perguntei...

— PARE O *VERFLUCHTE* CARRO — gritou Sarah, tomada por um ódio repentino.

O Capitão parou no acostamento.

Sarah virou-se e começou a bater com os punhos no peito dele, com uma fúria enorme, parecendo muito perturbada. Ele ergueu as mãos para afastá-la, mas não a segurou.

— Você, seu *Scheißkerl*,[34] você sabia, você sabia, você sabia o que ele era, você sabia... — Lágrimas ardiam em suas bochechas queimadas.

— Sabia *o quê*? Do que você está falando? — interrompeu ele, erguendo a voz acima da dela.

— Você sabia sobre ele, foi por isso que me enviou, por isso sabia que eu conseguiria entrar lá... — Sua voz ficou mais frenética, seus golpes, mais fracos.

— Sabia o que, sobre *quem*? — Sarah não podia dizer se o Capitão estava mesmo confuso ou não.

— Sobre Schäfer, que ele... que ele gostava... — Sarah não tinha o vocabulário, nem sequer tinha noção do conceito. Ela percebeu que não sabia realmente o que Schäfer teria feito se Elsa não o tivesse interrompido. E tinha isso, a ignorância era ainda mais aterrorizante. — Que ele gostava de... você *sabia*. Seu *Arschloch*, você sabia.

—Sarah. O. Que. Eu. Sabia? — perguntou o Capitão, delicadamente.

— Que ele... Que o professor gostava que a filha dele, que agora era muito velha para ele, convidasse as amigas para ir a sua casa.

O Capitão fez uma pausa antes de responder. Estava escuro demais para ver sua expressão.

— Não, eu não sabia — ele disse finalmente.

— Seu *mentiroso*. Você está *mentindo*. O que eu lhe disse sobre mentir? Quando começamos, o que eu *disse*?

— Eu não...

— O que eu disse? — gritou Sarah.

— Para eu nunca mentir para você.

— Ou?

— Omitir qualquer informação.

— E...?

— Eu não menti para você nem omiti nada. — Ele falou sem emoção. Ilegível.

— Você está *mentindo* — uivou Sarah. Ela bateu nele de novo e de novo, as lágrimas se transformando em soluços.

— Sarah...

---

34. "Filho da mãe", em alemão. (N.T.)

— Cale a boca, só cale a boca...

Ele segurou as mãos dela. Ela tentou se afastar, mas seu pulso doía muito.

— Olhe para mim. Olhe. Para. Mim.

Sarah não olhou. O Capitão esperou. Finalmente, ela olhou para ele com o canto do olho.

— Eu não sabia.

Sob o luar e a luz refletida dos faróis, era impossível dizer se ele estava mentindo ou não. Como tantas vezes, seu rosto era como uma máscara. Sarah soltou suas mãos.

— Você acredita em mim? — perguntou o Capitão, e, por um momento, Sarah pensou que ele pudesse estar magoado.

— Você honestamente se importa, de um jeito ou de outro?

Ele deu a partida no carro e se concentrou na estrada à frente, se fechando.

— Não. Eu não me importo.

Sarah reuniu toda a sua desconfiança, como sal derramado sobre a mesa, e a varreu para dentro de sua caixinha de horrores, escolhendo ignorar o que escapou. Fechou os olhos e encostou a cabeça na janela.

— Acorde-me quando chegarmos a Berlim.

TRINTA E DOIS

Os quilômetros se sucederam, um após outro. Sarah dormiu mal, acordando assustada com uma regularidade desconfortável, exaustiva. Agora, aos cães e assediadores do sonho tinham se juntado vultos sem rosto cheirando a almíscar, que a apalpavam. Garotos de olhos tristes caminhavam para infernos incandescentes enquanto ela observava. Mas Sarah enfrentava seus demônios fechando os olhos e recomeçando.

Por fim, a periferia de Berlim surgiu à luz dos faróis. A doçura de caixa de bombons da Alemanha rural se fundiu aos subúrbios, mas desapareceu por completo sob a absurdamente teatral arquitetura nacional-socialista que dominava a cidade.

Sarah estava quase em casa. Ela fechou novamente os olhos, pois não queria ver nada daquilo.

O Capitão cutucou gentilmente seu ombro.

— Eu não consigo carregar você.

— Por que não? — perguntou ela.

— Ainda não estou forte o bastante.

Ela olhou para ele como se o estivesse vendo pela primeira vez naquela noite. Sua testa estava suada. Suas faces ainda estavam cavilosas, e sua pele sob a iluminação da rua tinha a cor do concreto. Aquelas horas dirigindo tinham obviamente sido cansativas. — *E se ele nunca melhorar?* Seu próprio egoísmo a surpreendeu. Então, seu cérebro se calou novamente: um edifício onde todas as luzes tinham sido apagadas. Ela se deixou guiar.

Os degraus. O caminho matematicamente perfeito até a porta.

Ela estava em casa. Tinha terminado. O que quer que ainda fosse acontecer, com o que quer que ainda tivesse de lidar após aqueles últimos meses, tudo podia esperar até que ela dormisse.

Em uma cama macia com lençóis limpos, em um apartamento aquecido com uma porta trancada, com pão branco macio e linguiças de alho para o café da manhã.

O porteiro tinha desaparecido, substituído por uma árvore de Natal enfeitada. O elevador esperava de braços abertos, uma portinhola para um lugar seguro. Eles fecharam a porta para o mundo, com seus predadores, assediadores, psicopatas, fanáticos, suas vítimas e seus observadores neutros. Ela se apoiou nele, enquanto ele se apoiava na parede.

Eles subiram, e o ânimo de Sarah melhorou também. Tudo podia esperar até amanhã.

Corredores acarpetados, madeira entalhada. O aroma de pisos limpos e encerados. Chaves girando suavemente em fechaduras bem azeitadas. Então, a escuridão lá dentro, o espaço iluminado apenas pelas luzes de Berlim, enquanto o Capitão trancava a porta atrás deles. Cheirava a lar e a laranjas.

Sarah parou, paralisada, seus sentidos subitamente alertas. *O quê? O quê?*

— Feliz Natal, *Herr* Haller. *Fräulein*.

O Capitão acendeu as luzes.

O *Sturmbannführer* Klaus Foch estava sentado na poltrona do Capitão, vestindo seu uniforme de gala. Ele balançava uma pistola Luger, que mantinha apontada para eles.

— Espero que você não se importe de eu ter entrado enquanto vocês não estavam.

— Eu é que devo desculpas, por não estar aqui para recebê-lo, *Sturmbannführer*... temo que você tenha de me recordar seu nome. — O Capitão caminhou, indiferente, até o balcão lateral e acendeu um cigarro. — Entretanto, é tarde e estou muito cansado. Por que você está aqui?

Sarah continuou parada, observando, pensando, sacudindo seus instintos para que voltassem à ação. Não era justo. Ela não soubera e não estava preparada. Ela devia estar a salvo. Tinha sofrido o bastante e, com as luzes acesas, podia ver isso na janela. Seu reflexo era tão pequeno, tão brutalizado, tão bizarro.

— Eu achei que você era apenas o típico parasita capitalista, engordando às custas do partido. Mas a sua súbita... *aquisição* de uma protegida tão talentosa acendeu minha curiosidade.

O Capitão examinou seu olho em um espelho próximo e ajeitou o cabelo. *Ele está tentando flanquear o inimigo*, pensou Sarah. *Mas ele não está em condições de lutar.*

— Eu sou um homem de negócios — disse o Capitão para o espelho. — Quando o *Führer* quis que em cada casa houvesse um rádio, ele precisava de alguém para fazer isso acontecer. E não foi batendo em judeus ou quebrando vitrines que aconteceu. Eu fiquei *feliz* em deixar essa parte para pessoas como você. — Era como um discurso.

Ele está ganhando tempo. Sarah deu alguns passos para a esquerda enquanto Foch encarava o Capitão. Ela deu a volta na poltrona, como se fosse sentar ali. Foch pegou um bloco de notas e começou a ler dali.

— Helmut Haller... parece ter aparecido do nada logo depois da última guerra. Nenhum local de nascimento, nenhuma família conhecida, até que de repente — ele olhou para Sarah com um olhar penetrante —, uma sobrinha. Uma irmã que eu não consigo encontrar, casada com alguém com uma ficha de serviço militar estranhamente incompleta. São *muitas* coincidências, você não acha?

Sarah deu mais uns passinhos para a esquerda, como se estivesse entediada. Tinha tirado as botas de montaria no carro, então podia andar em silêncio pelo chão liso. Ela estava agora na lateral de Foch. Ele não tinha como vigiar a ela e ao Capitão ao mesmo tempo.

Foi quando ela notou. Estava completamente coberto por um pano protetor, para não empoeirar, e tinha achado que era algum móvel esperando para ser limpo, mas agora entendeu o que era.

— Eu e minha irmã somos órfãos, *Sturmbannführer*. Nós *literalmente* aparecemos do nada. — Seu tom era de desdém, como se estivesse discutindo com um contador. — Ela agora está em um hospício, um fato que, você deve imaginar, eu não menciono nas festas. Quanto ao seu pobre marido, se a Luftwaffe não consegue manter seus arquivos em ordem, isso certamente não é minha culpa. É assim que a Gestapo trabalha agora? Enviando aposentados das SA para bisbilhotar?

— De jeito nenhum. A Gestapo, aparentemente, não viu nada disso. — zombou ele. — Típico das SS, muita vaidade e pouco trabalho.

Erro. Ele veio aqui sozinho, pensou Sarah. *O Capitão vai matá-lo, bem aqui. E precisa que eu crie uma distração.*

Ela tentou remover a proteção lentamente, mas o pano ganhou velocidade e escorregou para o chão, assobiando.

Foch olhou para ela, mas não viu nada de estranho.

— De qualquer jeito, o pior erro de todos... — disse Foch, baixando o bloco e apontado o revólver para o Capitão. Ele então indicou Sarah com a mão livre. — Foi *ela*. Ursula Bettina Haller. Até três meses atrás ela não existia. Há uma certidão de nascimento de Elsengrund, e é uma falsificação excelente, mas você não engana ninguém. Ela é o elo fraco. — concluiu ele.

Estava envolto por uma fita larga, com um grande laço sobre a tampa. Era um presente de Natal. Era o presente de Natal dela.

— Então você veio me prender? — perguntou o Capitão.

— De forma alguma. Estou aqui para colocar uma bala na sua cabeça e levá-la comigo. — Sua frieza era chocante.

Foch se levantou e apontou a arma.

O Capitão estava longe demais do revólver para fazer alguma coisa. Pela primeira vez desde a balsa, há tantos meses, Sarah viu em seu rosto a expressão de um animal acuado.

Sarah estava novamente no barco, vendo a prancha se elevar, mas desta vez não havia lago para atravessar nem escolha para fazer.

Ela se virou para seu presente. Desceu as mãos com força sobre as teclas do piano de cauda, um dó menor com as duas mãos, pisando no pedal de sustentação.

Foch se virou, surpreso.

— Você acha que Gretel ficaria feliz com isso? — interrompeu Sarah.

Ele abriu a boca para falar, mas as palavras não saíram.

— Comigo tomando o lugar dela? Você acha que, se eu tocar o piano para você, para sempre, você pode fingir que ela ainda está aqui. Mas ela não está, não é? — insistiu Sarah, elevando a voz.

— Cale a boca! — grunhiu ele. O revólver dançava entre Sarah e o Capitão.

Sob o uniforme, ele era frágil e fraco. Ela precisava fazê-lo falar, manter sua atenção. Ela começou a tocar uma peça de Satie.

— O que você está fazendo? Satie é... — reclamou ele, tentando se recompor.

— Shhhh — retrucou Sarah. As notas agudas saudavam uma escuridão que se aproximava. Sua mão esquerda marcava o ritmo em marcha lenta. Era o som de algo negro e terrível, emergindo, vagaroso, mas inevitável, logo atrás da porta. Foch mantinha a pistola apontada para o Capitão, mas não conseguia manter sua atenção nele. — Se eu vou tomar o lugar dela, quero fazer isso direito, então preciso saber. Quem é Gretel?

Foch parecia estar se revirando por dentro. Ele ouvia o piano, mas observava o Capitão sob a mira da Luger.

Sarah chegou ao final da primeira peça e emendou imediatamente a segunda, uma melodia mais melancólica. Agora cada nota empurrava a peça para a frente com um suspiro.

— O que aconteceu com ela? — perguntou Sarah suavemente.

Quando Sarah já estava achando que o tinha perdido, Foch começou a falar.

— Quando os homens de Heydrich vieram me pegar, eu estava em casa. Eles pegaram todo mundo em casa ou nas férias, quando todos estavam relaxados e vulneráveis. Eu estava no estúdio, ouvindo... minha filha... tocar piano...

— Gretel — concordou Sarah, balançando a cabeça ao ritmo da ondulação gentil da música. O Capitão olhava para a arma, esperando que ela se movesse, esperando a atenção de Foch se desviar.

— Gretel era... atrasada. Uma criança em corpo de mulher. Ela não sabia ler ou escrever e tinha a aparência de... Mas ela sabia tocar. Quando ela tocava piano, ninguém dizia... ninguém notava... não dava para perceber...

— Se você ficasse atrás dela. — Uma imensa ferida se abriu dentro dela. Sarah achava que sabia o que tinha acontecido, mas percebeu que não estava realmente preparada para ouvir a verdade. Ela queria parar, mas sua piedade era tão intensa quanto seu ódio, e ela não podia negar a Foch seu direito de confessar.

— Eles entraram pela porta. Gretel estava assustada... eu implorei a eles — eu era um bom nacional-socialista, não era um dos lacaios de Röhm. Eu disse que eles estavam errados, que eu era leal ao *Führer*... E eles disseram... disseram...

Ela podia ver que ele estava prestes a desabar.

Sarah começou a tocar uma terceira peça. Ela queria parar, tampar os ouvidos com as mãos, mas não podia.

— E eles disseram, como eu poderia ser um nacional-socialista e permitir que *uma coisa daquelas* continuasse viva?

Sarah poderia tê-lo impedido de terminar de contar a história, mas ela ainda assim teria acontecido. Ela sentiu o horror se aproximando como um trem distante em uma noite calma, a chegada de uma sensação de perda e arrependimento que ela mal podia suportar. No fim, alguns segredos deviam permanecer secretos, pensou ela. Uma lágrima desceu pelo rosto de Sarah, e ela tentou soprá-la para longe.

— Aí eles me deram uma escolha — disse ele, sua voz entrecortada.

Sarah começou a tocar mais devagar, e o ritmo se perdeu.

Por favor, não seja verdade, por favor diga que você não fez isso...

— Eu podia viver, mas teria de fazer um... um sacrifício pelo Reich... — sua voz começou a se desintegrar. — Gretel estava chorando, ela não entendia. Eles me deram uma pistola... eu pedi a ela que tocasse... ela tocou tão bem, mesmo soluçando... Eu disse que ela era uma boa menina...

Sarah terminou. Não havia mais notas para tocar. O revólver ainda estava apontado para o Capitão, mas tremia na mão de Foch enquanto ele balançava para a frente e para trás, seu rosto molhado. Ela não se importava.

— E...? — perguntou Sarah, da forma mais gentil que conseguiu.

— E — sussurrou ele — eu encostei a pistola atrás da cabeça de Gretel e cumpri meu dever para com o Reich.

— Você atirou nela. Enquanto ela tocava — disse Sarah lentamente.

— Eu estava cumprindo meu dever... — sussurrou ele. O revólver tremeu. *Não o bastante...*

— Você salvou sua pele. O que Gretel pensa de você agora?

Foch se aprumou na poltrona e apontou para o Capitão. *NÃO.*

— *Vati*? Tem uns homens aqui, dizendo que vieram buscar você. — Sarah não tinha ideia de como Gretel falava, mas ela conhecera uma vez uma menina que sua mãe chamara de "mongoloide". A voz veio sem esforço, como se ela tivesse colocado um dos discos da mãe para tocar. — Se eu tocar o piano, *Vati*, os homens vão embora?

— Silêncio! — gritou ele, encarando-a.

Sarah começou a tocar Beethoven, algo que Gretel teria tocado. A *Mondscheinsonate*, a "Sonata ao luar".

— Estou tocando para você, estou tocando bem, *Vati*? Por que você está bravo comigo? Eu fiz alguma coisa errada? — Sarah o odiava, odiava ter de mergulhar em sua sujeira, macular o fantasma daquela pobre criança. Ao mesmo tempo, permitir que Gretel usasse sua voz abriu um veio de perda e miséria que ela não conseguia controlar. As palavras saíam sozinhas de sua boca.

— Pare. — A arma agora apontava para ela.

— O que você está fazendo, *Vati*? Por favor, não. Não me mate, *Vati*. — Com a pistola apontada para ela, Sarah percebeu que ele poderia matar Gretel mais uma vez. Podia sentir seu coração batendo no peito, mas, apesar de a ideia ser assustadora, ela estava inundada pela tristeza daquilo tudo. Lágrimas encheram seus olhos e começaram a inundar sua garganta. Traída e abandonada por um pai. Por dois pais.

— Cale a boca! — O revólver se moveu lentamente. Não...

— Por que você me matou, *Vati*? Por quê? — perguntou ela, deixando a solidão e a tristeza preencherem sua voz, chorando por Gretel, chorando por ela mesma.

— Eu não queria. Eles me obrigaram — murmurou Foch, olhando em busca de apoio para o Capitão, que ficou paralisado no lugar, no meio do movimento.

— Você não queria? — disse Sarah, deixando a voz soar desapontada, ofendida. — Isso me deixa triste. Estou tão triste, *Vati*. É tão frio aqui onde estou.

— Sinto muito, Gretel. — Ele se soltou na poltrona, segurando o revólver como se pesasse muito.

Sarah fechou a tampa do piano e caminhou vagarosamente até ele.

— Você pode me abraçar uma vez mais, *Vati*? Eu perdoo você. Deixe-me mostrar que o perdoo pelo que fez.

— Eu sinto tanto, tanto... — Ele olhou para Sarah. Não via Gretel. Ele só precisava de perdão.

Sarah se inclinou e passou os braços em torno dele, abraçando-o sentado.

— Está tudo bem, eu perdoo você. Só me abrace. Daí vai ficar tudo bem. — Sarah sentiu os braços dele se fecharem a sua volta, e algo quente, como água de banho escaldante, espirrou em seu rosto. Ele estremeceu, e ela ouviu um som de sucção.

— Shhhh... — sussurrou Sarah. *Segure mais um pouco.*

O líquido quente continuava a espirrar em seu rosto e descia pelo pescoço, ensopando sua blusa de montaria. — Shhhh... *Só mais alguns segundos.*

Está bem. Agora.

Ela soltou Foch, que caiu à sua frente. Ela não conseguia ver o corpo refletido na janela, mas podia ver o Capitão com uma faca nas mãos. Ela também podia se ver, coberta da cabeça aos pés pelo sangue de Foch, enquanto o céu da alvorada clareava atrás do vidro.

Ela não sentiu absolutamente nada.

Então, a caixinha de horrores se desintegrou, inundando seu coração e quebrando sobre Sarah como uma onda.

Sarah se enrolou no chão, sobre o sangue.

Queria chorar: pelas perdidas como Mouse, pelas arruinadas como Elsa, pelas mortas como sua mãe e Gretel e também pelos que tinha matado, como Stern ou mesmo Foch. Mas, nesse momento, ela só conseguia chorar por si mesma.

EPÍLOGO

5 de janeiro de 1940

Era muita injustiça. Sarah jogou a cabeça para trás.

— O quê? — uivou ela, frustrada. — Conte para mim!

O Capitão abriu as mãos lentamente, revelando uma pequena xícara de porcelana contendo uma espuma dourada.

— Capuccino — cantou ela, batendo palmas de prazer antes de envolver a xícara com as duas mãos. Mesmo através das bandagens, podia sentir que estava quente. Ainda assim mergulhou os lábios no líquido, inalando aquela doce escuridão.

— Não tenha pressa — disse ele, de bom humor.

Sarah olhou para ele sobre a borda da xícara e fez um som incompreensível. Ela sugou, deixando que o zumbido suave em suas bochechas e atrás de seus dentes soasse na cabeça, enquanto sorvia as últimas gotas. Sentiu o ar gelado nas maçãs do rosto, mas não sentia frio dentro de seu casaco forrado de pele. Seu estômago estava cheio e entorpecido.

Olhou em volta. Copenhagen seguia aparentemente imperturbável, apesar de seu vizinho agressivo. Ali, era possível imaginar que a Europa estava planejando umas férias, em vez de estar já em guerra. As mesas do lado de fora dos cafés e restaurantes ao longo de todo o Nyhavn estavam virtualmente vazias, mesmo com sol de inverno a pino. Estava simplesmente frio demais. Isso servia aos propósitos do Capitão: eles não seriam ouvidos. E Sarah queria sentar do lado de fora, porque os prédios e os barcos no canal formavam um arco-íris de tons pastel e cores profundas. Eles tinham um quê de casa de boneca, como em um sonho. Um sonho bom, sem cães.

Lindo. Fresco. Cheio. Quente. Confortável. Seguro.

Sarah se permitiu gozar aquele instante. Só por um segundo. Então, ela pegou o momento e o dobrou, guardando-o para não esquecer. Agora, tinha duas novas caixinhas.

Ela contemplou o doce espiralado no centro da mesa.

— Isso também é para mim?

— Sim, é um *wienerbrød*, um pão vienense. Achei que ia fazer você se sentir em casa.

Sarah riu.

— Em Viena, isso é um *Kopenhagener Plunder*, um doce dinamarquês. É como os chamávamos — disse Sarah, franzindo os lábios. — Um dia você vai cometer um erro como esse, algo que você realmente deveria saber se fosse alemão de verdade, na frente de alguém que vai estar prestando atenção, e aí todo esse — ela girou um dedo no ar — disfarce sofisticado vai voar pelos ares como papel ao vento. Isso não o assusta, Capitão Floyd?

— Você ficaria feliz se eu dissesse que sim? — propôs ele.

— De forma alguma — respondeu ela, rapidamente. — Mas a pergunta ainda não foi respondida.

— Eu esqueci como é ter medo. Isso só me faz ser cuidadoso.

— Quer dizer, você gosta disso — disse ela, sorrindo.

— E você, Sarah de Elsengrund, você fica com medo?

Por um momento, a nova caixinha de horrores se abriu, e uma lufada fria de lembranças a atravessou. O cientista predador, a chuva, o monstro, Rahn e a Rainha de Gelo, o sangramento, a estação, os cães, os soldados, o buraco atrás da cabeça de sua mãe... e aí passou. O efeito foi o de um choque de eletricidade estática após caminhar sobre um tapete felpudo. *Eu sei o que é, então não vou ter medo.* Ela levou um momento para se recuperar, então tudo estava calmo.

Sarah pensou em Gretel, sobre como era impossível limpar o piano de Foch, nas milhões de pequenas ranhuras nas quais o crime ficaria registrado para sempre. Será que os donos daquele piano, daqui a anos, sentiriam que havia algo errado com ele? Será que na Alemanha do futuro restaria alguma evidência de seus crimes? Será que ela cheiraria mal? Será que as pessoas saberiam o motivo do mal cheiro?

— Agora eu quero experimentar um *espresso* — disse Sarah, pegando o doce. — Dois. Com mais açúcar.

Naquele instante, uma mulher chegou. Ela estava vestida de preto dos pés à cabeça, como uma viúva, mas usava um grosso colar branco sob o casaco. Seu cabelo estava amarrado para trás, severo, de uma forma antiga, mas estranhamente atemporal. Tinha rugas no rosto, mas, atrás dos olhos cansados e dos círculos escuros em volta deles, Sarah podia ver uma faísca de vivacidade. Não saberia dizer a idade da mulher.

Eles se levantaram.

— Helmut — disse a mulher, com um forte sotaque austríaco.

— Professora — disse ele, curvando-se em reverência. — Está é minha sobrinha, Ursula Haller.

— Verdade? Helmut, você passou tanto tempo mentindo que esqueceu como é falar a verdade — reclamou a mulher.

— Ursula — disse o Capitão, ignorando a queixa. — Esta é Lise Meitner.

Sarah fez uma reverência. A professora dispensou o gesto com um movimento de braço e se sentou.

— Muito prazer em conhecê-la, quem quer que você seja.

— Eu sou Sarah — disse ela.

O Capitão revirou os olhos e voltou o chapéu para a cabeça.

— Uma judia. Esplêndido. Você está ficando mole. Essa é sua nova diversão? Resgatar órfãs e vira-latas como eu? — Ela gargalhou. Era curioso. — Então, você tinha algo para me mostrar?

— Ursula — pediu o Capitão, sentando-se. — Você pode dar o caderno à professora Meitner?

Sarah colocou a mão no bolso e tirou o diário de Schäfer. Ela sentiu uma pontada de nojo e medo ao entregá-lo para a professora Meitner, mas também um desejo de não se separar dele. Tinha se sacrificado tanto, sofrido tanto para obtê-lo. Tinha quase desistido... de alguma coisa importante, de alguma coisa que ela nem entendia direito. Este caderno era um espólio de guerra, um cálice sagrado, um tesouro. Mas o conteúdo era um mistério escrito em uma língua que ela não sabia ler. Era uma afronta a sua inteligência.

As manchas do sangue de Foch na capa tinham desbotado, pareciam apenas pontos de ferrugem que sumiriam a qualquer momento. A professora abriu o caderno e começou a ler, não com o ar relaxado de alguém folheando uma revista, mas com o esforço de concentração de alguém que encontrou um desafio, venceu-o e achou a solução completamente surpreendente.

— Quero uma xícara de chá... e um copo grande de conhaque. Se isso ainda existir — disse ela, sem desviar os olhos.

— *Espresso* — reforçou Sarah quando o Capitão se levantou e deixou a mesa.

Uma rajada de vento arranhou seu rosto, gelado contra sua pele. Ela fez os barcos balançarem e rangerem no canal. Sarah começou a comer o doce, amontoando flocos na boca com alguma satisfação.

A professora Meitner deu uma olhada para o rosto de Sarah.

— Onde você conseguiu se bronzear assim nessa época do ano? — Perguntou ela enquanto lia.

— Houve um incêndio.

A professora assentiu, neutra.

— Onde ele vai deixar você?

— Nós vamos voltar para Berlim — respondeu Sarah, mastigando. — Ele não vai me deixar em lugar nenhum.

— Por que você voltaria para lá?

Sarah engoliu.

— Eu trabalho para ele.

A professora Meitner ergueu os olhos.

— Você "trabalha" para ele?

— Sim, eu trabalho para ele. — Era uma honra que Sarah tinha merecido. E não achava que tinha de justificar nada.

Lise levantou o caderno.

— Você pegou isso? De Hans Schäfer? — perguntou ela. Sarah assentiu. — Ele *enviou* você para *ele*?

Ela *sabia*. O doce inacabado ficou no prato, agora intragável.

— Ele sabia? — perguntou Sarah após um momento.

— Eu não mencionei o assunto. Por que deveria? Eu não tinha ideia de que ele mantinha crianças na folha de pagamento. — Ela estava pálida. Então, acrescentou — Mas isso não quer dizer que ele não soubesse.

Sarah batucou no cimento com os pés.

Para onde você iria se o deixasse?

— Ele jurou que não sabia.

— Você precisa tomar muito cuidado, Sarah, Ursula, o que for. Muito cuidado, mesmo. — A professora Meitner girou o caderno nas mãos e indicou as manchas na capa. — Aconteceu alguma coisa com Schäfer?

— Ele está morto. O laboratório está destruído. Isso é tudo que restou. Eu fui muito meticulosa – e cuidadosa — acrescentou Sarah.

— Entendo. — Ela abriu novamente o caderno, dessa vez com mais cuidado.

O Capitão voltou com uma bandeja e deu voltas em torno da mesa, distribuindo xícaras. Aos olhos de Sarah, ele nunca tinha parecido tão inglês. Afinal, ele puxou a cadeira ao lado da professora e sentou-se de trás para a frente, apoiando-se no encosto.

— E então?

— Então... está tudo aqui. As teorias, os dados experimentais, os cálculos. Ele entendeu tudo. Isso até sugere que ele construiu uma usina de difusão? — O Capitão assentiu. — Um protótipo funcional? — Outra confirmação. — *Jesus Cristo*. Graças a Deus ele fazia tudo em segredo.

O Capitão franziu a testa e balançou a cabeça.

— Ele tinha amigos nos Estados Unidos, que trabalhavam com ele. Algo pode ser recuperado dos destroços da casa. Ele tinha guardas que agora estão morrendo de uma doença misteriosa... sem falar de uma filha em estado catatônico em um hospício que... pode ter muitas histórias para contar. — Ele olhou para Sarah, que o encarou com olhar sério. Ela não tinha feito aquilo com Elsa e sabia que não havia nada que eles pudessem fazer por ela. Mas saber disso não a absolvia. Ele apoiou o queixo no encosto da cadeira. — Em algum momento, alguém vai somar dois mais dois.

— Mas, por hora, isso é tudo o que resta? — perguntou a professora Meitner, segurando o caderno no ar.

O Capitão colocou a mão sobre a manga do casaco dela.

— Lise, deixe-me levá-la para a Inglaterra. Lá você pode ter um laboratório, assistentes, tudo de que precisar. — Seu tom era urgente, suplicante. — Essa é a sua chance de parar essa guerra antes mesmo que ela comece.

— Por qual preço? — Ela colocou o caderno sobre a mesa e apontou um dedo acusador. — Você entende o que é isso? É para eu salvar os poloneses cozinhando crianças alemãs? Eu devo queimar cidades cheias de pessoas inocentes? Qual o número aceitável de baixas civis? Dez mil? Cem mil? A metralhadora não acabou com a última guerra, Helmut. Só a fez mais sangrenta. Os fins — ela bateu o dedo na mesa na frente de Sarah — nem sempre justificam os meios.

— Essa guerra não diz respeito só aos poloneses. A Inglaterra e a França não têm a menor ideia do que está por vir, e eles não estão ouvindo. Pelo menos não estão me ouvindo. Talvez ouçam você. — Sarah poucas vezes o tinha visto tão animado ou expressivo.

A professora Meitner riu de novo. Ela acendeu um cigarro e balançou a cabeça.

— Ninguém me ouve. Uma mulher? Judia ou cristã? Eu sou ignorada, desprezada. Eu poderia chegar na Inglaterra com um aparato nuclear funcional e ninguém sequer notaria. — A amargura caía como chuva.

— Eu ouço o que você diz — disse ele, colocando sua mão sobre a manga dela novamente.

— Você, Helmut, é mais inteligente que a maioria dos homens. — Ela colocou sua mão sobre a dele por um instante, então deu uns tapinhas, antes de recolher seus braços. — Mas confie em mim, não é isso que o mundo quer. Eles escutam o que querem escutar, o que já sabem.

— E se os nazistas construírem a bomba antes dos ingleses? — perguntou ele em voz baixa.

— Você não vai deixar isso acontecer, não é? É o seu trabalho, certo? Seu verdadeiro trabalho, quero dizer. — Ela deu uma longa tragada no cigarro. — Eles provavelmente acham que precisam de carbono puro ou água pesada – óxido de deutério – e você precisa fazer com que seja impossível que eles consigam.

A professora puxou o prato de Sarah para sua frente e, empurrando os restos do doce para a mesa, colocou o caderno aberto sobre ele. Ela vagarosamente derramou seu conhaque sobre as páginas, borrando a tinta.

— Eu poderia reconstruir aquilo, você sabe — começou o Capitão.

— Mas não vai — disse Lise, acendendo um fósforo. — Uma criança, talvez. — Ela deu uma olhada para Sarah. — Mas milhares? — Ela balançou a cabeça.

Sarah não estava certa do que estava acontecendo, mas não queria participar dessa conversa. Mais bombas, mas para as pessoas certas? Quem eram as pessoas certas? Os que tinham deixado uma trilha de cadáveres atrás de si e uma adolescente presa a uma cama de hospital? *Os monstros que dirigem o país ou os monstros que os combatem?*

A professora acendeu um fósforo e o segurou sobre o caderno.

— Por hora, estou colocando o gênio de volta na garrafa. — O fósforo caiu e inflamou o conhaque. A chama azul dançou sobre o papel por alguns instantes, até que uma lufada de vento a alimentou e, em uma nuvem de fumaça, as páginas abertas se enegreceram depois sumiram.

Sarah podia sentir o calor do fogo no ar de inverno, enquanto tomava o creme dourado espesso, engrossado pelo açúcar e com um gosto residual excitante e amargo. Era o paraíso em uma xícara.

O caderno estava meio consumido.

Sarah levou a mão ao bolso e tirou um pedaço de papel amassado e dobrado. Tinha arrancado essa página do caderno na noite em que o encontrara. Era uma lista de nomes de meninas, com *Ursula Haller* no final. O nome logo acima do dela era *Ruth Mauser*.

Ela a colocou no fogo e a viu se transformar em fumaça.

— Professora, eu a aconselho a não ficar em Copenhagen mais que o estritamente necessário. Eu não sei se a Dinamarca vai poder permanecer neutra por muito mais tempo — disse o Capitão.

— E ainda assim você vai levar essa menina de volta para a barriga da besta?

— Ela tem trabalho a fazer.

— É isso mesmo, Sarah?

Sarah considerou a pergunta, mas não tinha dúvidas.

— Sim. Sim, é isso mesmo.

Este livro foi composto em Adobe Garamond Pro e impresso pela Gráfica
Santa Marta para a Editora Planeta do Brasil em agosto de 2018.